陳映真全集

18

1999

2000

人間

目次

一九九九年

六月　帝國主義全球化和金融危機　7

一場被遮斷的文學論爭
關於台灣新文學諸問題的論爭（一九四七—一九四九）　16

台北斷想　42

七月　究明台拓營運關係　明確日本國家犯罪責任　49

駱駝英對當代台灣文藝理論建設的貢獻
讀〈論「台灣文學」諸論爭〉筆記　51

九月　〔訪談〕訪陳映真談新作〈歸鄉〉　79

「馬克思主義文論在台灣的中挫」特集・編案　86

「台灣文學」是增進兩岸民族團結的渠道
讀楊逵〈「台灣文學」問答〉　90

「不許新的『台灣文奉會』復辟！」專題・編案 109

十月

中國知識界失去了人民的視野 113

一九九九年秋祭祭文 119

為什麼〈野草莓〉 122

歌德格言與反思集・序 125

十一月

文學思潮的演變
一個作家的體會 128

台灣當代歷史新詮 143

韓國「吸收統合」論的統一政策 164

十二月

世紀留言 169

〔訪談〕《人間》雜誌研究
陳映真訪問稿 171

反攻歷史 196

本年 資本主義與西洋文學——文學和社會體制的關係 200

二〇〇〇年

一月 父親 220
〔訪談〕專訪陳映真 235
二月 桎梏新歲 250
後革命作家的徬徨——陳映真座談會 257
遙念台灣・序 263
三月 將軍族・序 282
讓歷史整備我們的隊伍 285
二〇〇〇年五〇年代白色恐怖犧牲英烈春季慰靈祭大會・祭文 293
資產階級的辦公室和代理人 296

四月　夜霧　303
文學的世界已經變了？
談新世代的文學　354
五月　護衛良心權的鬥爭
從韓國《光州特別法》與台灣《補償條例》說起　372
七月　以意識形態代替科學知識的災難
批評陳芳明先生的〈台灣新文學史的建構與分期〉　378

帝國主義全球化和金融危機 1

東亞經濟發展的「破綻」？

一九九七年，從泰國開始，亞洲「四小龍」和東盟國家爆發了嚴重的金融危機，幣值狂跌，股票、房地產價格一瀉千里，企業倒閉，嚴重失業，國家財政瀕於破產。「亞洲金融癌症」迅速移轉和擴大。馬來西亞、印尼、菲律賓一直到遠東的韓國，都發生了嚴重的金融危機。日本泡沫經濟帶來的蕭條則早已先此數年發生。

對於東亞和東南亞急性金融危機，新自由主義經濟學家和西歐中心的評論家幾乎眾口一辭地把導致危機的原因歸咎於亞洲內在的因素。他們說，亞洲各國的經濟發展過程中，國家政權的干預太多，違反經濟自由化的原則；有人不無嫌惡地說，亞洲資本主義的半封建、裙帶家族所有和經營，即所謂「裙帶資本主義」（crony capitalism），違反公平、獨立和自由競爭，終至帶來危機。有人幸災樂禍地說，亞洲沒有西歐資本主義長期涵養的現代文化、民主主義、自由精神和強大、獨立的中產階級，六〇年代以來，舊的和新的亞洲「小龍」經濟成長，本來就是海市蜃樓，一旦覆滅，理所當然，由此也證明「亞洲價值說」和「儒教資本主義論」的虛構。

這些冷嘲熱諷的評論的本質有二：（一）東亞、東南亞因為自身內包的歷史、社會、政治、文化的破綻（劣等性），不配、不可能有現代資本主義工業化。所以危機之產生，乃理所當然。（二）危機的一切責任既是完全歸咎於亞洲，那麼，亞洲危機的過錯與西方先進國的資本主義體制，和以西方跨國大企業、金融寡頭為核心的新帝國主義全球化毫無瓜葛。

帝國主義全球化的本體

這顯然是推卸責任、諉過於人的遁詞。亞洲金融危機，尤其在「全球化」論喧騰一時的時代，更應該從當前世界資本主義體制本身的矛盾中求取解答。

新自由主義經濟學家把「全球化」連同「歷史的終結」、「民主、平等與繁榮的時代」當作資本主義在世界史中決定性勝利的象徵加以謳歌。但事實卻無情地揭破了世界資產階級的狂想。

歷史地看來，資本不斷擴大再生產的規律，決定了資本跨越國界向外擴張的本質。殖民主義、帝國主義的時代，正是資本「全球化」的時代。今昔相比，今天的「全球化」與往日古典帝國主義「全球化」只有數量——而沒有質量的差異。帝國主義全球化的本質始終未變。

今天的新帝國主義全球化，是生產組織、資本循環、消費規模、物質和社會的全球(國際)規模的重組；是剩餘(surplus)、投資、原材料，技術、生產過程、勞動工程、產品結構、管理和行銷的觀念以及消費形態的國際化；是跨國性資本的邏輯和組織對於人類生活、思想、感情的全面支配。

高度國際化的資本主義帶來了更徹底的全球性不平等分工。第三世界成為廉價勞動、廉價生產與批發的基地。後進國傳統的維生性產業遭到進一步破壞，對先進國經濟、政治、技術的依附加深，在農業部門，第三世界成為先進國市場上特殊消費性商品農產品的生產基地。而先進國在全球化時代中於高科技上、知識和資訊上以及高殺傷性武器工業的獨占化，達到了空前的、無法超越的地步。

先進國利用世界勞力價格與市場價格的價差，和第三世界國家透過轉包生產體制，形成不平等的垂直分工關係，並將這種關係固定化。

全球化的獨占資本主義與金融危機

前文指出，資本的獨占化和國際擴張，古今皆然。其間差別，只在於數量、規模，而不在質量。

因此，獨占化後的世界資本主義所內含的基本矛盾，即生產的社會化和財產私有的矛盾；個別生產的計畫性和總體生產的無政府所造成的矛盾，本質不變，但在規模和數量上達到了空前的規模。全球化資本主義生產過剩、市場購買力下降、利潤率下降的宿疾，無法解決。

生產過剩、利潤下降的危機促進了跨國企業超國界的兼併和複合，使跨國公司更形肥大，卻終竟無法解決資本主義構造性矛盾。於是高額過剩的資本形成金融寡頭，在虛構、龐大的金融商品市場中興風作浪，套取超額利潤，補償利潤率下降造成的危機。

七〇年代和八〇年代的生產過剩，結束了世界資本主義在戰後二十年的持續景氣而逐步走向衰退。利潤率下降，迫使跨國公司增加新科技、新產品的投入，無如廣泛的生產者無力消費，世界市場積壓過多的產品，導致信用和政府支出的擴大。而為世界大資產階級高奢侈品的生產和消費，又帶來環境生態的破壞，進一步擴大了危機，又進一步削弱了利潤率。於是過剩的資本從實物生產和貿易領域中向世界性金融投機市場流出，投向第三產業和股票、貨幣、期貨等金融商品的買賣，使世界金融經濟部門快速膨脹。依照統計，世界金融工具買賣的總金額與實物生產及實物貿易總額之比，一九八三年是十比一；到一九九五年，上升到六十與一之比。今天，每日在世界金融市場買賣循環的金額，高達一點三萬億美元，是每天實物生產和貿易總額的八十倍！據估計，投入全球金融投機的資本，一九八〇年是五萬億美元，一九九六年上升到三十五萬億美元，至二〇〇〇年還會上升到八十三萬億美元。一個全球範圍的巨大泡沫經濟正在形成。

另一方面，由於美國冷戰戰略利益的需要，美國在戰後扶植了亞洲以加工出口為發展策略的「四小龍」和東盟各國。但這種依附性的經濟發展，一方面造成對美日市場、技術、資本和半成品的依附，導致主要由外資推動的經濟發展；在另一方面，使科技研發嚴重弱化，民族資本脆弱，政治、經濟、文化和科技上無法獨立。

冷戰結束後，美國戰略和經濟政策改變，從扶持「四小龍」和東盟的資本主義工業化，轉為採取貿易保護、貿易壁壘、知識產權保護、最惠國待遇的取消。在另一方面，幾十年「工業化」使這些國家工資上漲，環境成本增加。因技術科研落後無法擺脫勞力密集低附加值的產業形態，國際貿易競爭力下降，出口遲緩，投資躊躇，經濟成長率明顯下降。

為了維持和貪求向來的高度成長，這些國家有的沒有分析、沒有批判的全盤導入新自由主義的「金融自由化」政策，洞開金融內戶；有的不切實際地和美元維持名實不符的固定匯率；有的從國外導入或借取高額、短期、高利息資金，在世界泡沫經濟浪潮下投入金融投機部門，終於引來國際金融寡頭殘酷的金融攻擊，幾乎使國家金融破產。

以韓國的情況來說，韓政府和巨大企業歷來大舉外債，但另一方面工資不斷上漲，出口下滑，科技研發不前，利潤率居低不揚，公司倒閉事件頻出。這時大財團轉而熱衷於證券、貨幣、房地產的投機，買取超額利潤，思以彌補損失而終至造成韓國式的泡沫經濟，終至招來破滅。一個亞洲小虎經濟，不得不請來ＩＭＦ全面接管。泰國也因為急於「奇蹟」式地快速成長，國家借貸、引入自殺性短期高利外債，投入金融投機部門，加以無知地高估泰幣價值，無分析地採用金融自由化政策，終於讓國際金融投資資本有機可乘，大量借取泰銖，購入低估的美金，害得泰銖因而狂貶、美金飛漲，再以高價美金折算還清泰幣，挾大量美金餘款遁去，從而使泰國金融破產。

在資本制生產中，向來存在著生產和交換活動中「目的與手段（工具）的顛倒」。馬克思很早就深刻地揭發了這一顛倒。貨幣、資本、有價證券、金融商品原本是起經濟媒介（手段、工具）作用的東西。但在一定的關係中，竟表現為創造財富的東西而為人所追逐和崇拜。於是金融商品而不是勞動；是批發商而不是工廠或農場；是商人而不是生產者被顛倒地視為財富利潤之源，掩蓋了勞動作為價值創造的本源，掩蓋了階級剝削的構造。

馬克思百餘年後的今日，跨國公司、國際金融寡頭在更高的層次、更大的範圍、更快捷的速度下，變本加厲地強化了這種顛倒，使全球性金融倒賣表現為財富的泉源，使超大量資金脫離實物生產和實物貿易，在國際金融投機市場中從事貨幣和金融衍生物的買賣。

因此，所謂「泡沫經濟」，原是資本制生產方式必然的產物，只有今昔規模和數量的大小之別。今天，全球金融衍生物交易的迅猛成長，與物質資料生產的衰退之間，形成了強烈的對比，從而掩蔽了物質生產作為財富泉源的實相。

於是，世界性資本主義生產體制所內包的這些矛盾，愈為明顯化和嚴重化：(一)為了避免金融泡沫的破滅，需要有物質資源的支撐；(二)而金融投機泡沫加速、範圍廣泛的膨脹，也需要從更廣泛的實物生產部門掠取更多的物質資源；(三)結果是物質生產部門剝削的強化，直接生產者的貧困化，生產過剩而至於生產部門的總的衰敗；(四)物質生產部門的衰敗，使金融泡沫經濟失去支撐的根柢，危機經由快速、「自由」、大規模的金融運動擴及全球，特別向發展中經濟、社會轉移與擴大，造成整個世界金融體系的總崩潰。

以人民的行動遏制危機

帝國主義全球化和世界金融危機莫不源於世界資本主義生產體制的兩大難題：即生產過剩與有效需求的缺少。全球化獨占資本肆意壓抑工資，產品滯銷，價格下跌，失業率上升，工資進一步下降，過剩資本奔向金融投機。

而ＩＭＦ和世界銀行「構造調整計畫」(Structural Adjustment Program)和「發展與構造重建計畫」(Development and Re-structuring Program)，主張進一步金融自由化，要國家退出發展過程，要求裁汰人員，降低工資，增強剝削以利外銷來支付沉重的國債，卻不能不傷害了內需市場的購買力。ＩＭＦ和世界銀行導入外資，購併國有或私有大企業，施加壓力，擴大企業私有化。這些處方，除了有利於資本主義全球化，為國際性大企業擴大積累的基地，對經受危機的國家只意味著失業、貧困化、兩極化和金融主權的喪失。

面對全球性金融經濟的危機，世界上許多前進的學者、社會活動家和思想家也在探索人民的出路。他們主張首先對自己的國家進行民主改革，以社會的構造變革切斷國內獨占資本與國際獨占資本的同盟，排除經濟的、政治的、文化的買辦精英資產階級，建設獨立自主的金融體制；主張有條件開放金融，增進國家政權對發展過程的介入；主張對國內外投機資金的規制；

主張建設人民的、新的「布列頓森林協約體系」，以國際協商與協作，確保世界金融、經濟的穩定；主張以資本的調控，遏制熱錢的流竄與劫掠；主張增強聯合國對國際化資本、投資和投機的監管；主張後進國農民、工人、環保、婦女工作者在對抗帝國主義全球化帶來的重大傷害時，進行超國界的團結與鬥爭。

而像今天這樣一個規模較小的集會，也正是走向這為了探索抵抗帝國主義全球化的人民的團結的一小步。

初刊一九九九年五月－六月《勞動前線》第二十八期

1　本文按初刊版、參酌手稿校訂。據手稿文末附言之時間排在一九九九年六月：

唐曙：

共七頁，最後一校請讓我過目。

映真 6/30

一場被遮斷的文學論爭

關於台灣新文學諸問題的論爭（一九四七—一九四九）[1]

一九四七年二月末，台灣爆發了不幸的二二八民眾崛起事件。三月初，國軍二十一師登陸，以屠殺和恐怖鎮壓民變。然而，事隔三月大屠不過八個月，即一九四七年十一月，在當時《台灣新生報》名為《橋》的副刊上，展開了一場持續到一九四九年三月的、聯繫到台灣新文學諸問題的討論、議論甚至爭論，表現了一種於今猶令人驚嘆的、對強權的蔑視；對台灣新文學發展前途之熱情關懷；表現了省內外作家、評論家——特別在一九四七年二月事件之後——拒絕被分化的堅強、溫暖的團結，更表現了對於理論和真理認真的、水平頗高的、嚴肅的探索，在台灣文學思潮史上，這是一次繼台灣從中國五四新文藝運動中汲取並承繼其理論和創作，而展開台灣現代新文學以來，另一次汲取和承繼中國三〇年代文藝思想、理論和創作的重要歷史事件。

但這樣一個在台灣文學史上具有重大意義的爭論，卻因為國民黨反共、獨裁的意識形態機制，和八〇年代以降台灣文學研究領域中台獨派研究者刻意歪曲和欺騙，至今無從窺見爭論的真實面貌。

小文的目的，是希望對這次爭論中所涉諸問題，以及提出來爭論的個別議題的具體內容，做初步的概括和介紹，以利於從個別論題到爭論的全面，深入理解這次爭論的意義。

一、關於台灣新文學的歷史和本質的問題

《橋》副刊討論具體的台灣新文學問題，始於發表在一九四七年十一月七日，歐陽明的文章〈台灣新文學的建設〉。在這篇文章中，作者提出了一系列關於台灣新文學歷史和台灣新文學的性質的議題。一直到翌年三月之間的討論，可以說都是圍繞著歐陽明在這篇文章所提出的議題開展的，而且，在一個意義上，其理論高度也很少超過歐陽明的水平。

在文章中，歐陽明拋出了這些議題：

(一)台灣新文學與中國新文學的聯繫問題。歐陽明強調，建設台灣新文學的課題，是和建設中國新文學的課題相關相聯的。他認為建設台灣新文學問題，是今後中國新文學運動中一個重要課題。他說，台灣文學始終是「中國文學的戰鬥的分支」，而台灣文學工作者是中國新文學

工作者的「一個戰鬥隊伍」，其使命和目標一致。「台灣既（因光復）為中國的一部分，則台灣文學絕不可以任何藉口分離。」

歐陽明首先提出的這個台灣（文學）與中國（文學）間相互緊密聯繫的論題，在整個論議結束之前，受到論者幾乎眾口一辭的支持和強調而殆無異說。這與八〇年代以後力言台灣文學與中國文學殊途分立之說，大相逕庭。考慮到當時是四七年三月屠殺之後，這種文學上堅強的民族理解與民族團結，發人深思。

（二）台灣新文學的歷史和性質的問題。歐陽明指出，台灣新文學發軔於台灣反日民族鬥爭，以「民主與科學」為奮鬥的目標，因而與中國內地的新文學的目標「不謀而合」。因此，在台灣人民反日民族解放運動中誕生和成長的台灣新文學，「在形式、風格和思想上回應了台灣人民的需要」。而正是這樣的台灣新文學，而不是一些日本在台作家寫的殖民地文學，才是台灣新文學的主流。

因此，歐陽明高度評價了賴和、朱點人、蔡秋桐、楊逵、呂赫若在文學實踐上的成就。在堅持使用五四文學革命所倡白話漢語而反對極端採用台灣方言，堅持白話漢語的創作道路，以增進與祖國文學的關係，共同抗擊日帝的思想上，歐陽明對三〇年代台灣文壇上關於「台灣話文」的爭論的歷史中，支持了白話文的論將賴明弘。

(三)人民文學論的提出。歐陽明把一九四七年底的形勢,認識為「人民的世紀」、「和平建設」和創建民主的時代。一九四六年六月,國共內戰在國府挑釁下全面爆發,違背了全中國人民要求休養生息、「和平、民主建國」的願望。到四七年,大陸的學生、市民、知識分子掀起了反對內戰、要求和平建國、反對獨裁專制、呼喚民主改革的全國性學生運動和國民運動的浪潮。歐陽明上述的提法,離開當時的時局,是無法理解的。在廣泛人民的反戰、和平、民主化運動的波濤中,歐陽明提出文學要走向人民群眾、文學要為人民、文學要有為人民服務的「戰鬥的內容」;在形式上,應採取人民所「喜見樂聞」的「民族風格」和「民族形式」。這種「人民文學論」,終整個一年多的爭論中,為多人所提起,三復斯言,有所共識而從無異議。

(四)省內省外作家和文化人的團結問題。最後,歐陽明提出在台灣的文藝工作者,不分省內省外,要合作共勉,深入台灣的社會生活,深入台灣的人民群眾,從而繼承和完成一九一九年中國五四運動的精神,即「民主」與「科學」的精神。

在四七年三月大屠之後,在台灣的文藝界,力言克服國府所加予的傷痕,呼籲在台灣的省內和省外作家之間相互真誠的合作、團結、共勉,反對互相隔閡、誤解的人很多,例如楊逵、揚風等人,今日讀之,猶為之動容。

此後一直到一九四八年四月,楊逵、孫達人、林曙光等著重指出台灣新文學是在反日民族解放鬥爭中誕生與成長；楊逵、林曙光和歐陽明一樣，強調了台灣新文學的「民主與科學」(五四新文學運動的)精神；楊逵、林曙光、田兵和葉石濤也強調台灣是中國的一部分，因而台灣文學也是中國文學的一部分；揚風、楊逵、歌雷等人都熱情呼喚在台省內外作家間廣泛的統一戰線，「消滅省內外隔閡」(楊逵)，相互團結，力言以團結互勉，克服二二八事變後苛酷的政治帶來的恐怖、噤默，進一步爭取創作和寫作的自由空間。

此外，議論中也提出了台灣新文學的特質和特殊性問題。歌雷指出，台灣新文學在語言上停留在五四時代初生狀態的白話漢語，並夾雜著閩南方言，思想感情上顯出「個人感傷主義」傾向，缺少「創作活潑性和豐富性」，卻有民間形式、寫實主義的特徵。他以望鐵成鋼的熱情，建議台灣作家鍛鍊好白話漢語，克服問題，把台灣新文學的創作拉上來。

針對台灣新文學表現的問題點，省外評論家孫達人強調指出，台灣新文學發展的獨特歷史，使她在反帝、反封建、反侵略的特質上，比內地新文學更為先進，不能因為特殊歷史所造成的語言、感情等問題而連帶否定了台灣新文學的思想內容的先進性。雷石榆認為，台灣文學界也許對內地四〇年代文學的發展有隔膜，但對二十世紀初(即二一、三〇年代)文藝思潮「未必比內地文學界無知」。主張台灣文學先進論者，還有陳大禹等。蕭荻、陳大禹、姚筠，不論籍為省內外，都異口同聲地主張，儘管有不少人為了如何建設台灣新文學問題出謀獻策，但歸根結柢，台灣文學的創作與建設，一定主要地要依賴「生於斯長於斯」、歷經日帝統治，在人民中培養出來的省籍作家。而省外作家要多幫助、多團結共勉。

歌雷分析台灣文學的特質，當然提出了台灣文學「特殊性」問題。對於特殊性（例如五四時代的白話漢語加閩南方言、思想感情上的個人感傷主義……），歌雷和陳大禹不主張加以強調，但主張應該承認和「固定」台灣文學的特殊性基礎上，以之為出發點，發展台灣新文學。台灣新文學的特殊性問題，發展為「特殊」（台灣新文學）與「一般」（大陸新文學）的辯證法的思維。陳大禹、何無感（張光直）、林曙光等人都主張不以台灣文學的「特殊」為已足，而要向內地新文學的「一般」進行辯證轉化。林曙光主張逐步地去除台灣文學的「特殊性」，而使台灣文學向著「成為中國文學之一翼而發展」。葉石濤評價台灣新文學有「畸形」、「不成熟」的缺點，主張「從祖國導入進步的、人民的文學」，使「中國文學最弱的一環」的台灣新文學得以充實、健全。

二、關於「奴化教育」的爭論

特別在二月事變以後，台灣國民黨當局為了推卸自己的貪腐劫掠引發事變的責任，把人民反國府當局暴政、爭自治的鬥爭歸因於台人受「日本奴化教育」，不服光復所致。這種對在殖民地台灣歷史發展起來的台灣人民愛國主義傳統的傲慢、無知從而橫加誣衊的言論，引起台灣知識文化界的反感。

但是，除了陳儀當局腐敗官僚外，當時在台灣對台灣人民懷抱善意和同情的一部分省外知識分子，由於殖民統治而兩岸長期隔絕，對台灣歷史、文學和文化理解不足，也在與國民黨惡官僚不同的意義上，對日本殖民統治的具體影響，有刻板認識，誇大、以偏概全地對待日本影響，從而引發坦誠的爭論。

一九四八年五月十日，彭明敏發表〈建設台灣新文學，再認識台灣社會〉。他強調建設「台灣新文學」，必須建立在「更深刻地探索和科學的分析」台灣具體社會的基礎上。於是他舉了雷石榆一篇與文學無關的雜文，指出光復初「哪怕是(對台灣、台灣人)極懷善意的人」，也有對台灣「受日本奴化教育」惡劣影響的刻板認識，從而據以論事評理，把「奴化教育」論上綱，從而把台灣生活中若干消極的事務，一概說成台灣因「日本奴化教育」惡劣影響的結果。青年彭明敏不僅對此表達了不滿，他的主旨是認為這樣以偏概全、刻板印象，對於科學地認識台灣生活和台灣社會毫無助益，則對「建設台灣新文學」更無助益了。

雷石榆和彭明敏做了兩個來復的爭論。雷石榆的知識、理論素養皆多有涵養，但獨獨在這一個議題上，他的辯解顯得牽強而辛苦。但在另一方面，彭明敏的漢語熟達，邏輯思辨清晰，以理服人，在有理的基礎上表現了尖銳的諷刺力。

在有關台灣文學問題的討論中，不能否認，有一些作者，包括葉石濤和其他省內作家在內，雖出於善意，無如對台灣文學史所知有限，在議論中過低評價了台灣新文學的成就。總地看來，這種過低評價之來有二，一是認識不足，二是對台灣新文學在日本統治下備受抑壓難以伸展的歷史有一般印象，從而以為理所當然地想像在文學發展上落後於內地文學（例如葉石濤就以為台灣新文學「畸形」、「不成熟」從而有待引進進步的內地文學加以匡正）。

六月一日，蕭荻發表在《橋》副刊在彰化舉辦的文藝座談中的發言稿〈瞭解、生根、合作〉，反對對於台灣文學過低評價，甚至說內地文學「除了出一個魯迅」，其餘「成績不大」。台灣新文學因五十年日本抑壓，發展受影響。因此，他告誡省外作家「不應有優越感」，否則對台灣新文學十分「有害」。他並著重指出，建設台灣新文學的任務，畢竟落在經歷日治劫難一生的本地作家身上，所以省內外作家應精誠團結，「有意無意的偏見，易生芥蒂」。他切切提醒省外作家一定要根除「特殊感」和「優越感」。

而正是這一位蕭荻，以堅定的語氣，在文章中說「台灣只是而且只能是中國的一角土地；台灣文學只是而且只能是中國文學中的一環」。省內省外文學家文化人團結的基礎，在於他們（在台灣局勢下）皆有不滿、處境「困苦」與「苦悶」。

六月四日，王溂發表了〈我看台灣新文學運動論爭〉，對彭明敏的論點表示同感。他批評有人過低評價台灣新文學的成就，這將造成「不可補償的損失」。他也批評有人以台灣受到日本統治五十年所以文學成就不高的論斷。為了深入認識台灣人民的思想感情，他呼籲作家、知識分子「下鄉」，到台灣人民中去……。

關於日本殖民地「奴化教育」的影響問題，楊逵在六月二十五日刊出的〈「台灣文學」問答〉中，做了具有高度思想理論性的分析和概括。因為有另人專文介紹，所以於茲不贅。

三、關於寫實主義和浪漫主義問題

一九四八年五月十四日，作者阿瑞在《橋》副刊上發表〈台灣文學需要一個「狂飆運動」〉。他先敘述了德國十八世紀浪漫主義的「狂飆運動」的歷史和思想，緊接著，他主張在台灣也發展「狂飆運動」，藉以排除、打破當時台灣新文學開展的「障害——歷史重壓」，從而使「感情與良心」得以釋放，「盡量」把作家的「個性」「發揮」出來，激發「創作精神」。

阿瑞的文章獲得雷石榆的某種呼應。五月卅一日，雷發表〈台灣新文學創作方法問題〉。一貫認為台灣新文學為「個人感傷主義」壓抑難伸的雷石榆認為，台灣文學在日本殖民統治期間飽受壓迫，思想、感情和個性抑悒，因此他同意阿瑞台灣文學因「歷史重壓」，致思想和感情飽受壓抑的論斷。然而，雷石榆認為，為了「開放個性」、「打破台灣文學（中）的狹隘觀念」，單靠狂飆運動是不夠的。他說狂飆運動之所倡，是浪漫主義的創作方法。我們固然可以用浪漫主義去「打破狹隘觀念，剷除封建的資產階級的思想」，但這還不夠，還要進一步「涵養更高的人生觀——把浪漫主義的個人中心」「提升到群體中心」，建立「更高的宇宙觀」，從而把「浪漫主義提高到（對於生活的）科學的認識」。

緊接著，雷石榆提出了「新寫實主義」的問題。什麼是「新寫實主義」？雷石榆說，深入生活與現實，「從民族與生活現實中掌握典型人物」，並且超越自然主義的「機械刻畫」，也超越「浪漫主義的架空誇張」的這麼一種創作方法，即表現了客觀中的現實，也表現了作者的精神和對人的啟發。雷石榆又說，所謂新寫實主義是「自然主義的客觀認識和浪漫主義的個性、感情的綜合與辯證的提高」。

人們熟知，寫實主義與浪漫主義原是相剋的。隨著資本制生產方式的登場，新興資產階級登上了世界的舞台，這個新生的階級，隨船隊、貿易、市場的擴大，對生活充滿了憧憬、幻想和綺想。封建身分制的瓦解，使資產階級作為個人而甦醒，從而歌頌個人一己的感情（熱戀、感傷、憂鬱……）和想像。表現在文學上，就是「浪漫主義」。到了十九世紀中期，隨著資本主義對外擴充而迎來帝國主義時代的同時，資本制生產也顯現了它的弊病、矛盾和破綻。資產階級的前此的幻想、綺想開始幻滅。科學、技術的長足發展，帶來了物質論、實證論的哲學思想。於是，作為浪漫主義的批評和揚棄，發展了「寫實主義」的創作方法，追求對於人和生活的「科學」的研究，要求文學反映（社會下層的）生活「現實」。這種創作方針發展到極致，就成了專事人與生活細緻「準確」的研究調查和刻畫，世稱「自然主義」。

但馬克思主義的現實主義論與此不同。馬克思主義的現實主義論，不取例如自然主義的描寫、刻畫，刻意進行「科學」性調查、研究所得的細節，而要求深入生活、深入民眾所得的真實，進一步掌握這真實的本質，表現生活中矛盾的本體，增進讀者對平素被隱藏、曲扭的本質的洞識，產生懷疑和改造的願望和意志。馬克思主義的現實主義論，當然和舊的、傳統浪漫主義的唯心主義、個人主義、個人感傷、憂悒和綺想相剋的。此所以雷石榆說「新寫實主義」要超克自然主義和浪漫主義。經過超克的辯證綜合，「新現實主義」又綜合了掌握現實本質的現實主義和為人們帶來「啟蒙」和「精神」的浪漫主義。

以今天的眼光看，雷石榆在政治上苛刻的台灣的一九四八年，以無法不抽象、晦澀的語言強說的，其實是：「新寫實主義就是革命的寫實主義與革命的浪漫主義相結合」的寫作方法。這種創作方法，是蘇聯革命勝利，「走向社會主義」的總過程中產生的。它一方面要求真實、客觀地描寫「走向社會主義」過程中的現實及其本質，一面又勢必描寫對革命與社會主義的高度熱情、理想，描寫奔向新時代、新生活的樂觀主義和英雄抱負。而這就是革命寫實主義與革命浪漫主義的「雙結合」論。雷石榆把這「雙結合」寫成「自然主義的客觀認識與浪漫主義的個性、感情的綜合與提高」，雖然不準確，也可說離題不遠了。

雖然嗣後的七月三十日至八月六日刊出駱駝英（羅鐵鷹）的長文〈論「台灣文學」諸論爭〉中，對於「新寫實主義」問題（從而對寫實主義和浪漫主義的矛盾統一問題）做了比較明晰、深入的解析，但歷史地觀察，雷石榆是台灣文學思潮史上第一個把馬克思主義的新寫實主義論引進台灣，並引發討論的人。台灣的三〇年代，受到國際無產者文化和文藝運動的影響，《伍人報》、《先發部隊》等由台共黨人主編的刊物中引介了「無產階級文學論」，但不可諱言，理論層次還比較幼稚，遠遠沒有形成體系。當然，在創作實踐上，楊逵、朱點人等的作品中，既表現了現實生活中劇烈的矛盾及其批判，又表現了對於改造的熱情、樂觀和英雄氣概，很合於新寫實主義的標準，但體系性的理論引入，不能不以雷石榆為台灣文學史上的第一人。

在雷石榆文章刊出前的五月二十四日，楊風寫〈文章下鄉〉，批評了阿瑞主張在台灣來一次「狂飆運動」。他說德國「狂飆運動」自有其獨自的歷史和社會條件，今人不宜「開倒車」。當面的中國形勢下的文學運動口號是「現實主義的大眾文學」，不能再提倡浪漫主義，搞「個人感情的解放」。建設台灣新文學，要趕上全中國、全世界（進步文學運動的）潮流。最後，他指出文學總是局限在城市中「亭子間、沙發椅」上的知識分子圈中，於今，「都市已經枯竭」！作家要「到（台灣）人民中去」，把文學帶下鄉，在農村，才有「豐富的創作泉源」。

六月三十日，雷石榆發表〈再論新寫實主義〉，批評揚風不曾理解到浪漫主義有消極、積極之別；不曾理解到新寫實主義是寫實主義與積極（革命的）浪漫主義的矛盾統一，也不理解「社會主義現實主義」不是口號教條，而是在蘇聯經歷幾次理論上反機械化、反庸俗化爭鬥中所得的結晶，而揚風對雷石榆上揭文章也做了誤解的、無的放矢的評論，並且提出了要不要「回到五四」重新起步的問題。事實上，第一個認為五四時代的中國社會性質，到四〇年代當時基本上沒變，基本上是「半殖民地半封建社會」，文學的任務，依舊是「反帝・反封建」，而這任務仍未完了，從而主張步武五四的人，是孫達人（四八年五月廿八日）。關於評價「五四」的論題，另文介紹的駱駝英對這次爭論的總結中，有深刻的分析，本文就暫不論及。

四、關於「台灣新文學」的名實問題

一九四五年台灣光復，五十年日本占領所造成兩岸分斷結束，台灣和中國許多其他省分一樣成為中國的一個組成部分。在國家恢復統一的條件下，有沒有特別以「台灣（新）文學」來指謂在台灣的文學的必要？如果有，理由何在？這些提問，其實早在一九四七年十一月歐陽明〈台灣新文學的建設〉文章提出後，成為被許多作者熱烈討論的焦點。

一九四八年五月廿六日，田兵在〈台灣文學的意義〉文章中給自己提了一個問題：沒有特稱「浙江文學」、「四川文學」或某省文學，則何以有「台灣文學」這樣一個獨特的稱謂？他從幾個方面回答了自己的提問：

（一）台灣歷經五十年「不同的、特殊的、黑暗的社會環境」（所以反映在文學上也自有特質）。

（二）日本統治壓抑了台灣文學的發展。相對地，「祖國的新文學」有了長足發展。光復後（截至一九四八年因為國府政治壓制）台灣新文學停滯不前。但光復使兩地「聯在一起」，兩岸社會性質容有差異，但（政治、文學）一般性要求和目標是一致的，所以「台灣新文學運動是祖國新文學運動完整的一環」。田兵似乎意謂，為了作為這種離失而又復合的客體之文學表現，有特別強調「台灣文學」存在的必要。

（三）文學存在的目的「不在培養幾個個別作家」、「不在生產個別作品」，而在於促進「社會改革」。為了以文學促進台灣社會改革，「台灣文學」名義的存在有其必要。

（四）此外，為了促進台灣各地方文藝團體與大陸各地文藝團體的交流，「台灣文學」的特稱有所必要。

為了增進省內外文學的交流，他建議本省老作家多寫文章。語言一時有問題，可以以日文寫，再翻譯成中文；另一方面，多介紹內地文學來台，這樣就可以增進理解。他還建議省內外作家搞集體創作。「台灣文學」存在之必要，要之在與內地文學交流從而充實、茁壯起來。

田兵說理並不清晰嚴密，要而言之，可以概括為：由於歷史原因，台灣文學有其一定的特殊性。相應於光復後民族與文學再整合過程，「台灣文學」在與「祖國新文學」重新整合過程中，有作為一客體而存在的需要。

六月九日，姚筠發表〈我對新台灣文學運動的看法〉。他認為「新台灣文學（台灣新文學）」的提起，有幾個理由：

（一）相應於光復後的一個新的台灣，「新台灣文學」的產生是自然之事。

（二）台灣甫自殖民地解放，台灣生活的內容改變了，台灣文學也有相應的變化（所以有特別立名指稱之必要）。

（三）日本在台五十一年統治，形成台灣社會的「特殊性」和「地方性」，所以提出「新台灣文學」（以表現其特殊性與地方性）。

（四）光復後，「新台灣文學」是「清算日據時代的生活，認識祖國現狀」的手段。

姚筠認為日據下台灣文學「無法擔負作為生活啟示和現實反映的任務」，顯然是認識不足，過低評價。但他主張為了表現台灣生活的特殊性、為了和內地進行民族整合而有成立「新台灣文學」之需要，又頗近於田兵。

六月十四日，《中華日報》有鑑於「台灣文學」問題爭論得沸沸揚揚，特地找當時台灣大學文學教授錢歌川做了訪問報導。

在回答記者「台灣文學」的說法能不能成立時，錢歌川回答：地理區域、民族、國家、語文和生活不同，而有文學上的不同，如「北歐文學」、「南歐文學」的提法。但語文與中國統一，民族與中國一體的台灣，如何獨稱「台灣文學」，譬如「四川文學」或其他中國省分的文學，成為疑問，因此「台灣文學」的提法「有語病」。

錢歌川認為，因為日本殖民統治，「台灣的文學活動陷於停頓狀態」。在建設台灣文學時，同意「使用、摻雜台灣地方語言」，但不能將台灣文學與中國文學、日本文學相提並論。

從一般論出發，錢歌川的說法沒有什麼大問題，但錢氏顯然不理解整個論爭的背景與當時的形勢。六月十六日，陳大禹寫〈「台灣文學」解題〉主張「台灣文學」應該成立的理由是：（一）台灣新文學自有其光榮的歷史傳統；（二）台灣歷史中五十年日本統治，是它在中國歷史中「最突出的特性」；（三）在文學成就上，絕不能抹殺台灣文學在日本統治下「勇敢的工作」做台灣人民「不甘被奴化的戰士」、「堅強反侵略」、「努力喚起民族自覺意識」的業績；（四）日據下（與日本針對的）「台灣文學」，是用來「呼喚（面）向祖國的語言，發揚了民族精神」；（五）況且眼下台灣文學亟待建設，更需要以「台灣文學」正名。要之「台灣文學」是中國的「邊疆文學」的存在。

六月二十二日，瀨南人（林曙光）寫〈評錢歌川、陳大禹對台灣新文學運動意見〉強調，「台灣文學」的目標，是要將台灣文學構建為中國文學的一部分，從而使中國文學（因台灣文學的加入）有了「更豐富、精采的內容」，「達到世界文學的水準」。

六月廿五日，著名作家楊逵發表了重要談話〈「台灣文學」問答〉。其中，有關「台灣文學」一詞有無「語病」問題，鮮明採取了否定態度。他指出，（二二八事變後）省內省外人士間的誤解與不理解擴大了，現在大家無不為了「填補（省內省外間的）鴻溝而努力」。而台灣文學，作為深刻認識台灣人民、台灣歷史和民眾思想感情、增進民族團結的手段，極有成立之必要。

從一九四八年七月三十日開始刊登的駱駝英對這次論爭的總結性分析〈論「台灣文學」諸論爭〉，以較高的次元看待台灣文學的特性問題。駱駝英指出五十年日帝統治當然在台灣政治經濟和意識上造成許多特殊性。但他又從兩岸社會形態的比較，說明了兩岸社會的「一般性」（兩岸社會（半）殖民地半封建性），從而主張善於從兩地社會的特殊性與一般性的辯證統一去看問題。至於要不要用「台灣文學」這個名稱，因為「凡成功的文學作品必定是地方的，同時也是民族的、世界的」，「用不用『台灣文學』四個字，那不是什麼大問題」。

縱觀這次「台灣文學」正名問題，論者多從台灣文學因歷史發展的特殊而顯出其特性，並且也在一九四五年以後以迄四八年當時，擔負著增進省內外人民的理解與團結的任務。駱駝英更從兩地社會形態論著手，深刻處理了台灣（文學）的特殊性與中國內地（文學）的一般性的辯證統一問題，提高了理論，也提高了認識。

五、關於「五四」的評價問題

在這次有關台灣文學的討論和爭論中，有很多人提到五四運動對台灣新文學的發展所起的重大啟蒙作用。但一九四八年五月廿四日，胡紹鐘發表〈建設台灣新文學之路〉，強調建設「自主的」、「有地方特性」的文學。在這篇邏輯思維比較紊亂的文章中，他提出台灣文學不應再受到五四的限制，理由是要「不斷革命」，而五四文學革命是「過去的革命」。文學應該「不斷向前革命」。

五月廿八日，孫達人發表〈論前進與後退〉，針對胡紹鐘的文章加以批駁。孫達人首先將五四運動定性為「反帝、反封建的政治社會思想運動」。而五四以來中國新文藝運動，一直是中國

「反帝、反封建思想鬥爭的一翼」。而且，五四時代中國社會的性質（即社會形態）與今日者大同小異，即一直都是「半殖民地．半封建」的社會，因此，今日文學的任務，同樣也是反帝反封建，如何能說遵循五四精神是一種「倒退」？

六月七日，揚風發表〈五四．文藝寫作——不必向「五．四」看齊〉，聲言「反對回到五四」，不同意孫達人所說「五四時代中國的社會性質未變」論。揚風指出，五四之後，中國社會發生了這些變化：（一）第一次大戰後，帝國主義對外更積極擴張；（二）一九二七年北伐這個「資產階級性大革命」，使中國資產階級也外抗侵略，內求統一圖強，「工商業努力和進步很大」；（三）中國的現代產業工人階級覺醒了，發動過一九二三年反吳佩孚大罷工；（四）在文學上一九三〇年「左聯」成立，主張「大眾文學」。「九一八」、「八一三」事變後，日帝侵華日甚，「左聯」又提出「民族革命戰爭的大眾文學」，全國歷經八年抗日戰爭，眼下又在進行內戰，所以不能說五四時代的中國社會性質至今未變。

對於五四的評價，自孫達人文章發表之後，變成如何評價一九一九年五四運動當時的中國社會性質和一九四八年論爭當時中國和台灣社會性質的爭論，在台灣，這是富有社會思想史意義的。六月三十日，雷石榆的〈再論新寫實主義〉文章中，以中國五四至今的社會性質仍然為半殖民地半封建社會，則五四新文學「反帝反封建」的任務至今仍然有效，而台灣文學作為中國文學之一環，「反帝反封建」的任務仍是正當的。

揚風和孫達人的爭論，要等到八月間駱駝英〈論「台灣文學」諸問題的論爭〉中，有了理論上的概括。駱駝英認為，既不能說五四以來的社會形態全變了，也不能認為五四以來的中國社會完全停滯未變。雖然社會性質仍是半殖民地半封建，雖然「革命的口號」仍是反帝反封建，但也要認識到這個舊社會（在四八年當時）「根幹已朽」，半殖民地半封建性的壓迫即將被否定。所以，「回到五四開步走」，「就台灣而言，孫達人的意見是對的」。我們「應該不但承繼五四精神和五四以來一切優良的傳統，也要（繼續）提倡那種（五四）精神、發展那種精神」。

六、關於理論和實踐的關係問題

論爭在一九四九年春驀然中斷結束之前，還有一場理論與實踐的關係問題的爭論。

一九四八年八月十五日，陳百感（邱永漢）發表〈台灣文學嗎？容抒我見〉。文章對邇來文藝哲學、理論的交鋒，表示了不耐，把爭論評價為「一般論的過招」。他主張理論來自人民，屬於人民。搞理論應該認識人民的思想、情感，「與人民同苦樂、教育人民，向人民學習，以文學為武器，為人民服務」。

因此（文學）理論的提出，應依據客觀環境的需要而提出。「實踐是理論的南針，理論是實踐的燈塔。」理論應從人民中來，經過提煉，為創造和實踐所用。這是重建台灣新文學的條件。駱駝英答辯文章〈關於理論與實踐〉刊出的一九四八年八月二十三日，已經是他在政治恐怖中匆促、突然逃亡東渡上海的前後了。理論知識厚實，邏輯嚴謹的駱駝英，在這篇文章中顯得急躁甚至紊亂，似乎反映了他臨危脫逃時不安定的心情。他責備陳百感抹殺這次爭論的成果，然而「沒有革命的理論就沒有革命的行動」，陳百感徹底否定了理論對實踐的作用，淪為唯實踐論、經驗批判論和實用主義。

八月廿五日，駱駝英的學生何無感（高中時代的前中研院副院長張光直）寫了一篇天才橫溢的文章〈致陳百感先生的一封信〉，為他的老師駱駝英申辯又兼批駁陳百感。文章邏輯思維極為清晰嚴謹，唯物辯證思想方法運用自如，語言通暢，以理服人，無法想像今日高二、高三即使是最優秀的學生能寫出這樣的文章。由於有另人另文介紹這篇論文，在此不贅。

一九四八年九月五日，陳百感發表〈答駱駝英先生〉。這時國共三大戰役正在華北展開，國府形勢急轉直下。陳百感的文章透露了對當時時局敏銳的感受，從而也透露了他之所以對「實踐」迫不及待的心情。文章一開始就說「歷史開始了新的一頁」，「『正』和『反』的鬥爭臨到了定命的前夕」。陳百感看見了中國革命的勝利迫在眉睫。他吶喊，「這是行動的時代」，所以不能說他以實踐抹殺理論。嘴巴說文學為人民，「但文學已經落在人民和形勢之後了」，這說明向來理論和實踐的結合不足。陳百感瞭望急變中的內地的形勢，說「『那裡』（內地）在前進，因為理論結合了實踐……」。他說出了他對理論／實踐問題的本旨：為了理論「普及」於人民大眾，應力求理論之淺白易懂，求理論聯繫實際。

七、結論

《橋》副刊上關於台灣新文學各方面問題的爭論，從一九四七年持續到一九四九年初春，總共一年又三個月。在這段時間，中國內地的形勢發生巨大變化。一九四五年底，國民黨壓制全中國人民要避免內戰、和平建國的普遍要求，引發廣泛的學生與國民的反戰運動。一九四六年六月，國共全面內戰爆發。一九四七年二月台灣發生了要求民主自治的民眾蜂起事件，三月初，事變在殘酷殺戮下釐平。在大陸，全國各地爆發了反內戰、反獨裁、反飢餓，要求和平建國的學生運動。運動在國府當局殘暴鎮壓下愈演愈烈。台灣文學論爭擴大發展的一九四八年四月，國府對北平、成都的高校學生的反內戰、反獨裁運動進行暴力鎮壓，引發了各地大規模的學生示威。這時飽受壓制的民主人士，紛紛潛往香港，恢復民主黨派的活動，加強了反對國府內戰政策運動的聲勢。

一九四八年秋天開始，一直到翌年元月，台灣文學論爭接近尾聲時，國軍在「三大戰役」中慘敗，折損百萬大軍，國共力量對比根本性逆轉，華北解放，共軍直逼長江。

正是在這樣一個內戰形勢劇變的形勢下，台灣的作家、知識分子，在當時滯台的進步的省外文學批評家、作家、知識分子的鼓舞、同情和幫助下，克服了二月事變大屠殺所造成省內省外人士間的芥蒂和隔閡，堅強呼籲省內省外知識分子的相互理解，衝破國府恐怖政治造成的低氣壓，堅持了民族理解和民族團結。以當時備受省內省外作家尊敬的台灣著名作家楊逵為中心，由《橋》副刊傑出主編歌雷推動下，克服各種困難，竟而在屠殺後肅殺的台灣開展了熱情洋溢、睥睨強權、意氣風發、思想前進的一場有關台灣文學的爭論，並且取得了豐碩的思想和理論成果。

論爭中，不問省內省外，不論文論的差別，眾口一辭、三復斯言地強調了台灣是中國的一部分，從而台灣文學是中國文學的一環。台灣文學建設的目標在向中國新文學整合與發展；台灣文學的任務，是增進(二月事變後)對台灣人民和生活的理解，從而作為增進省內外團結的手段……。

其次，在文藝理論中引入馬克思歷史唯物主義和辯證唯物主義的方法，從社會形態理論的高度，分析地認識兩岸社會和文學的異同。爭論也第一次向台灣知識圈介紹了關於寫實主義和浪漫主義及其相互關係的理論，介紹了積極浪漫主義與消極浪漫主義的差別，介紹了蘇聯和三〇年代中國進步文學理論社會主義寫實主義、新寫實主義、革命寫實主義與革命浪漫主義「雙結合」的理論。這些，在台灣文藝思想史上，意義十分深遠，這次爭論的材料及其所顯現的意義，是台灣當代文學史上的重要補白。

一九四九年一月二十一日，楊逵發表《和平宣言》，要求和平、民主、改革，並警惕「台獨」和「台灣託管」陰謀。四月六日，楊逵和歌雷、孫達人、張光直（何無感）先後被捕下獄。駱駝英在四八年八月間兔逃東渡。台灣新文學諸問題的爭論戛然終止。一九四九年底，從基隆中學中共地下支部遭到情報機關破壞開始，台灣展開了長達三、四年許的「白色恐怖」，在非法、秘密逮捕、拷訊、審判、處決和投獄下，五千人遭刑殺，八千至一萬人遭投獄。而白色恐怖所摧折的，不只是黨人的生命和青春，連帶也消滅了自日據以來三〇年代和四〇年代民族解放的哲學、社會科學和審美思想系統，即這次爭論中出現的左翼文藝理論體系。

一九二〇年代，中國五四文學革命的思潮和創作範式與創作實踐，深刻地影響了台灣現代文學的形成與發軔。大陸五四語文革命、白話文、文學敘寫範式不但傳到台灣，還在嗣後許多優秀作家若賴和、楊逵、朱點人、呂赫若等人極為傑出的創作實踐中發展為台灣文學具體的血肉和實體。但一九四七年末到一九四九年初的這一場論爭，從內地帶來了頗為完好的左翼的、進步的文論，卻因白色恐怖的打擊驀然終止，沒有機會在其後的創作實踐中成為台灣文學的實體發展下去。一九五〇年後，正是在中國進步文學理論被法西斯徹底粉碎的基礎上，以渡台國民黨右派文人為中心，發展了墮落的反共國策文藝和虛無反動的現代主義文學，支配台灣文壇直至一九七〇年！

這一場論爭的動力，是探索在光復後台灣的政治、社會脈絡下「建設台灣新文學」的理論。但法西斯白色恐怖遮斷了理論向縱深開展，更打擊了台灣左翼文學的創作實踐，就更遑論「台灣新文學」的建設了。

國民黨當局成功地以白色恐怖打殺和湮滅了這一場意義深遠的文學論爭。八〇年代，台獨派文論者掌握了這次爭論的材料。但由於這次文學爭論的思想、意識形態和強烈的民族團結與愛國主義，不但不合乎台獨派的政治意識形態，更對台獨基本教義造成根本性動搖。以故，台獨派長年來曲解這些材料，長期隱藏不利於台獨教義的材料——例如楊逵的〈「台灣文學」問答〉。

學術研究當然有黨派性，當然有政治傾向。不過，這些傾向、黨派性的立論，至少應該對材料誠實不欺，不搞欺瞞歪曲，在知識上準確、誠實，在邏輯上嚴謹。詐欺、變造、曲解、湮滅的道路，無論如何，是走不遠的。

一九九九年六月

初刊一九九九年九月人間出版社《人間思想與創作叢刊2・噤啞的論爭》（曾健民編），署名石家駒
收入二〇〇三年十一月《人間思想與創作叢刊增刊1・1947-1949台灣文學問題論議集》（陳映真、曾健民編）

1 本篇為《人間思想與創作叢刊2・噤啞的論爭》「馬克思主義文論在台灣的中挫」特集文章，並作為〈序一〉收入《人間思想與創作叢刊增刊1・1947-1949台灣文學問題論議集》。

台北斷想 1

誠實地說，雖然我的生活與工作的絕大部分與台北市有密切的關係，然而我確實並不喜歡台北。吵雜、空氣汙染、人情淡薄、緊張、一般的髒亂，並且和現代大部分的大都會一樣：淫亂而且腐敗……。

但是，我的生活與工作中最值得紀念的場所，竟也是台北。

牯嶺街的舊書店群，對我的一生影響很大。那時我是大二、大三的窮苦學生，以父親遺留下來的股息註冊，生活費則以家教的收入支應。在這之前，魯迅的小說集《吶喊》是我唯一親炙過的中國三〇年代文學作品。在一個偶然的機會，我在牯嶺街櫛比的舊書肆上，找到了魯迅的另外一本小說集《徬徨》，如獲至寶。我對於中國三〇年代文學的感銘和認識，竟在牯嶺街這一家、那一家舊書店裡，在那嚴酷的思想和文學統制的時代，激動地、沉默地開闊起來，深刻起來。正是在這一條不起眼的小街，正是在那幾家幽暗、雜亂的舊書肆中，我讀到了《吶喊》以外的魯迅，也新認識了曹禺、巴金、沈從文、端木蕻良和老舍……。

然而，這些被當時的政治所禁斷的、三〇年代文學作品的來源，貨竟有時而窮。就在我於發霉、破爛的舊書堆中苦心搜求三〇年代的文學出版物時，又是偶然地接觸了三、四〇年代中國左翼社會科學與哲學的書。我以大的飢渴，讀了《政治經濟學教程》、《聯共黨史》、《西行漫記》、《馬列著作選集》第一冊、《大眾哲學》和毛澤東在抗日戰爭和內戰期間寫的論文小冊……。

一九五〇年以後，在思想、知識、審美上，是一個和中國（包括台灣在內）激進傳統嚴格斷絕的時代。牯嶺街以命運的偶然，讓我飛越了這歷史和民族的斷絕，在文學上，讓我和我們民族新文學的關鍵時代的審美和思想接上了頭，在思想、社會科學上，讓我理解了我們民族追索另外的（alternative）現代性。動員億萬貧苦農民，推倒「三座大山」的，世界史中罕見的大運動。

這遠遠不是一個勇夫斗膽竊取天神的火把，照亮在暗夜中受苦的奴隸的故事，而是一個蒼白無力的青年，在命運的偶然中，在至大的黑暗裡發現了於那眾神袖手的時代，天神無心遺落的、破碎的星火，而青年以激動和恐懼，將那星火吞食的故事。從此，孤獨成了他一生的懲罰。但戒嚴的解除，並不曾使他獲得解放。在接踵而來的，反對和譏諷本質論、中心論和一切形態的全體論與決定論的、學舌的「後現代」，那昔日孤獨的青年，依舊仗著往時的星火，孤單地彳亍於人世。

在六〇年代台北市武昌街靠近重慶南路的一頭，有一家著名的「明星咖啡」。其所以「著名」，一是因為「明星」能烘焙當時認為極好的西點和麵包，一是因為「明星」是當時文化、文學界的人們相約見面晤談的場所。

但「明星」的西點和麵包如何之好，對於當時窮苦而尚無藉藉之名的我輩文藝青年，因為價格相對昂貴，無力消費，至今並無鮮明的印象。一九六〇年代初，尉天驄出來辦《文學季刊》，集中了當時的年輕的作家黃春明、王禎和、七等生、施叔青和我。大約由於「明星」距離印刷廠近、交通方便，加上咖啡館中安裝著一個公用電話，「明星」不期竟成了《文學季刊》文學青年相聚的場所。

我們在「明星」編雜誌、組稿、約稿。有時候，也在「明星」寫稿，議論著當時的文化和文學問題。我們在「明星」等待印刷廠的清樣，自己或者相互校對。雜誌上了機器印刷，「明星」也成了聯絡中心。雜誌印出來了，有人趕著從印刷廠送幾本「剛剛出爐」、油墨味猶濃的新雜誌，愛不釋手地翻閱，讀著自己或者別的同人的作品。事實上，「明星」成了《文學季刊》的辦公室、編輯部和會客室。

但於今回顧，這一段記憶中同樣令人感念的，是「明星」上下對我輩文學青年的友好和尊重的態度。我們這些窮青年，往往早上上樓叫一杯咖啡，就在「明星」坐到打烊。咖啡自然很早就喝完了，也自然無力續杯。然而店夥計卻一逕來來往往為我們添白開水，從來沒有慍色和怒目。中午餓了，我們照例只有能力叫一盤炒飯，從來沒點過西餐套餐，店老板和夥計，也總是和顏悅色。想到當時《文學季刊》的作家，遠遠還不是成名作家，斷無藉藉之名，而上下於「明星」樓梯者，有大文名，消費力強於我們的，不知多少。夥計朋友對我們的善意，自然與經營者的態度有關。今天，咖啡比「明星」香，裝潢比「明星」講究的咖啡屋比比皆是，但有文化氣息，不以勢利待人者，怕已無處覓了。

在《文學季刊》的時代，沒有人領到過一份稿費，事實是沒有人、連想都沒想過領得稿費。那個時代，從來沒有提供幾十萬獎金的文學徵文，沒有文建會多額獎金。那個時代，是有一些官方文藝機關，愛在自己的圈子裡輪流分派的獎金。但我們則既從來不妄想獲得，對這些獎金的自我繁殖和分派，也從無疾忿之意。在回憶中，只是充滿著文學同人間真摯的友情，對別人的佳作由衷讚賞，沒有物質酬賞之動機，沒有分派和鬥爭，卻有豐沛、活躍的創造力。當年《文學季刊》下的作家重要作品的大部分，不能不說大率寫成於此一時期。然而這一切於今依然生動、溫暖的記憶，總是聯繫著武昌街上「明星咖啡」的回憶：咖啡飄香，木質地板，咖啡色的檯子和椅子，全店上下對我們難於遺忘的友情……。

一個人的一生，能夠有一段像六〇年代的我輩一般，在尉天驄煦煦的感人的友情與激勵下辦文藝同人刊物《文學季刊》的回憶，已經是幸福的了。

然而我獨何其幸中之幸，在我四十歲末尾、五十初頭的四年間，和當時二十幾歲的年輕朋友辦了《人間》雜誌的一段也是難忘的回憶。

《人間》雜誌創刊之初，是在今天和平東路二段巷子裡的一個地下室。這本在理念、宗旨和人文質素與眾不同的雜誌，把紀錄攝影(photo documentary)和深度報導、報告文學合為一爐，讓讀者初次認識到紀錄攝影與一般為商品、欲望、消費服務的商業性攝影，與只耽於狹小光與影的遊戲的「沙龍」攝影如何的有本質的、審美的、思想的巨大差距；認識到能夠準確地把握住生活、社會和歷史本質，含蓄著對於人真摯的人文關懷的深度報導和報告文學，與宣稱堅守「客觀、公正」卻永遠不能，也不敢把握生活中被壓抑的真實的傳播之間驚人的差距。

在一九八五年到一九八九年間，《人間》雜誌以台灣所未嘗見過的紀實照片，和洋溢著對於人、對於生活、對於自然生態和環境的深情關懷的報告，報導了台灣深刻的生態危機；台灣原住民各族在社會和文化上的艱難處境。此外，國民黨老兵的問題，兒童虐待的問題，雛妓的慘苦，少年同性戀的徬徨，二二八和五〇年代白色恐怖的歷史證言，嚴密封閉的軍隊中包藏著的複雜教育、思想和人身安全問題，新聞自由和民眾傳播問題，新人類一代的處境……這些具有尖銳時代性的題材，當時為戒嚴下制式大媒體所不能、不敢觸及，從而在社會上引起廣泛的反響和關切。十年以後，隨著新聞自由的鬆綁，這些問題早已成為今日社會運動和報導的、司空見慣的焦點。即使在思想嚴酷禁錮的時代，《人間》的問題意識和對人與生活的終極性關懷遠遠超前於它的時代。

在《人間》編輯室的年月，我和年輕的傳播工作者，極深入了台灣生活的現場，和民眾生活與勞動發生最密切的聯繫。我們有著深刻的體會：絕不是《人間》教育了廣泛的讀者，而是生活的現場和人物，深刻地教育了《人間》的年輕人和編輯部。《人間》僅僅是通過影像和文字的審美過程，把這教育與啟蒙傳播開來。

由於經濟拮据，《人間》同仁的待遇，不論上下，極其菲薄。同仁們得到的報酬，不是物質，而是自己在思想、人生觀上急速而驚喜的蛻變成長，是社會強烈的讚譽，是在工作上和民眾、和生活緊密聯繫而來的充實和力量。對於《人間》的同仁，自然包括我在內，這是一生中難遇的、使生命和勞動踏實而充滿意義的時光。

《人間》雜誌最後的一年許，搬到安和路。一九八九年十月，《人間》因財政上的困難休刊。但即使到現在，走過過去《人間》編輯部的舊址，我總是有滿心的感謝。感謝許許多多使《人間》成其為《人間》的夥伴和同仁給了我一段難以忘懷的回憶……。

初刊一九九九年六月《台北畫刊》第三七七期

1 本篇為「超世代作家：從六〇年代到九〇年代」專題文章。

究明台拓營運關係　明確日本國家犯罪責任

報載中央研究院研究員朱德蘭教授初步發現、研究和揭發了日本帝國主義對台殖民統治的掠奪性機關「台灣拓殖株式會社」轉包了在台灣強徵、拐騙年輕婦女到南洋、華南從事性奴隸慰安婦，和協助侵略戰爭的事業經日據時代與日本統治者協力合作的台灣人士紳資產階級的醜惡史實。朱教授和在場其他教授對此表達了知識和道德的忿怒。對此，我們感到由衷的敬佩。

事實上，今天世界上的大型甚至跨國性的化學、土木建築公司，有不少是在戰時憑仗德國納粹、日本法西斯轉包的事業，甚至利用奴工的勞動發家的。今日日本的鹿島建設，就是秉承當年日本內閣的決定，從我國華北強擄奴工，到鹿島當時的戰爭工業廠礦進行死亡勞動發家的。鹿島對華工的奴役，在一九四五年引發了自殺性暴動，即著名的「花岡暴動」。

但一直到今天，日本政府和鹿島建設，即使在檔案文獻的證據之前，仍然矢口否認，絕不願意承認犯罪的事實。

依報載，「台拓」的手套公司「福大公司」的股東，有鹿港辜家、高雄陳家和板橋林家。這幾個日據台灣「豪族系資本」，在日據下，違背自己民族利益，與日本當局「協力」合作，以特權專賣，累致巨富。光復以後，辜陳兩家仍然得到權力的恩庇，榮享財富和權力。這是未加清理的殖民地歷史所造成的結果。

這個研究方才開始。我們希望當局保證資料檔案的自由與公開，我們以為可以追蹤者：（一）「台拓」的營運機制上和總督府和日本內閣、日本政府的關係，究明這個關係，才能明確日本國家的犯罪責任；（二）查明「台拓」轉包出去的軍事生產事業，在歷史過程中還有哪些，這些事業的戰爭犯罪性，事業所有者清單，以及這些事業與股東、家族在今日所經營的生產、金融、貿易事業之間的企業史的沿革，這就查明了台灣戰後資本主義積累歷史中黑暗的部門。順藤摸瓜，朱德蘭教授做了有力的開始。

初刊一九九九年七月九日《聯合報・民意論壇》第十五版

駱駝英對當代台灣文藝理論建設的貢獻

讀〈論「台灣文學」諸論爭〉筆記

一、中國新文學運動在不同歷史階段的統一戰線問題

駱駝英認為，四〇年代當時「中國革命的歷史特點，規定了中國文學反帝反封建的任務」。而此一任務，必須由「最革命階級」為首，「聯合其他革命階級形成革命的統一戰線」。

三〇年代初，中國進行過一場深入而卓有業績的「中國社會史論爭」，議論當時中國社會的性質是傳統封建社會，還是資本主義社會。參加爭論的，雖有馬克思主義者，有國民黨人和第三方面的人之別，但不論哪一方面，都以歷史唯物論和辯證唯物論為方法，殆無例外。

一九二〇年代末，北伐革命在帝國主義干預和中國大資產階級的叛變下失敗，國共第一次合作破裂。探求中國社會的歷史特點，從而反思北伐革命失敗的原因，成為當時進步知識分子所顧念的知識焦點。

馬克思主義的歷史唯物論，一般地主張在社會主義社會之前，人類社會依各不同的生產力和生產關係的推移而大略有原始社會、奴隸社會、封建社會而資本制社會等四個階段演變。經歷北伐革命的挫折的人們思量：如果中國當時的社會的性質(「歷史特點」)是封建社會，北伐革命的性質就應該是資產階級主導的民主革命；如果是資本主義社會，北伐革命的旗幟就應該是由無產階級領導的社會革命。

中國社會史論戰從一九二八年開始，前後持續了四、五年。對中國社會「歷史特點」的主張，有封建社會論，也有資本主義社會論。經過爭論後，一般地有這個結論：中國社會，在帝國主義侵凌下，在主權問題上是「半殖民地社會」；在內在社會經濟性質上，是「半封建」性的社會，中國是「半殖民地．半封建社會」。

「半殖民地」，是因為中國未曾如當時許多殖民地(若朝鮮、安南、荷印)的全民族淪亡，相對地保有主權破碎、岌岌可危的中央政府，但在不平等條約下，被列強分割勢力範圍，占據租界，甚至將一部分領土「割讓」為列強的殖民地，如台灣與香港。

「半封建社會」，是因為鴉片戰爭以後，帝國主義列強透過買辦資產階級和地主豪紳等封建殘餘，劫掠中國，吸收農業原料，向農村傾銷其工業產品。其結果：一方面有小農經濟的破產、高利貸資本，商業資本向農村擴張、農村僱傭勞動擴大，農業生產逐漸從屬於資本主義生產等資本主義化跡象，但在另一方面，半封建的零細經營在農村經濟中占根本優勢，農村資本主義化行程因帝國主義（經由買辦資本和封建殘餘勢力）殘暴掠奪而停滯，形成一種由傳統封建社會脫離的過渡而又停滯的「半封建社會」。

中國社會有半殖民地性的壓迫，所以革命的性質和內涵，就有「反帝」的任務，中國社會有「半封建」性的壓迫，革命的任務就要舉出「反封建」的旗幟。

駱駝英說的「中國革命的歷史特點」，就是經科學分析所提出的結論，即中國社會是一個「半殖民地・半封建」社會。相應於這個結論，中國革命的任務，就是「反帝・反封建」的任務。為這樣的中國革命服務的中國新文學運動的任務，也是「反帝・反封建」。所以駱駝英說：「中國革命的歷史特點規定了中國文學反帝反封建的任務。」

駱駝英說：「此（文學反帝反封建的）任務必須由『最革命的階級』聯合其他革命階級——形成聯合陣線。」

「半殖民地・半封建社會」論對中國社會階級結構有這分析：最上層是帝國主義獨占資本，其後依次是大地主豪紳階級、買辦資產階級、官僚資產階級、民族資產階級、中小地主和城市小資產階級、農民階級和工人階級。在這樣社會構造下，因受壓迫最重而最渴望、最堅定要改變現有秩序的，是最低層的中國工人階級。所謂「最革命的階級」是駱駝英在當時反共高壓政治下對工人無產階級的別稱。因此，「半殖民地．半封建」社會的革命，要在「最革命的」工人階級領導下，團結廣泛農民、民族資產階級、小資產階級、知識分子，結成「革命的統一戰線」推翻帝國主義，打倒大地主階級、官僚資產階級和買辦資產階級等半封建勢力。

駱駝英說，中國社會的歷史特點，要求在反帝．反封建的革命運動結成上述統一戰線。因而相應於政治上的統一戰線，文學上也在不同歷史時代結成過不同的反帝．反封建的聯合戰線。駱駝英提出了五四新文化運動中和抗日戰爭期間分別為了反對保守勢力和抗日救亡所形成的文藝、文化界的統一戰線。

五四運動的前半期，即一九一九年下半之前，以思想文化啟蒙運動為中心任務，和保守勢力「學衡」一派的鬥爭中，資產階級自由主義分子（如胡適、羅家倫等）和相對革命的民主主義知識分子（如魯迅、李大釗、陳獨秀、鄧中夏）之間形成了反封建、反保守的鬆散的統一戰線。鄧中夏就主張為了和保守的「學衡派」鬥爭，提出了「思想界的聯合戰線問題」，號召針對代表研究系、政學系、聯省自治派的「學衡派」團結起來，「分頭迎擊，一致進攻」。

由陳獨秀、李大釗編輯的《新青年》，在反舊道德、反舊文化，倡新道德、倡新文化，宣傳民主與科學精神的共同目標下，曾經把初步具有共產主義思想的知識分子、革命的小資產階級知識分子和資產階級知識分子團結到一起，形成新文化運動的統一戰線。

至於抗日戰爭前夕到抗日戰爭期間，中國抗日文化和文學上的聯合陣線，在反對日帝侵略的文化和文學鬥爭上，貢獻良多。一九三一年日本侵攻東北，發動「九一八事變」，中國作家在十二月由胡愈之、葉紹鈞、郁達夫、丁玲等發起組成「上海文化界反帝抗日聯盟」，團結各界共同抗日。一九三二年一月，「上海各界民眾反日救國聯合會」成立，「左聯」也派了代表參加。二月三日，魯迅、茅盾、葉聖陶、郁達夫、丁玲、胡愈之、陳望道、馮雪峯、周起應、田漢、夏衍、華翰笙等四十三名各界作家，聯名發表宣言、向全世界控訴日本發動上海「一．二八事件」，屠殺中國同胞。

一九三六年「左聯」解散後不久，在國共形成抗日統一戰線的基礎上，周揚提出「國防文學」的口號，號召一切抗日的不同階層、不同派別的作家為抗日救亡而結成廣泛的統一戰線，肯定在抗日歷史時代一切「站在民族與人民觀點上的文學」，反對宗派主義，把「革命文學外廣大中間層讀者團結起來，完成抗敵救國的任務」。相應於「國防文學」論的提起，周揚等人並在上海組織了「中國文藝家協會」，宣言「在全民族一致救國的大目標下，文藝上主張不同的作家可以是一條戰線上的戰友」。後來，「國防文學」的口號改為「民族解放戰爭的大眾文學」，主旨大體相同。

一九三七年「七七」蘆溝橋事變引爆全面抗日戰爭。十二月，中國戲劇界成立了「中華全國戲劇界抗敵協會」，將各劇種的戲劇工作者為抗日救亡而集結在一起。一九三八年三月，在漢口成立「中華全國文藝界抗敵協會」。由於三六年十二月國共兩黨成立了抗日統一戰線，「中華全國文藝界抗敵協會」團結了國民黨、共產黨和第三方面主要作家和文化人共五百餘人，並發行《抗戰文藝》為機關刊物。一直到抗日戰爭勝利，這個抗日文藝統一戰線，對於團結抗日文藝界促進抗戰文學的發展，做出了很大貢獻。

駱駝英對中國文學在不同歷史階段中的不同的統一戰線做了概略回顧之後，說：「當前，是中國『民主鬥爭』最激烈的時代，人民翻身的時代，反帝民族革命的時代。在民族民主立場上的統一戰線尤為必要。」

駱駝英所說的「當前」，指的是一九四八年初秋。這時，國共全面內戰已在一九四六年六月間爆發。全國反內戰、要求和平建國、反國府獨裁、要求民主改革的學生運動和國民運動如火如荼地展開。四七年開始，台北爆發反美事件和二二八事變，國共戰局逆轉，中共改採全面攻勢。年末到一九四八年上半，全國發動了「反美扶日」運動，到了駱駝英發表文章的一九四八年八月，已經是國共在華北進行三大戰役、國軍折損百萬、共軍指向長江的前夕。認識到當時包括台灣在內的總形勢，駱駝英說「人民翻身的時代」云云，便有實感。一九四六年以後，在國民黨統治區蓬勃發展的和平運動、民主改革運動、反戰、反飢餓運動，是學生、市民、民主黨派為主幹的民主主義的國民運動，當時稱「民主革命」，是國共在戰區武裝對峙外的另一個戰場。另所謂

「反帝民族革命」，是反對帝國主義求民族之解放的革命。在日本戰敗的一九四八年，反帝，是反對美國帝國主義主使並支持國民黨進行反共內戰。所謂「民族・民主立場」，指反對帝國主義的民族主義和反對封建主義的（資產階級的）民主主義立場，概括起來就是「反帝・反封建立場」。

駱駝英說到當時台灣文學界的統一戰線所需要的指導理論時，不憚辭費地說是「最正確的哲學與文學理論，據以認識客觀真理，從而為人民帶來光明前途的知識理論」。現在看，在台灣當時反共法西斯高壓下，駱駝英說的是「歷史唯物主義、辯證唯物主義哲學和馬克思主義的文藝理論」。這是二〇年代以降中國無產階級文學的指導理論的根幹。

駱駝英把這次有關台灣文學諸問題的爭論，把《台灣新生報・橋》副刊出面在台灣南北組織文學座談會，幫助老一輩台灣文學家以日文譯中文的苦心解決語言問題，讓他們也參加爭鳴……這些活動，提到中國不同歷史階段中文學上的統一戰線的高度來評價，表現了他過人的洞見。

二、關於「過去台灣文學的弱點」

這次的台灣文學論議的展開，總括起來看，是因為當時省內外有識之士深深感覺到：台灣光復，歷史開展了新頁，深切關懷台灣新文學發展前途的省內外作家、評論家和文化人，在光復之後為了如何建設台灣文學的問題而展開熱烈議論；台灣新文學之所以有「建設」之必要，是因為(一)台灣文學是中國文學的一部分，但台灣新文學在日帝五十年統治下受到敵人百般壓迫而無法健全充分發展，與大陸新文學相較，不免有不足和落差，存在著這樣那樣的問題；(二)為了讓台灣新文學在光復後克服各種問題，發展起來，最終和祖國新文學一樣臻於成熟和健全。

因此，在論客中，不少人認為台灣新文學過去成就不大。這些人中，有不少是對台灣文學的歷史認識不足，只從台灣被日本統治五十年的事實而刻板地下了結論，以為台灣文學尚不足觀。但是也有對台灣文學有深刻理解的人如楊逵，其所以認為台灣新文學還應該發展，是親自體驗了日本對台灣文學的百般壓抑，深感若非這些歷史的抑壓，台灣新文學的成就應該更大。當然，有些透過楊逵等人認識了台灣文學在殖民地歷史中進行了反帝反封建鬥爭而有斐然創作成績的人，例如孫達人，就深深感到台灣新文學在抗日反帝上的先進性。但也應該說，認為台灣新文學有消極因素的人，例如雷石榆，對台灣文學之可以發展，應該發展，抱著極大的熱情，在一定程度上正面評價了台灣文學界的思想程度，也深覺台灣新文學建設的主體是台灣作家，他人不能代勞。

針對台灣新文學的先進性和落後性的討論，駱駝英提出了歷史唯物主義的分析，從台灣社會和內地社會的「社會形態」的比較，去科學地認識台灣新文學的特質問題。

首先，駱駝英說，台灣是在中國社會半殖民地化的總過程中殖民地化的。這是台灣社會史論中一個重要的認識。前文已經說過，一八四〇年鴉片戰爭的結果，清帝國慘敗，開港、賠款，主權國中國淪為只留下名義上「獨立」的中央政府的半殖民地。鴉片戰爭後，台灣也被迫開港通商，和中國本部一齊淪為半殖民地社會。及至一八九五年馬關戰敗，台灣被割占為日本直接統治的殖民地，台灣乃在中國社會深刻的半殖民地化總過程中進一步淪為殖民地。台灣社會對外和對內總的性質規定，在鴉片戰爭到甲午戰爭期間，是全中國半殖民地・半封建社會的一部分，一八九五年以後，台灣被割讓而成為殖民地半封建社會。

中國社會半殖民地・半封建論，前文已概略提及，台灣社會在日據下的半封建性，體現在一方面地租受殖民地現代民法的約束，一方面日本當局又對地租半封建成分（例如佃、小農經營和地租規約上的不干涉等）加以優容；一方面是化肥、農業技術和品種改良的發展，農村高利貸資本的浸透，農業性傭傭工人的增大、農產品市場商品化……破壞了傳統的封建構造；一方面是半封建的地主、佃農關係的深化和鞏固。此所以駱駝英說，帝國主義在內地和台灣都與半封建的生產關係相溫存，使人民受到帝國主義和封建主義的雙重壓迫，因此反帝反封建是兩岸中國人民共同的要求。駱駝英認為，半殖民地・半封建性質的內地社會和日據下殖民地半封建性質的台灣社會雖有「本質」的差別，但兩地社會受到帝國主義和封建主義的壓迫是一樣的。因此，內地和台灣新文學都表現出反對帝國主義和封建主義的精神。

有人看出台灣新文學在反帝反封建的鬥爭精神上更勝於內地的新文學。駱駝英說，這是因為台灣受日本帝國主義直接統治，長達五十年，所以反帝抗日的思想感情強於大陸。台灣人民五十年反帝抗日的歷史就是明證。

有人說台灣新文學中有消極面，表現出悲觀、失望……。駱駝英說，這是因為台灣被日本割占，孤獨無援，孤軍為反帝解放而奮戰，備受壓迫與打擊，自然不免呈現出悲觀、絕望等消極的精神。

前此，諸家論台灣文學的特性，多從台灣歷史經歷不同立論。駱駝英則從社會形態論的歷史唯物主義的角度，分析兩岸社會，並據以分析兩岸社會及兩岸文學性質的異同，提高了對於這個問題的理論認識。

三、台灣「特殊性」和內地中國「一般性」的辯證關係

前此的論議中，不少人從不同角度主張台灣歷史和台灣社會的「特殊性」。駱駝英說，經過日本五十年殖民統治，台灣在政治、經濟和人民的意識上，自然有許多異於他人的特殊性。

但駱駝英要人們儆惕，不要片面地擴大關於特殊的思維，要人們牢記台灣和大陸間的歷史聯繫性。駱駝英強調這歷史聯繫性，在於說明內地和台灣社會的關係，不是一般意義上的半殖民地・半封建社會與殖民地・半封建社會的關係。今天，我們知道一九四〇年代的菲律賓也是殖民地・半封建社會；菲律賓在戰後取得「獨立」，但它仍是美國的半殖民地加上內部經濟的半封建社會。然而，四〇年代殖民地／半殖民地・半封建的菲律賓社會，和四〇年代中國與台灣的半殖民地／殖民地・半封建社會，是兩個毫無歷史聯繫性的社會。但駱駝英就兩岸社會發展過程中密切的歷史聯繫性，提出了三點：

（一）駱駝英說，台灣是長期作為中國封建社會的一部分而割讓給了日本。查自明鄭時期，以鄭氏權力為中心，在台灣第一次建立了中國豪族貴戚和軍人的封建的社會經濟體制。到清代初期，來自大陸的移民在台灣廣闊未開土地上把中國晚期地主封建制社會經濟關係移植到台灣，取得蓬勃發展。一八四〇年鴉片戰敗，外國商業金融資本藉強迫開港貿易而大舉向包括台灣在內的中國的地主封建社會滲透，把茶、糖和樟腦進一步成為國際貿易的商品性農產加工品。由洋行主導的國際貿易取代兩岸民族貿易的行郊，而農民則在地主、買辦、外國金融資本下承受多重壓迫。台灣和中國進入了半殖民地・半封建社會的階段。一八九五年馬關割台時的台灣，正是作為中國半殖民地・半封建社會的一個組成部分而割讓出去的——而不是一個自來獨立，與中國無涉的半殖民地半封建社會，在世界史的帝國主義時代被日帝殖民地化。

（二）駱駝英說，台灣自一八九五年迄一九四五年被日帝殖民地化期間，也是日帝侵辱中國尤甚的歷史時期。

早在一八九四年，中日為朝鮮對峙，日本出兵我國旅順、大連，屠殺無辜平民六萬人。一八九五年以不平等條約割中國領土台灣，並索取兩億兩百銀圓的賠款。一八九六年到一八九八年，列強紛紛在華割占勢力範圍時，日本向中國強要福建、南滿為其勢力範圍。一九〇〇年，日本夥同列強對華興八國聯軍，清廷戰敗，日本索取不平等權益。一九一五年，日本向袁世凱提出「二十一條」，要求在山東、南滿和內蒙的「優先權」。先此，日本強取其在山東的利權，並出兵占領濟南和青島。一九二〇年，日本與封建軍閥段祺瑞勾結，擴大在華利益，主張日本在北滿、蒙古的自由行動權，實質上賦活「二十一條」，引起全國人民的反抗。一九二八年，當北伐軍隊抵達山東，日本橫加干涉，並製造張作霖事件，暗殺了張作霖。一九三一年，日本發動九一八事變，侵攻東北。一九三二年，日本藉機攻打上海閘北，中日衝突，釀成上海一二八事變。同年，日本炮製偽「滿洲國」，將全東北併為其屬地。一九三三年，日本擴大對我國華北的侵略，提出華北五省「自治」（察哈爾、綏遠、河北、山東、山西），主張內蒙脫離中國而獨立。一九三七年七月，日本發動蘆溝橋事變，向中國展開全面性侵略戰爭，歷時八年，造成中國人民生命和財產巨大慘惻的破壞。

駱駝英的歷史提示，說明台灣割日，絕不是中國片面、漠然、不負責任地把台灣「遺棄」給強權日本。台灣被迫割日，是日本帝國主義對中國人民長期、凶殘的侵奪和壓迫的總過程的一部分。中國人民在現實上與台灣人民一道遭逢了帝國主義下民族的噩運，共同承擔了不可言說的苦難和災厄。研究台灣歷史的「特殊性」時，就不能喪失兩岸人民在帝國主義下共同經受掠奪與壓迫的歷史視野。

(三)駱駝英把歷史的眼光移到當代。他說，台灣現在為國民政府所領有，所以台灣社會形態是中國半殖民地・半封建社會的總構造的一部分。

一九四五年台灣光復，日本帝國主義從台灣撤走，日本在台灣的殖民地政治、社會和經濟崩潰於一夕之間。台灣社會形態從日據下殖民地・半封建社會重編到當時中國由大地主豪紳階級、官僚資產階級、買辦資產階級和大資產階級統治的半殖民地半封建社會，成為它的一環。此所以駱駝英說光復後台灣社會的性質是「半殖民地・半封建社會的普遍性格的具體顯現形態」，意思是說台灣社會在光復後有中國半殖民地半封建的「普遍性格」，同時又表現與台灣「具體」社會條件下「顯現」的半殖民地半封建性。要看到一般性，也要看到一般性下的特殊性，也要看到一般與特殊的辯證法的統一。

半殖民地·半封建社會，是帝國主義和封建主義雙重壓迫下的社會，人性受到雙重性悖理和殘暴掠奪的曲扭，一方面呈現敢於為解放而鬥爭、進取的精神，一方面也造成「崇拜強權」、「以強凌弱」、「奴化」、「悲觀失望」等消極的性格。這些消極性格，是一切半殖民地半封建體制的產品，不獨見於台灣社會，同為半殖民地半封建性質的中國內地社會中也所在多有。這樣，從社會形態的分析著手，駱駝英和楊逵一樣，科學性地解釋了關於「奴化教育」和台灣文學中有消極精神等問題的爭論。

在強調台灣和內地社會的歷史關聯性之後，駱駝英分析了兩個社會的一般性和特殊性及其相互關係。駱駝英說，一九四八年當時台灣社會突出的獨特性，是光復後日產土地的國家占有，外加半封建的地主佃農體制。這就表現為「耕者無其田」，佃農遭受地主的（半）封建榨取。而耕者無其田、佃農遭受地主殘暴的半封建性榨取，也是大陸解放區以外廣泛國民黨統治區社會普遍的現象。從特殊看，台灣有土地大面積「國有」外加半封建土地關係，但從普遍（一般）性看，台灣和大陸國民黨統治區（所謂「半個中國」）在耕者無其田，沉重的半封建榨取上有共同點。因此，和在大陸者一樣，「反帝·反封建」是「台灣革命的任務」，也是中國革命的中心任務。駱駝英接著強調，人們不能忽視台灣社會具體的特殊性（「否則無以認識現實」），也不能忽視特殊性中的一般性（「否則就會曲解現實」），要善於看到特殊與一般的矛盾統一，「而一般總是決定的因素」。他說，台灣的一定的特殊性「必然、而且應該向內地人民的普遍覺醒的一般性轉化」。在台灣社會自有的特殊性基礎上，看見兩岸在反帝・反封建這個共同的革命任務上的普遍性，從而和當時全中國的「民主革命」同步合流。而「文藝工作者的主觀努力，應該就在於促進這個（從特殊向著一般的）偉大的轉變」。

和駱駝英迥然不同，今人則千方百計強調和誇大台灣的「特殊性」，片面地、唯心主義地抹殺台灣與大陸的普遍性和同一性，抹殺和否認台灣與大陸在社會形態、在歷史聯繫上的普遍性和同一性，從而為帝國主義炮製台灣與中國分離的思想和政治。從社會史、社會形態論，從兩岸社會史的歷史聯繫，以唯物辯證法的觀點重新建構民族統一論，是批判當前台灣的反民族論的重要法門。

四、關於五四運動：繼承還是超越

在爭論中，有人主張五四時代（一九一九年）的中國社會性質，即半殖民地半封建的性質至今日基本沒有變，文學運動的反帝反封建的任務也沒有根本改變，所以反帝・反封建、民主與科學仍然是當前建設台灣新文學有用的口號。另外有些人認為時代已變，社會也有了轉變，五四是過去的革命，人們不應該在民主革命的時代還緬懷過去，應當拋卻五四，「繼續革命」。

對於這個爭議，駱駝英還是從中國社會發展的歷史分析，主張既不能認為中國社會與五四時代的社會相比是完全變了，也不能認為五四時代的社會至今停滯未變。他認為中國社會自五四時代以來經歷了大變化，但社會形態總的性格基本上還是半殖民地半封建的社會。

對一九一〇年代以迄四〇年代當時的中國社會史稍做查考，人們有這些概括：

（一）第一次世界大戰期間，列強一時忙於爭戰，正常生產與出口下降。飽受列強榨取與壓迫的中國得以有暫時喘氣的機會。就是這短暫的間隙，中國的民族資本主義在食品、紡織、火柴、肥皂等輕工業領域有所發展。而伴隨民族產業發展，民族資產階級、小資產階級興起。他們對帝國主義的壓迫有經濟上、政治上的反感，對外反對列強的壓迫，對內反對封建政治的貪腐無能。他們在一定程度上支持並參加反帝反封建的鬥爭。

列強對華不平等條件下的投資、設廠、貿易，也生成了中國現代工人無產階級。他們在最惡劣的勞動條件和政治社會條件下，受到最苛酷的壓迫與剝削。於是民族資產階級、小資產階級和工人階級的同盟，在民族資產階級即國民黨左翼領導下，進行北伐革命，共同反對外國資本與國內封建殘餘。

（二）一戰結束，列強資本變本加厲地壓迫中國，民族資本的發展受挫。但國內工人階級革命勢力快速成長，使民族資本感到階級威脅，失去反帝．反封建的熱情和勇氣，終至於向帝國主義和封建主義投降，北伐失敗，資產階級背叛了革命，成為帝國主義資本在中國市場中循環的一個環節。

（三）地主豪紳官僚等「封建殘餘」勢力，成為帝國主義的僕從。買辦的民族資本以金融資本的形式，透過地主、商人、高利貸者榨取農民，屈服於帝國主義，一面又對帝國主義進一步侵凌抱有反感，對中國在政治經濟上的圖強與統一，抱有企望。但買辦資本實際上阻礙了而不是發展了中國的資本主義。

（四）新興的、農村中的地主和富農，以半封建手段掠奪農民。中國農村中的商業資本和高利貸資本，是買辦資本（因而也是外國資本）與國內半封建勢力結合的觸媒。

這樣，中國社會和中國人民從五四以降，一直到四〇年代，一直受著帝國主義和封建主義越來越沉重的壓迫，在本質上，與一九一九年的五四時代只有量的差別，而無質的全面變化，「基本上還是一個半殖民地半封建的社會」。

在簡述五四以來中國社會經濟的演變時，駱駝英提到「最徹底擔負反帝．反封建任務的階級」，即中國工人無產階級在中國革命中的領導地位問題。說工人階級接受民族資產階級的領導，指的是一九二一年中共建黨，一九二四年國共合作成功後，一九二六年北伐革命中，中共（工人階級）接受國民黨（以民族資產階級為中心）的領導。一九一八年後，中國工人階級在先進分子的啟蒙和教育下，有了初步的共產主義覺悟，以罷工和示威向帝國主義資本展開了抵抗與批判。駱駝英說，工人階級「由『自在』的階級轉變為『自為』的階級」，說的就是這一時期中國工人（社會主義）「意識化」的事實。一九二七年，寧漢分裂，國共聯合陣線在凶殘的「清黨」中破裂。同年，中共走向武裝鬥爭，建設解放區。在中國革命中，工人階級於是「上升為領導革命的階級」，而中國資產階級由於先天的局限性，叛賣了革命，走向與帝國主義、封建主義勾結自保的道路。

從一九一九年五四時代一路敘述中國社會與革命的總形勢，駱駝英清晰地看見了眼前即將來臨的變化。「三十年來中國雖然還是半殖民地半封建社會，中國革命的任務還是反帝反封建，但這個社會不單產生了量變，也部分地產生了質變。」「中國社會「部分」的質變，指的是一九二七年以來的蘇區、解放區。這些地區的土地革命，從根剷除了中國幾千年來封建和半封建的主佃關係。工人和農民的同盟所領導的蘇區，建立了工農的政權、社會經濟體制、文化和武裝力量。而從四八年的形勢看，「革命已經獲致若干程度的勝利，而且臨近決定性的勝利」。將來「新中國便誕生，封建勢力與帝國主義加諸中國的壓迫的主幹與主根已毀……」。

在這全面的社會史的分析後，駱駝英做了這結論：文藝作為當前（一九四八年當時）反帝反封建有機結構的一環，「應該不但承繼五四精神和五四以來一切優良的傳統，也要提高那種精神，發揚那種精神」。在四八年當時，台灣新文學的建設，回到五四的反帝反封建、民主與科學的原點再開步向前，是正確的道路。順便一提，抗戰期間前述「中華全國文藝界抗敵協會」重新提及了五四運動「民主」與「科學」作為當代文學抗日統一戰線的口號。這次論爭中，楊逵等人再次表示台灣新文學的精神是「民主與科學」，其來有自。

五、馬克思文藝思想理論的傳播

在綜合討論了五四社會與五四精神的今昔，駱駝英就新現實主義和浪漫主義及其相互關係，就革命浪漫主義的問題，就文學中的「個性」、「群體性」和階級性諸問題等做了在台灣文藝思潮史上為頗為全面的闡發。中國自二〇年代開始，普羅文學思想逐漸發展，至一九三〇年「左聯」成立，經過與新月派、與「民族主義派」、「自由人派」的論爭，也經過左翼文壇內部的爭論，從蘇聯國際革命文學運動中汲取和發展了馬克思主義的文藝理論，形成了中國進步作家和評論家中有系統的、共同的語言。一九四六年避禍東渡來台的詩人和文藝評論家駱駝英在台灣留下的理論的跡痕，說明了二〇年代以降中國的馬克思主義文藝理論的水平。以下是對於駱駝英提起的、馬克思主義的創作方法論，略作補充：

（一）關於「新現實主義」

十九世紀三、四〇年代，資本主義殘酷的積累運動對人產生了空前的破壞時，英國的「憲章運動會」作家就描寫英國資本主義初期積累過程中人所受到的殘暴剝削，也描寫貧困工人的反抗；德國也有詩人維爾德描寫在德國資本壓迫下的工人和他們的反抗；在巴黎公社革命中出現的文藝作品，強烈控訴了法國資產階級對工人革命的殘酷鎮壓。這就是駱駝英所說新現實主義的萌芽期。

一九一七年工人階級的蘇聯成立。在俄國革命向著勝利發展的過程中，自然地出現了一批描寫工人、被壓迫者的鬥爭，鼓動無產者起來革命的文學作品——例如高爾基的《母親》。他們以全新的語言，新的思想感情，寫新的生活畫面、新的人物，描寫在革命的風雨中成長的工人英雄。正是在新蘇聯向著社會主義建設挺進的時代與社會中自發產生的文藝作品中，逐漸凝結了「新現實主義」的創作方法。

體系化以後的新現實主義創作方法論有些內容：（1）在哲學、世界觀上站在辯證唯物主義和歷史唯物主義觀點上；（2）在政治上，要有「與歷史發展方向相一致的階級」，即工人無產階級的立場——這樣一種藝術思想和創作方法。

在哲學、世界觀和階級立場外，新現實主義創作方法主張將向來的（唯心主義的）浪漫主義和（機械唯物論的）現實主義中優良的部分加以辯證統一。馬克思主義文學論把十八世紀浪漫主義區分為寫個人思想感情、感傷、憂悒和唯心主義的「消極的浪漫主義」，和寫敢於進取、鬥爭、敢於向腐朽的黑暗勢力對決，為仁愛和公義獻身的精神的「積極浪漫主義」。

在描寫新蘇聯走向社會主義的人物與生活時，表現了對於未來新社會的熱烈憧憬，表現了敢於鬥爭、敢於勝利的英雄主義和樂觀主義，不但要表現過去和當前的現實，也描寫深信不疑的、未來光明的現實。這種革命的理想主義、革命的樂觀主義和英雄主義，就稱為「革命的浪漫主義」。

而新現實主義，是現實主義（對過去和現在的現實的理性、深刻、實事求是的把握和表現）與革命浪漫主義（對於光輝未來的企望）的辯證的綜合。革命浪漫主義又絕不是對於未來的唯心論的一廂情願的企盼。駱駝英說，先以辯證唯物論和歷史唯物論科學地認識當面社會的性質（例如半殖民地半封建社會），連帶認識了革命的目標和性質（例如反帝反封建的目標，又例如由工農領導的資產階級民主革命即新民主主義革命的性質）；從而認清了變革的任務（例如打倒帝國主義，打倒以大地主、官僚資本和買辦資本為核心的封建勢力）……。「總之，（理性、科學地）認清了現實及其必然的未來憧憬（例如建立新民主主義的、人民民主專政的新社會、新國家），從而產生追求、憧憬、爭取的熱情和實踐（即革命的樂觀主義、理想主義和英雄主義＝革命的浪漫主義)。」在對於社會現實的科學認識基礎上，強調革命浪漫主義，這就是新現實主義的創作道路。

(二)關於個性和典型性

駱駝英關於個性的討論，分成兩個範疇。一個是在階級社會中個人個性的解放問題，一個是在文學創作上人物塑造時的典型性問題所涉及個性、階級性等問題。

有人為了救當時台灣新文學抑悒、消沉、狹窄之弊，主張援十八世紀浪漫主義的狂飆運動，解放人的思想感情。駱駝英認為，在革命奔向最後勝利的時代，我們需要的是「階級的個性與情感」，不是個人的、私自的個性與情感。個人性最終的解放，只能等待舊社會崩壞，新社會誕生，人才能從向來階級社會的政治、經濟的抑壓中解放，人才有真正的個性與情感。

關於新現實主義創作方法中典型人物塑造的問題，駱駝英寫得比較概括。以盧卡契為代表的現實主義論，講典型人物與典型情境(駱駝英稱為「情勢」)及其交互作用。在這一方面，就駱駝英所設定的範圍，講得已夠清楚，就不必另加補充。

六、結論

駱駝英從台灣社會形態分析的高度，展開了有關台灣新文學諸問題的理論。從歷史上看，有體系地以歷史唯物主義和辯論唯物主義分析台灣社會，是一九二八年台灣共產黨的綱領和一九三一年的台共第二綱領開端的。一九三一年日帝全面鎮壓，台共崩解，謝雪紅等幹部入獄，台灣社會形態性質理論的發展受到頓挫。一直等到二十年後，台灣光復、日帝傾覆的一九四八年，才重新成為重要而深刻的理論方法，在台灣文學問題的廣泛論議上展開。

台共第一次綱領指出，台灣社會由日本帝國主義現代獨占資本經濟和台灣本地的「前資本主義」即半封建經濟所構成。而早熟地奔向帝國主義的日本資本主義，內包著封建殘餘。台灣本地萌芽的資本主義因被迫依附於日本獨占資本而難以完全地資本主義化。這是對台灣社會為「殖民地半封建社會」的性質說明。

第一綱領認為，台灣本地新生資產階級數量小，力量薄弱。在殖民地半封建社會進行資產階級民主革命的任務，遂無從由這弱小的資產階級負起領導責任，而勢必委由台灣工人階級及其同盟者——農民、小資產階級和「進步的資產階級」結成同盟，達成推翻日帝統治，完成民族的獨立，「建立台灣共和國」的目標。這幾乎是二〇年代末台灣版的「新民主主義革命論」了。

第二綱領的內容，就社會分析言，與第一綱領大體相同，不過在社會階級分析和階級同盟的政策上，受到中國革命「左」傾氛圍的影響，基本上將資產階級排除在共同陣線以外，並增加了「土地革命」的綱領。

一九二八年和一九三一年的台灣社會性質論因三一年大鎮壓而噤絕。這次一九四七年開始的台灣文學諸問題論議中的台灣（連帶地中國）社會形態論的展開，也因一九四九年四月一次鎮壓中被抹殺。從此，台灣的知識生活和社會科學中，永遠失去了馬克思主義的、辯證唯物主義的和歷史唯物主義的分析和批判視野。今天，台獨派反共唯心主義和西洋進口的各色後現代主義仍能以其粗暴和空虛、浮淺，招搖於所謂「學界」和評論界，原因之一，就是台灣在白色恐怖的歷史中喪失了此一民族解放的激進傳統。

綜觀這次文學論議，總地看，省外評論家的理論裝備一般地高於省內者。這是因為內地和台灣有不同的歷史環境之故。早從二〇年代開始，普羅文學的理論在國際普羅文學運動的激盪下進入中國文藝思想界，配合二〇年代激動的歷史，重要作家如郭沫若、沈雁冰、蔣光慈、郁達夫和魯迅等，都對普羅文學論有所闡發。一九二七年北伐，進步的作家投入革命。北伐失敗，有蘇聯和日本留學背景的左派知識分子，再度提出「無產階級革命文學」的口號，在理論上，大量注入國際普羅文學的、來自蘇共「拉普」和日共「納普」的理論系統，顯著提高了中國的馬克思主義文論。三〇年代前後，左翼文壇形成了「創造社」（後期）和「太陽社」和魯迅為主宰的「中國左翼作家聯盟」這些影響深遠的左翼文學社團，歷經與「新月派」、「民族主義派」和左翼文壇內部關於文學上各種問題的爭論，發展和積蓄了和中國具體歷史條件相適應的馬克思主義文藝理論。在抗日戰爭時期，在民族危機下，中國文壇在左翼文藝圈的領導下，建立了廣泛的抗日文藝統一戰線，並相應地發展了理論和口號，推出了文藝創作，有具體收穫。

台灣的二〇年代，是新文學的萌芽與成長期，也是反日社會運動蓬勃開展的時期。在理論發展上，一直要等到一九二八年和一九三一年台共兩次綱領的出現，才初步有了馬克思主義的台灣社會論，但關於台灣新文藝戰線上普羅文化、普羅文學理論的提起，則一直要等到一九三〇年謝雪紅和賴和等人出刊《台灣戰線》，才提出以普羅文學為解放事業服務，無產階級向資產階級爭奪文藝權利；促進台灣文藝的革命化等比較簡單的口號。一九三一年，日本無產階級文化聯盟（克普）台灣協議會成立於日本。同一年，王詩琅成立台灣進步作家的團結組織「台灣文藝作家協會」，倡議發展有馬克思主義觀點和台灣特性的文學，呼籲培植台灣的無產階級文藝家。一九三七年日本侵攻中國，台灣文化和文藝界被迫納入日本戰爭體制，受到皇民化運動甦醒的壓制，台灣左翼文論的幼苗終告摧折，在中國和世界反法西斯運動中不克列席。

由於這歷史遭遇和歷史環境的限制，不能不說三〇年代台灣的普羅文藝論一般地幼小，一般地停留在口號、綱領，在理論發展和創作實踐上都顯得單薄。因此，一九四七年到四九年春的台灣文學議論中，兩岸文論相會，除了楊逵、歐陽明（藍明谷）與年輕的何無感（張光直）表現出相當深刻的社會科學與邏輯素養，省內作家發言的理論層次相對地不是很高。然而，在文藝創作的範疇上，尤其是楊逵的作品，成功地體現了「新現實主義」即寫實主義和革命浪漫主義的結合的創作方法。

一九四八年八月，駱駝英〈論「台灣文學」諸問題〉的理論貢獻，在於比較全面，相對深入地在台灣提出了馬克思主義文藝思想。一九二〇年代初，中國五四運動中關於語言文字革命，新舊文學的爭論傳入殖民地台灣，在台灣文學的搖籃時代，對於台灣新文學思潮和創作實踐上發揮了十分深刻的影響。而一九四七年的這次論議，從文藝思潮上說，是繼五四之後來自祖國內地的另一次重大的文藝思想影響。在三〇年代台灣普羅文學論的基礎上，假以時日，應當在嗣後的台灣新文學上成熟為思想上、創作上豐碩的收穫。

一九四九年四月六日，國民黨在大陸全面潰滅的前夕，《橋》副刊重要的作家、編輯連同台大、師大進步學生同日被捕入獄。正如三〇年代台灣普羅文學運動遭到日本皇民化運動的粗暴鎮壓而崩潰那樣，四〇年代末台灣的馬克思主義文藝理論的有力的展開，也遭到國民黨反共法西斯恐怖所摧毀。一九四九年十二月，以國民黨偵破中共地下黨基隆中學支部開始，直到一九五二年間，台灣瘋狂地刮起白色恐怖的風火，包括台灣的馬克思文論在內的、民族解放的社會科學、哲學和審美連同黨組和黨人、同情者的鮮血化為齏粉。而在這異端撲殺的血腥土地上，國民黨反共國策文學，作為美國反共冷戰意識形態的現代主義和超現實主義文學綻放蒼白鬼魅的花朵。五十年來，這場卓有意義的文學論議，先被國民黨反動派所湮滅，繼之被台獨反共唯心主義所扭曲、掩飾，在繼之為當前後現代的文論所抹殺。然而，謊言和詐騙無法抹殺血寫的歷史。史料的公開，要求著時代公正的評價。

馬克思主義的文藝理論，在今日文藝社會學和文藝批評上，依然是極為重要而富有生命力的知識體系。九〇年代初蘇聯東歐社會主義國家瓦解，歷史唯物主義尤其關於社會形態的演變論，因為出現社會主義社會向資本主義社會倒退，而產生了複雜的爭論。雖然其中涉及史達林主義的蘇聯是不是社會主義，蘇東社會主義是不是早熟的、人工塑造而缺乏物質基礎的社會主義等紛紜的爭論，但無論如何，社會形態演變論即所謂社會發展五階段論，則無疑受到致命的質疑，連帶地歷史唯物論、辯證唯物論的信譽也不能不受到一定的衝擊。

然而作為台灣文學思潮史重要而又缺佚的篇章，以楊逵、駱駝英為代表的此次論議中在馬克思主義文論上的業績，絕不因此失色。如果拋卻文論不談，馬克思主義的、新現實主義的文藝創作實踐，在世界上沒有偏見的人們和一切被壓迫的人民的眼中，仍然發散著萬丈光輝。高爾基的《母親》、新俄三〇年代的諸多作品如《毀滅》、《鐵流》、《鋼鐵是怎樣煉成的》、《靜靜的頓河》，和新中國時代《創業史》、《紅旗譜》、《金光大道》等，莫不散發著與西歐資產階級文學迥然不同的、表現了人類心靈全新高度的、撼人心肺的作品。

而當著粗疏膚淺的台獨文論和虛無空虛的、舶來的後現代文論亟有待於思考的文藝工作者加以認真清理和批判之際，回首一九四八年一場文學議論的遺產，探測前人留下的理論思想業績，如何能不免於激動和自勵！

一九九九年七月

初刊一九九九年九月人間出版社《人間思想與創作叢刊2・噤啞的論爭》（曾健民編），署名卓言若

〔訪談〕訪陳映真談新作〈歸鄉〉1

第一問／陳映真說：「讓受挫折的人有勇氣再站起來，讓一個受盡侮辱的人得到一些尊嚴……」

問：您過去的作品，經常表達對社會底層弱勢族群的人道關懷，描寫政治、社會環境對於人性的扭曲；新作〈歸鄉〉裡，這些基調大抵不變，而更像一首悲愴的命運交響曲，在這篇作品中，感覺激憤、吶喊減少了，卻有更大更深沉的悲憫，不論台灣老兵、大陸老兵在那樣的時代下生命同樣無可揀擇，能不能談談您個人（停筆後）這十年來心境上的轉變？

陳：一個人不可能不變，但也有不變的部分。變跟不變是常常在一起的。我變的部分當然很多，年齡大了，心情也不一樣了。你提到我年輕時代的作品有一點激憤、吶喊，我不否認，一個作家應該吶喊、應該激憤、應該悲傷、應該喜樂，可是所有這一切，都應該透過文學藝術的手段，從情節、人物、整個藝術上的安排來表現。

十多年後重新執筆，我當然變了，也許我的語言變了，我年輕時候的語言濃度比較高、比較神經質……，因為〈歸鄉〉用對白推動，語言可能比較簡潔吧。而且現在我是更加自覺地，不僅僅寫給那些對語言、文字特別敏銳、有訓練的讀者，我願意寫給那些基本上受過良好教養，但可能未必受過很好的文學教育的讀者，讓他們也能夠在這個故事裡感受和理解我願意讓他感受的東西。

而不變的部分，是我對文學的理解、主張基本上不變。我一直認為文學藝術不應該只是作者自己的私事，一個好的作品，應該能讓迷惑的人得以有清醒的認識，讓憂傷的人得到安慰，讓絕望的人重新點燃希望的燈火，讓受挫折的人有勇氣再站起來，讓一個受盡侮辱的人得到一些尊嚴……讓人對於生活的本質有清醒的把握。

第二問／陳映真說：「大陸的台灣老兵開始回鄉，回來以後，問題叢生……」

問：您一向被視為一個「社會主義者」。從〈歸鄉〉看來，您對於「怎樣做一個人」的信仰似乎從未幻滅；然而在這篇作品裡出現的九〇年代台灣的面貌（經過暴發戶式的「經濟奇蹟」！），有些令人不忍卒睹。您怎樣看待台灣社會的轉變？又如何保持您對理想的執著？

陳：台灣在一九六〇年代中期，開始擺脫傳統農業社會，進入工業化、資本主義社會，這在人類社會發展史上是一道非常重要的關口。並不是所有民族、國家遲早一定都能過這一關。在六〇年代中後期，我們的經濟有很快速的發展，這發展一直到一九八七年，台灣的財富分配基本上還算落差不大，而且以此在世界上受到好評。

可是這種情況，在八七年以後就完全不一樣。隨著蔣經國的去世，台灣的政府很快地轉變成台灣大資產階級的政權，資本獨占化、集團化的趨向非常迅速。九〇年代以後，貧富差距愈來愈大，物欲就更強，金錢、權力、黑道三者的聯繫是兩蔣時代少見的。這影響整個社會對商品、財富金錢的崇拜到了極致。人與人的關係轉變成金錢和商品交易的關係。一切向來崇高的東西，例如親情、友愛、信仰、道德莫不成為可以交易的東西。這就使我們社會原有的人與人之間的紐帶整個破壞了。特別是八〇年代中期到九〇年代以後，台灣土地的商品化特別厲害，財團炒作、地價飛漲，很多農村裡產生暴發戶，向來純樸的農民生活、倫理、道德、價值觀、淳厚的家族觀念解體了！

〈歸鄉〉中弟弟和侄子橫吞哥哥的財產的事，絕不是我自己的杜撰，而且痛心地說，情形還非常普遍！一九八〇年代初我在辦《人間》雜誌時，大陸的台灣老兵開始回鄉，回來以後，問題叢生！他們在大陸吃了不少苦，很想回來定居，可是他回到家裡連住的地方都沒有！家人霸占他的財產，投靠無門、投訴無門，而多半的情形都是第一代還有點手軟，第二代卻非常凶狠！我想這也不是本省人還是外省人的過錯，這是在社會巨大的變化下人的扭曲；是高度發展的資本主義，在沒有一個精神力量的平衡下所帶來的結果。這個結果，與其說令我們憤怒，不如說令我們悲傷！

第三問／陳映真說：「我的作品很早就對於在台灣生活中不同省籍的人的命運有一分執拗的關懷……」

問：您的作品人物中，無論是高貴的、扭曲的人性，一向沒有省籍的分別，新作〈歸鄉〉裡，省籍甚至成為一種弔詭的反諷，您是否有意藉創作打破存在於台灣社會中省籍的迷思？

陳：這個提問是切中要害的。我的確是用這個故事來對於台灣區分外省、本省、中國人、台灣人的主流意識提出質問。有一種意識形態認為台灣人比較善良、樸質、勤勞；外省人比較奸詐、會欺負人、會拐彎抹角。這都是偏見和歧視！好像台灣人都是犧牲者、被迫害的人、善良的人，他們落在狡詐的中國人手裡受苦。可是當我第一次碰到大陸回來的台灣老兵，我很吃了一驚，他們樣子就是所謂的「外省人」，外貌、穿的衣服、西裝的質料，甚至開口講話……你要他講台灣話，他還結結巴巴。我們，在這些離鄉四十年的台灣人老兵跟前，怎麼界定台灣人？如果不能界定台灣人，這種省內省外的分類豈不是一樁重大的欺騙！

再說遭遇吧。那些老兵是台灣人，可是這些善良的台灣人恰恰是被「善良的台灣人」欺負，欺負到這種地步！吞人家的財產、不承認過去一切的恩情，而且是對自己的骨肉。這是可怕的！

如你所說，我的作品很早就對於在台灣生活中不同省籍的人的命運有一份執拗的關懷。對膚色、信仰、種族的歧視已不為文明所許，何況對於同民族的兄弟呢？我關心這個主題，就說明這個問題一直沒有解決。

第四問／陳映真說：「我覺得應該對台灣文學、台灣歷史和社會諸問題進行清理……」

問：能不能談談未來的寫作計畫？

陳：寫了〈歸鄉〉對我是很大的鼓勵。我停了那麼久，十三、四年了吧。所幸我在準備材料、構思、寫作的過程還算挺順利，不會停滯不前，或者老是把稿紙揉掉。寫得好壞先不管它，寫得順手，對我就是很大的鼓舞。

我忽然感覺到，糊里糊塗中已經跨過六十歲了。坐公共汽車開始莫名其妙地有人讓座，這一驚非同小可！我以後大概會寫一篇關於初老的經驗吧。我覺得我搞了這半輩子，從沒想過要賺錢，也沒想過要立功立業。我想著應該把這六十歲以後的十年還給創作。

我現在編《人間思想與創作叢刊》。這個叢刊有兩個部分，一個是理論、一個是創作。理論，是因為台灣文學相關的一些問題一直沒解決。對於「台灣文學」的某些粗疏論說太充斥。有人說台灣文學跟中國文學無關；台灣文學是愛台灣、描寫台灣人、表現台灣意識的文學……現在竟變成一種主流的說法。而這些「理論」如果從社會科學、文藝理論來檢驗，錯誤百出！我覺得應該對台灣文學、台灣歷史和社會諸問題進行清理，這不是統獨的鬥爭，而是從理論上把這些問題好好地說清楚，挑戰當前主流的說法。如果能夠引起爭論就更好一些，但我希望是很有品味的爭論，而不是帽子丟來丟去！

這個刊物的第二個任務是搞創作，我一直覺得現在台灣文學的創作有些問題。鄉土文學論爭以後，具體地說，還很少有藝術上優美、思想上深刻，讓我們讀了忘不掉、受啟發的作品。問題出在哪裡，我不知道，可是我想，如果這個刊物能夠作為一個園地，有幾個有心的作家好好寫小說，寫出對人、對我們的民族、處境、我們的生活真誠的思維跟終極的關懷，思想上比較深刻、藝術上比較好，又感人極深的作品，形成一種文學主張，那就好。

可是第一期的創作比較弱，這也是使我覺得得親自寫作的原因之一。過去我寫東西，一定要有人逼著我才能寫。以前的作品都是人家催出來的，現在給自己找個麻煩，讓刊物來逼我。可能的話，每期在這上面有一篇小說，我希望至少一年能有三篇到四篇。

除了小說，其他散文甚至連詩我都想寫，我年輕的時候沒有寫過詩。從現在開始的十年裡，我要專心地把精力放在寫作上，這是我夢寐以求了幾十年的生活，現在就應該那樣做，否則很快十年又會過去了。

初刊一九九九年九月二十二—二十五日《聯合報・副刊》第三十七版

1 訪問、記錄：宇文正。

「馬克思主義文論在台灣的中挫」特集・編案

一九四七年二月末爆發的二二八事變，在三月初的血腥屠殺下平息。事變使台灣經歷了同民族政權所發動的恐怖。當時島上如何瀰漫了忿恨、驚慌、沮喪和失望的氛圍，可以想見。

但僅僅離開三月屠殺半年之後，《台灣新生報・橋》副刊，在主編歌雷（史習枚）組織下，展開了意氣風發的關於台灣文學建設問題的爭論，收穫了前後約二十七人共四十幾篇文章，成為台灣當代文學史上新出土的重要史料。而我們以為持續到一九四九年三月間的論爭，有這些意義：

（一）台灣光復，重歸祖國，開展了台灣歷史從現代進入當代的嶄新的一頁。深刻意識到台灣新文學因過去日帝百般壓抑而無法有更大、更好的發展，如今台灣解放，省內作家和評論家亟思克服困難，力求台灣新文學在新時代有更大發展，而在台省外作家和文化人也深以為台灣文學可以發展、應該發展。在這共同期許下，省內外作家知識分子紛紛出謀獻策，展開了圍繞在「建設台灣新文學」的中心意旨上的熱情洋溢的討論。

（二）正是在迎接台灣光復，台灣新文學要自覺地相應於政治上的回歸而力爭在文學上的回歸這樣一個熱意上，省內外論者眾口一辭、異口同聲地強調了台灣（文學）是中國（文學）的一部分；「台灣文學」的提起，正是使台灣文學深刻表現其歷史和人民生活特殊性，而向著與中國文學最終統合的認識上提出來的。為了同一而認識特殊；在特殊性中看見同一性；特殊與同一的矛盾統一。這是一種為了與中國統合的、獨特的「台灣意識」的辯證思維，為今人所不知。

（三）在爭論中，省內作家與省內作家、省外與省外的作家，以及省內與省外的作家間，容有枝節上的異見，但為了幫助、促進台灣文學之建設的熱情與真心實意、相互的團結，特別在四七年三月屠殺之後，令人印象極為深刻。

（四）在理論收穫上，這次論爭是繼台灣二〇年代新舊語文和新舊文學的鬥爭、三〇年代漢語白話和台灣話文的爭論，和三〇年代普羅文學的提起之後，理論水平最高，收穫最大的一次論爭。在理論的方法論上，提出和應用了歷史唯物論、辯證唯物論、社會形態理論、新現實主義和革命浪漫主義等左翼的、馬克思主義的創作方法論，在台灣文藝思潮史上，意義至為重大。

（五）一九四九年四月六日，國民黨在內戰中全面崩潰的前夕，成為大陸自一九四六年以來水急浪高的反戰民主國民運動和學生運動的驚弓之鳥的在台當局，對台大、師大進步學生和

《橋》副刊的編者歌雷、作家楊逵，參與論戰的作者孫達人與何無感（張光直）進行鎮壓，逮捕入獄。一場極具台灣文學思潮史重要性的論爭，遽而中絕，揭開了一九四九年末以迄一九五二年的反共異端撲殺運動，連根摧毀了自日據以來台灣民族解放的、進步的人脈、組織、哲學、社會科學和文藝思想，迎來了五〇年代反動的國策文學和美國冷戰意識形態的現代主義和超現實主義。

事隔五十年，這次台灣文學論爭被國民黨官方徹底湮滅。一九八〇年代，台獨派掌握了論爭資料。對於這些大不利於台獨文論的資料，有人束之高閣，視若無睹，不加研究和分析，有人獨占資料，對外發表欺詐歪曲的解說，把爭論說成是一場強調台灣文學特殊性的自主派，和以台灣文學為中國文學之一環的大中國論之間的鬥爭；批評當時不論省內外作者眾口一辭主張的台灣（文學）是中國（文學）的一環論，斥為沒有經過歷史檢證的謬說……。

史料是不可獨占的。企圖以史料的獨占，又挾史料的威信欺天下之人，是愚不可及的行徑。研究可以有黨派性。但研究以起碼的誠實、對客觀真實的尊重為基本條件。

我們將一九四七年末以迄一九四九年初在台灣的文學論爭資料彙編成《一九四七—一九四九台灣文學問題論議集》，與本叢刊同時另書出刊，公諸兩岸的台灣文學研究界，並在本期叢刊中做了初步的評介，冀以抛磚引玉，並示吾人以此爭論之資料為天下公器而不私。

初刊一九九九年九月人間出版社《人間思想與創作叢刊2・噤啞的論爭》（曾健民編），署名編輯部

「台灣文學」是增進兩岸民族團結的渠道

讀楊逵〈「台灣文學」問答〉1

台灣進步文論的三個波次

一九四七年十一月以迄四九年二、三月間，在當時《台灣新生報》副刊《橋》展開了有關戰後台灣新文學諸問題的議論。我們說「議論」而不說爭論，是因為如同參與了當年議論的孫達人先生所說，當時的爭議或有台灣文學枝節問題上的不同意見，卻基本上沒有根本性的矛盾。現在看來，關於要不要重新高舉五四新文化和新文學運動的問題；怎樣看待所謂日本在台「奴化教育」的影響問題；浪漫主義和現實主義問題，和怎樣理解文藝的階級性、個性等問題，參與討論的人顯然有程度不同的異見，但至少在三個問題上，表現了高度的一致：（一）台灣是中國的一個組成部分，台灣文學是中國文學的重要一環；（二）戰後台灣新文學有待發展、可以發展，而且應該為了重建戰後台灣新文學而團結努力；（三）文學為人民，文學為了改造，要到人民中去，深入人民的生活，理解人民的思想感情，建設屬於人民大眾的文學。

台灣新文學歷史中第一波左翼文學理論運動、受到三〇年代初國際無產階級文化運動和文學運動的影響，也在一九三〇年代初引入了台灣。這一年，由殖民地台灣共產黨人王萬得和台共忠誠的同路人共同創辦的雜誌《伍人報》上，就台灣新文學在殖民地條件下的語言策略，開展了白話文和「台灣話文」的爭論。現在看來，白話文論著重反對被日帝同化，在殖民地堅持白話漢語的敘述策略，而台灣話文論，則強調了殖民地台灣在語文環境與祖國的斷絕條件下，為了對廣泛民眾做有效的、廣泛的反日民族解放運動的宣傳和鼓動，主張使用勞動大眾比較容易掌握的「台灣話文」表述。因此，如果白話文論是出於反帝運動的民族解放戰略，則台灣話文論就是從反帝階級運動出發的戰略了。

也在一九三〇年，台共黨人謝雪紅、楊克煌、郭德金和先進文學家和知識分子賴和，與王敏川等創辦了雜誌《台灣戰線》，宣傳發展無產階級文學以促進在台灣的革命；主張從資產階級手中把文藝奪回到無產者手中；促進和發展台灣的無產階級文藝革命。一九三一年，無政府主義者王詩琅組織了「台灣文藝作家協會」，主張馬克思主義的、具有台灣特殊性的新文學，主張培養台灣的無產階級作家。

一九三一年，日本一方面發動侵攻我國東北的「九一八」事變，一邊對當時台灣的反帝民族運動和階級運動進行全面鎮壓。從崩解的組織和鬥爭的火線上撤退的黨人，加入了台灣當時的無產階級文化及文學運動，企圖藉以重建組織以活動。然而形勢日趨於險惡，台灣新文學史上第一波左翼運動遂寢。

然而，依據現存十分有限的資料，台灣左翼文學第一波次的鬥爭，在理論和文藝評論上，基本上停留在簡單的一般論上，基本上不免於機械論和庸俗化。但揆諸當時的條件，毋寧是當然的事了。

一九四三年，當著台灣法西斯「皇民文學」論的氣焰最熾的時代，爆發了「狗屎現實主義」論爭。簡單地說，這一年，在台灣代表日本權力推動「皇民文學」的總管西川滿為首的濱田隼雄和少年葉石濤，向殖民地台灣的現實主義文學展開了惡毒的攻擊。他們高舉日本傳統文學的優美典雅，和當面對外侵略戰爭時局下，作為精神動員、協贊戰爭的工具的國策文學，即「皇民文學」的任務要求，批評殖民地下台灣新文學的寫實主義文學在語言上粗鄙、在題材上粗俗，在理論上徒然倚借西方外來的現實主義危險思想，在政治上不識當前「決戰」時期忠勇報國的大體，從而說台灣新文學的現實主義是「狗屎現實主義」。

而即使在日本法西斯政治和思想最猖獗的時代，台灣人評論家世外民和著名作家楊逵等，勇敢地起而反論，捍衛了台灣文學現實主義的傳統。尤其是以伊東亮為筆名的楊逵的文章，指出如果台灣現實主義文學作品中反映台灣傳統封建家族的矛盾，那是對「深刻的家族爭議」的「反省」，不能以題材「粗鄙」不文視之。楊逵從人民具體勞動生產的生活實例，深刻地說明了現實主義與人民和生活的密切關聯，並以生動、深刻的語言，解明了現實主義和浪漫主義的辯證法的關係（編按，請參照本期曾健民相關文章）。在日帝統治的艱苦條件下，楊逵等人在與日帝法西斯進行文化論鬥爭的過程中，有力而深入地闡發了台灣新文學傳統中進步的、批判的現實主義，也靈活說明了現實主義與浪漫主義的關係。

在台灣的馬克思主義文藝理論的發展，至光復後的一九四七年末開始的有關台灣新文學諸問題的論議，展開了第三波左翼文論運動，到了前未曾有的高潮（編按，參閱本刊石家駒文章）。其中，尤以楊逵的〈「台灣文學」問答〉（刊一九四八年六月廿五日）和駱駝英〈論「台灣文學」諸論爭〉（連載刊於一九四八年七月三十日、八月二日、八月四日和八月六日），標誌了台灣新文學思想史上左翼台灣文論的一個鮮明、重要的高度，具有台灣新文學史上深遠、重大的意義。

台灣文學論議的形勢背景

然而，要深入理解一九四七年末展開的那一場關於台灣文學諸問題的論議，就離不開對當時全國兩岸劇變的形勢的充分認識。

一九四五年八月十五日，抗日戰爭勝利，台灣光復，台灣民眾歡欣鼓舞，熱切祈望永久的和平，在積極建設新中國的展望下懷抱了建設新台灣的熱情。在大陸，全國人民在勝利的狂歡之餘，一致渴望從此和平建國，國共和解。八月末，在美國調停下，國共在南京會談，十月十日，雙方訂定國共間《雙十協定》，協議和平建國、地方自治、民主改革。同年十二月，雙方進一步訂《停止內戰辦法》。對此，全國熱烈反響，一致擁護和平、民主改革、建設中國、地方自治的方針。中共並在會談中提出了籌組政治協商會議，團結各民主黨派參政，並建立民主聯合政府，從一黨政府向中國各民主黨派聯合治國的政府轉移等具體建議。

在新形勢的鼓舞下，由全國各民主黨派、人士結成的「中國民主同盟」的活動日益活躍，全國人民要求民主改革建國的願望日見高漲。這卻引起國府對民主學生、民主人士與和平改革運動的蠻橫鎮壓。國府和全國和平、民主化運動形成尖銳的對立。到了六月，國民黨發動了全面內戰，內戰與反內戰國民運動的矛盾更熾。年末，發生駐京美軍強姦北大女學生事件，引發了反美學生示威。一九四七年元月，台北萬餘名高校學生群集台北中山堂示威，支持和響應大陸抗議美軍凌辱中國女學生的暴行的示威，呼喊「美國人滾出中國去！」、「中華兒女不可辱」的口號。二月，對接收台灣的陳儀官僚集團的諸般腐敗和惡政忍無可忍的台灣人民，爆發了要求民主自治、民主改革、和平建設的二二八事變。三月初，國府二十一師登陸，進行血腥鎮壓。三、四月間，全中國反內戰反獨裁學生運動爆發。六月，內戰局勢逆轉，中共對國府展開全面攻勢。在這種背景下，離三月初全島屠殺僅半年的十一月三日，《台灣新生報》點燃了文學論議的火苗。十二月，中共和民主黨派退出國府主導的制憲會議。一九四八年，台灣文學論議集中的一年，原被壓制和非法化的民主人士和各民主黨派南入香港，恢復反內戰、反獨裁、和平民主改革的組織和活動，引起關心時局的台灣知識分子熱切的關注。六月，楊逵發表重要談話〈「台灣文學」問答〉。七月底開始連載駱駝英〈論「台灣文學」諸論爭〉，不久倉促東渡避禍。九月至翌（一九四九）年春，共軍打敗了國民黨百萬大軍於華北三大戰役，解放北平，準備南渡長江。中共在北平廣邀民主黨派舉行政治協商會議，國府敗勢已無從挽回。

正是在這時局之下，一九四八年八月十五日，陳百感提出實踐重於理論、主張理論依客觀的條件提問和解答，理論應平易、普及，理論發展應來自人民的思想和感情。九月五日，陳百感答覆駱駝英時說「歷史展開了新頁」，「『正』和『反』的鬥爭臨到了定命的前夕」，而「文學（家）

已經落後於人民和形勢」。迫人的形勢，躍然紙上。

縱觀台灣的一九四七年到一九四九年的形勢有這些特點：（一）台灣與大陸是中國的兩岸，在政治、經濟、文化甚至軍事上，是相連一體的，因此人們思想、展望是以整個中國為其格局；（二）這一個時期，是一個舊社會、舊政權走向無可挽回的崩潰，而一個新生的社會、新生的政權巍然崛起的時代。這驚天動地的歷史變革，牽動著包括台灣人民在內的億萬中國人民的憧憬和希望；（三）台灣人民在這場歷史劇變中絕不曾袖手旁觀：一九四七年到一九四九年間，千萬台灣知識青年、知識分子從大陸流入台灣的進步雜誌和書刊上熱切地注視著祖國形勢的發展。一九四七年二月事變以後，不少青年東渡大陸（例如上海），一面避禍，一面以更近的距離觀察中國革命的形勢，一面尋求地下黨組，參加革命。當時上海由李偉光醫師主持的偉光醫院，就成了上海地下黨對台工作的聯絡站。輸送和疏散台灣人黨員，成了偉光醫院重要業務之一。在台灣，一九四六年潛抵台灣發展的中共台灣省工作委員會，在二月事變以後，隨著大陸形勢逆轉，國民黨敗亡的傾向益著的條件下，有了快速的發展。成千台灣工人、農民、知識分子、學生和市民參加了新民主主義革命。一九四九年十月，大陸上的革命取得勝利，共和國建政，但台灣的黨人在新形成的國際冷戰態勢下，在美國干預政策中，被國民黨法西斯暴力所摧殘殆盡。一九四九年四月，與此次文學論爭有密切關聯的楊逵、歌雷、雷石榆、孫達人、張光直等被捕入獄，一場文學論議戛然中止。

因此，把台灣一九四七年到一九四九年形勢特徵作為參照架構，才能更真切、更深刻地理解同一時期中關於台灣新文學諸問題的論議。

「台灣文學」成立的理由

截至一九四八年六月二十五日的《橋》副刊刊出楊逵的重要講話〈「台灣文學」問答〉，如果從一九四七年十一月七日歐陽明在同副刊發表〈台灣新文學的建設〉算起，時間上已經經過七個月，其間陸續發表了總共三十八個人次的論議文章或座談會發言稿。楊逵的〈「台灣文學」問答〉是對於前此有關台灣文學諸問題的論議的第一次總結。

首先，楊逵就「台灣文學」一詞有沒有「語病」，能不能，或有沒有必要另自成立的論議，做了總結，表達了他的看法，他同意不能把台灣文學、中國文學、北歐文學、南歐文學分立並論。中國由數十個省合成，但不能，也無須以各省文學「分門別類」。「台灣文學」一詞也一樣。這是說中國各省各地有同一性，可以統一到「中國文學」的總的概念。

但是楊逵和前此的不少論者一樣，在台灣甫告光復的當時，強調了台灣文學「有不同的目標」，「有其特殊性」。依據楊逵，這特殊性可以歸納為：(一)歷史特殊性，即日本統治台灣五十年，使台灣文學「荒蕪」了；(二)日據五十年，使台灣在政治、經濟、社會、教育上發生變化，相對於大陸，「思想的和感情上發生很大變化」；(三)五十年的分離和殖民地化所帶來的變化，造成中國兩岸間一定的隔閡與誤解。本來，台灣光復，復歸中國，原是修補這隔閡的良機，無如國府「不肖貪官奸商」的惡政劣行，不但不曾增進兩岸同胞的理解與團結，反倒擴大了橫在兩岸同胞間的「澎湖(海)溝」；(四)戰後台灣當代文學正所以表現這些特殊性的文學。為此，他特別例舉藍明谷在一九四七年十一月號的《文藝春秋》上發表的小說〈沉醉〉為例[2]，說明「台灣文學」者，正所以表現台灣在歷史中形成的「特殊」的苦悶和葛藤。

和當時的許多籍不分省內和省外的論者一樣，楊逵對台灣(文學)特殊性的提出，不是為了和中國(文學)的一般分殊獨立，而是在使台灣(文學)的特殊性最終向中國(文學)的一般性移行、轉化的思想基礎上，提出了台灣文學獨特的「目標」和「特殊性」。楊逵說，「台灣是中國的一省，台灣不能切離中國。」但現實上中國兩岸人民之間，由於歷史原因，存在著「澎湖溝」，有識之士，都在為填平這鴻溝而努力。而欲達到此目的，對台灣文化和文學做貢獻，省內外知識分子、作家、文化人要「認識台灣歷史」，認識「台灣人民的生活、思想、習慣和感情」，從而「與台灣人民站在一起」。而像〈沉醉〉這樣的文學作品，正是增進對台灣人民的歷史、思想、感情的理解的有效手段。到台灣人民中去,「與台灣人民站在一起」的具體實踐,和創作與閱讀到台灣人民中去、「與台灣人民站在一起」的文學作品,對於楊逵來說,都是填補兩岸人民因歷史和現實原因造成的誤解、不了解和隔閡的鴻溝,從而鞏固「台灣是中國的一省,台灣不能切離中國」的重要手段。而正是在這樣的意義上,楊逵主張「台灣文學」在這特殊歷史時期中大有成立與發展的必要。

楊逵對於台灣(文學)的歷史和現實獨特性的強烈意識,是建立在克服這獨特性而「填補澎湖溝」,最終「不使台灣(文學)切離中國(文學)」,使台灣向著作為「中國的一省」發展的基礎和前提上的。楊逵和他同時代的論者的這種強烈的「台灣意識」,是從力爭台灣的特殊向中國的一般轉化;為了向一般轉化而強調台灣特殊性的辯證法的思維,其深刻性,當然不是今天為了把台灣(文學)從中國(文學)永久分離出去的「台灣意識」論所能望其項背了。

「奴才文學」論

一九四二年,日本全面潰敗的形勢日益確定,美國向日本進攻的「跳島戰略」中曾計畫以台灣「託管」、台灣「獨立」的允諾換取台灣居民對登陸美軍的支持,後因戰術改變不果。日本敗戰前夕，美國亨利．魯斯的《時代》、《生活》和《財富》三大雜誌聯合刊出美國戰後和平方案，主張戰後台灣由國際共管，遭到台灣人如蘇新、李友邦的駁斥。一九四七年二月事變後，美國領使館人員在台灣炮製了一份「民意調查」，聲稱台灣人喜歡被日本或美國人統治，不喜歡「中國人」統治，聲稱台灣人希望聯合國「託管」。一九四七年十月，廖文毅向美國國務院上書，要求以「公民投票決定台灣前途」。與此同時，美國在港台使領館宣傳「台灣地位未定」，美國應協助台人脫離中國。這引起當時在滬、在南京、北平、香港台胞群起批駁反對。一九四八年廖文毅在香港的「台灣再解放同盟」受美支持，遷往日本活動，宣傳「公民投票」。十一月，美參謀首長聯席會議主張將台灣與中國分離，避免台灣陷共，四九年一月，美國務院、國防部主張「鼓勵」台灣成立獨立於中國的反共親美政策……。

正是一九四八年五月，廖文毅在美國唆使下提出「台灣獨立」的口號、外國勢力在世界冷戰態勢中陰謀將台灣從中國「切離」出去的動向，引起楊逵十分敏銳的注意。在論及台灣文學是否可以和一般其他民族、國家為單位的文學分立並論時，楊逵強調了「台灣是中國的一省」，「台灣文學是中國文學的一環」，所以不能將台灣文學與中國文學分立而論。

接著，楊逵話鋒一轉，說如果有「台灣託管派」的人和強欲脫離中國以事大的「親美派」和「親日派」們要發展他們分離事大主義的台灣文學，「這種文學才是與中國文學對立」的，楊逵甚至直截地稱此民族分離論、反民族論和民族事大主義的文學為「奴才文學」。而「奴才文學」斷然不能「得人民群眾的理解、同情與愛護」。他進一步有力地申論，凡「人民支持和同情」的文學，即使為權力所逼迫，也自巍然而立。但「奴才文學」縱有「主子」（美日帝國主義）的支持與鼓勵而「得天獨厚」，「也不得生存」，總有一日，人民將對它棄而不顧。

在對待不同國家、不同民族的文學時，楊逵以階級的、國際主義的觀點，闡明了帝國主義的文學和人民（即勞動階級）文學的矛盾對立性，提出了不同民族的人民文學之間的同一和統一性。他說，「台灣文學和日本帝國主義文學對立、對抗」，「但與日本人民的文學不對立」。台灣人民的文學與日本人民的文學雖有形式、風格等各方面的差異，卻絕不相互對立。而且「中國文學中有台灣文學，世界文學中有中國文學和日本文學」。世界上各族人民「進步的文學」皆各有其獨自的風格與特色，卻不互相對立，和而不同。

在一九四八年背景下，楊逵對於文學和政治上的民族分裂主義和反民族主義鮮明、尖銳、決不含糊的批判和鬥爭，對於台灣文學、中國文學、世界文學的分際，對於帝國主義文學和人民文學的矛盾對抗性以及對各民族人民的進步文學間的同一性等的論述，今日視之，依然有十分深刻的啟發性和現實意義。

關於「奴化教育」

特別是在二二八事變之後，陳儀當局的官僚為推卸自己的惡政逼使民反的責任，把事件原因歸咎於日本據台五十年加諸台灣人民的「奴化教育」。一時奴化教育論幾乎成了台灣人民的原罪，馴至把一切台灣生活中的消極現象一律刻板地歸咎於日本「奴化教育」的影響。這種沒有分析、絕對化的「奴化教育論」，很容易傷害二二八事變後受到嚴重創傷的台灣知識分子敏感的感情。對於這個問題，在〈「台灣文學」問答〉中，楊逵第一個提出了有歷史唯物主義和階級論深度的解答。

楊逵認為，凡存在著民族壓迫和社會階級壓迫的社會中，必定存在著支配者民族或階級為維護其民族或階級的利益，進行對被壓迫民族和階級宣傳既有壓迫、統治與掠奪體制為合理的「奴化教育」。楊逵舉實例說，日帝統治台灣時，確實「存在日本帝國主義的奴化教育」，因為日帝「主子（天皇）要萬世一系（的基業）」，「要將台灣當作永久的殖民地」，所以在台灣施行「奴化教育自然是重要國策」。而「一切帝國主義、封建主義」莫不施行奴化教育，自然就存在「奴化教育」。

但是，楊逵指出：存在為民族或階級壓迫服務的「奴化教育」，絕不等於說被壓迫民族或階級的成員，一概會被奴化。客觀上有奴化教育，「但有沒有被奴化了，是另一個問題」。楊逵認為，「在帝國主義、封建主義控制下的台灣」，一些「自私、自利的人（和階級）」去當統治者的奴才，無非為了要「升官發財，求一頓飽飯」。是帝國主義和封建主義的「環境」（社會體制）使「自私自利的人都去當奴才發財」。那些外族或階級的奴才，主子更動了，依舊去服侍新的主子，依舊去「當奴才發財」。日據時代的漢奸和背叛民族分子，光復後依舊當新朝的奴才。楊逵乃說，「過去的奴才，也是今日的奴才」。楊逵又話鋒一轉，說「（台灣）託管派」和「拜美（國）派」「當然也是這（奴才）一類的人」！

楊逵說，在帝國主義、封建主義和一切存在著民族或階級壓迫的社會，是有「奴化」的教育和機制，但它卻不能使一切人屈服、奴化。楊逵依據他半生反日農民運動的實踐，鏗鏘有力地說，在日帝下，「絕大多數台灣人民不曾被奴化。」「五十年殖民地生活中」台灣人民「反帝、反封建的鬥爭得到大多數台灣人民的支持」就是證明。一切帝國主義——不限於日本帝國主義和一切封建主義，都搞奴化教育。在民族和階級奴隸體制下，都有屈服、奴化的人，不限於台灣人，也有抵抗鬥爭的人——包括台灣人在內。動不動就說「台灣人民受到日本奴化教育的毒害」所以在台灣生活中有這樣那樣的缺陷，是「沒有根據」的。楊逵說，台灣人（在二二八事變後的當時）顯得消極、悲觀、苦悶，是因為「今日台灣人民還沒有力量（起而抵抗）」，是因為在國府統治下「尚未組織起來」的緣故。

二次大戰後，美國以富裕、民主、自由的面貌登上了世界的舞台。在論及帝國主義和奴化機制時，早在一九四八年，楊逵便以犀利的批判揭發了美國的偽裝。他說，有人認為美國很民主。但事實上「美國對黑人不民主」，對美國左翼政黨也不民主。他說「美國在中國豢養了大批的買辦階級」，為美國服務。一九四八年，因為世界冷戰體制正在形成，早在韓戰之前，美國對日政策已經呈現由壓制和解散日本戰爭財閥和政團，轉向與反動財閥、政團勾結以反對蘇聯的端倪，採取了扶助日本反動派以反共的新政策。有鑑於此，一九四八年中，中國大陸人民掀起了「反美扶日」的學生運動和國民運動。在這個背景下，楊逵在評論美國的偽善時說，美國「現在又在扶持日本帝國主義」，想要「扶翼日本反動派壓迫日本人民」，並且再度「壓迫東亞各國人民」。和當前台灣政界、文化知識界長期崇媚美日帝國主義，以依附美日帝國主義為榮耀，引美國和日本重武裝軍事體制強化民族相仇和兩岸對峙，且滋滋然以為得計者相對比，當年楊逵尖銳的美國批判和日本批判的眼光，令人衷心起敬。

增進兩岸人民的理解與團結

台灣光復，兩岸暌違五十年的社會重新接觸不久，就產生台灣和大陸兩個社會的文化哪一邊高的爭論。二月事變後，台獨元老廖文毅間接上書美國國務院，說在殖民歷史中台灣從日本學會了工業，從美國（和西方）認識了基督教，從而使台灣文明開化，在文化上和諸般落後的中國拉開了距離。一九四六年，在《新新》雜誌上的一場文化座談中，著名的台灣人評論家王白淵等抱怨外省人士低估了台灣的文化水平，強調在殖民地下，台灣曾接觸外國的現代文化。在一個意義上，這個爭論至今未歇。今日台獨派和日本右派學者多認為日本對台殖民統治使台灣「現代化」。社會經濟的現代化，使台灣脫離了前現代的中國母體，形成現代「台灣民族主義」。批評這種觀點的人認為殖民地化是為帝國主義的經濟和政治利益服務、對被殖民者進行掠奪和壓迫的「殖民地性的現代化」，阻礙而不是發展了社會，使半封建前現代性鞏固下來而不是在「現代化」過程中揚棄。台灣的殖民地化激發了與日帝針鋒相對以復歸中國祖國為目標的中華民族主義而不是今日意義的、與中國離脫的「台灣民族主義」。今天，在台灣有不少的人相信台灣經濟上繁榮發展、政治上自由民主，視大陸為經濟、政治上距台灣遙遙落後的社會。而兩岸往來十數年，也有人理解到大陸在科技、文藝、人文社會科學的先進性，認識到八〇年代以降大陸社會經濟上快速的發展。

對於這個問題，楊逵首先批評了關於兩岸文化孰優爭論中的全稱命題。他說，「並不是所有的外省人都說（所有）台灣人受到日本奴化教育的毒害」，也不是所有的台灣人都「夜郎自大」，認為台灣文化高於全部的中國文化。楊逵說，這些說法，都源於互相間認識不足。「事實上不是所有的台灣人受到奴化，而台灣文化也並不是非常高。」楊逵認為，兩岸相互認識之不足，有兩個原因。一是日本殖民五十年，使台灣與大陸長期隔絕。隔絕產生誤解與隔閡。第二是當時台灣當局以政治、行政力量，阻止台灣人民正確、比較全面認識中國大陸當時人民革命浪潮洶湧的實際形勢。國共對峙日熾的一九四八年，國民黨搞的「憲政未得切實保障人民的權利」——意思是說沒有思想言論的自由，台灣人民無從自由地去認識舊中國正在消亡、新中國正在代換的中國大陸的現實，從而得以使台灣人民「接觸國內的很高的文化」。而這個被禁絕接觸的「很高的文化」，楊逵似乎指的是當時內地進步的、解放的文化、知識和理論。

於是楊逵痛切地主張省內、省外，兩岸中國之間「切實的文化交流」。增加分斷已久的同胞之間廣泛的交流，在楊逵看來，是當時「省內外文化工作者的任務」。而在台灣，欲達到省內省外人民的相互理解與團結之目的，省內省外文化人「要通力合作」，要到台灣人民中去，藉以「了解台灣人民的生活和思想感情，給予台灣人民支持和同情」。這樣，「做哥哥的人（省外良心人士）可以得弟弟（指台灣人民）的理解與敬愛」，建立反對挑撥、誤解和歧視的民族團結的根基。因此楊逵認為，「台灣文學」的成立基礎，正是在台灣文學反映台灣人民的思想、生活和情感，從而增進省內外人士在台灣民眾的立場上的團結這個職能上。

一九八〇年代，台獨派作家和文論家興高采烈地宣稱：針對於並且分離於中國文學的「台灣文學」的成立。他們宣稱台灣新文學在誕生之初、在日據時代的歷史中和戰後進程中發展了與中國文學殊途的、獨自的文學。至於戰後之初，他們埋怨國民黨早早禁止日語，使一代台灣知識分子失去了議論和創作的語言。他們也說，一九四七年到四九年的文學論爭是什麼強調台灣文學特殊性的「台灣意識」派和強調「台灣文學是中國文學的一部分」的中國「併吞派」之間的鬥爭。今天看來，全部文學論議的原始資料，尤其是楊逵這一篇重要講話，徹底揭發了台獨派的台灣文學研究是如何充滿了欺騙、盜竊、變造的錯誤！

一九四八年楊逵的重要講話〈「台灣文學」問答〉，使楊逵不止於是一個奉行新現實主義創作方法的優秀作家，不但是日據以來一貫身體力行的、實踐的社會運動家，也是一位思想敏銳的、兼通社會科學和進步文學理論的思想家和理論家，從而在台灣文學史上占有獨特而光輝的地位。重讀〈「台灣文學」問答〉，人們不能不因其高度的現實意義，震佩不已！

初刊一九九九年九月人間出版社《人間思想與創作叢刊2・噤啞的論爭》（曾健民編），署名許南村

1 本篇為「馬克思主義文論在台灣的中挫」特集文章。

2 〈沉醉〉作者歐坦生，一度被誤認為與藍明谷為同一人，後證實歐坦生為丁樹南原名。

「不許新的『台灣文奉會』復辟！」專題・編案

近年以來，很有一些研究台灣文學的日本人「學者」，花了不少力氣，去研究一九四三年日本擴大對華南與南太平洋地區的侵略時，台灣總督府「皇民奉公會」（簡稱「皇奉會」）所屬文藝團體「台灣文學奉公會」（簡稱「台灣文奉會」）與「日本文學報國會」共同在台灣推進以暴力扭曲和摧殘台灣人民靈魂深部的「皇民文學」。

客觀地說，台灣人在戰爭末期寫皇民文學的作家，只有周金波和陳火泉。如果一定要把王昶雄也算進去，只有三個人。論其作品，坦白地說，技巧、人物塑造和藝術性拙劣（這是連周金波都公開承認的）。作品單薄，總共十篇不到的小說。在整個日據時代台灣新文學中，這些作品相形下思想道德上鄙下、萎弱，藝術上粗糙，作品和作家數屈指可數。對於這樣的皇民文學，只有台獨派學者加以誇大，說成四〇年代無人不寫皇民文學，進一步為皇民文學塗脂抹粉，企圖對台灣皇民文學合法化、免罪化。繼之，有台灣的前殖民者和壓迫者日本的一夥學者，有組織、有綱領地展開對日據台灣皇民文學進行公開、放肆、驕慢的翻案，視中國和台灣直若無人，事態十分嚴重。

這些跳出前台而為台灣人所知的日本人研究者，有垂水千惠、藤井省三和中島利郎等。他們的書(中譯或日本原文)、文章在台灣公開流通。他們的立論有枝節的不同，但有一條說辭是一致的，即他們無批判地誇大日本的對台殖民統治為台灣帶來「現代化」(日本人叫「近代化」)。他們將皇民文學中台灣人心理的一切傷害和矛盾，都歸因於前現代的台灣人面對文明開化的殖民地現代性時的掙扎與苦悶，而與對殖民地心靈、物質深刻加害的、不知以暴力為人間罪行與羞恥的日本殖民地體制毫不相干！對於他們來說，日本對台灣的殖民使台灣邁入世界史的現代，得以文明開化，教育識字率普及，出版品豐富流通、形成「公共空間」，從而形成「台灣民族主義」，是戰後台灣經濟發展、政治民主化的源頭。總之，日本殖民主義是美善的，有利益和恩惠於台灣……帝國主義有理！殖民制度無罪！

這些日本學者之所以絕不敢於在韓國或北朝鮮發此狂言暴論，卻敢於在台灣肆言無忌，放言恣論，是因為台灣內部自有一種「共犯結構」。在政界，有李登輝這樣的皇民殘餘；在民間，有皇民歐吉桑、有皇民學者、有皇民化的台灣資產階級；在台灣學界，有不少人因反中國、反民族而崇媚日本，美化日本殖民統治。台灣國民中學教科書《認識台灣》(歷史篇)的出台，生動說明了台灣如何將美化日本對台殖民的史觀，上升到國家意識形態的層次。批判日本反動派學者公然為台灣皇民文學翻案的同時，不能不痛切地反省台灣內部醜陋、荒蕪的共犯性構造。

從本期開始，我們將廣泛組稿，深入批判日本反動派學者的暴論，本期只是一個開端。清華大學陳建忠先生的〈徘徊不去的殖民主義幽靈〉是對垂水千惠所著《台灣的日本語文學》的評論，對垂水以日本殖民主義現代論和台灣殖民地知識分子在「現代性」前的矛盾苦悶為言，並巧妙規避了日本對台殖民的歷史責任，以嚴謹的論理，表現了出於自尊和被屈辱者立場的深刻義忿和心靈的疼痛。雖然作者以「中國『遺棄』、日本殖民」論來看待「台灣人的認同錯亂」說不是本刊的立場，但我們尊重他個人的史識，更尊重他那一份義忿和疼痛。

曾健民先生〈一個日本「自虐史觀批判」者的皇民文學論〉，批評了中島利郎為皇民作家周金波翻案的文章。作者認為，中島堅持周金波被定性為皇民作家是一些台灣的文藝評論界不公平地編派給他的；堅持一心向著日本、日本價值和日本人的周金波是「愛台灣、愛鄉土」的作家，無非是為了消解日本軍國主義文奉會奴役殖民地人民的心靈的罪案，最終美化和合理化日本的帝國主義與殖民主義政策。

以垂水、中島、藤井為中心，環繞著一如楊逵所說的親美崇日、民族分裂主義的「奴才」文論家，一個新的總督府文學奉公會正在形成。和這新的日帝文奉會進行堅決的鬥爭，是一切有自尊心的台灣文學工作者無可旁貸的責任。

初刊一九九九年九月人間出版社《人間思想與創作叢刊2・噤啞的論爭》（曾健民編），署名編輯部

中國知識界失去了人民的視野[1]

今天知識界的自我精英意識看來相對高漲，談自己的前途的人多，但把眼光拋向廣泛直接生產者的處境與命運者少。在香港和台灣的中國人，尤其喜歡恣意批評他們所不知道的一九七九年前的中國，也習慣於漠視社會弱小者的慘苦、兀自宴樂腐敗。

普遍流行的看法，總是把大陸當代史一分為二，即建國到一九七九年改革開放前看作一個階段，一九七九年到現在是另一個階段，而一般地否定或負面評價第一個階段，肯定或正面評價後一階段。

這種看法是一般論，有偏見，不見得公平。

中國共產黨領導並取得勝利的中國革命，是中國人民在古老的中華帝國崩潰、軍閥割據、帝國主義侵略、民族經濟破產的總危機中爆發出來的救亡圖強的巨大能量的一個結果。這個革命打倒了帝國主義、打倒了封建主義，消滅了官僚資本主義。沒有打倒這三座大山，今天的中國會怎樣，看看印度就明白了。

中共選擇社會主義是歷史的必然

共和國成立的指導綱領，是人民政協綱領所說，把中國建設成「獨立、民主、和平、統一、富強」的國家。共和國建政以來，走了曲折的道路。但不論是「激進」的道路，還是「務實」的政策，基本上是為了堅心實意為實踐這綱領，則無疑義。

有人批評中共不應該選擇社會主義道路。但這是在百年國恥，被帝國主義豆剖瓜分的命運中崛起的中共，從國民黨手中接下殘破貧困的中國，奔向富強時必然的選擇。

有人批評農業合作化，但這是土地改革後創造出龐大而貧困的小農農村社會後，組織農民，對土地、農具、生產資源合理有效利用的不二法門。人們忘記了：農村合作化沒有中國貧困農民在中國革命進程中對中共產生的深厚感情與信賴，是不可能的。中國畢竟沒有像蘇聯那樣以血洗富農的痛苦完成合作化。

大多數人把這個時期看成經濟停滯、生活貧困的時期。日本學者的統計：一九五三到五八年，中國工農生產總值年增率為百分之十點八；國民所得年增率百分之八點九；工業生產年平均增長率百分之十八，其中輕工業年成長百分之十二點九；重工業年成長率百分之廿五點四。在五〇年代，第三世界國家的經濟成長無出其右。

沒有打倒三座大山，沒有在殘破的國民經濟上調動億萬人民艱苦完成初具規模的重工業體系和國防工業，改革農村經濟，今天中國的發展是絕不可能的。

當然，從反右、大躍進一直到文革，中國走了彎路，留下沉重的創傷，這是人盡皆知的。但是，也得以「選擇社會主義，捍衛革命，建設富強的祖國」這個根本動力，去理解「繼續革命」論和「調整、發展」論之間的爭論，從蘇共對中共的理論上和物質上的壓迫，從韓戰以降美國對中國至今未弛的圍堵中去理解路線選擇的鬥爭。

一九五八年到六六年的經濟從前一時期的快速成長進入曲折發展的時期。今日眾所詬病的中央集權指令計畫經濟，卻是完成從農業引導重工業化的、艱苦的重工業化資本積累的任務。對於貧困的中國，在特定歷史時期，計畫經濟起了重大作用。

一九六六至六八年，經濟成長隨政治、社會的翻攪，嚴重下挫。但七〇年以後的調整，經濟很快恢復。不必等文革結束的七六年，一九七五年工農業總產值比七四年增加百分之一點七（原計畫百分之七）；工業總產值比前一年增加百分之一點三（計畫百分之八至九）；農業產值增加了百分之二點五……。

以文革為代表的「激進」道路的教訓是巨大的。運動固然衝擊了反對革命的一些人，衝擊了官僚、腐敗分子，但運動也使成千上萬純潔、對社會主義革命懷抱不渝的忠心，對解放和幸福深信不移的黨員、知識分子和群眾，使革命本身蒙受難於補償和複雜的損失。八〇年以後，這傷痕轉變為對革命及其信念的反感、冷漠和不信。中共革命走的彎路最大的受害者，正是它自己。中國知識分子從此失去了馬克思主義的變革理論的視野……。

其次，「堅持社會主義，富強中國」的強大動力，不料產生了某種唯心主義，使歷史唯物主義的工具失去效力。主觀意志和願望凌駕於經濟社會發展的客觀規律，「瞎指揮」、灌水的業務成績報告，在「激進」路線或時期層出不窮。尤其嚴重的是，道德分析取代了階級分析。對一個人是不是「資產階級分子」、「走資派」、「右派」的定性，放棄了科學的社會階級研究與分析，而以主觀的政治論和道德論去審判。加上「唯階級論」的為害，使被錯劃階級的人和他們的子女，受到政治上、社會上難以伸直的冤曲，對一代人的損害，至深且重。

一九七九年以後巨大的發展，十分振奮人心。我個人年復一年看見大陸社會經濟的快速發展，尤為激動。從發展社會的觀點看，中國在七九年後的躍升，看來尚未有理論上的解說。但我深知這麼大、人口眾多、底子單薄的中國的崛起，是十分不容易的奇蹟。中國人民力爭復興、獨立和富強的歷史悲願，沒有比現在更貼近其實現的目標。

大陸社會經濟快速發展的隱憂

當然，這快速、巨大的發展，就像一切國家的經濟發展一樣，可能內包著複雜的問題。但我只舉兩個隱憂：

(一)是在七九年特別九二年以後強大的民族積累運動中，讓「發展」這個火熱的目標，遺忘了在生產現場中的廣大工人階級。農民的階級分解問題也沒有受到應有的重視。初期積累的殘酷剝奪，相當普遍。「工農階級的同盟」的實質，引起人們的憂思。

(二)知識界的思想意識形態也發生巨大變化。過去「臭老九」論固然不對，今天知識界的自我精英意識看來相對高漲，談自己的「體系」，談自己的前途的人多，但把眼光拋向廣泛直接生產者的處境與命運者少。如前文所說，中國知識界忽然失去了人民的、馬克思主義(更遑論社會主義)的視野。

邇來，我常想起毛澤東在六〇年代初在北戴河一個會上講的話。原文忘了，身邊一時找不到書，但大意我卻記得。

毛澤東說，一九六〇年後，談（革命的）光明面的人少了，談黑暗面的人多了，思想情況很混亂……現在讓（農村）個人經營和集體經營相互競爭，實際上是鼓勵私人經營。農村兩極化、貪汙、腐敗、竊占、投機橫行。有人富了，但軍人、烈屬、工人窮了。

人們完全不能引用這般話去概括改革開放以後的中國。但它的引人反省與深思，卻與日俱增。

在香港和台灣的中國人，尤其喜歡恣意批評他們所不知道的一九七九年前的中國。他們對中國革命起於屈辱，起於對獨立自強、自救於危亡的思想一無所知，並且在「富裕」中嘲笑民族解放的執著。在香港和台灣的中國人，也習慣於漠視社會弱小者的慘苦、兀自宴樂腐敗。我不反對這些人也來謳歌新中國的五十歲生辰。但一生局促的我，只能對盛世進獻危言，作為我獻給偉大的中國人民的小禮。

初刊一九九九年十月《明報月刊》（香港）第三十四卷第十期、總四〇六期

1 本篇為「新中國五十年總評說」專題文章。

一九九九年秋祭祭文[1]

一九九九年十月二十四日之良辰，台灣地區政治受難人互助會、台灣地區戒嚴時期政治事件處理協會諸同志、同仁暨犧牲者遺屬，來到五〇年代初為台灣和祖國人民的解放、民主與自由壯烈犧牲的烈士們靈前，致以深切的哀思、無限的懷念和沉痛的悼念。

十九世紀結束的前五年，從台灣淪為日帝殖民地的那一刻開始，台灣農民就面向日帝的鋒鏑進行了長達二十年的武裝游擊抵抗。一九二〇年代開始，不甘於奴役的台灣兒女，結成了反日聯合戰線，以思想啟蒙運動、議會設置運動、階級運動、農民組合運動、民族解放運動和民主運動等廣泛領域的聯合與分擊，展開了反日民族民主鬥爭，留下輝煌的史蹟。

一九三〇年代初，日帝全面鎮壓。但從火線上退下來的戰士，仍然在文學和文化陣地上堅持了反法西斯鬥爭。

隱忍度過了法西斯全面支配的四〇年代初，在一九四五年八月，台灣迎來了光復，從日帝殖民地枷鎖獲得解放。

一九四六年，國府當局不惜違逆全中國人民和平建國的普遍願望，破棄《雙十協定》和停止內戰的協約，悍然發動了全面內戰。一九四七年，國民黨血腥鎮壓了台灣人民要求和平、民主改革和自治的二二八蜂起事件。這前前後後，您們敏銳而熱切的眼光看見祖國新生的形勢正逼人而來。您們於是在台灣投身於中國新民主主義的革命。

然而，當新生的共和國向世界宣告她的成立的一九五〇年，您們卻在美帝國主義默許下，在法西斯的屠刀下一一仆倒。鮮血滲透了馬場町清晨溼冷的泥土，但您們不閉的眼睛依舊向西凝望著牽牽掛掛的祖國。

今年十月，共和國，啊，您們以青春和熱血相許的祖國，度過了她的五十生辰。現在，早早地打倒了帝國主義、封建主義、官僚資本主義的祖國，繁榮昌盛，屹立在世界的東方。祖國從來沒有比現在更靠近作為一個獨立、富強、民主、和平的國家的理想。您們切切期待的復興的祖國，正在不可阻擋地升起。在您們流亡、鬥爭、繫獄、臨刑時內心深處堅定地懷抱的紅旗，如今以她閃耀的輝煌，高高地招展在祖國的和風中。這是可以大大地告慰烈士們於九泉的信息了。

「安息吧，親愛的同志，別再為祖國擔憂……」

您們一定還記得當年難友們把您們送走時、含著悲憤低唱的這一段歌詞。但同樣的歌詞，如今已有了新的、積極的意義。

安息吧，同志們。祖國的雄飛，兩岸的統一，已經沒有任何勢力可以阻擋其實現。帝國主義的侵凌，祖國分裂的歷史，勢將一去永不復返！

西望雲天，紅旗飄飄。祖國雄飛，烈士含笑。
英靈有知，山河齊嘯。嗚呼，哀哉，尚饗！

本文依據手稿校訂

1 本篇誦讀於「五〇年代白色恐怖犧牲英烈秋季追悼慰靈祭大會」，一九九九年十月二十四日；手稿標題〈祭文〉。

為什麼〈野草莓〉[1]

戰後台灣文學的創作和文論有一個顯著的特色，即長期受到美歐文論的操縱。五〇年代到七〇年，美國傳來的現代主義和超現實主義成一代顯學。九〇年代以後，美國學園轉運而來的後現代主義諸文論，經過小說評獎，媒體宣傳，一時為之沸沸揚揚。我自己在五〇年代開始做小說，目睹了現代主義支配二十年文壇。但一場鄉土文學論爭，留下來的卻只有素樸現實主義的、描寫了具體的人與生活的作品。近年以來，語言貧乏，敘述力捉襟見肘，嗡嗡地在小說中談欲情、身體、器官、談同性戀、談性別認同的倒錯與混亂、敘事觀點的跳動、談後設和故事結構鬆散雜亂的作品，在每一次評獎應徵作品中氾濫成災，形成台灣文學上的嚴重公害。這些作品的上焉者，使博學的評審人提起作品如何與某某後現代主義大師神似，從而申論一番，力薦應予鼓勵和推薦獎，下焉者使評獎人讀得又生氣又沮喪，卻沒有見過一篇能引起讀者共鳴和感動的、難以忘懷、低徊不已的古典作品。無論如何，這種文風、文論和作品，怎麼也說服不了我這樣的讀者。

我推許〈野草莓〉，理由至為簡單。它用心、老實地說了一個故事。它的人物饒世澤是在生活中有轉折蛻變的、活的人。他從一個有理想，讀名著滋養心靈，對眾生負有「責任感」的青年，在文革的非理和窮山惡水的自然中，因他無法自抑的原始肉欲的驅使，一步步成為庸凡粗俗的地方小幹部。

此外也就不必多說了。語言好。這幾乎是大陸來稿的明顯優勢。兩岸漢語水平的落差，令人怵目驚心。再是結構嚴實。時空交錯，當然有人大笑是老掉牙的手法。但我覺得老老實實營造一個結構密實的作品，比寫搞鬼作怪以示「創新」者要難得太多了。當然，作者最後多寫了幾行，扯上洪澇災害，在我看，不免蛇足了。

從五〇年代開始，我就一貫不信「現代」、「抽象」、「超現實主義」的邪。九〇年代後，看見在西方文論「大師」的指揮下諾諾應唱的台灣文壇，我深深感覺到這些文論和創作的空虛。

在電腦化的時代，一整代做文章表情述意從小不必也不要人修改、編輯、教育的漢語文（英文也高不到哪兒）的野人，勢將洶湧登場。我是相信文學消萎的宿命的人。但在這趨勢中仍有人願意、而且有才能好好地寫一個故事，我就不吝於鼓舞和稱許。

這就是我為什麼在評審會中老盯上〈野草莓〉的緣故。

初刊一九九九年十月三十一日《聯合報・副刊》第三十七版

1 本篇為一九九九年「聯合報文學獎」評審意見。樊小玉〈野草莓〉獲一九九九年第二十一屆「聯合報文學獎」短篇小說獎第三名。

歌德格言與反思集・序

歌德(Johann Wolfgan von Goethe, 1749-1832)是世界文明歷史中罕見的、具有多方面才能和淵博的、百科全書式的知識的天才。他不僅僅是生前就飲譽全歐和全球的傑出文學家——他寫詩、寫詩劇和散文劇、寫小說和散文，他也是知識廣博的科學家——他的科學知識涵蓋了礦物學、植物型態學、比較解剖學和光學等。令人驚異的是，他還當過一段時期日理萬機的行政官員。

在文學上，他的《少年維特的煩惱》轟動了浪漫主義時代的全歐洲，使當時千萬讀者為維特感傷的愛情落淚。他的詩劇《戈茲》(Gotz)和《愛格蒙》(Egmont)等，表現了他對自由的熱愛，對壓迫者的抵抗精神。他的詩劇《浮士德》，在表現人如何突破形體和生命的限制，戰勝與生俱來的軟弱，抵擋各種誘惑，奮力追索知識、文明和精神的至高境地上，在世界文學中無出其右。他的名字，幾乎毫無異議地和文學史上最受敬畏的莎士比亞、荷馬和但丁同列共祀。

這本《歌德格言與反思錄》，便是從這樣一位偉大文學家、思想家和科學家浩如煙海的思想、審美和科學性體系中擷取出來的、閃耀的珠璣，足以讓不同的讀者從其中個別的章節和語絲中，獲得不同的智慧和啟蒙、心靈的共鳴和精神的更新。戰後以來，台灣的知識和文化生活長期局限於美國的知識文化系統。從歌德這來自歐陸的、縱橫宇內的心智（universal mind），我們期待本書將是一股新的、智慧的清泉，汲之不竭的源頭活水，使任何勤於翻閱，善於利用這本小書的讀者，都受到激勵和啟發。

本書的主要漢譯者程代熙先生，是大陸上知名的馬克思主義文藝理論家。我和程代熙先生相識於九〇年代中期。一個深刻的馬克思主義者而不以馬克思主義為宗教教義，尚能優有餘裕地遊走在像歌德這樣廣闊的心智中；一個深刻的馬克思主義者而長期不是共產黨員，卻在開放改革後充滿爭議的時代，自知病重時堅決申請而成黨員。程代熙的這種風格，引起我的沉思和敬重。

一九九九年五月十二日，程代熙先生因病謝世。在窘迫的條件下出版他所主譯的這本《歌德格言與反思錄》，不僅僅因為這是一本好書，兼以紀念一位可敬愛的友人。

一九九九年十月

初刊一九九九年十二月人間出版社《歌德格言與反思集》（歌德著，程代熙、張惠民譯）

文學思潮的演變

一個作家的體會[1]

現代西歐文藝思潮——以及與這思潮相表裡的創作方法的推移，歷史地看來，和西歐資本主義各個發展階段的推移大抵上是相適應的。文藝思潮的發起、開展和衰落，表面上乍見是由於個別作家、文藝派別、結社的倡導、宣傳與實踐有關，其實是整個社會、經濟結構即「下部建築」所引發的、作為「上部結構」之一組成部分的文藝思想的變化。概括、一般而言，十六世紀到十八世紀上半的、西方重商主義即商業資本主義社會的登場，和「擬古典主義」的文藝思潮相適應；十八世紀中葉到十九世紀中葉，即資本主義表現為自由競爭的資本主義的社會經濟，是西歐「浪漫主義」文藝的基礎；從十九世紀中葉到十九世紀末、二十世紀初，西方的自由競爭階段的資本主義向著獨占資本主義過渡的時代，產生了文藝上的寫實主義和作為寫實主義之極端化表現的「自然主義」思潮；從二十世紀初葉前後至二十世紀三〇年代左右，資本主義進入了國家獨占資本主義的時代，產生了包括象徵主義、超現實主義在內的各派「現代主義」的創作思想。二十世紀中後迄今，以國家獨占資本的擴大化和資本主義的全球化擴張為特色的、概稱為晚期資本主義時代，形形色色、概稱為「後現代主義」的文藝思潮成為統治的文藝思想。

十六世紀到十八世紀上半，航海術有重大發展，發現了新航道，航線所及之地，成為西歐商業資本主義國家的殖民地，在殖民地大肆掠奪金、銀、鑽石等貴重金屬和獸皮、香料。貿易發達，產生了富可敵國的新興商人階級，由富商、銀行家、貴族、王侯形成有利商隊向外擴張的中央集權國家。

在文化上，新興商人階級本身缺少自己的文化，開始以金錢交換傳統僧侶（教會）、貴族、王室的文化，取法古希臘羅馬的古典文學藝術，加以擬模。講究古典格律、典律，崇尚文藝作品的理性、平衡、自制，嚴格服從「三一律」，成為重商主義資本時代新秩序、新精神的表現，重要擬古典主義有古典戲劇家和詩人，如拉辛、莫里哀等。

擬古典主義畢竟是新興商人階級向貴族階級的文化靠攏，為資產階級所用的藝術表現方式。在英國，商業資本主義的擴大發展，以新興商業城市的市民階級為中心，逐漸形成了以咖啡店、報紙雜誌為中心的，介於國家與家庭間的公共領域。在咖啡店和報章雜誌上，市民階級議論時事，發表意見和新的見聞。散文文體登場，因航道開拓的冒險，旅遊紀實普受歡迎，逐漸由紀實發展為西歐第一代小說。著名的小說作家有狄佛、艾迪生、史威夫特等。真正代表了新興資產階級的文體——散文和文藝文類——小說，自此登上了文學史的舞台。

從十八世紀中葉到十九世紀中葉，商業資本主義的進一步發展，帶來低程度的生產力、生產方式和生產過程的發展。簡單的生產機械出現，逐漸導致新能源、新工具的開發，終至引發現代工業革命。大規模機械化生產宣告了工業資本主義時代的來臨。新生資產階級以中小規模的企業，在國內市場範圍內的發展登台。強有力的資產階級市民終於發動市民革命，推翻傳統封建王室與貴族體制，建立了資產階級議會政治的國家。

這時候，因著傳統封建身分制度的瓦解，個人從傳統宗法階級秩序中解放，資本主義的擴張開拓了人類的思想文化視野，在文學藝術上產生了歌頌覺醒，解放後的個人以充滿詫奇的目光對生活、對自己、對自然環境張開了眼界與心靈。個人的幻想、自由的聯想、激動的思想、感傷和狂喜，衝破古典文學的框條，自由飛翔，形成一世代的「浪漫主義」文藝思潮。浪漫主義文學以詩歌為主要的表現形式。著名浪漫派詩人有歌德、海涅、雨果、渥滋華斯、柯萊瑞芝、拜倫、雪萊、濟慈等人。

十九世紀中期到十九世紀末，資本主義又向前發展。企業為不斷追求利潤，不斷地擴大企業體的規模，以達到價格與市場的獨占的目標。社會階級兩極分化，工業城市以工商業為中心而形成，人口、特別是貧困的工人蝟居城市，形成貧民窟。人受到資本主義工業化的強大、快速的運動所支配……而階級貧富的嚴重矛盾，促進了形形色色的社會主義思想與實踐。馬克思主義和馬克思主義運動也在這個階段形成。科學與技術的進一步發展，帶動資本主義生產力的發展，帶動資本主義生產體制的擴大……。

科學的精神在文學藝術上要求對人與生活客觀、準確的描寫，特別集中在描寫人與生活中所存在矛盾，寫人在強大資本的運動規律下被百般撥弄的命運，寫人與社會環境間的互動，對資本體制的深層大義、矛盾加以揭發和批評，激發改變生活的意志。這就是「寫實主義」(或現實主義)的文藝思潮，產生了許多偉大的現實主義小說家，如巴爾札克、福樓拜、喬治・義律和蘇俄的托爾斯泰、杜斯朵也夫斯基等。

現實主義精神的極端化，使藝術家把對科學技術的信從極度上綱，一方面相信人的生活受到科學規律(如遺傳學、社會學)的宿命性的支配，人主觀的努力失去了意義，一方面在創作方法上則採取「科學性的」細緻精確的描繪，力求表現出生活的切片。在自然主義中，人無助、卑微，受到客觀規律與社會力量的統治。批評與改革毫無意義。著名的自然主義小說家有左拉、龔古爾兄弟、德萊賽、傑克・倫敦和哈代等。

十九世紀中葉到二十世紀二〇年代，資本主義進入獨占的時代。資本主義激烈的競爭，使資本的積累與集聚運動快速化，形成大的獨占資本體，進行資源、價格和市場的獨占，更進一步發展為帝國主義。帝國主義國家間的矛盾，又觸發了第一次世界大戰。

資本主義進入獨占化時代後，工商城市中的現代人受到更強大的資本運動的影響。城市更加擁擠，生活節奏更加快速，噪音、汙染、緊張、焦慮、精神衰弱、憂悒成為現代人共同的夢魘與疾病。第一次大戰的巨大毀滅，使人對科學、技術、文明與進步喪失了信心。在這樣的世界裡，文學家和藝術家開始表現出對於現代機械文明的厭惡與逃避，表現出工業社會下人的沮喪、恐懼、焦慮和憂悒，表現出追求麻醉以逃離現代生活的緊張，描寫對肉欲和怪癖、官能倒錯的迷戀，對於死亡、黑暗、沉淪的耽溺。這便是包括象徵主義、超現實主義在內的各種「現代主義」的創作思想。波特萊爾、卡夫卡、馬拉梅、蘭波、維爾侖等都是重要的代表。

二十世紀中期以後，世界資本主義跨出了民族國家之國界形成多國籍企業體。現代資訊技術、跨國界金融行政管理的發達，信用、股票、貨幣的跨國性投機，生產、消費、分配過程的全球化，成為「晚期資本主義」的特色。

而文學藝術的高度商品化、非創意化、可不斷複製化、媚俗、虛無、技術上的精緻化，作品中理念、意義的空白化、歷史意識的風化，徹底的商品崇拜在藝術上的表現，成為與晚期資本主義時代相應的「後現代主義」文藝思潮的內容。

從擬古典主義到後現代主義，反映了西歐資本主義發展史三、四百年來的社會、生活和思想感情的變化，是西方社會自然發展過程中在藝術、文學、哲學領域中自然的推演。

十九世紀中葉，西方資本與商品藉其堅船利砲，強加於東方社會，也帶來了西方的各種文藝思潮。和東方資本主義歷程的外鑠性質相應，包括東方在內的第三世界現代文藝思潮也帶有顯明強烈的外鑠性格，並依不同的前資本主義社會而有不同過程與表現。以下就以包括台灣在內的中國現代文藝思潮的推移來加以考察。

一八四〇年，老大封建帝國中國在中英鴉片戰爭中慘敗，並依不平等條約被迫賠款、割地、開港，被迫打開西方工業產品（包括毒品鴉片在內）在中國的市場。外國商品和資本對國防和海關空虛的中國長驅直入，加上為改革自救的官紳資本主義企業的開辦，帶來了西歐現代資本主義的生產方式和生產關係。中國自己的資本主義，以買辦資本和脆弱的民族資本的形成，在通商港邑發展，也相應地出現了中國的買辦資產階級、民族資產階級和以通商都邑為中心的現代市民階級。中國被半殖民地化。而在半殖地化過程中，被半封建化。外鑠的資本主義一方面作為新的生產方式而發展，一方面又在帝國主義下無從健康自主和順利地發展。

其次，由帝國主義以現代船砲強加於中國的資本主義關係，其過程充滿侮辱、挫敗、沉淪和危機。因此，中國的外鑠的資本主義歷程，在追求現代性的同時，充滿了救亡抗敵、改良（革命)自救的意識。在帝國主義下亡國滅種的危疑感，改造社會制度和國民性以自救的急迫意識，向西方借鏡以圖強抗敵的思想，與外鑠的資本主義變化同時發展。

資本化的外鑠性和資本化過程中的救亡改良意識，使我國接受西方現代文藝思潮的過程與實質有一定的特殊性。

對西方打開門戶後，在我國沿海通商港邑形成了現代工商城市如天津與上海。中國新興資產階級市民蝟集其中。他們從外國傳教士那兒掌握了中國的報紙、雜誌這樣一種現代傳播媒介，一時報章雜誌在工商城市中繁榮起來。這些刊物，很快就成為呼號改革救國的知識分子(如康有為、梁啟超)用來宣傳改良思想的陣地。蓬勃發展的新媒體，很快地形成了中國城市中產階級市民的政治、文化、思想和文學的公共領域(public sphere)。中國現代小說，和十八世紀的英國相似，便是圍繞在這些雜誌上發展起來。

在帝國主義下陷於危亡的國情，在現代媒體與現代小說的互動關係上表現出中國的獨特性。康梁改良主義運動中，一開始就高度宣傳西方小說形式對中國改革運動的重要性，力言小說救國，力言以小說表現生活中重大的矛盾，力言藉小說宣傳改革意識。在印刷術、商品化的現代媒體的繁榮化下，以揭發腐朽，批判不合理的生活，改造舊體制等為主題的「譴責小說」作為中國新興資產階級的新文體、新文類而快速發展。從一八九七年《國聞報》和《演義白話》創刊，到二十世紀初年，共有二、三十種專刊小說的雜誌，收穫了李伯元的《官場現形記》、劉鶚的《老殘遊記》、吳趼人的《二十年目睹之怪現象》和曾孟樸的《孽海花》。林琴南和嚴復為代表，迻譯了大量的外國小說，為民國初年現代白話小說的登場，準備了必要的條件。

由於帝國主義侵凌下的特殊條件，批判譴責的現實主義成了中國現代文學一直延續到三〇年代的主要創作方法。中國作家以現實主義寫作方法，去表現、抨擊半殖民地．半封建中國所面臨的問題與危機，文藝的主題，更多地集中在反對帝國主義和封建主義，而不若西方現實主義或自然主義之集中表現高度發展的資本主義社會中的人的命運。民國初年，創造社、新月社個別的作家也有浪漫主義的作品，但中國浪漫主義中表現出來的苦悶、憂悒、個人感傷主義和愛情的煩惱，不是來自新生資本主義帶來的個人的甦醒，而是來自充滿矛盾的半殖民．半封建中國的生活，在創作方法上，受到日本、德國和英國浪漫主義的影響。但隨著國勢日危，反帝反封建大潮的高漲，傳統浪漫主義不免於式微。

另外，以蘇聯社會主義革命為中心的革命現實主義、革命浪漫主義乃至社會主義現實主義（一稱「新現實主義」）在三〇年代以後成為中國新文學思潮的主流。自然主義、現代主義在中國相對地沒有起到領導作用，這是我國二十世紀特殊的國情所規定的。

最後，來看看台灣新文藝思潮的推演與台灣社會發展的關係。

鴉片戰爭的結果，台灣作為中國的一部分，也被迫開港貿易。在台灣傳統的商業資本（以與大陸通商為中心）在外來金融資本的壓迫下崩解，買辦資本依附在外國資本有所發展。但由於台灣的買辦資產階級、民族資產階級薄弱，也沒有集居大量小資產階級現代市民的城市，一八九五日據台灣之前，台灣並未產生以資產階級、現代城市、現代媒體為中心所形成的政治的、文學的公共領域。日人據台之後，在比半殖民地的內地更為嚴苛的政治條件下，台灣人資本主義和資產階級的自然發展受到強權壓抑，在思想、文化、政治上也不如同時期內地資產階級自由。一九二〇年《台灣青年》創刊於日本，一九二一年改為《台灣雜誌》，一九二三年改為《台灣民報》後，一直被禁在台發行，自然無從藉以形成文學（遑論政治的）公共領域。一九二七年《台灣民報》回台發行，嗣後與其他幾種雜誌屢屢遭到日警當局言論檢查的禁刊。因此，日據下現代資產階級媒體對台灣現代小說的形成，無法做出更大的貢獻。

在這種條件下，和內地相較，台灣沒有一段以文言文為表現語言、宣傳抗敵改革、批判時局的「譴責小說」和「翻譯小說」的時期。然而一九二〇年初，台灣現代小說就能以中國現代白話和現代白話小說為範式（paradigm）的小說問世，說明殖民地台灣在文化、文學上與祖國大陸的深刻聯繫性。

而與中國內地一樣，終一九二〇年代初到一九四〇年代初的台灣新文學，在思想主題上集中為反帝反封建；在表現方法上，也以批判的、譴責的現實主義為主要。浪漫主義、超現實主義和象徵主義只是批判現實主義大潮中的微弱的泡沫。這也是日政下台灣政治經濟獨特的條件所規定。

光復以後，台灣成為半殖民地半封建中國的一部分。一九四六年國共內戰爆發，台灣作家朱點人、簡國賢、呂赫若、藍明谷奔向中國民主革命在台灣的戰場，參加了中共地下組織，並在五〇年代白色恐怖中犧牲，延續了台灣新文學自日據以來的反帝反封建革命的傳統。一九四七年十一月到四九年三月，以《台灣新生報・橋》副刊為中心，在台灣的進步的省內省外作家、知識分子展開了熱情洋溢的「建設台灣新文學」問題的論議，展望了光復後，以新中國崛起為背景的台灣新文學的建設前途，強調了台灣（文學）是中國（文學）的組成部分，更重要的是，比較全面、系統地介紹了中國內地左翼文學理論，討論了現實主義與浪漫主義的關係，討論了新現實主義和革命浪漫主義，也討論了文學與階級、文學與民眾的關係等廣泛的問題。一九四九年四月六日，面臨國府在大革命中全面敗北的局面，國民黨向台大、師大的學生以及台灣進步文壇展開突襲鎮壓，接著展開為期三年的白色恐怖，台灣左翼文學的傳統一時破滅。

一九五〇年韓戰爆發，美帝國主義干涉中國內政，武裝封斷海峽，並以巨大的軍經援助鞏固國府在台灣的統治，使台灣國民黨政權在經濟、政治、外交、軍事和文化意識形態上對美國形成深度依附而成為美國新殖民主義(neo-colonialism)下的工具政權。在社會經濟上，一九五〇年到一九六六年間，經歷美援體制下進口替代工業化和加工出口工業化，至六六年後正式完成了依附性資本主義化，以外資為主導的加工出口產業的成長至一九七四年達於高峰，因同年世界性石油危機而略挫。

在這一段時期，台灣新文學有幾方面相應的變化：

(一)隨著美國支持而鞏固的國民黨政權的確立，在內戰與冷戰意識形態取得統治地位，為「反共抗俄．復國建國」的政治服務的反共文學在政權掖助下發展。

(二)韓戰爆發後，台灣在美援經濟體制下造成深刻的文化、學術、意識形態上的對美國依附，成為美國的文化殖民地。因此，從一九五〇年代到一九七〇年，作為美國世界性冷戰意識形態的「現代主義」思潮，在台灣統治了二十年，成為詩歌、音樂、繪畫的主要創作方式。

(三)在「現代主義」成為主流文藝思潮的同時，另有不帶意識形態與政治形態，熱情描寫現實生活的「素樸現實主義」以台灣作家鍾理和為代表而發展。六〇年代初，戰後第二代小說家登場，他們描寫土地改革前後的農村，描寫資本主義化過程中趨於解體的農村和市鎮中產階級知識分子，描寫大陸來台沒落權貴的家族，更描寫了外資衝擊下台灣洋奴買辦、外國資本與文化在生活中造成的矛盾。這些小說，後來成為「鄉土文學」的主體。

（四）一九七〇年，因著大陸文化大革命的風波，也因著美國、歐洲等國的左傾化，使保衛釣魚台運動發生左右分裂。保釣左派推動了對中國當代史、中國新文學的再認識運動，文學藝術思潮在北美留學生左派中激進化，終至引發了七〇年迄七三年的現代詩批判運動。一九七八年，在現代主義批判的延長上，展開了台灣新文學思想的左右鬥爭，提出了民族文學、民眾文學、台灣殖民經濟論和相對於現代主義的現實主義創作方法。一九四九年四月六日大鎮壓後，在四七年到四九年提出的左翼文論，在三十年後，才得到了迢隔多時的回應。

而這台灣文藝思潮的左傾化，除了海外保釣左派的影響，台灣內部資本主義化進程所造成的階級、社會的矛盾，環境生態的瓦解，外來資本在超低工資台灣的擴張，以及資本對人與生活的戕害而產生的社會思想，也有深切的關係。鄉土文學論爭在政治壓迫中中斷，但統治台灣長達二十年的現代主義創作理論從此失去了統治地位，鄉土文學的現實主義創作方法取得了勝利。

進入了八〇年代，台灣戰後資本主義在依附構造下呈現獨占化現象。資本主義的長足發展，使台灣資產階級成長茁壯。七〇年代後國際局勢的變化，使虛構的「中華民國」主權遭到挑戰，連帶威脅了對台統治的合法性。台灣資產階級民主化運動崛起，經一九七九年高雄事件的鬥爭、在美國羽翼下強大化。而戰後台灣資產階級民主化運動親美（日）、反共的本質上，至八〇年代而逐漸與民族分離主義匯合。一九七八年，李登輝政權作為戰後第一個本地資產階級政權，以國家政策推動分離運動，逐漸形成主流政治。

相應於台灣政治的分離主義化，八〇年開始，台灣獨立派的文論有所增長，主張台灣新文學與中國新文學殊途，主張針對中國新文學的「台灣文學」概念，強調台灣文學中的「台灣意識」等等，並且全面主宰了高教領域中台灣文學研究的項目。然而持平而論，台獨文學在文論和創作實踐上的成績並不突出，但作為意識形態，台獨文論無疑取得了霸權地位。

八〇年代，另有不受台獨文論影響，與左翼的批判現實主義無緣，偶而多少有「後現代主義」影響的跡痕，才華橫溢，創作力旺盛的一代崛起，值得期待與觀察。

九〇年代後，台灣戰後資本主義在一定程度上升級成功，但又在技術、高科技零件、半成品上深度依附先進強國。技術文化的依附，研究發展的空虛，在文化、文學上體現為外國學園流行論說傾銷的殖民地，一時之際，所謂結構主義、解構主義、後現代論、女性主義、同性戀論述、後殖民理論，在一知半解中鸚鵡學舌，沸沸揚揚，卻一直未見它們在台灣具體文脈下的再生產。這自然也表現資本全球化擴張時代強勢文化、思想、意識形態的高度侵透性在美國文化殖民主義下的反映。此外，文學藝術和文化的高度商品化和商品拜物主義日甚一日，茲不贅論。

總結來說，世界現代文學的思潮之推移，總地、概括地看來，與西歐資本主義發展史的各階段有相對應的關係。西方社會經濟深刻的演化，在文學藝術上產生一般地相適應的變化。

而相對於西方社會與文藝思潮的自主、自然的發展，第三世界現代文學的展開，是在帝國主義下外鑠的資本主義化充滿屈辱、痛苦、庸屬的歷史中發展。因此，第三世界現代文學思潮，既有從屬、同化於西方的一面，也有清醒、批判、追求自主的一面。

我在一九五九年二十二歲時開始寫小說。一九六八年入獄，一九七五年出獄不久重新筆耕至一九八六年。一九九九年又恢復寫作至今。

五九年到六八年是台灣現代主義文藝思潮氾濫的時代。我因受到左翼思潮的影響，保持了清醒，基本上堅持了現實主義。一九七五年以後，我以較高的政治自覺揚發與批判了外來勢力支配下的台灣八〇年代，我著手寫五〇年代在台灣的民主革命的風暴及其淒絕的失敗。九〇年代末，計畫寫在民族分裂結構下各種矛盾的本質。雖然我創作的生涯，基本上沒有很大的成就，但我以自己的生活、思維與創作的體驗，說明既要深刻理解西方現代文藝思潮的演變，又要保持清醒的認識，不隨波逐流，一味無批判地追逐他人餘唾，而敏銳地呼應在地生活與歷史所提出來的課題，力求寫出有時代性和對於進步懷有傾向的作品。

初刊二〇〇〇年六月文化建設委員會《文化、認同、社會變遷：戰後五十

年台灣文學國際學術研討會論文集》（何寄澎編）

1 本篇為作者一九九九年十一月十二日於「文化、認同、社會變遷：戰後五十年台灣文學國際學術研討會」上發表的專題演講。該研討會於一九九九年十一月十二—十四日在台灣大學舉行。

台灣當代歷史新詮 1

台灣當代史，不是一個自來獨立的民族或國家的歷史。台灣自古屬於中國。鴉片戰後與祖國同時淪為半殖民地．半封建社會。一八九五年日清戰敗，台灣淪為日帝下殖民地．半封建社會。二戰末期，《開羅宣言》和《波茨坦宣言》依歷史事實宣告台灣在戰後復歸中國。一九四五年，中國正式宣告並實踐台灣復歸中國的版圖。

一九五〇年韓戰爆發，美帝國主義干預中國內政，占據台灣，台灣再次與祖國分離。一九四五年展開的台灣當代史，是美帝國主義對台灣施行新殖民地支配的歷史。

連雅堂在日帝下寫《台灣通史》，是深感「國可滅而史不可滅」，奮力記述日帝據台前祖宗開發台灣，為子孫建立基業的歷史。今人治台灣當代史，應該是為了克服新帝國主義支配，最終達成民族再統一所必要的營為。

一、光復與接收

一九四五年十月，代表舊中國大地主階級、官僚資產階級和買辦資產階級等舊中國統治集團的陳儀團隊來台接收。台灣自日帝下殖民地・半封建社會編入舊中國半殖民地・半封建社會。接收集團繼續維持台灣地主封建制土地關係，並將自日帝接收的公地直接或透過本地地主包攬，租給貧困佃農，收取封建租稅。陳儀集團也將日本留下的大獨占體全部接收成為官僚管理的國家資本。

戰爭的破壞、失業日增、糧荒嚴重。四六年中國全面內戰爆發，中國內地的政治不安與財政經濟危機感染到台灣。加以接收集團派系鬥爭，貪汙腐敗，終於在一九四七年二月爆發為要求民主改革、要求切實施行地方自治的二二八事變。在四七年當時全中國背景下，台灣二月事變其實是全中國反內戰、反獨裁、要求民主改革和地方民主自治的國民運動的一部分。

二月事變在台灣的民族團結上造成一定的損害。但越來越多的台灣人民、文化人和知識分子，能從中國革命的大局，超越省內省外的隔閡與誤解。一九四七年到一九四九年台灣新文學建設問題的討論；一九四六年來台發展的中共地下組織在事變後迅速發展；一九四九年二月著名作家楊逵的《和平宣言》事件；一九四九年四月六日大量逮捕台灣大學和師範學院進步學生的事件，都說明二二八事變後，在全國內戰所打開的新的展望下，省內省外團結鬥爭的事實。

二、國民黨「擬似波拿帕國家」(Pséudo-Bonapartist State)的形成

馬克思所說「波拿帕國家」，是一個特殊形式的國家。

概括而言，這種國家形式顯示(一)個人而不是一階級或多階級聯合的獨裁。獨裁者個人的權力高於包括統治階級在內的諸階級、階層和集團。因此，國家顯示為個人獨裁者，而不是統治階級的工具，從而顯示了高度的、國家對於階級和社會的「相對自主性」(relative autonomy)，即國家表現出對一切階級、階層、集團的威權支配。馬克思例舉十九世紀法國皇帝波拿帕如何使貴族、僧侶、龐大的軍隊，更不必說市民和窮人，在他面前戰慄伏服，說明這種高度個人獨裁的國家形式；(二)這種特殊國家形成的條件，是社會上的諸階級(布爾喬亞、無產者、農民)勢力弱小，或勢均力敵，相持不下，因此沒有一個階級能出而維持國政。這時，個人而不是階級獨裁，成為維持秩序、促成資本順利積累的國家形式；(三)因此，「波拿帕國家」形式，是特殊歷史條件下的、一時性、過渡性國家，一旦資本主義發展，資產階級成熟化，個人獨裁的波拿帕政權就要還政於資產階級，依社會科學的規律還原為資產階級專政的政權。

準此，一九五〇年以後，國民黨在台灣的政權——以及戰後若干美國所支持的「第三世界軍事法西斯國家」（the Third World military fascist states），頗有類似波拿帕國家的性質，可以稱為「擬似波拿帕國家」（pséudo-Bonapartist state）。

在台灣國民黨「擬似波拿帕國家」的形成，有這樣的過程：

（一）一九四九年底被中國革命所推翻的國民黨集團流亡到台灣。這個集團既失去在國際上代表中國的外在合法性，又因為它的階級根源不在台灣社會而不存在統治合法性。

（二）在一九四七年前後形成，到韓戰爆發時達於頂峰的世界冷戰結構中，美國武裝干預中國內政，封鎖台灣海峽，把台灣劃為美國在東亞的反共軍事基地，並利用霸權主義使國際上「承認」「中華民國」的合法性，抹殺新中國。

（三）一九五〇年代的台灣，由於殖民地時代備受壓抑，資產階級人數少、力量小；工農階級的力量也在一九三一年以後遭到致命的打擊。在美國庇護和百般支援而取得國際外交合法性的國民黨集團，得以在台灣建立高度威權性政權，成為美國圍堵新中國的基地和人工打造的工具性「國家」。

（四）主要在美國軍事、經濟和政治、外交支持下，國民黨集團在二二八事變中，又在一九五〇年至五二年間進行暴力恐怖的反共肅清（red purge），顯示了國家形成的暴力威懾要素。也是在美國支持下，以黨的改造為名，國民黨在台灣展開了對異己派系的清理，全面建立效忠蔣介石一人的黨政軍體系，完成蔣介石一人的一元化獨裁體制。台灣社會各階級，龐大的黨、官僚、軍隊和特務體系，在蔣介石一人面前伏服戰慄。

（五）蔣介石獨裁國家，由於美國強要在台灣發展私人資本主義，以顯示「自由經濟」相對於共產主義的「優越性」，再加上國民黨自己走「反共的富國強兵」政策，以獨裁權力培養和發展台灣戰後資本主義和資產階級，就成為這個獨裁「國家」的功能與職務。

馬克思所舉法國波拿帕政權，自然沒有外國力量支持的這個因素。因此，我們說國民黨在台灣的獨裁支配是「擬似波拿帕國家」，是希望比較科學性地理解一九五〇年到一九八八年間在台灣的專制統治的性質。

一九四九年十月，新中國成立，自然繼承了中華民國時代的主權，成為代表中國的唯一合法政府。退守台灣的國民黨集團立刻面對了自己在國際外交和對台灣內部統治合法性的危機。

一九五〇年，美國龐大的軍經援助和政治、外交支持，強使「中華民國」在國際上代表中國，一時解決了它在國際外交上的合法性危機。國民黨集團進一步利用「中華民國」的國際合法性，使《中華民國憲法》和《動員戡亂時期臨時條款》成為統治台灣的合法性依據。

但這美國和國民黨集團聯合虛構的「中華民國」，不能不面對層出不窮的合法性危機，從一九五〇年到一九八八年，國民黨利用美國的支持，以強權、違法、反民主方式延長從內地流亡來台的中央民意代表任期，凍結改選，使國民黨老民意代表無限期連任。國民黨也以同樣的辦法，強權、非法延長「總統」任期。一九七〇年代，新中國進入聯合國，台灣代表被逐出這個國際機關，各國紛紛撤銷對台灣的外交承認，台灣的國際外交合法性崩潰，連帶動搖了它對內統治合法性。這時蔣經國開始竭盡所能地進行改革，以中央民意代表「增選」和「補選」，大量吸收本省精英進入內閣和國民黨機關，企圖補救統治合法性，為政權延命。然而為時已晚，台灣資產階級民主化運動崛起，國民黨面臨了四面楚歌的形勢。

三、台灣戰後資本主義的發展

殖民地經濟至少有三個特徵：（一）殖民者對殖民地進行制度和構造的改造，以便殖民母國的資本和商品可以無障礙地進入殖民地，從而使殖民地經濟整編到殖民國帝國主義經濟體系，為殖民國的經濟目標服務。日本據台初的田園林野調查，幣制和度量衡改革，外國商業資本的驅逐即為實例。（二）在殖民地內部培養協力精英資產階級（collaborating elite bourgeoisie）和協力機關，例如日據時代辜、陳、林、顏等附日地主豪紳，和各級「協議會」、戰時的各級皇民奉公會等等。(三)殖民地經濟構造上喪失自己的目的和方向，只能為殖民國經濟的組成部分，隨殖民國經濟的運動而連動。日據時代台灣米糖經濟的目標與一切相關政策，只為日本帝國經濟體系服務。

日據下台灣殖民地經濟，是在總督府直接強權支配下展開的。光復以後，台灣資本主義經濟，是以新殖民地化的過程展開：

(一)韓戰發生後，美國在經濟、軍事、政治等方面全面介入台灣，以前後十五年間計十五億美元，對台灣進行新殖民地化的構造和體制改造：農地改革，促成以「四大公司」為中心的本地私人資本的發展、財政援助、匯率改革、公共工程的展開，等等。一九六五年，美援停止，意味著台灣對美國依附構造的完成。另一方面，美國以高等教育、留美政策、人員培訓等長期養成大量親美「協力精英資產階級」在台灣各領域取得指導權。「農復會」、「美援會」、「國際開發總署」是美國在台灣卓有成效的「協力機關」，對日後美國資本、技術、商品在台灣的發展起到深刻影響。

(二)台灣新殖民地的構造改革，目的在為六〇年代以後侵入台灣的外國資本創造優質的「投資氣候」(investment climate)。但所謂「投資氣候」不只是指財經制度的改造，也涉及對民族主義者、社會主義者、工農活動分子、進步學生和知識分子的暴力性清洗，使帝國主義資本可以肆無忌憚地輸入，進行恣意的剝削，從而造成由國家發動的大規模人權蹂躪事件。這是台灣戰後白色恐怖、戒嚴體制的本源。

（三）為冷戰的戰略利益，為了在社會主義中國的周邊建立「自由經濟成功的櫥窗」，跨國資本一方面在NIEs各國、各地區剝奪經濟剩餘，一方面又促成NIEs社會一定的資本累積。台灣戰後資本主義便是這種又依附、又發展的「依附性經濟發展」（dependent development）的一例。外資和外來技術一定程度帶動了台灣資本主義的發展，但資本和技術的依附又一定程度抑制了台灣自己的技術研發，從而限制了資本主義進一步發展。台灣經濟深度依附外國資本、技術、半成品和市場而運動，最終只能在世界資本主義體系所規定的分工構造中、依附美日經濟的需要而循環，喪失獨自性。

（四）台灣戰後資本主義便在這新殖民地依附性發展中成長。五〇年代的農地改革，使半封建主佃關係終結，土地資本流向工業資本，培養了以日據時代「協力精英」為中心的豪紳族系資本。嗣後，經由低米價、糖的統制、田賦徵實和肥料換穀等手段，收奪農業的剩餘，挹注工業，並以國家保護發展了私人輕工業。六〇年代，世界資本主義分工體系調整，規定台灣承擔勞力密集加工出口產業的發展，在美國—日本—NIEs的三邊貿易構造下，以對外市場與資本、技術的依賴，取得快速、高額發展。一九八〇年代，台灣和NIEs皆面臨工業構造變革，適逢大陸開放，把夕陽產業外移大陸及東南亞，台灣成功地轉軌到資訊、電腦、高級電子、電機等資本與技術相對密集產業。但是，關鍵技術、設備、半成品一仍高度依附美、日，基本上仍然是高科技組裝出口。

八〇年代以後，以五〇年代「四大公司」、上海紡織資本，五〇年代進口替代工業化中登台的台灣企業，經過二、三十年的發展，逐漸發展由多個企業體結合的財團資本。它們長年來依靠權力的保護、市場與價格獨占、與國家資本大企業體聯合投資與聯合獨占，取得公營企業民營化持股的機先而不斷肥大。他們的生產額，占台灣GNP的四〇%左右。財團獨占資本和大型國家資本的聯盟，統治著今日台灣。

一九七九年以後，兩岸恢復了自一九五〇年斷絕的民族經濟關係。同一年，兩岸間接貿易七千萬美元。一九八八年和一九九〇年，台灣逐步開放兩岸間接貿易。從一九八八年到一九九七年上半，累計兩岸貿易總額七百多億美元。一九九六年，年貿易總額達一百多億美元。兩岸貿易為台灣帶來對大陸高額順差。一九八八到一九九七，共順差近五百億美元。一九九五年，台灣對大陸的順差，已經超過了台灣對全球其他地方順差的總額。台灣資本主義逐漸組織到全中國民族經濟體系中累積和再生產，兩岸民族經濟體形成，意義深遠。

四、階級結構的變化

一九四九到一九五三年農地改革，使地主和佃農作為社會階級退出了台灣社會舞台。地主豪紳中的少數精英，以「四大公司」為中心，變身為戰後第一代私營企業資本家，廣大佃農成為小資產階級的獨立小自耕農。

眾所周知，國民黨和美國主宰的農復會設計複雜巧妙的機制，一方面加強對農業剩餘的收奪，一方面促成農業之資本主義化改造。於是農民階級分解、流向都市為產業工人或城市貧民，農業性資本主義工資僱傭工人產生，新的富農、大農登場，農林兩極化加劇。另一方面，農業生產總值在國民經濟中的比重快速下降至個位數。作為社會階級的農民，失去了政治與社會的重要性。

戰後資本主義的發展創造了大量的現代工資無產者，估計占全部就勞人口的八〇%以上，合計八百餘萬人，是台灣社會中最大的階級。但由於國民黨法西斯統治嚴苛，激進工農運動傳統覆滅，中小企業勞動現場因規模小無法意識到工人作為一階級的力量，虛構中產階級自我認定意識，意識化低落等原因，直到一九八四年工人沒有團結權，加上消費主義的侵蝕等，台灣工人階級處於無力、挫折的狀態。

戰後資本主義創造了廣大介於大資產階級和工農階級之間的「中產階級」。他們是中小企業主、企業管理人員、小店東、軍公教中上層、知識分子的上層、專業技術人員、專業自僱者等等。他們在戰後資本主義發展過程中受益，與社會上層比較親近，但也有一定矛盾，時而要求參政議政，故在七〇年代成為資產階級民主化運動的社會根源。他們以不同方式占有工農階級的剩餘，一般地對工農階級的命運冷漠。

大資產階級包括前文所說大財團資本，大官僚資產階級，大型國家資本主義產業的高層管理者，不再多作說明。

在新殖民地性依附發展中，大資產階級、中小企業、官僚資本與外國跨國企業有各種複雜關係。如合資經營（joint venture）、技術合作、國際轉包、高級化的加工出口等等。因此，它們的民族性小，買辦性大。

五、國民黨專制體制的消萎和台灣大資產階級國家政權的登場

一九七二年，「中華民國」政府被逐出聯合國及相關的國際組織，新中國作為中國唯一合法政府，恢復了更廣大的國際合法性。而「中華民國」二十年來由美國向國際社會虛構的合法性也

為之崩潰，從而直接影響「中華民國」對台灣統治的合法性。合法性危機隨多國與台灣斷交，台灣內部的資產階級民主化運動的快速發展而岌岌可危。一九七二年日本與台灣斷交，一九七九年美國與台灣斷交，「中華民國」國際外交的合法性兩大支柱皆告摧折。

蔣經國自七〇年代中後，以增選、補選中央民意代表、吸收台灣人精英進入內閣和國民黨中上職位補救其統治合法性，但為時已晚。一九七七年以後，總稱為「黨外」的台灣資產階級民主化勢力，在縣市長、省縣議員選舉中獲得三〇％以上選票。一九七八年底，黨外在中央民代選舉中聲勢強大，但因美台斷交，政府宣布中止選舉。隔年十二月，黨外在高雄舉行紀念世界人權日遊行，遭到鎮壓，黨外精英百餘人被捕，世稱「高雄事件」。

「高雄事件」終竟沒有撲滅台灣資產階級民主化運動。一九八〇年、一九八三年連續選舉中，「黨外」收獲仍在增加。一九八三年九月，黨外以突擊方式宣告成立「民主進步黨」，直接向國民黨戒嚴威權體制挑戰。

一九八六年，蔣經國宣布繼續深化改革，解除戒嚴令，撤銷辦報的禁令，進一步充實中央民代，開放大陸探親。

一九八八年一月，蔣經國在國民黨波拿帕國家的消解過程中逝去，台灣人副總統李登輝繼位。由美國與國民黨扶養成人的台灣大資產階級開始無忌憚地蜂湧進入黨和國家的核心，形成大資產階級的「過大代表」(over-representation)。國民黨個人獨裁的波拿帕國家於是還政於台灣大資產階級，向大資產階級的階級獨裁轉移。這就是所謂台灣「民主化」＝資產階級專政化的性質。

國民黨反共法西斯政權的結束，沒有經過革命、政變和暴動的批判，而由國民黨主控下，由上而下，和平地、不損及政權根本性格地轉變階級內容。今日被人稱頌的台灣「民主化」過程，不是與過去獨裁腐敗體制斷裂的結果，而是與之相連續延命的結果。這說明李氏政權不但不能解決權力、金錢、黑社會的結合構造，而且使這構造變本加厲的原因。

進入九〇年代，台灣大資產階級政權的代表和中間階級的民進黨，在反共、反中國、親美、親日、反民族道路上走得越來越近，不可分軒輊了。他們異口同聲擁護《美日安保條約》新指針，擁護TMD戰爭體系，擁護美帝國主義在包括沖繩在內的東亞武裝駐在。他們站到亞洲人民反對美日帝國主義陣線的對立面了。

六、「台灣獨立運動」

韓戰爆發以後，美國明確要占有台灣，作為圍堵社會主義中國的軍事基地。不使台灣與新中國統一，保持一個親美、反共，從中國分離出來的台灣，成為美國的台灣政策。

其實美國占有台灣，使台灣與中國分離的計畫卻早在大戰末期的一九四二年就開始了。為了反攻日本、美國可能登陸台灣，美國曾經設想宣傳以台灣戰後的獨立或聯合國軍的軍政託管，來交換台灣人民對登陸美軍的支持。一九四五年日本投降前，美國有影響力的三大雜誌《Fortune》、《Time》和《Life》同時發表文章論及「戰後和平方案」。其中，對台灣主張戰後交由國際共管，遭到台灣人李友邦等人的批評。一九四七年二月事變後，美國情報人員和駐台領使館人員宣稱進行一項「民意調查」，顯示台灣民眾不要中國管轄，選擇首先是美國，其次是日本統治，並且向國際媒體發表「台灣人要求聯合國託管」的不實消息。一九四七年十月，廖文毅向美國呈送《處理台灣問題意見書》，要求以「公民投票」決定台灣歸屬，並通過國際新聞社對外宣傳。同時，美國在台外交人員在台灣散布消息，說台灣地位未定，美國願意協助台灣人脫離中國或歸美國託管，誘使台灣士紳支持台灣託管運動。

但這託管運動受到台灣和旅居上海、南京、北平和香港的台灣人猛烈的批評。四八年，廖文毅組成「台灣再解放同盟」，宣傳台灣獨立，並在聯軍總部麥克阿瑟將軍默許下，把「再解放同盟」遷到日本活動，要求由聯合國在台灣主持一次「公民投票」，決定台灣前途。一九四八年十一月，美國「參謀首長聯席會議」致函美國國防部，在大陸國共內戰中國民黨節節失利情況下，建議「運用適當的外交和經濟措施，確保台灣不淪共黨之手，並對美友善」，符合美國的利益。

一九四九年，領導四七年二月暴動亡命香港的謝雪紅指責美國策動一小撮台灣人「敗類」如廖文毅，進行台灣獨立的陰謀。

同一年，美國國務院致函杜魯門總統，主張中共攻打台灣時，聯合國可視為「對和平之威脅」、或「台灣實質地位未定」為藉口，採取干預行動，即提倡台灣人民「自決」，把台灣從中國分離出來。同一時期，美國國家安全會議提出一份報告，主張為防止台灣落入中共之手，應設法使台灣澎湖與中國分離，並在台灣培植一個親美反共政權，一旦時機成熟，由美國促成「台灣自立」的運動。

一九四九年春，共軍在三大戰役中消滅國民黨百萬大軍，解放北平，準備渡江南下。國民黨潰敗在即，美國宣告放棄國民黨政權，這些美國策動的台灣獨立運動一時停擺。五〇年韓戰爆發，美國改變了台灣獨立計畫，全面支持了流亡台灣的國民政府，把台灣編入圍堵新中國的戰略基地。

但是美國並沒有放棄要將台灣獨立於中國的計畫。六〇年代，在美日默許下，台灣獨立運動集中在日本活動。一九七二年後美國和中國大陸開始戲劇性的接觸，給予台獨運動很大衝擊[2]，老一代台獨領導者先後向國民黨投降回到台灣。新一代台獨運動，開始遷往美國發展，主要以留學美國的精英為中心，受到美國反共、反中國政治勢力（如參議員和眾議員）的支持。一九七九年台美斷交，中美建交，但隨即以美國國內法《台灣關係法》將台灣劃為其實質上的屬地，並破棄三個中美間的公報，賣武器給台灣，鞏固兩岸間同民族的對立鬥爭。

一九七〇年代初，台灣資產階級民主化運動逐漸壯大，在海外的台灣獨立運動向島內滲透，在親美、反共（當然也反中共）和反對國民黨的共同基礎上，兩相結合。至一九八七年，民進黨的街頭運動中首先公開喊出「台灣獨立萬歲」的口號；不久又宣告「台灣人民絕對有主張台灣獨立的自由」。同年十一月，民進黨正式將台灣獨立列入黨綱。

一九九〇年以後，李登輝政權逐漸台獨化，以政權的力量，宣傳台灣為獨自的民族共同體，在學校課程中淡化中國歷史的教學，美化日據下台灣的歷史。最近又公開提出海峽兩岸關係為「特殊的兩國論」，千方百計要使兩岸的民族分裂固定化和持久化。而在「台灣獨立」的共同綱領下，執政國民黨和在野民進黨已經沒有任何本質上的差別。兩黨強烈要求參加美國ＴＭＤ體制，強烈歡迎《美日安保條約》的「新指針」，歡迎日本「周邊有事」立法，台灣大資產階級的政權，從九〇年代開始，以朝野全面保守化、反動化的體制，奔向亞洲民主運動和反帝運動的對立面。

七、民族統一運動的鬥爭：代結語

一九九九年十一月

台灣現．當代史突出的特點，是帝國主義的侵略與干涉下，台灣與祖國大陸被迫分離。一八九五年到一九四五年的民族分離，起於日本對台灣的帝國主義侵占。一九五〇年到目前兩岸的分裂，是戰後美帝國主義及其台灣的代理者干預中國事務的結果。

因此，反對日本帝國主義殖民台灣的鬥爭，同時聯繫著復歸祖國的鬥爭；而戰後反對美國新帝國主義的鬥爭，必然地聯繫著反對台灣獨立，促進兩岸民族統一的鬥爭。

反對「台灣獨立」、爭取民族團結與統一，是台灣當代史中反對美帝國主義的歷史任務所提出的具體要求，也不能不是亞洲人民反對美日帝國主義的運動對台灣地區所設定的任務。

帝國主義的宣傳機器，別有用心地把台灣分離主義美化，說成是台灣人民反抗國民黨獨裁統治，爭取民主與自由、自決的運動；把所謂「獨立」意識、所謂「台灣意識」說成是台灣人民在台灣當代史中的長期、一貫、主要的思想意識。這當然不符合事實。

一九四五年台灣光復，台灣人民歡天喜地。這不僅是解放的喜悅，也是復歸祖國的狂喜，說明反日意識和漢民族意識是不可分割的。

一九四六年十二月，台灣學生聲援在「東京澀谷事件」中被美日警憲壓迫的台灣僑民，是在中華民族意識上發出的怒聲。一九四七年一月九日，兩萬學生聚集台北，抗議美國軍人在北京強姦了女學生沈崇，呼喊「中華民族不可侮！美國人滾出中國！」的口號。同年二月事變發生，其政治要求是在中國架構內要求台灣的民主改革，要求迴避內戰，要求具體地增加台灣省人參加政府以落實地方自治。四七年到四九年初，美國在台灣內部或國際上吸收台灣士紳煽動台灣託管和獨立，受到台灣有識之士的批判。

一九四七年十一月，在三月初血腥鎮壓二二八事變後半年，省內省外作家和評論家在《台灣新生報·橋》副刊上展開如何建設台灣新文學的熱烈討論，強調了台灣及其文學是中國及其文學的一部分，主張省內外作家、文化人要超克當前(二二八引起的)困難，團結一致，到人民中去，開創台灣新文學的新世紀。

四八年，大陸反國民黨的學生和國民運動擴大，強烈要求停止內戰，和平建國；要求民主改革……這個民主運動浪潮浸染到台灣，台灣大學和師範學院為中心的大學生以文藝、壁報、同人刊物、合唱團等形式響應內地的民主運動。一九四九年一月，著名作家楊逵發表《和平宣言》，反對內戰，反對美國煽動的託管論和台獨論，要求民主改革。同年四月六日，國民黨逮捕了楊逵和台大、師大學生活動分子。

一九五〇年至一九五二年，國民黨對不斷發展的中共在台地下黨組、外圍、同情者和無辜受累的人進行殘酷肅清，全面破壞了自日帝時代以來進步的、民族解放的力量與傳統。台灣左翼的滅絕，使五〇年代到六〇年代反蔣民主化政治和思想運動充滿了親美、反共的要素，但一般地並沒有反民族的要素。

一九七〇年，由於反對美國片面將中國領土釣魚台歸於日本，在台灣和北美台港留學生中爆發了「保衛釣魚台」運動。運動不久，左右分裂，左翼進一步主張對北京的「認同」，又進一步發動兩岸民族統一運動。這是兩岸在五〇年分斷後，第一次民族統一運動。

保衛釣魚台運動在五〇年人肅清後的台灣喚醒了反對帝國主義、傾向社會主義、傾向新中國的眼睛。以《夏潮》雜誌為中心，展開了對日帝下台灣文藝、日帝下台灣反帝民族運動和社會運動史的再調查與研究。一九七〇年到七四年，台灣展開批判西方舶來品的現代主義文學。一九七七年，發生了鄉土文學論爭。兩次論爭都是從民眾文學和(中國)民族文學的視點，批判作為美國冷戰意識形態之構成部分的現代主義和超現實主義。

一九八〇年代初，在民主化運動顯著傾向民族分裂主義時，發生了「台灣意識」和「中國意識」的論爭。這是民間第一次反對民族分裂主義的鬥爭。在反民族主義的「民主進步黨」成立的背景下，八〇年代中，以《夏潮》系人脈為中心，形成台灣戰後第一個階級政黨「工黨」。八〇年代末，在工黨難於作用的條件下，另外組成提倡階級解放、民族統一的「勞動黨」。

一九八七年，以「中國統一聯盟」的組織，結成在台灣主張民族統一各方面的統一戰線。三年來，在艱苦條件下參與「東亞冷戰與國家恐怖主義」國際會議的台灣代表，主要是六〇年代後陸續被釋放的左翼前政治犯、夏潮系和勞動黨系的同志。

反對帝國主義，爭取民主統一，是一個歷史久長的，台灣反帝民族解放運動的歷史傳統。我們要積極清理東亞冷戰的歷史；清理東亞冷戰和美國支持的法西斯國家所遂行的暴力和民族分斷的構造；我們反對美國在東亞的武裝駐在；反對美國軍事基地在東亞所造成的危機和傷害；反對美日安保新指針；反對「周邊有事」法；反對ＴＭＤ體系，反對美國把韓國、日本和沖繩軍事基地化；反對美國干涉下使朝鮮半島長期分裂……都是從我們在台灣的當代史中身受美帝國主義的新殖民地化和民族分裂化的具體生活體驗中得來的結論和實踐。

由於五〇年代台灣進步傳統的毀壞；由於戰後美帝國主義的價值、意識形態、知識體系在台灣全面性支配；由於蔣氏政府和李氏政權在反共、反中國、反民族、親美（日）的政治的連續性，在台灣的民族統一運動的處境有一時性的困難。我們的鬥爭是艱苦的。但我們堅信，作為全中國反對帝國主義，終結帝國主義侵略中國的歷史的一部分的、在台灣的反帝民族統一運動，終將取得最後的勝利。而在鬥爭的現階段，同志和朋友們，我們需要你的理解、支持和團結。

初刊一九九九年十一月《東亞和平人權委員會國際學術會議資料集》

收入二〇〇〇年一月—二月《勞動前線》第三〇期

1 本文發表於一九九九年十一月二十六—二十九日在沖繩舉辦的「東亞冷戰與國家恐怖主義國際研討會——第三次大會」。

2 「一九七二年後美國和中國大陸開始戲劇性的接觸，給予台獨運動很大衝擊」，《勞動前線》版為「一九七二年中美建交」。

韓國「吸收統合」論的統一政策 1

十月二十一日，韓國總統金大中促請韓執政聯盟參訂執行了五十年的《國家安全法》，不再視北韓為「反國家組織」，以利南北貿易、交流和改善關係。

所謂「反國家組織」，用台灣在一九四九年至一九八七年戒嚴時期的語言說，就是「叛亂團體」。五十年來，韓國歷屆反共軍事獨裁政權，便是依據這惡名昭彰的《國家安全法》，對難以計數的民主運動家、社會運動家、工會幹部、廣泛的文化人、作家和學生施加鐵和血的鎮壓。無數的人依這《國家安全法》被非法、秘密逮捕、拷訊、審判、投獄甚至處決。尤有甚者，韓國援用殖民地時代日帝加於朝鮮人民的強迫「轉向」辦法，迫使良心囚犯背棄自己的政治和道德良心的原則。如有不從，則長期監禁直至年滿七十之後才考慮釋放。即使當下金大中政權的政治監獄中，還有七十餘因拒絕「轉向」而不得釋放的政治犯，而今日因違反《國安法》拘押在監者尚有一、兩百人。

在法律上視北韓為「反國家組織」，則是韓國《國家安全法》的基礎。在世界冷戰局勢、民族南北分裂對峙的總結構上，加上美國和日本的介入和支持，韓國戰後歷屆反共軍事獨裁政權取得了「合法性」。長期以來，美軍駐留，美國對獨裁政府的政治、經濟、軍事與外交支援，鞏固了反共專制體制，也固定了韓民族對峙分裂的構造。《國安法》對這一構造的存續，起關鍵性作用。

美國（日本）的介入北韓半島的分裂，對於韓國人民而言，是廣泛制約著生活各個方面的，深入到民族的意識底層的傷害。因此，早日克服民族分裂，完成民族統一，早已成為在韓國人民中具有廣泛共識的重大的民族課題。

尋求民族統一的強烈的民族共識，要求韓國學界和運動界對統一問題進行科學性的研究。民族分裂的構造問題、民族分裂的各種原因問題，帝國主義在韓民族分裂過程和現狀中所起的作用問題……都在持續、廣泛地被分析和研究著。

作為研究的結果，概括地說，截至目前為止的韓民族統一方案，約略如下：

（一）一九八〇年十月，北韓執政的朝鮮勞動黨第六屆大會提出「高麗民主聯邦共和國」論，主張兩韓在相互承認對方體制與思想的基礎上，以聯邦制為完成統一的形態。

（二）一九八二年一月，當時韓總統全斗煥提出，主張在國家統一前南北締結《南北韓基本關係暫定協議》，然後再進一步發展「民族統一協議會議」，共同起草統一憲法，交由南北人民經公投通過。

（三）一九八九年十月，盧泰愚總統提議，在國家統一之前的過渡時期，先謀南北間的和平共存和雙方「同質化」，最終指向南北統合。

（四）金大中在野期間，經由其民主黨提出「共和國聯邦」案，主張南北和平共存，展開各領域中的交流，最後先達成南北「象徵」性統一等三階段論，在聯邦體制下，統一後允許南北雙方各自擁有軍事權與外交權。

（五）基督教領袖文益煥牧師提出以南北訂立和平協定，美軍完全撤出和南北同時加入聯合國的條件下，分三階段完成統一，即（1）南北雙方擁有各自的軍事及外交權；（2）在維續南北雙方體制條件下，統合南北軍事權和外交權，使南北政權均成為地方政府；（3）把地方自治基本單位下降到「道」級（如台灣之「縣」級），邁向國家完全之統一。

至於在野民族民主運動圈的統一論，概略言之，主張「一個民族、一個國家、兩個政府的聯邦制」下的統一，但細節部分又因不同的政治立場而分殊。

然而，各種統一方案畢竟須為統一政策服務。相對來說，有條件制定、提出民族統一政策（戰略）者，是握有政權機器的韓國政府當局。

總地看來，韓國官方的統一戰略有幾個要點：

(一)利用有利的國內外氣候、條件，迫使北韓走向開放、改革，最後予以「吸收統合」。

(二)具體說，是促使北韓走向市場經濟，提高其經濟成長後，進行對北韓的「吸收統合」。因為，當前韓國的國力和經濟力，遠遠還沒有能力像西德之對東德那樣，片面推動「吸收統合」，何況看到了富強若西德，在「吸收統合」了東德後嚴重的經濟社會負擔，足為戒鑒。

因此，與台灣相反，一九九二年北韓對南韓輸出為後者對前者輸出的將近十倍(一．六五億美元對一．七千萬美元)，透露南韓有意經由貿易促成北韓一定程度的發展，促成「和平演變」。最近兩三年，南北韓貿易、交流、旅遊甚至資訊交流，相對而言，有所發展。從大勢上看，以韓國官方為中心的「吸收統合」戰略仍居於指導地位。為了破除進一步交流的法律障礙，終於有金大中修訂當年曾使他本人淪為階下之囚的《國家安全法》。北韓成為全朝鮮民族共同體的一個組成部分，而不再是「反國家組織」了。這雖然距離具體的法律化尚遠，但不能不說是韓國在「吸收統合」主義的民族統一戰略中的一個大步前進，後勢的發展，很值得觀察。

從韓國的統一議論中，看出其南北各有半壁江山，南韓經濟實力相對高於北韓，北韓固窮，但民眾對社會主義的凝聚力和向心性高(非東德、東歐社會主義可比擬)，兩韓民族主義和愛國主義都占主流地位……這是大陸與台灣在民族分裂總構造與兩韓極大的相異之處。

戰後因世界冷戰體制而分裂的民族，德國經由民主和平方式統一，越南經由武裝鬥爭統一，而朝鮮半島的民族統一步伐儘管緩慢，但總是往統一而不是擴大分裂的路上走。分裂民族的再統一，是大勢所趨。海峽兩岸的和平、統合與發展問題，正越來越迫切地呼喚著對中華民族再統一問題的理性分析和科學研究的艱鉅工程。

一九九九年十一月

初刊一九九九年十二月《海峽評論》第一〇八期

1 本篇為「兩韓統一　一國兩制」專輯文章。

世紀留言1

辦了四年的《人間》雜誌，成立了人間出版社，一直沒什麼賺頭，全靠我弟弟在背後支持。那時的日子很苦，薪水很微薄，我的白頭髮也一一冒出，但為了提倡報導文學、報導攝影，同仁們都撐了過來，因為只有紀實的報導文學才能打動人心，敲醒每個人心中潛藏的愛。

一直到現在，離開《人間》的同事，到了別的媒體工作，薪水漲了兩、三倍，但每次聚會，談起以前一起打拚的時光，都自覺驕傲，而不同年齡的讀者，對《人間》，也都滿懷感念，甚至到光華商場蒐購，讓我們非常欣慰。

嚴格說來，報導文學在台灣還未生根、發芽，國內現有的「報導文學獎」也和真正的報導文學有段差距；在國外，卻已有不少報導文學寫作名家，而《人間》的停刊，對報導文學的推廣，確實是遺憾。

展望下個世紀，全球資本主義不斷擴張，資本主義巨大的車輪恐怕將快速輾過弱勢者身上，壓得他們痛苦地喘不過氣來，所以，我衷心期盼，人們能從甜蜜的消費中覺醒，不再以漂亮、幸福為人生唯一的目標，而是努力學習關懷群眾、照顧弱小。

到二〇三七年，我將活滿一百歲，眼前，我的計畫是，用餘生集中精力在文學創作上。

初刊一九九九年十二月一日《聯合報》第十四版

1 本篇為載於《聯合報》「世紀留言版」的短文，標有「陳映真(人間雜誌創辦者、作家)」，整理：盧燕俐。原刊無篇名，本文篇題為編輯所加。

〔訪談〕《人間》雜誌研究

陳映真訪問稿[1]

問：請問老師，為何取名《人間》？

答：我這一代人大概在小學二年級的時候，台灣光復了，所以，我這一代人基本不懂日文。因為個人特殊的緣故，我懂一點日文，在日文裡頭，「人間」的意思是「人」的意思，是相對於動物、物質、世界的意思，英文是「human being」，我挺喜歡人間這一個詞。另外，在中文裡，人間的對應詞是天上人間，一個是天上，一個是地獄，所以，相對來說，人間是指人的生活，人活動的範圍、空間或者社會，由於這兩個原因，當然，日文不是最主要的原因，日文是附帶的，人間有一種人的世界，人的生活的意思，恰好人間這兩個字，又是韓文、日文中的人，從這個名字，就知道這份雜誌是以對人的關懷為重心，因為對人的關懷，所以關懷環境；因為對人的關懷，所以關懷社會的弱勢者；因為對人的關懷，所以關懷他的文化狀況、歷史狀況。

問：這份雜誌可說是您個人思想與人格的延伸，因您本身有左派思想的傾向，不知此份刊物是否有類似的情況？

答：不錯，我向來從事的文化工作，無論是寫小說、評論、論文多半都是我思想的反映，並非所有的作家都是如此。有些作家主要是描寫美、偶然的意念，他要表現某種比較抽象的東西，我搞創作基本是為我自己的思想服務。首先要有想法，再把想法表現出來。想法的表現有好幾種，一種是用文學的方式，就編個小說，來表達我的想法，如果我是寫論文，當然就更直接表達出來，寫評論也是一樣。同樣的，我辦雜誌，不像別人是為了市場，或者為了廣告，或者為了好玩，我藉這個雜誌，是為了要表達我對人、生活、歷史的看法。

至於左傾，那是因為我們社會非常閉塞的關係，所謂左和右的區別，大體上就是右認為現狀是合理的，現有的次序應該被鞏固下來，不應該加以破壞，現有的價值是對的，維持現狀，例如說，我們的總統是賢明的，我們的警察是人民的保姆，我們的政黨是光明正大的，在野黨是叛黨，會擾亂我們的社會，某某人的小說是在揭發社會的黑暗面，所以非常危險，《人間》雜誌是別有用心的，所有這些背後，認為現在既存的次序是最好的、合理的。為什麼會有這樣的想法？實際上，每個社會上都分成兩派，一個是從這個社會得到比較多的利益、從目前的次序、結構得利比較多的人，他們的想法當然覺得現在的次序是非常美好的，任何想要批評、揭發這個構造或體制的人，他都非常痛恨、害怕、焦慮。在威權時代，他就用武力、暴力來對付批評的人；在民主時代，他就用輿論，像是說宋楚瑜拿共產黨的錢，用這樣的方法，這是一般說的右派或保守派，那左派就用不同觀點來審視現有的一切次序和構造跟既存的價值，比方說《人間》雜誌的精神是從社會的弱小者，一般不上媒體的那些人，你知道媒體上都是俊男美女、有名的人、健康的人、快樂的人，那我們是從社會占絕大多數的人，直接從事於生產，但被社會所遺忘，卻明顯是社會非常重要棟梁這批人的觀點，從他們的地位去看現有一切，看自然、生態、環境、生活、少數民族、兒童、雛妓這些問題，所以，這個雜誌一出來，大家非常震憾，因為現有的媒介不會用這樣的眼睛去看這個世界。

比方說，我常常想到一個例子，我偶爾會和太太去買菜，菜場有個瞎眼老太婆的要飯，她身旁睡有兩個小孩，睡得很可愛、很甜，兩頰紅通通的，像紅蘋果似，我們當然就給點錢，有一次，我打那兒過，看著那兩個小孩，忽然醒了，眼睛啪地打開。後來我就一直想，在這樣環境長大的小孩，他看到的人究竟是怎麼樣的？他看到的人，一定是腿很粗，直直的上去，有一個小小的頭，然後低著頭看他，那眼光可能是厭惡的，可能是憐憫的，可能是好奇的，那小孩所看到的世界就是這樣。我們想像，陽明山仰德大道上很有很有錢人家的小孩，從小被菲傭抱著，他看到的是腳下台北市的萬家燈火，這樣長大的小孩就不一樣，仰德大道上長大的小孩，他認為人生就在掌握裡，他就該接管這個世界，而另外那個卑微、從人以下長大的小孩，他的人生就可想而知。同樣一個世界因為立場不同、地位不同，所看到的形象是不一樣。那在資本主義社會裡宣揚的是幸福的人、有能力的人，像《天下》雜誌採訪的成功的人、叱吒風雲的人、俊男美女、快樂、幸福的人，我們的媒體大概百分之九十六、七、八都是這樣的世界，我們以為這樣的世界是真實的世界。

可是《人間》雜誌不一樣，她從另外一批人的眼睛去看這個世界，就像那個小孩子一樣，躺在地上去看這個人的世界，看到的是完全不同的世界，很多大媒體，在當時《人間》雜誌在辦的時候，他們遠遠比《人間》有能力、有條件去做我們要在做的工作，可是沒有一家這麼做，也許他們會說，他們不能這樣做，因為這樣做很危險，可是《人間》做到了，《人間》比他們更沒有實力，像兩大報都是國民黨的中常委，在當時還沒有解嚴的時代，我這個政治犯的背景，我做了這樣的雜誌，也不見得馬上就捉去槍斃嘛！可是，也因為我們的眼界不一樣、視角不一樣，所以我們看到了千萬人沒有看到的現實，現實客觀的存在那兒，可是人們不去看，去看別的方面。就像這個水瓶，你不去看它的整體，反而去看它的標籤——純水，然後再大作文章：它是藍色的、漸層地下來，可沒看到整個。

我們非常非常早就看到這個社會存在的各種問題，解嚴以後，一直到今天，所有的媒體、所有的社會運動，都沒有超出我們看到的範圍，老兵的問題、少數民族的問題、白色恐怖的問題、雛妓的問題、兒童虐待的問題、環境的問題、生態的問題、一般社會低層者的問題、愛滋病的問題等等等等，所以很多很多的讀者、學生告訴我，他們受到這本雜誌的影響，決定學攝影、讀傳播，他們都說畢業後要到《人間》報到，但還沒等到他們畢業，《人間》就關掉了（哈哈）。

問：老師在談話中一直提到要站在弱小者的立場去看，《人間》的工作者是如何靠近那些弱小者，如何具備弱小者的眼光？

答：這個問題提得很好。我們辦這份雜誌和別人辦得很不一樣，別人辦雜誌是先找一筆錢、一群志同道合的朋友，就一同辦個雜誌，就這麼一個模糊的概念，像是要辦一個吃喝玩樂的雜誌，像《Taipei Walker》，這個是日本人很有計畫辦的一個雜誌，可是在台灣就可能很模糊，反正就搞個吃喝玩樂的雜誌。可是我辦這個雜誌有個很重大的特點，我們和開創的年輕朋友，花了很長的時間來討論這份雜誌到底是什麼？他穿著白衣服，可他到底是屠夫、牙科醫生、廚師，還是一般的醫師？這要搞清楚，所以，我們討論了很久，得到了兩個結論，這就像科學的定義，第一個是《人間》雜誌使用兩種媒介，一為語言文字的媒介，一為相片圖片的媒介，來觀察、發現、記錄、批評台灣的生活，這是非常嚴謹的定義，另一個是《人間》雜誌從弱小者的立場去看台灣的生活、立場、環境、歷史、人、文化，這兩點，我不斷地重複，我堅持，每次開會都要每個人講一遍。這有什麼好處呢？這就像憲法，你不會超過這個憲法，當你到現場去，紛紜雜亂，你覺得這個很重要，那個也很好玩、那個也很感人，常常拍回來，不知所云，可是當你有了這兩條憲法，你就知道什麼是你要的，次要的東西，你做一點紀錄，下次再去做，然後我們寫的文章，採訪的方向、圖片的取捨，都不約而同的，既有個別的創意，又有共同的方向，這就使得《人間》雜誌有著非常非常鮮明的性格，它告訴你我是誰？像我是慈濟，我來關懷你，我就是這樣一個人，而不是說搞不清楚你是企業家還是慈善家，還是來災區觀光的。因為有這兩條憲法，給我們很大的幫助。

說到弱小者的立場，我們不是要用幾個教條，而是直接到生活現場，去找那些農民、找那些受害人，比如有鉛汙染的地區，我們就到那裡去，實地去看、採訪那些受害人，跟他們一起生活，取得他們的信賴，因為我們帶著相機去是非常有侵略性的，不像妳來找我，一個小女孩，我根本不怕妳，可是一般拿著相機拍你，是非常侵犯人的，如果沒有形成這個人是我的朋友，那種人跟人間的信賴，像「你們這些讀書人這麼厲害，為什麼要來我們這草地，跟我們農民在一起？」(台語)所以，自自然然的，不是我每天在幫他們上課，教育他們的不是我，而是現場，教室不是在編輯室，而是在生活的現場、勞動的現場、汙染的現場、在少數民族部落的現場、在老兵破破敗敗房子的現場，老師是個別的那些人，他們從那兒得到很大的啟發、很大的感動、很大的教育，有些新手回來，簡直就是傻在那邊，因為同樣的社會，沒有人介紹他去接近這樣的社會，而這樣的社會才是主要的。

所以，他們第一次回來寫文章就像小孩子一樣的，很多感嘆詞，就像你們帶小外甥去動物園，他只會說「好好看喔！」，很激動的話，「那獅子，好好玩喔！」，就這樣，那他們也是，有很多激動的感嘆，但沒有什麼內容。那我們就跟他們討論，那他逐漸成長，就像小外甥長大了，他會形容長頸鹿的脖子就像爸爸穿著迷彩裝，或者，長頸鹿的脖子就像樓梯那麼高，或象伯伯的肚皮好粗，像後院裡的牆壁，像牆壁、像迷彩裝，這就是進一步的觀察，用比喻的方式，用描寫的方式。他們進步得很快，剛來的時候，稿子被我改得很厲害，什麼「好極了」，把它劃掉，然後再跟他們討論。可是也不要誤會是我教他們寫文章的，教他們寫文章的，還是他們所遇見的故事，那些故事，是那樣的生動、那樣的激動人心，以致於他想盡千方百計，要把那些故事寫下來，讓讀者知道，就像一個老師，要把「This is a book.」好好教給學生的時候，就得站在學生的立場告訴他，或許用圖表，或用一本書來誘導他，一樣，當我們從現場回來，從現場裡裝滿了各種資訊，激動、感動和啟發的時候，你要把這些傳播給讀者的時候，你就必須站在他的立場設想，讀者對這件事完全不知道，我應該怎麼開頭，把讀者帶進來？仔細講給他們聽。他們的文章進步得非常快，大概來了三、四個月，寫個五、六篇以後，就很能上軌道。

催促他們的不是我，不是我說「要扣你薪水」，而是現場非常強大的力量教育著他們，這是讓我感到非常詫異的。

問：《人間》主要是用報導文學和報導攝影的方式來呈現，決定以此兩方式表現的原因是？

答：台灣的攝影很早就開始了，但嚴格的報導攝影可以說還沒有，當然像梁正居、關曉榮，他們也……嗯，台灣的攝影約可分為三種，一種完美是捕捉奧妙的瞬間，像有個廣告畫了很大的手這樣指著，剛好有個老太婆走著走著到了手指底下，剛好拍了下來，那個瞬間很有意思，或者報上有個internet的廣告，那是份印度的報紙，旁邊有拉牛車，呈現印度社會非常落後的面貌，中間有隻小狗，還是什麼的，擺在一起，一個是尖端現代的資訊廣告，一個是非常落後的封建時代、農業社會的畫面，它沒有講什麼，但對照裡面充滿各式各樣的感受。可是報導文學不一樣，它就像寫文章，有起承轉合，有故事，像電影一樣，期待故事要展開，音樂響了，字幕上來了，然後一部車子，在山間小道上不斷地開出去，這就是讓你所期待的，然後逐漸有劇情，主角出現、事件出現，然後最後那個人朝夕陽走去，結束了，是用相片這種語言來訴說一個故事，當然需要文字，所以，這種照片基本上是沒有的，當然有接近的影像工作者，像我所敬佩的梁正居、關曉榮等人，他們對於生活的熱愛，背著照相機到處跑，拍出來很好的東西，可是把它組成一個故事的，還沒有，這是第一個。

我最早看到報導攝影是在美國，一九八三年，那是我去愛荷華大學，一個很熱心的朋友，他把新聞系裡收藏的著名的報導攝影家的攝影集拿來給我翻，當時可說是我第一次接觸這樣的一個照片，覺得非常的震動。嗯，我剛才講到台灣攝影的一種是美妙的瞬間，一種是像張照堂那樣的紀錄，最大宗的就是商業照片，第四種就是沙龍照片，人體、靜物、風景，商業照片就是商品，女人的身體、服裝、鞋子、一塊麵包、一大塊肉等等，可是當我在美國看到那些照片，原來照片可以這樣拍，有這樣強烈的效果，而且一看就不能忘記，比如尤金・史密斯（W. Eugene Smith）他拍的日本的水銀中毒，叫做痛痛病，我大概只看了一兩次，就不會忘記，那是一個媽媽抱著中毒的女兒洗澡，媽媽憂愁地看著她的女兒，像這種照片，你看過一次就不會忘記，可是在婦女雜誌上看到很多很多的照片，一下就忘記了。

當看到文字時，就知道這個story，當一個水銀工廠來到這個村莊，村莊的人怎樣歡迎它，發現貓有點奇怪了，因為貓吃魚，排出的水銀，先在魚身上積累，被貓吃了，也被人吃了，但因為貓的體積比較小，所以比較早發病。

慢慢地，人的病就出來了，人們就跟水銀公司爭吵，水銀公司相應不理，就是這種故事。第二個，我從日文和在舊書店裡找到的三〇年代中國報導文學，知道有報導文學的形式，但台灣一直沒有報導文學，一直到今天，我敢說。因為雖有大報以大獎的方式鼓勵報導文學，可是因為對報導文學的定義不清楚，就算是《人間》裡面，真正的報導文學也沒有幾篇，其他只能算深度報導、特別報導，或比較深廣的新聞報導。

什麼叫做報導文學？現在沒有那麼多時間談，但我可以給你幾個概念，報導文學包含兩個名詞，一個報導，一個文學，報導是屬於新聞的範疇，文學是屬於藝術的範疇。我們不妨這麼問，報導文學和一般的報導有什麼差別？答案就是它有文學性，什麼叫做文學性？描寫的方法、技巧、心理描寫、象徵，這些所有的手法，那麼跟一般的文學有什麼差別？它有新聞性，就是不能說謊，不能虛構，文學的特質是虛構，白先勇寫了那麼多生動的東西，絕對不是他親身的經歷，像他寫女性，他可能把他的姑姑、他的女朋友、阿姨、隔壁鄰居，幾個女性綜合起來，塑造了一個女性，可報導文學不容許這樣，報導文學和一般文學不同的地方，就是它跟新聞一樣，必須嚴格遵守新聞的客觀性和真實性。當白先勇以虛構方式寫成一篇作品，他得到非常大的讚譽，大家欣賞他的想像力和虛構能力，可當一個出名的報導文學家以一個虛構的方式寫一個小孩，自八、九歲便開始吸毒，來警告我們，這個社會小孩吸毒問題非常嚴重，可這是虛構的，那麼他以後寫的報導文學便一敗塗地，沒有人再相信他，這兩者是不同的。所以，我有意在台灣介紹這種文學形式，報導形式，可惜《人間》的壽命太短了，如果再給它五年的時間，我們就能培養出一個真正讓群眾永記不忘的作家。比方說，煮米，用科學的方式來告訴你，產於溫帶，或屬於什麼料，什麼時候開花兒，煮起來白白的，入口非常香，光有這理論都沒有用，我一定要真正煮碗白飯，澆一點滷肉汁，吃一碗，吃了以後，再去看資料，才知道，喔，稻米是怎樣。同樣，報導文學跟你講理論沒有用，一定先要讓你看、讓你感動、永生難忘的幾篇報導文學作品，然後你就懂了，知道要寫報導文學，就要寫成那樣。台灣的問題，就是一直到現在，比較少或者相對少一些令人終生難忘的報導文學作品，以致於那些教授在評選的時候，覺得這篇寫得不錯，可是報導能這樣寫嗎？這樣太主觀了吧？一直搞不清楚報導和文學的分際，一直到今天。應該是以客觀的材料，以文學的手段來寫。

如果是我教的話，要求讀比較多的文學作品、好的小說，看比較好的電影，報導電影、紀錄電影，要求他們多看，用這樣來鍛鍊，這和深度報導是不一樣的，深度報導就從頭到尾這樣報導下去，只不過是篇幅比較長、比較深入，不像一般的報導，第一段寫概略的，第二段寫什麼，第三段寫什麼，不是那種的。

問：所以，當讀者投書反映某篇報導太主觀，則《人間》編輯部會急忙澄清，表示我們是客觀的。

答：Oh, no!這個問題在辦雜誌時爭議較大。常有讀者說，我真的很感動，可是，台灣真的有這種事嗎？你們會不會太偏激了？你們會不會太主觀了？他不是惡意的，因為吃慣了中正和平、四平八穩、消毒過的、無菌的食物，所以，到野外烤個野味給他吃，他會害怕的，那我們告訴他兩點，第一個，我們認為世界上，沒有科學上絕對的、純粹的客觀，當我說水是H_2O，那我到社會主義國家，我仍可理直氣壯地說水是H_2O，他也會同意，當我說1＋1＝2，基本上，全世界都會通，這是絕對的，但關於愛、關於正義、關於對錯、是非、關於歷史上的評價，就沒有自然科學上的絕對客觀，這是第一點，因此，所謂客觀的報導，本身就是一個虛構的東西，你要懷疑的是，中國被描寫成是小偷，到美國去偷核技術是陰謀，那全美國的中國人都不知道在幹什麼，或者是黑人，他們天生的遺傳因子裡有很多敗壞的東西，像他們天生笨、遊手好閒，像這種，不論用什麼樣客觀的語言、形式來表達，都還是偏見。第二個是報導文學不但不騙人家說我是客觀的，而且我們鼓勵作者有立場，只不過，從作者立場去看事物的時候，要照顧到舉證，不能說那個人好壞喔、那個人好好喔，不行，要像一個新聞、報導一樣，要有具體的採訪、具體的事證、資料，來呈現他的被害，或他的好，也應該從具體的事實、行為來表現這個人是作惡多端的，不能用形容詞。第二個，比方像湯英伸那篇報導，我們當然是很同情湯英伸，那整個月，我們追著他跑，像希望有特赦，當時我們的感情都很凝聚，開編輯會時，有個同事說，我們是不是要去採訪苦主？這個意見大家都很反對，怎麼會！我覺得這個意見非常好，我們經過了一些掙扎，派了兩個同事去採訪，我們覺得我們做對了，後來苦主和湯英伸的爸爸和解了，我們在場，眼淚都快要掉下來，這樣的事情，我們絕對不騙人說我們的報導是客觀公正的，我們是有立場的，在我們的憲法中說得很清楚，我們是站在弱小者的立場，這個一般的客觀公正聽起來就很反感，新聞報導怎麼會有立場？第四點，有立場就不準確、不公正了，但時間為我們證明了一切，我們所有的報導都是公正的，像雛妓的問題、兒童虐待的問題、工會的問題，這些一直吵吵嚷嚷的到現在，為什麼我們在那麼早的時候就看到它？很簡單，因我們從不同的角度去看大家不願看、怕看的事情，可是它們是客觀存在的，當這些客觀存在的東西解嚴以後，大家也會轉過頭來，從另外的角度來看，所以我想這個雜誌最令人驚訝的是，大家沒想到的事，被我們想到了，像那個許信良偷渡回來，在中正機場發生衝突，第二天全省的大報都按照國民黨的指示，我們的報導出來以後，那天晚上有很多記者跑到這邊來說，看到你們的報導，我們幾個朋友就覺得很悶，一起喝悶酒，覺得自己真沒用。實際上，他們也寫了這篇報導，被編輯部壓下來，而且命令從另外一個故事來寫，他們看到《人間》這樣寫，就覺得非常窩囊、非常悶、非常痛苦，那，這說明所謂沒有特別客觀，任何一件事物都有立場，有人說我沒有立場，實際上是有立場，我們是誠實地說我們有立場，可是我們用非常認真、嚴肅的態度去採訪，如果我們認為這是正確，我們還要證明這是正確的，不能主觀上我們同情弱小者，就認為所有弱小者都是天使，那不行。

問：《人間》曾經處理非常多的題材，不曉得您最滿意哪一項？

答：我們《人間》憲法上說從弱小者的眼光去看台灣的人、生活、自然環境、歷史，所以，我們的題材是從這裡出發的，就是你所熟悉的這些內容。比方說，這是題外話，解嚴後有許多的抗議活動出現，我們很興奮，去拍那些這裡綁白條的人，從來沒見過嘛！只要拍三次，我們就覺得有問題，因為所有的畫面都是這樣子(手握拳頭向上揮舞)，怨！恨！然後，寫來寫去就是那些人說這多麼不好啊，搞了三篇以後，我們就覺得該怎麼辦啊？請再有經驗的拍回來的，還是這樣的照片，沒辦法突破，所以我們就另闢蹊徑，去採訪正面的東西，比方說溯溪，有些人從小在溪邊長大，慢慢發現小溪怎麼會汙染成這樣，魚蝦都沒有了，於是他們就主動地釘了牌子：不准釣魚、不准倒垃圾，晚上還分班巡邏，搞了幾年，魚蝦又回來了，那我們生態環境採訪就開始有故事了，他們會講起故事，從前那條河是怎樣的，客人來的時候，在河裡摸蜆子，撈一瓢河水，加了薑，就這樣煮，這樣的故事動人得多，所以，題材就是那句憲法：從弱小者的眼光去看這個世界、地球、土地。

那麼以目前的眼光來看，我最喜歡的幾個有湯英伸，我們具體呈現了一個故事，每一個社會犯罪的背後都有一個共犯，這個共犯就是社會，很多時候，社會生活把一個無辜、純潔的人推推推，陷在那邊，大家就會用所謂公義的眼光去指責他，認為他該死。十九歲的湯英伸，我們在採訪過程中才知道，才在理論上知道，可是我們從具體的例證中才知道，從湯英伸被槍斃，獻出他的器官，整個過程對採訪者來說，都是痛徹心扉；另一個就是雛妓的故事，我們找到幾個被救出來的雛妓，我們才知道她們的世界是那麼的可怕，一個八、九歲的小孩子，每天在地窖裡接幾十個客人，我是男生，想起來都覺得很害怕，那些雛妓不是說她很痛苦、每天被老鴇打啊，不是這樣子，她們在暗無天日裡想起的是很生活的，像她的媽媽、小時候的姐姐怎麼帶她上學，採訪的記者一邊聽一邊掉眼淚，還有兒童虐待的問題，這是我們很驕傲的，現在，一直到這兩、三年才被承認，才知道這個問題有多麼嚴重，比方是亂倫啊，我們過去對於兒童虐待是停留在形式上的，像打啊，打到腿都斷了，才叫兒童虐待，在西方，對於兒童虐待的定義更寬，把小孩留在家裡、讓他害怕、恐嚇他，都算是兒童虐待。當然，我們有一些小人物的描寫，我們從小人物裡面……大家認為《人間》是一份很有愛心的雜誌，那是因為她的主編是某某人很有愛心，就像Santa Claus一樣，把愛心撒給別人，不對的，是人的生活裡面有那樣的生命的尊嚴跟愛，我們透過我們的採訪，接觸到了(我們本來對人很失望的)，在那些粗糙生活，我們碰到了他們的尊嚴，他們在面對噩運時搏鬥的勇氣，好多好多，所以我們的記者成長得非常快，通常一個傻里傻氣的文藝青年，一、兩年就……比方說採訪雛妓的那個女孩，那時候，報社很窮，就我的辦公室大概就只這麼大，我的桌子就只能面向牆壁，我們的紀律是採訪回來要先跟我談，那個女孩就進來，那時我在寫一封信，我說，妳講妳講，我能聽的，我這信馬上寫完，她就開始講，講了沒多久，她就不吭氣了，奇怪，後來我聽她在哭的聲音，這時候，我就把筆放下來，我沒有說，唉呀，妳怎麼回事啊？我就面對著牆壁，讓她哭完，我再把椅子轉過來，問她怎麼回事？她很激動，她說，昨天和採訪的女孩子分別的時候，她謝謝那個女孩，我說，感動嗎？怎麼會是感謝呢？她說，昨天回來後一直想一個問題，她可以把茶潑在我的身上，罵我，我問，為什麼呢？她可以罵我說，妳憑什麼來問我這麼傷痛的事情，我們同樣都是女生，而且年紀差不多，妳憑什麼？她意識到命運巨大的差距，她感覺到一樣是女生，她上了大學，吊兒郎當地到《人間》上班、寫文章，別人還很誇獎她，當她看到雛妓的時候，她非常震撼，就命運的不同，可以讓她和年紀相差無幾的女孩成長過程相差那麼大，她居然天天去找她，叫她把最大的傷痛掏給她看。

這是採訪之初，她沒這個感覺，因為她是記者，到了後來，她們逐漸變成一個人，然後她就開始講，一邊講一邊哭，這個事情我跟她討論很久，就變成那篇，那是好幾個人採訪的。後來這女孩就變了，原本她嘰嘰喳喳的、聲音很大。那我的辦公室沒有這一條說，有客人來了，要女同事端茶進來，我習慣都是自己端杯茶給客人，奇怪，從那次以後，她會主動端杯茶給我，端杯茶給客人，我發覺她長大了，很用功。還有山地部落、肺病的問題，還有白血病的小孩、治療的醫生等等。我們這個雜誌的確很不一樣，我們都不斷地感到成長，包括我自己在內，而且，真的這些同事很不一樣。聽說要停刊了，很多老鷹都來等、挖人，我很高興，離開《人間》到別的地方，薪水都增加三倍以上，可他們不快樂，常回來說，那些報導好無聊。

問：解嚴之後，《人間》的走向有了轉變，尤其在楊憲宏接了總編後，連版面都換了，如果看第一期和最後一期，會發現風格差異很大，怎會有如此巨大的改變？

答：不可否認的，我現在非常深刻知道一個雜誌和一個主編關係非常大，《人間》雜誌，我不是在誇耀，《人間》雜誌就是我自己，我自己的風格、思想，我自己對人、對社會的觀察和看法，我覺得必須說一句，我非常讚賞跟感激我們的美術編輯李男，這份雜誌要是由其他的美術編輯，味道就會差很多，李男建議我們用黑白做封面，那時候是很大膽的嘗試，他的編排方法，大黑底的，哇！當他把他的設計弄出來，打樣的時候，我們簡直是呆住了，這就是我們的雜誌。他自己設計的，他非常愛這個雜誌，我們給他設計費，他全拿來買《人間》雜誌，到處送人。剛開始的時候，風格很穩健，但我一直警惕自己，因為同事寫的文章也有我的影子，因為我改稿，我的用字遣句比較不一樣，比方說，每篇文章下面幾十字的概要幾乎都是我寫的，我另外一方面為了使雜誌更開闊一點，應該請一個新的主編來，其中一個就是高信疆先生，他也是一個非常了不起的編輯，他不辭勞苦地幫我編了兩年，那兩年中，基本上，題材也拓寬了，像新疆的曬大佛啊，因為他過去在新聞界的朋友很多，高信疆這個人非常的溫厚，他告訴我，他一直有一個想法不敢超越，那就是，「這是陳先生的雜誌，我是他的總編輯」，這是個報人很重要的倫理，所以他謹守這個範圍，在這個基礎上去擴大這個雜誌的題材，所以讀者不太能感覺到它的轉變，楊憲宏這個人比較年輕嘛，他總是要表現，新官上任嘛，我也覺得說好，就讓他表現，這是第一個。第二點，就如妳所說的，解嚴以後，一大堆那種東西爆發出來，像噴泉一樣的爆發出來，他比較沉不住氣，就要跟，當然，我是允許他這樣做的，我也想看看效果怎麼樣，但結果怎樣，我就不說了，因為在這種情況，我批評就不太合適。總而言之，不能說這個變化的緣故，我們感受到銷售有點下挫，可是我不說這是他改變的原因，到現在，我還不知道這個原因。

問：在某些報導中讀到《人間》是因三個月收支無盈餘，所以才會停刊的。

答：這個雜誌的停刊主要是財政的關係。我們完全沒有財團支持，單獨靠我一個人，抵押了房子，我必須公平地說，出錢的不只我一個，還有同事，他們拿的薪水很低，他們拿的報酬，與其說是金錢上的報酬，還不如說是精神上的報酬。剛開始他們去採訪的時候，人家會問什麼是《人間》，便拒絕採訪，可到後來，他們受到受訪者和社會很大的尊重，有一個同事說，他採訪結束在等車，等公路局還是等火車的時候，在車站旁的冰果店吃冰，等車、看書，時間到了，去埋單，背包上有一個標籤——人間，老闆看到就問，「嘿，你是不是《人間》雜誌的人？」同事回答，「是啊。」老闆就說，「你下班車是幾點？」就拉著他一直談，「你們《人間》是怎麼弄的？」、「陳先生是怎樣的一個人？」不斷地叫東西給他吃，最後也不收錢。他回來後好陶醉喔！

如果他們跟我要更高的薪水……他們出去採訪的時候，像別家比較有錢的報社，如果今天去採訪，住了一天七百五十元的旅館，可是我會叫那旅館幫我開一千五，吃了七十五元的便當，我會報兩百塊，我們《人間》絕對沒有，小錢都自己吞了，像買個汽水，是不會報的，吃飯，就滷肉飯，隨便吃就回來了，我們很窮，可是很團結，回想起來，覺得很溫暖。嘿，妳剛才問了什麼？

問：就是有關停刊的事情。

答：喔，妳要有一個常識，就是書刊都是三個月結一次的，比方說十二月從流通的公司結來的帳，是三個月前的，當然有盈有虧，小盈小虧，有一天，我如果發現三個月前的那期，比方說虧掉了三十萬，我就有點緊張了，再等一個月，等三個月前的那期如果再虧了四、五十萬，我就開始害怕了，因為我是窮人家長大的，一輩子沒欠過人錢，我就覺得不行了，就跟同事們商量，那些女同事哭得，他們就說，我們可不可以半年不拿薪水（呵呵呵），我說，你們一年不拿薪水也沒用，因為你們薪水很低（呵呵呵），人家大公司的管理階層拿三分之一或三分之二，那是很大的錢，他們不曉得從哪兒想到這種方法，我說，就算一年不領薪水，也救不了這個雜誌。主要是財政的關係。

問：《人間》雜誌是定位給知識分子看的？

答：對，有受過教育的中產階級。

問：那麼，這些受訪者並沒有機會看到？

答：這是個好問題，當然，我可以用一個辦法去補救這個問題，因為他們沒有文化生活，也不訂雜誌，我們採取兩種方法，一是對受訪者，我們一定把雜誌送到，而且把多拍的相片送給他，那覺得他對於《人間》雜誌有興趣，就把他列入贈閱的名單，送給他，可是我們沒有辦法到鄉下去，一人送一本，那是不可能的事(台語)。第二方面，我覺得，我們要為低階層的人工作，首先就培養一批關懷弱勢的中產階級知識分子，不是一下就到下層宣傳說你們多麼不幸，起來反抗啊，總是知識分子先覺醒，先把自己的身段拿掉，不是只看自己的未來，我要考台大，然後去美國，再就業，這都是「我」，當知識分子開始長眼睛，開始看別人的時候，看周圍的人、看別人的生活，他想的就不是「我」將來的前程，而是想要把自己走下去，如果有這一天，我們的文化、知識就可以傳遞到他們那裡去。今天他們所以會這樣，就是因為所有知識分子背棄了他們，比方說，你回想起來，小時候有很多同學，不知不覺他們就不見了，有的從初中開始就不見了，有的做工，當然有的好玩、不讀書，但的確有些人讀不起書，或許有的父親死了，沒法子上學，有一批人就這樣子不見了，我們都覺得理所當然……等到有一天，知識分子對於人民百姓張開眼睛，那一天，百姓才能真正分享真正的文化和福祇。

問：《人間》雜誌受到的好評不斷，回響也極為熱烈，為什麼您現在不選擇復刊，而是以「人間思想與創作叢刊」的形式呈現？

答：妳要明白，辦一份雜誌是非常貴的，尤其我們全部是銅版紙，現在全用銅版紙的雜誌也很多啊，可是我們照片的自製率很高，別的雜誌可能跟人家買個版權啊，或是說，拍個三張、四張就可以用了，去拍王永慶，頂多拍個十張，挑一張比較好看的，我們不是，我們一個故事，起碼出去兩個禮拜，坐車、住、吃，而且我們照片的選擇率很低的，說得誇張一點，每一個故事，將近一百張照片，然後打印、沖洗，然後看、討論、挑選、吵架，這成本非常高，跟一般雜誌很不一樣。第二個原因就是這個雜誌的性質是逆向行駛，一般雜誌為什麼都是幸福、美麗、光鮮、快樂，在這樣的雜誌環境裡面插上廣告就非常自然，像是內衣、罐頭、車子、酒、可口可樂啊，跟整個雜誌很配套，像把可口可樂放在《人間》裡面，讀者都會覺得，「嘿怎麼會這樣？」黑嘛嘛的，忽然有一個照片笑得啊，然後一杯可口可樂，所以這個影響我們的廣告收入。他們都很喜歡我們雜誌，可是給他們的廣告在我們刊物上，都有點躊躇不決，甚至有一個廣告經理告訴我們，「我要在你們那兒登廣告，有一種犯罪感，這樣好不好？你們登六期有沒有優惠啊？」AE說，「有啊！」比方一期四萬，可以打七折，他說，「那好，我給你六個月，但不要登廣告，如果有公益廣告再用我的錢。」那個AE很有個性說，「不行，幹嘛啊？」（呵呵呵）受不了。唉呀，我們有很多原則，當時洋菸開放進口，大量地給雜誌發廣告，他找到我們，一次五、六頁的廣告，我們餓得要死，人家端了一碗飯來，我們討論，結果說不要，因為違反我們的原則。餓得要死卻說不要，氣死了（呵呵呵），讀者對我們也很嚴格，我們不是反對杜邦嗎？杜邦說我們幫著把杜邦趕走，大約過了兩年，他們來找我，說要做廣告，我說，你不要開玩笑了，他說，是要廣告杜邦防治汙染的設備，我知道杜邦的防治汙染的機器是非常有名的，我就說，可以啊，他是要連續三期，他很聰明，他用這個來扳回他的聲望，就登啊，杜邦，讀者看到，不得了啦，打電話啊，抗議，我說，你仔細看看廣告，那不是汙染的東西。我想沒有任何讀者，甚至《紐約時報》的讀者，不會寫著廣告頁，登台灣的政治廣告，讀者就抗議，《人間》的讀者是很嚴格的。現在我再找他們回來，都有妻有兒，不能再給他兩萬塊了，另外，我年紀也大了，要辦這樣的雜誌很累。妳不知道是第一百個人問我這樣的問題了，而且謠言四起，說《人間》要復刊了，我說，你聽誰講的？奇怪，到底是誰講的？

問：《人間》並不是一個單純的雜誌媒體，她還包括演講、報導攝影營等活動。

答：這很簡單，我就是我的想法，一個人有想法一定想要宣傳，當我們對社會有了解，從現場裡看到這些事情，除了報導以外，我們就會凝結成一種想法，比方是對消費主義的批評，對人、對地球，現在已經講成爛話，像「地球只有一個」、「台灣只有一個」，的的確確是這樣，這些想法，像人活著的意義是什麼？那些沒有臉的人、那些庸庸碌碌的人，我們應該怎樣去看待他？當然我會挑選用小說的方法或評論的方法，在這個雜誌呈現，因為我始終相信任何一種主張，不應該政治化或意識形態化，而這本身就是一種意識形態，當他說報導應該客觀公正，這本身就是一種想法，一種形態，沒有那種像真空那樣的東西，那是騙人的。

問：最後請教您，《人間》色彩如此鮮明，在這四年的出版期間，是否受到任何上層的特別關注？

答：這四年倒是沒有，我想這方面我必須誠實地講，國民黨一直非常關切，可是我好幾次都覺得這期會禁，但都沒有，比方說第十六，還是第十二期，讓歷史引導未來，這期怎麼來的呢？我看到《天下》雜誌對台灣整個過去到現在的詮釋完全都不一樣，它站在經營者、政府的立場來介紹，從一九四五年到現在，當然，結果就是我們的政府非常英明，我們的企業非常努力，我們的社會非常求上進，我看了覺得難受，我看的角度不同，我對台灣社會發展的理解不一樣，我臨時把所有的題材擱在旁邊，就用很短的時間組織了那一期的雜誌，我想這次政府一定會關掉，而且顧慮到這麼硬的東西，一定銷路不好，這期現在連一本都沒有了，有好多人要買這一本，因為有老師說社會學的課要用到。

另外，我們第一次披露了二二八事件，當時戒嚴時代，我想這一期禁定了，結果沒有，然後，五〇年代白色恐怖，郭琇琮，現在滿地都是了，當時我們真是很緊張，我不是要譁眾取寵，我覺得這是台灣歷史上很重要的部分，當時台獨論也出來了，台灣人無論如何要反共，所以我就咬著牙，既然是事實，我們應該……那些人那麼悲慘，為台灣做犧牲，嘿，沒有禁。然後，我再告訴妳一件事，台獨對我很有意見，可他們拿我沒辦法，他可以說任何人不愛台灣，可他們不能說我不愛台灣，證據就是這本雜誌(呵呵呵)，他們台獨派一直到今天還沒辦法辦成一個雜誌，他們整天說台灣這塊土地、台灣人民，我是道道地地的台灣人，祖先到台灣，到我已經第七代了，他們可以攻擊任何人不愛台灣，但對於陳映真一點兒辦法也沒有，所以從台獨來的批評沒有，很過癮。

問：您著眼於大中國，卻關心台灣。

答：中國有個起點嘛，台灣難道不是中國？

初刊二〇〇〇年七月東吳大學中國文學系碩士論文《〈人間〉雜誌研究》（劉依潔著）
收入二〇一〇年一月印書小鋪《〈人間〉雜誌研究》（劉依潔著）

1 本篇原為訪談稿，訪談人：劉依潔；時間：一九九九年十二月八日上午十點十五分；地點：人間出版社（台北市潮州街九十一之九號五樓）。

反攻歷史 1

對台灣而言，「八二三砲戰」是國民政府對抗共黨的「光榮戰役」。但從戰後世界史看，金門是國際冷戰和國共對峙的最前線，而所謂前線，所謂金門，更是長年肩負著「堅強戰地」的神聖使命。然而，八二三以及隨後長達二十載的「單打雙不打」的漫長砲攻，卻是金門這片土地與人民，布滿瘡痍與血淚，難堪回首的「反攻歲月」。

董振良的影像記錄了金門這片土地上所發生的一些事跡，由於這些描述是發自人民底層的聲音，傳達了最真實的經驗，於是，竟在自然真情流露中，顛覆了官方宣傳的「神聖戰役」、「光榮戰地」的歷史角色。因此，光榮的歷史也被「反攻」了，人民的聲音也逐漸獲得釋放的空間。

在古寧頭戰役中，古寧頭地區民房被強制徵用，田園土地被強占為軍用，受盡戰火蹂躪，一直到解嚴後的今日，房屋土地的損害仍得不到補償，甚至產權也被沒收充公，投訴無門。在五〇年代幾次劇烈的砲戰中，金門人被組織成「民兵」。制服得自己花錢買；在戰火中出任務，軍方不供伙食，得由鄰里長在槍林彈雨中冒險挑著家裡備好的飯，前進到火線上，供民兵在戰壕裡吃；等待補給船時，在海邊春寒中挨凍受餓；船來時在猛砲火中的海灘搶送物資，死亡狼藉，肚腸四肢橫飛。但直至今日，金門砲戰紀念館中只表彰大忠大勇的國民黨將校兵，沒有一個金門民兵入祀，受到應有的彰顯，更不必說事後應有的賠償。

在董振良的《反攻歷史》等影像中，倖活下來的金門民眾不斷地說：「彼當時哦，金門人性命不值一隻螞蟻。」這使人想起第二次世界大戰末期日本對琉球所施加的殘酷的歧視和不仁。當日本在太平洋戰線全線潰敗，反法西斯同盟軍節節向日本進逼，日本就企圖以琉球玉碎死戰，犧牲琉球來擋住盟軍向日本本部進攻，使琉球人在「琉球戰」中死亡殆半。

我們應該怎樣看待同樣曾被日本人統治過，口操幾乎與台灣一樣的閩南話，在國共對峙的前線背負著「國家安全」體系沉重壓迫的金門人？在以台灣為中心，金馬為邊陲的「反共基地」體系中，金門青年被教育成心向台灣，但在生活上他們卻受盡了中心台灣的歧視。台灣的知識分子、政治、民眾長期以來抹煞和忽視金門，已經達到一種蔑視的地步。

依我看，強烈的報導知性，映像敘述上的美感和思想上的獨立、徹底（radical）和批判性是現代紀錄片的起碼要素。五〇年代金門數次砲戰中，金門民眾自衛隊苦澀、慘絕的歷史，是從來不曾被披露的台灣戰後史，在題材上，《反攻歷史》有令人震撼的報導知性。映像敘述上，在自然光下，經歷了砲戰年代倖存下來的金門父老，生動的現場敘述，接上砲戰紀錄片、砲戰紀念館，偉人英雄的陳列和照片，構成十分強烈的真實和辛辣的反諷。全片映像語句和邏輯精確、真誠，又有一份難得的冷靜。

當然，《反攻歷史》中也存有一些問題。錄音、攝影器材有明顯缺陷；剪接的邏輯粗糙等明顯易見。進步、獨立的紀錄影像作品，大多受到資產缺乏，器材粗略等不利條件的制約。久而久之，不免產生「獨立、進步的作品的技術粗糙理當被容忍」的通論。有時候，對技術器材的容忍，還擴大到藝術形象粗劣的容忍。這嚴重地影響了獨立、進步出品在思想、感情、審美上的滲透力和宣傳上的影響力。獨立的、前進的製作，因此尤其要在粗糙的、艱苦條件下，在技術要求、製作品質上，做最高而嚴格的要求。這就如苦命的孩子就應該更加刻苦上進，是一個道理。

但由於《反攻歷史》內容的深刻，使瑕不掩瑜，《反》片仍是近年獨立製作紀錄片感人、深邃、強力的傑作。

初刊一九九九年十二月思想生活屋國際文化事業有限公司《解嚴前後金門

十年影像誌》（董振良著）

1 本篇為《解嚴前後金門十年影像誌》序文。

資本主義與西洋文學

文學和社會體制的關係 [1]

各位朋友、女士、先生，今天的講題是主辦單位給的：「資本主義與文學」。文學和社會體制關係密切。作為現代社會重大體制的資本主義和文學的關係當然也非常密切，資本主義發展的各個不同階段，不論對於西洋、我們中國或台灣，在文學思想、文學形式內容上都產生非常大的影響。

一

首先我要把文學當作一種社會意識形態來了解。馬克思歷史唯物主義主張，社會的構成，是由所謂「下層建築」和「上層建築」兩方面結合起來的。而所謂下層建築是指一個特定的歷史階段中社會的、經濟的、生產的各種關係的總和。所謂上層建築，則是與此一下層建築相適應的意識形態結構，包括政治、法律、宗教、哲學，當然也包括藝術、文學和其它廣泛意義的意識形態。文學是這個上層建築組成的部分，它跟一個社會發展階段的社會生產形態、組織，以及領導階級的思想感情有非常密切的聯繫。不同的生產關係形成的不同社會形態有與之相應的、在形式、內容上不同的文學藝術。

其次，我們來簡單談一談資本主義社會的幾個特點。

(一)資本主義社會的階級和財富的兩極分化很尖銳。在資本主義社會，社會階級主要地分化為在私有財產基礎上占有生產資料(貨幣、生產工具、土地、廠房、原料等)的資產階級，和除了出賣勞力(包括腦力勞動)之外別無生業的無產階級，不像前此的社會，有國王、貴族、武士、地主、農奴、小手工業者、小商人等多元階級。在大規模機械化生產體制下，資本不斷地集中和積聚，貧富、勞役落差擴大，失業常態化。絕大多數的人被快速轉動的機器驅趕著生活，人失去了自我，勞動失去了自主性。

(二)資本主義社會是高度商品化的社會。在資本主義未發達的社會，生活中存在著一定的非商品——如自搓繩索、自製醬菜、自種自用的農產物等。資本主義把生活中的一切商品化，極目所及，莫非商品。商品化社會發展到極致，連從來神聖不可以用金錢買賣的東西——如人倫、宗教、藝術、信仰等都成了可以估價交易的東西。商品崇拜、人的物化日趨嚴重了。

（三）資本主義生產體制的唯一動力是赤裸裸的利潤追求。為了使利潤極大化，發展新技術、開發新產品、強化生產率，鼓舞和操縱人的無窮的奢欲。人成了商品的消費機器。人生失去了理想和目標。欲望空前地解放。人成了金錢與商品馴服的奴隸。而無止境的、為利潤的「開發」與「發展」，帶來了生態環境體系全面性崩壞。

二

接著我們就來看看現代資本主義生產體制下現代人的變化和所受的影響。

首先是正面的影響。人類從來沒有像今天那樣享有豐富的商品和服務；人類也從來沒有像今天那樣在科學技術方面有這麼大的發展。在精神方面，比起封建時代或奴隸生產時代，人類的思想從來沒有像今天那樣相對地自由，從政治上取得一定限度的自由，而且在言論、思想、藝術表現方面也相對不受教條框架的拘束。我們讀三〇年代巴金的小說，最有趣的感覺是，怎麼男女青年想要追求自由獨立的愛情是那麼不容易的，兩個人竟然要為了談戀愛而花費那麼大的力氣跟父母與家族進行鬥爭。隨著資本主義化，今天男女關係的放縱，到了使人憂心的地步。另外，人類的夢想也沒有像今天那樣得到很大限度的實現與滿足，人類也從來沒有像今天那樣，在知識的領域、太空的領域、科技的領域上馳騁征服，取得勝利。

當然，隨著這些社會的發展和物質的發展，人的生活、思想、感情也發生空前的變化。隨著工業化生產和資本循環的快速化，人類的生活也跟著機器、交通、資訊的快速化而快速化。寧靜的田園，優美的牧歌，雞犬相聞的世界已經消失了。現代人被驅逐到現代化的大型工廠和大型工商城市裡面很蝟集地生活。人類從來沒有在這麼多的噪音下、這麼汙染的環境、這麼悲慘的貧民區生活過，也沒有這麼快地走過路，每天匆匆忙忙地趕。更重要的是為了薪水，為了生產，為了銷售，人類變得那麼緊張，神經繃得緊緊的。失眠、腸胃潰瘍、神經衰弱、躁鬱……成了現代人常見的疾患。住在同一棟大樓二十年的鄰居卻不認識，人跟人靠得那麼近卻是這麼的陌生，這樣地對對方的冷暖福禍這麼不關心。冷漠、麻木是現代人的共性。這樣的生活帶來了生活上普遍的病變，焦慮、恐懼、憂鬱、絕望，甚至於瘋狂，甚至於麻痺。人變得需要依靠越來越尖銳的刺激才能證明他活著，所以毒品、酒精、迷幻藥、瘋狂和官能縱欲成為這個時代人們精神上的一種特色，這些精神、感情變化當然會反映到資本主義不同階段的文學藝術的內容和形式。在資本主義社會裡面一個最大的痛苦是人的物質化，人自己的目標以及自己作為本身的目的已經喪失了。這是資本主義生產方式對現代人所產生的深刻的負面影響。

三

現在我們就進入資本主義和文學關係的主題，我先要用很簡單的、很概括的方式來劃分資本主義發展史的幾個不同階段和相應於各不同階段裡文學的發展。

第一個階段是十六世紀到十八世紀上半，這段時間是所謂重商主義的資本主義時代，也就是商業資本主義時代。資本的原始積累運動，經十五世紀的地理發現與圈地、十六世紀手工作坊的登場，一直到工業革命的十七世紀，英國已經出現了能夠生產精緻呢布料的新興城市，不用說羅盤針、航海技術、新航路的發現、對新的殖民地的擴張，和對新殖民地的貴重金屬、香料、奴隸的掠奪，以及後來這些殖民地都成了資本主義傾銷它的工業商品的一個基地。在這個時期裡面，隨著將來的工業革命的過程，以及新技術的發展、新動力的發展、新機械的發明，商業資本主義逐漸就過渡到現代自由競爭階段的工業資本主義，這是物質方面的情況。

另一方面，在一六八八年英國產生了資產階級的市民革命。革命的由來就是剛剛所說的由於國際通貿、國際航運，商業的發展逐漸產生了一個新興的階級。在過去西方的社會，只有教會、僧侶和封建貴族，但現在這些非常有錢的新興階級出現了，比如說商業資本家、銀行家以及其它仲介買賣的商人，這些人在經濟上取得社會地位後，就希望能在政治上掌握權力，於是就有了以這個階級為主的市民革命。到了十七世紀、十八世紀這個漫長的時間裡，從英國開始，後來到了美國、法國、德國在不同時間裡面都產生了工業革命，然後，隨著這樣巨大的發展，新興的布爾喬亞階級便開始與王室作對，而且產生了自由主義的思想，產生了議會政治的要求，這是政治經濟的狀況。

特別值得一提的是，這些新興的布爾喬亞階級，因為文藝復興時代發明了活版印刷，因此書和教育也普及了，形成了很多貴族以外的出身平民的受教育階層。於是雜誌和新聞的出版登上了文化舞台，其中有政治時局的評論、八卦新聞，最重要的是一種新的文學形式，即最初的現實主義小說的產生。小說在這些刊物連載，非常受到市民階級的歡迎，於是報紙雜誌就越印越多，刊物就越賺錢，當然作家也越賺越多，這和現在的情況幾乎是一模一樣的。雜誌爭相羅致能暢銷的作家，諸如大仲馬、小仲馬，當時都是最受歡迎的作家；這樣的情況，甚至使得這些雜誌都有自己的咖啡館，有一批人就專門在這些咖啡屋中朗誦這些作品，或是評論這些作品，這是非常有意思的情況。我們十分熟悉的作品，包括狄福的《魯賓遜漂流記》，史威夫特的《小人國歷險記》，愛迪森的《湯姆．瓊斯》，都表現了商業資本主義晚期和現代工業資本主義早期，英國對外發展的思想意識形態。比如說，這些小說中首先出現了「非貴族」，以前寫的是王公將相、仕女、武士，現在出現了很粗俗的流浪於新興城市的平民，以及到城市裡冒險的人、善良的謀生女工，甚至在城市中招搖撞騙的騙子；另外它也描寫了因商船貿易對外擴張而出現的異國情調，像《魯賓遜漂流記》、《小人國歷險記》，雖然是虛構的，但都是資本主義擴張，看到了新殖民地，看到了另外一個新世界，而產生的一種文學的想像，從而產生了嶄新的文學形式小說。

資本主義發展史上的這個時期的文學思想，因為新興商人階級沒有自己的文化和傳統，因此，他們刻意模仿沒落宮廷的文化、排場和儀節，在藝術文學上模仿古希臘羅馬的古典風格，表現在這時期的古典悲劇，文學上稱此一時期為「新古典主義」，也有人稱它作「擬古典主義」，特點是崇尚藝術作品的理性，強調它的均衡性。比如說「三一律」，強調形式、強調理智，要文雅、要抑制內在的衝動，這就形成了新古典主義的內涵，模仿希臘羅馬時代藝術品的品味。新古典派的作家，在法國就是大家所熟悉的古典悲劇作家拉辛、莫里哀，都是仿希臘古典悲劇或喜劇的所謂新古典的戲劇，描寫一個英雄如何靠著理性、壓抑他的欲望而成為一個非常偉大人物的過程。這是一個方面。新古典主義文學的另一個方面，就是剛才說的，隨新興資產階級媒體發展的、最初的現實主義小說。這完全是新興資產階級自己的文學形式，不受希臘羅馬傳統的任何拘束。

第二個階段是所謂自由競爭的資本主義時期，時間大概是十八世紀中葉到十九世紀的上半期。在這個階段最大的特點是新的動力的發現，比方說蒸汽機；新的機器的發明，比方說紡織機；新的動力又結合新的交通，比方說用蒸汽機推動的火車或輪船的登場，這都是非常巨大的變化。這個時期的資本主義，以個人占有的中小型資本主義企業為主，進行在市場中的「自由競爭」，取得所謂「市場競爭」得來的平均利潤。另外，我剛剛也介紹過，十八世紀中期以後西歐先後也都完成了非常了不起的工業革命，這樣就形成了機械化大規模的生產體制。現在，新興階級不只是有錢的商人，而且是工業化的工廠主階級，這是非常重要的情況。經過了兩百年的發展，這些商人手中累積了很多很多的貨幣資本，再加上新的生產方式，又有殖民地作為它的傾銷市場，西方正式進入了帝國主義時代的初期，整個社會發生了極大的變化。表現在文學藝術上，這種新的思想感情就是「浪漫主義」。

什麼叫作浪漫主義呢？為了說明上的方便，我們將它和新古典主義做一比較來討論。前一階段中的新古典主義崇尚古樸典雅的詞語，但浪漫主義卻力主創造新的語言來表達自己真正的感情，比如使用方言和日常生活俚俗的語言；新古典主義時代，傳統固定的詩律受到非常嚴格的尊崇，但浪漫主義不同，詩人發明了很多新的形式、新的韻腳、新的格律；新古典主義藝術注重的是理性，浪漫主義文學卻可以完全發揮自己的感情、自己的悲喜；新古典主義表現社會對人的思想感情的約制，被強調的是人的共性，但浪漫主義表現為個人的覺醒，可以悲傷、可以歡悅。打個比方來說，就好像人在青春期時，看到了一片葉子從窗前飄落，就能難過得掉下眼淚。人類的青春時期可以比說是浪漫主義的時期。怎麼會有這樣的思想感情呢？這是在新的資本主義生產關係中，一個新興的階級登上了歷史的舞台，他們以全新的思想和感情，沒有任何過去的包袱，來重新看待資本主義所開拓的完全不一樣的、充滿詫奇的世界。他們看到新的科技、看到遙遠的沙漠、遼闊的七海大洋、看到金字塔、看到古老的中國。因而這個階級充滿了好奇心、充滿了自信、充滿了對前途的憧憬和夢想，這樣一種新的精神下產生了浪漫主義，它對貴族階級過去既有的規範完全背叛，並且加以打破！浪漫主義的精神表現了自由競爭資本主義時代新興工業資產階級的詫異、驚奇、誇大、激動、易感和平民化的思想與感情。

浪漫主義時期的重要作家大家都很熟悉，英國是以浪漫派詩人為主，華茲華斯、雪萊、拜倫，以及濟慈，都是這個時期的詩人。在德國有歌德。歌德是跨過新古典主義末期到浪漫主義交接時期的一個人物。他的《少年維特的煩惱》傾倒了整個歐洲。還有海涅，也是德國很重要的一個詩人。在法國有雨果，他的《Hernani》浪漫主義戲劇，在巴黎公演時引起了很大的騷動，保守派和激進派的浪漫派就在劇場裡面互相對立，表面上看起來好像只是看戲起鬨，但真正表現了兩個階級的交替，也表現了兩個不同的文藝思潮的鬥爭，這在浪漫的法國，以至整個歐洲都是非常著名的一個事件。

第三個階段是十九世紀下半到二十世紀初期世界資本主義體制進入獨占資本主義的時期。資本因為追求利潤的最大化，開發新技術和產品，擴大個別企業的規模，甚至把數個企業購併，造成對市場、價格的聯合獨占。資本主義發展到這個階段，產生更為尖銳的階級的矛盾。在資本主義化的歐洲，隨著資產階級的興起，也在鐵和血的苦難之中，興起了另一個新的階級，就是現代的工資無產階級，他們一無所有，聚集在歐洲的工業城市的低層，受盡資本的任意剝奪、壓迫與擺弄，不斷地跌入貧困的深淵。這些人逐漸形成自己的階級意識，於是在一八七一年激發了巴黎公社的革命。

我們往前看十八世紀的英國，也就是重商資本主義晚期，產生了我剛剛介紹過的狄福、愛迪森這些初生的現實主義小說。而到了獨占資本主義時期，作為資產階級新的文學形式，現實主義小說變得更加成熟。可以說，十九世紀是人類現實主義文學成就最偉大的時期。現實主義巨匠巴爾札克、托爾斯泰等都是在這個時期產生的。你會問：為什麼在這個時期會產生對反於浪漫主義的現實主義呢？主要是新興的資產階級更深刻地想要了解在更深刻地組織到工業資本主義社會的人和自己、和環境的關係。由於生活步調、內容、速度和精神狀態的劇變，過去浪漫主義講的愛情、自由都只是一般論。可是到了這個時期，資本主義更加的嚴密化，對人的剝削、對生活的控制越來越大，藝術家就很想理解在這個劇變下人和環境的關係。一個重要的情況是，隨著資本主義的發展，科學技術也有了長足的進步。實事求是的精神，觀察的精神，研究的精神，在在影響到藝術家不只是靠感情和靈感，而是用科學的精神來看自己、看生活、看歷史、看整個社會關係，這就促使他們創造出以描寫具體生活的細節、人在獨占資本主義時代巨大機制下人類的生存樣態和命運的作品，也就產生了完全跟過去不一樣的文學思想體系。

為了讓大家方便理解，我們還是把現實主義和前階段的浪漫主義做一個比較。浪漫主義基本上是唯心主義的。現實不是客觀的描寫，而是經過主觀的美化，以自己主觀的眼睛、自己的心性感情所看出去的世界；可是到了現實主義，就傾向唯物論、實在論，描寫普通的日常的人在資本主義工業社會中的生活細節；浪漫主義是主觀的、誇張的，而現實主義受到科學精神的影響，則傾向客觀、精確如實地對於現實的描寫及捕捉；浪漫主義崇尚神秘化，因為主觀的極致容易神秘化，比如說他在森林中看到精靈、他在一朵花中得到啟示，可是這種神秘和主觀主義，到了現實主義時代就被替代為準確的觀察、描寫，是完全不一樣的。談到這個時期的大師，大家都耳熟能詳，比如說法國小說家斯湯達爾，另外還有一位受到馬克思很高讚譽的巴爾札克，還有小說家福樓貝，都是這個時候出現的偉大的現實主義小說家。在英國，以現實主義小說家喬治·意律、亨利·詹姆斯兩人為首。美國方面則有馬克·吐溫。而在舊俄羅斯出現了杜思妥也夫斯基和托爾斯泰，一直到現在都是文學中的巨匠，他們所遺留下來的現實主義作品，仍是人類非常重要的遺產之一。

講到現實主義，各位一定會想到自然主義。自然主義是現實主義的極端化，它當然受到科學、遺傳學的研究方法的重大影響，強調文學作品要以科學的客觀的調查研究作基礎，描寫現實生活的細節；其次自然主義主張以冷靜冷酷、完全不投射感情的態度來描寫生活的切片，研究人和環境的互動，就像科學家尋找事物的因果律一樣，他們認為人是社會的結果。這樣的思想帶來一定程度的負面影響。馬克思說：人是在理解客觀的規律的過程當中獲得自由。可是自然主義的文學家基本上否認人的自由，他認為人是宿命的，要受到強大的資本主義社會的規律所擺弄、要受到強大的宇宙的自然力所制約，完全是絕望的，因而它否定人的自由、否定人的自由意志、否定人有什麼責任去改變歷史的方向。在這種宿命論底下，自然主義非常冷漠的、隔離的描寫人類的命運。這一派的小說家，在法國有左拉、龔固爾兄弟，在英國有哈代，在美國有傑克·倫敦、還有德來賽，這些都是屬於自然主義著名的作家。

資本主義發展史的第四個階段是國家獨占資本主義時期，時間大約是在一九三〇年之後，或者是二次大戰後開始。資本主義到了這個階段，經過了一九三〇年代最大的經濟不景氣，整個資本主義生產體制受到了極大的威脅，資本主義體制幾乎就要崩潰，而作為資產階級統治工具的國家機關，在這個時候就出面干預，起到了很大的作用，比方說三〇年代羅斯福總統的「新政」，就是經由凱因斯經濟政策，用國家機關的干預來維持資本主義，並且擴大它的發展。總而言之，為了解決戰爭或不景氣對經濟、對資本主義體制所產生的危機，為了讓資本繼續運轉和剝削，資產階級占有的國家機關開始介入，一反十八世紀時那樣，國家機關基本上不干預，採取「自由放任」的態度。也因為國家的介入，資本變得愈加獨占、愈加巨大，對人生活的影響也愈加擴大。生活在獨占資本主義末期的人們常因為高度商品化、極度工業化而感到莫大的焦慮、躁鬱、不安、緊張、精神耗弱，呈現了現代人非常普遍的精神症狀，甚至喪失了自己。資本對人產生進一步的支配，人的商品化比過去任何一個時間都要徹底，在這樣的時期產生的一種新的文藝思潮，叫作「現代主義」。

現代主義可以概括地分為二，一是象徵主義、一是超現實主義。這個時代的文學思潮總的說起來，與現實主義、自然主義之主張準確的語言、詳細的描寫，對創作帶著一種使命感，對人的可能性的探索，與宿命的、干涉生活的文藝思潮完全對反。現代主義基本上反對資本主義社會的和經濟的價值。事實上，從浪漫主義以來一直到今天，在資本主義社會諸階段中發生的各種文藝思潮有一個共同的特點，就是對資本主義的反叛和拒絕。即使浪漫主義詩人也厭惡工業城市的生活而退隱並吟詠自然和山林。這反叛從哪裡來呢？就是因為資本主義這種新的生活環境，對人的生理、心理和環境造成越為重大的傷害和壓迫，資本主義各階段不同的文藝思潮都是為了逃開、反抗這種資本主義下高度的速度、高度的吵雜、高度的異化而來的。現代主義的語言很晦澀，沒有邏輯，思想跳躍，從原理上來說，這是文學家和藝術家為反對資本主義既成俗套化的語言模式而有對於語言、邏輯的顛覆。為了不讓語言工業化和商品化的過程中落入這樣平庸化、貧窮化的模式，所以現代主義便拋棄了這種工業時代的市場的語言，另尋蹊徑，創造出一套新的語言和符號，這是現代主義語言晦澀的原因之一。

在哲學上面，他們基本上是極度悲觀的，他們認為宇宙和人的存在是沒有意義的，生活本身是荒謬的。比如說二次世界大戰以後，卡謬以及薩特所說，人就像是不經意被拋到世界上的存在，註定了孤獨和絕望。人性變成笑話，非人性才是正當。人變成另外一個對立物來控制自己。人高度異化了。這時候，文學又回到浪漫主義時期那種極端的唯心主義、極端的個人主義，當然程度又有不同。浪漫主義的個人主義和唯心論還是可以辨別和思維的，但現代主義的唯心論卻是更加的無從了解。藝術上表現人的孤獨狀態，表現對死亡的迷戀、對瘋狂的痴迷、對集體和社會的厭憎、對絕望的耽溺，所以詩歌裡面充滿了死亡的意象、性欲的意象、黑暗的意象，在現代派前面完全沒有前途可言，因為前途也是可笑的。過去人的痛苦來自於吃不飽穿不暖，現在的人則在無窮的欲望裡面循環（不斷地在對欲望飢餓、對欲望滿足、對欲望倦怠中循環），到了一定的階段，就感到了生命的無聊空虛和意義的喪失。過去的人對於有個「無聊」的時間可以靜靜地坐著，是感到多麼的幸福。可是現代的人在龐大的資本主義的生產方式下，「無聊」本身變成了人的嚴重不治的疾病和殘酷的刑罰。這種精神的表現，就是以象徵主義和超現實主義為代表的現代主義的文化現象。

簡單說，象徵主義比較重視比喻，而不是刻板直接的描寫，它重視象徵的味道，重視語言，重視一首詩的音樂效果，它當然拒絕一切社會性的倫理性的主題。象徵主義認為藝術所追求的是感官的興奮和美，追求官能纖細的倒錯形成的暗喻，而不是現實生活中具體的事實。象徵主義的作家和詩人們往往喜歡喝酒、吸毒、用迷幻藥，藉著這些去尋求嚴酷的現實以外的迷幻的、神秘的幸福世界，而且他們有很多作品也是在這樣的失神、迷幻狀態下寫出來的。另外，超現實主義又更極端，它根本否定語言，主張用牙牙學語的嬰兒式的無意義的語言。它反對意義、反對文法、反對邏輯。尤其因為受到當時佛洛伊德的潛意識理論比較大的影響，認為寫作不應該去設計一個主題、去尋找一個句子來寫，而是應該讓寫作如潛意識一般自然地流洩。所謂的意識流的手法就是從這裡來的。我們可以想像這樣的作品，一定是破碎的、不連貫的、充滿暗示的、夢魘的文學作品。它對於純粹內心的複雜的葛藤非常有興趣，反對理性，反對一切審美的、道德的目標，所謂對人有教化目的的、有影響的作品，都是可笑的。這就是十九世紀末葉到二十世紀初期，在資本主義的獨占資本主義時代下，在資本主義向帝國主義發展時期中，統稱為現代主義的文化現象，這跟資本主義獨占階段的末期和國家獨占主義初期之際的社會內容，是相適應的。

第五個也是最後一個資本主義時期是戰後開始的。二次大戰以後發生了很大的變化，國家獨占資本主義的發展終於產生了跨國界的資本組織企業。到了二十世紀後半，這種私人的聯合獨占和國家的聯合獨占情況更加地擴大。這也就是大家所熟悉的「後工業資本主義」、「晚期資本主義」，或稱「國家資本主義」的時期。

晚期資本主義的文化現象，即「後現代主義」文化的展開時間，大家眾說紛紜。不過我先要補充的是，我剛剛所採取的時間分段、思想的辯證發展，是為了說明上的方便。事實上考察文學史的時候，經常有很多的灰色地帶。比如說歌德。歌德早年是屬於新古典主義的，後來中晚年才逐漸向浪漫主義移情，並且開始猛烈地抨擊新古典主義的文學。又如新古典主義跨越重商資本主義和自由競爭資本主義；現代主義也橫跨著獨占資本主義時代和國家獨占資本主義時代。當前「晚期資本主義」階段，理論上也還沒有精確的定說。這是必須要說明的。

晚期資本主義階段，大略地說，開始大概是在一九三〇年代到一九四五年代（也有人說在一九四五年代以後發生）。如前一階段提到的，那時資本主義碰到了戰爭的破壞，碰到了它未料想到的全球性的危機，帶來了使整個經濟體系瀕臨覆滅的命運。一九四五年以後，冷戰展開，和社會主義形成緊張對峙。在這樣的情況下，作為資產階級統治工具的國家就進行深入干預，以進一步發展資本主義。到最近像柴契爾、像雷根，以國家的干涉，使不斷脆弱化的英國資本主義及美國資本主義重新復甦，這就是我們所稱的「國家獨占資本主義」，或「晚期資本主義」。這裡特別值得一提的是三〇年代有世界性的經濟危機，於是國家開始干涉資本主義市場；然而，五〇年代以後的東西對立，使國家的干預更加強大，其中最大的便是軍火的生產，和軍備的競賽，這對戰後的資本主義有很大的影響。除此以外，隨著跨國公司的出現，跨國公司不斷的兼併、壟斷；資本跨國化以後，生產的過程分布到全世界各地，比如說加工的，就到中國大陸、早期的台灣、韓國，世界性生產程序的分工於是形成。這樣的結果，讓商品的產量比過去更為快速而龐大，消費的市場也比過去龐大，廣告行銷也更加全球化。我們在台灣所看到可口可樂的廣告，是兩對皮膚晒成古銅顏色的男女，笑得露出了雪白的牙齒。這個廣告賣的不是可口可樂裡面有什麼成分，而賣的是一種「有為者當喝可口可樂」這樣舒適幸福的價值與意識。這種可口可樂的廣告在台灣看得到，在美國看得到，在貧窮的非洲也看得到，就形成了一種思想欲望的控制，擴大了人的物質化，擴大了商品拜物教在全世界的領域。另外生產的過剩，導致資本過剩而投入金融性商品的投機，最近造成金融風暴。這些都是這個時期的特色。

按照詹明信的說法，這個特殊時代的文化現象稱之為後現代的文化現象。簡單地說，他認為這個他稱為晚期資本主義的歷史時期的文化特點是，文化、文學和知識的高度的產業化和商品化。我們可以見到，當美國一有什麼什麼主義，經過媒體的炒作和教授學者先生們的哄抬，就像我們所購買的商品一樣，它很快地就運送到台灣來廣為推銷。就如我們對後現代主義哲學體系一直到今天都還未完全了解的情況下，已經有了很多後現代文化的專門詞語、文化評論和號稱的文學作品；我們經常聽人說，你這個作品「很後現代」，你看我寫這個東西「夠不夠後現代」。學術思想，文藝評論越來越成為一種與學界、工商業媒體業相關炒作的商品。文化、藝術、文學高度的大眾化，有時變得更加精緻，比方說，聽CD唱片，有史以來沒有製作出那麼好的音樂品質；可是更多的是文化的庸俗化，色情、暴力、八卦充斥。在現代主義裡至少還強調作家個人的獨特性，可是到了後現代，完全從根柢上否認創意的必要性，就好像大量生產大量消費資本主義的商品。資本主義的商品有三個特點，一個是品質的劃一，比方說我賣一個茶杯，不能說同樣一批貨，有的是長的，有的是短的；第二個是價格必須統一；第三是大量生產。這種同一性是資本主義生產極為重要的特點，而這些都反映到文學文化藝術的作品上來。既然創意不重要，那麼「我」就更不重要了，我只是消費這些商品的工具機器而已，自我於是零碎化了。自我認同，自我身分消失了。人平面化，失去向度，變成完全沒有深度，名副其實的商品，只有使用的價值。體系性思維被冷嘲熱諷。一切只有商品和市場的虛無。

這當中最重要的一點是歷史的喪失，這也跟極端化的商品消費經濟有關。在消費生活中，商品只有「現在進行」式，沒有過去式。商品一過去就沒有人關心了。你看到一本上個星期的雜誌，大部分是當廢紙賣掉或丟棄。這反映到生活文化層面，就是歷史的不在，歷史既是過去式，就把它丟棄。比方說，現代有些年輕人支持民進黨，支持台灣獨立，可是你問他高雄事件的歷史，他不見得說得出來。你問他「七七」這兩個字對你有什麼意義，他想了想，告訴你這好像是一種巧克力牌名吧。這種情況是越來越普遍。全面廣泛的商品化。崇高、真理、理想、信念都成為可以交換的事物。在一百多年前馬克思就講得非常淋漓盡致，他說，資本主義的生產關係下，過去曾經神聖不能交易的，絕對不能以金錢交換的東西，例如信仰、夫婦之愛、家庭之義、價值信念，任何高貴的東西在高度發展的資本主義社會裡會失去它的崇高性，都可以換成金錢貨幣，無不能在市場上交易。一切關係轉變為金錢關係。這個現象在今天徹底地展現出來。於是文學形式就「消失」了，人物消失了。一個人連自己都找不到了，他怎麼去描寫其它人呢？所以後現代主義的文學藝術基本上是一種消失，人的消失，描寫的破碎，失去深度。例如最有名的是把瑪麗蓮夢露的照片用印刷不斷地複製。沒什麼創意。只要懂得印刷的人都可以玩這樣的把戲。

以上簡單地討論資本主義與西方文學，礙於時間的關係，只能講到西洋的部分。我的結論是，當我們考察資本主義與文學，最後我們是要跟隨這個日益異化破碎的現象來宣傳這種潮流呢？還是全面地去理解它，帶著主體性和批判性，來尋求社會與人的重建的新的文藝理想？我想這才是重要的事。

至於有關在中國（包括台灣）的資本主義史與文學思潮的關係，希望另有機會加以整理。謝謝大家。

初刊二〇〇〇年二月《聯合文學》第十六卷第十四期、總一八四期

1 本篇為一九九九年聯合報系文化基金會及二十一世紀基金會主辦「二十世紀文學大回顧」系列巡迴演講第八場專題演講。整理：蔡逸君。

父親

編案

陳映真是台灣作家裡備受爭議的一位。舉凡政治信仰、意識形態和文學理念，都曾經在不同的時代、不同的領域裡引發過重要的抗辯。從早期的現代主義批判、鄉土文學論戰到第三世界文學理論、中國結與台灣結等等一個個紛紜的論戰，他亦無役不與，且截然地呈現一貫地思想態度。三十幾年來不論是文學、藝術上的陳映真，或者是政治、思想裡的陳映真，他都是一個台灣文學界無法忽視的龐大存在。

我有一雙皮鞋，特別好穿，但兩腳的鞋跟都磨壞了。想著無論如何也捨不得丟棄，便央妻拿去換上鞋跟。

「沒見過人像你那樣走路的。」妻說，「怎麼就老是拖著腳後跟走。」

我看著拎在自己手上的我的皮鞋。右腳的鞋跟向右刀削似的磨掉了。左腳的則向左削去。

我想起了父親的皮鞋。

推算起來，一九四九年，小學五年級時的夏天，在桃鎮當國小校長的父親來了鶯鎮的我的養家。幾天來，我都以複雜的心情盼著這一天，讓父親帶我回生家小住。少小的我，既捨不得和疼愛我直如己出的養父母——父親的親三兄，我的親三伯父、三伯母——小別，又頂不住和生家的一個大姊、四個弟弟玩耍的誘惑。

父親和他自小手足情篤的三兄，在暗暗的客廳裡說了老半天的話。養母卻早已讓我換好了漿過的學生服。我蹲在井邊看著養母洗菜，時不時和她說些話，極力不向養母透露我對稍別的不捨，和回去生家的難抑的喜悅，很知道兩者都會引發她的傷懷。

時候終於還是到了。

「三兄、三嫂，那我就走了。」父親說。

我拎著小小的包袱，迅速地瞥了養母一眼，看見她微笑著，一邊用圍裙擦乾手上的水漬。我向她搖了搖手，安心地跟在高大的父親的身後，走出養家的大門。

父親帶我到不遠的鶯鎮的火車站，坐一站車到桃鎮去。記憶中，我只顧去看火車窗外旋轉而去的田野風光，父子竟沉默無語。

下了火車，出了桃鎮的火車站，我依舊跟在穿著老舊不堪的西裝外衣的、身體頎長的父親的身後走著。正是在這時候，我看見父親一雙陳舊、滿是土塵、都走了模樣了的大皮鞋的兩個後跟，刀削似地，分別向左、向右磨掉了。

父親突然在車站附近的一家食堂前停了一下，用眼睛示意我跟著他上了食堂的二樓。父子倆隔著一個大圓桌相對而坐。不久，父親要的兩盤炒米粉就分別端到我們跟前來。

直到今日，我一直認為，從那以後我再也不曾吃過炒得那麼香的米粉了。在略暗的食堂裡，散發著豬油的亮光和香味、想來是因為沒有加醬油而呈米粉原本的白色的一盤美食，竟而被我貪婪地、一口一口吃乾淨了。

食後，父親和口口聲聲親切地叫他「陳校長」的食堂的主人說了一回話，我又拎著小小的包袱，跟在父親的身後走向桃鎮國小的校長宿舍。這回，我一路上專注地盯著父親的老皮鞋的後跟走，研究著何以竟能把皮鞋穿成這樣。

「拖著腳後跟走路，才能把鞋後跟磨成那個樣……」妻說。

我沒有說話。想著遺傳竟連走路的姿勢也管，不免驚嘆。

父親在一九〇五年生於中庄，一個介於溪鎮和鶯鎮中間的寒村中一戶十分窮困的人家。父親上日制「公學校」五年級的時候，祖父去世。為了料理父喪，竟不能不以一爿世居的破屋為抵押，舉高利貸以葬父。父親的三個哥哥聚議，葬父以後，無論如何都得盡快掙錢把老屋贖回。站在一旁的公學校尚未畢業的父親，立即知道了畢業後再升中學，已是奢望。

公學校畢業的那年夏天，父親的級任老師愛惜他資質聰穎，特地從鶯鎮走了幾里路造訪父親的家庭，希望說服家長無論如何讓父親升學。但及至看到父親「家徒四壁」的狀況，老師沉默了。「這時老師才對我說，不要緊，獨學照樣成材。」父親回憶說，「他教我查字典、查工具書自修的方法，而後悵然地走了。」

夏天過去，眼看著村子裡一、兩個成績遠遠不如自己的同學穿上了中學制服，腳著皮鞋，父親只能躲起來吞聲。

這以後，父親白日裡勞動，夜夜挑燈苦讀，凌晨始休。幾年後，父親在那些上了中學的同學尚未畢業之前，通過了檢定考試，取得日政下「高小正教員」的文官資格。

少小因貧失學的創痛，使父親以教育家竟其一生。取得高小正教員資格的父親，以教育和幫助像自己的少時一樣、受到貧窮的桎梏而無法充分發展自己才智的學子為職志，輾轉在桃園、竹南任教。一九三五年，父親在竹南的成人教育班上遇見了靦腆美麗的我的母親，結為夫婦。

在日本對外擴張的年代，父親先後在新竹郡役所戶政部門、茶葉統制會社和台灣放送局（廣播公司）工作，迎來了台灣的光復。

不久，父親受到甫從大陸還鄉的、戰前台灣的農民運動家劉啟光昔日的同志所物色，應薦到劉所主持的桃園縣政府，負責高等教育股的工作。

父親從縣府裡調派到台北的「省訓導團」接受短期集訓的期間，發生了不幸的二月事變。數日之後，我突然在家門口遠遠地看見披著風衣的、高大的父親，踏著火車軌道的枕木，繞著小路，向鶯鎮的我的養家走來。

當時南北鐵路交通已告停頓，父親竟從台北順著鐵道徒步走來，順便探望在鶯鎮的他的三兒。兄弟倆在榻榻米上憂戚地談著些什麼。而後，父親留在養家用過了飯，又披上他的灰色的風衣，踩著枕木回去桃鎮。

「不能到外頭亂跑哦。」父親臨走的時候，和藹地看著我，這樣說。

我一個人默默地目送著一直不曾回頭的父親的背影，消失在鐵道轉彎處一叢漂亮的相思樹影。我深深地向著我的養家父母，是由於他們對我百般疼愛。生家對我的招喚，卻是骨肉的血潮。只有在像父親來到跟前時，那血潮才開始逐漸騷動。一等他走了，那骨血的波紋，也逐漸歸乎寧靜。而在少小的我的心湖中，這寧靜的過程，往往也是一段刻骨的寂寞。而我便懷著那寂寞，凝望著父親在料峭的春寒中隱去。

有一回，父親回憶著二月事變以後的生活。父親說，二月事變以後，台灣人對於光復的解放徹底幻滅了；對於戰後台灣政治的前程，感到切膚的絕望。「然而這大絕望卻使桃鎮的人寄極殷切的希望於辦教育。對自己這一代看不見前途的人們，竟把希望寄託在他們的下一代人。」父親說。當時四十幾歲的父親在教育界受到桃鎮父老的推愛，幾度向縣政府要人，讓父親接桃鎮國小的校長。

接掌桃鎮國小後，父親逐步交涉駐軍撤離學校，使學校恢復正常的空間。在家長會全力支援下，父親建議家長募集了一筆基金，使當時全省軍公教普遍欠薪、斷薪的情況下，桃鎮國小的老師得以正常支領月薪。光復不久的台灣，語文、中國史地的師資奇缺。父親堅決以為，中國語文和史地，最好請熟達語文，對史地有具體學養的省外老師擔任為好。於是他四處求賢尋才，找到了幾位能說、能教標準漢語，受過史地教育的省外老師來。受到父親教育熱誠的感召，老師們和校長共同推出富有創意、生動活潑的教案，在那沉悶的時代，在校內激起了舒暢、快樂的教學熱潮。桃鎮國小不久便成了全省國語文教育最優異的小學。以遊藝會、話劇演出、演講比賽等形式推行的語文教育，很快地使桃鎮國小成為全校師生都能流暢地說寫普通話的小學。

記得就是父親來鶯鎮帶我去生家的那一回，我趕上了學校的遊藝會。有一齣短劇，當時只鮮明地記得舞台上演著幾個農民在屋外乘涼吃飯，但他（她）們的名字竟是「七斤」、「六斤」和「九斤」之類的重量名，而且還有一個演老太太的小朋友，不斷地在台上用字正腔圓的普通話，以誇大的嘆息說，「……我，活夠了……一代、不如……一代！」

許多年以後，我才恍然明白，那竟而是根據魯迅著名小說〈風波〉改編的小小戲劇。怎樣改編了〈風波〉裡深沉的嘲諷，才能使小朋友明白，至今想起，都覺得疑惑。然而，在普通話還一般地生硬的當時台灣環境下，桃鎮國小的語文老師們竟能編導〈風波〉去讓小學生演出的教學創意、意氣和熱情，已經遠遠不是今日千瘡百孔的漢語教育所能想像了。

有升學競爭體制，就會在教育的下游生產「升學班」和「不升學班」（「看牛班」）的不平等教育。至於今日而愈演愈烈的這種教育歧視，是在受教育權利和機會「在法律上一律平等」為蔽障所掩蓋的、教育之社會、經濟和階級的壓迫。少時貧困而深深地體會過失學之痛的父親，既無力顛覆社會既成的教育差等體制，便以他自己的遭遇，切切要求老師們，雖然校內有升學班、不升學班的劃分，請老師們能從思想上、教學實踐上以平等對待學生。父親要求，教升學班的老師，要以同等的教育之愛和教育責任去對待和教育非升學班的學生。此外父親為非升學班同學增開了簡單珠算、簿記的課，以利就業。父親也要老師教會非升學班的同學查字典和其他工具書，為將來有心自修、自學的學生準備條件。父親對非升學班的生徒，總是抱有一份不捨的關切，時不時到教室去看看他們，懇切地告訴孩子們，校長小時也是個家貧而無法升學的苦孩子。「但是，只要有志氣，肯加倍努力，一樣能自學成材。」父親對他們說，「千萬、千萬不能自暴自棄……。」

有一年的夏天，唱過畢業驪歌，升學班的家長熱熱鬧鬧地為老師們擺上了謝師的宴席。當宴席收散，老師們回到學校，發現非升學班的畢業生已經自己湊了錢，在教室裡煮了一大鍋綠豆湯等待著。孩子們怯怯地到教員辦公室來，邀請宴罷的恩師們到他們的教室接受感謝的宴請。「老師們都去了。孩子們畢竟認識和相信了學校和老師們不曾歧視過他們。」父親在回憶中說，語聲哽咽，「好幾個老師都含著熱淚，高興而又心疼地喝了那一茶碗終生難以忘卻的綠豆湯。」

先此，父親在一九四六年突然喪失了愛兒——我的雙生哥哥映真。他一個人和喪子的猛烈的傷痛苦苦掙扎了四年，直到一九五一年因皈依了基督，才能把自己從傷懷中釋放出來。

信仰為父親的智慧和心靈豐富了新又深邃的向度。一九五一年秋，他以喜悅的心到台中協助創建一所神學院，擔當總務和教員的職司，一直到一九七六年退休。

一九六〇年代中期，我在思想上逐漸走上激進的道路。我時不時回到當時在台中的生家，增加了和父親談論的場合。我從不曾明言我的所思所行。但從日治下的三〇年代走來的父親，無疑已經察覺了我的傾向。但父親卻不像在那個政治恐怖時代的一切父親所應當的那樣，疾言阻止和責備。在一九六八年我被捕入獄之前，和父親的談論中，有幾個方面至今印象深刻。

我們談過中國的社會主義。當過窮人家的苦孩子，具有三〇年代左翼知識的父親，對於社會主義有不止乎口耳之學的理解。對於中國的社會主義道路，他有深的同情，也有一份期許。但作為一個虔敬的基督徒，看著當時文革的騷亂，他有很深的宗教的憂慮。父親說，他皈向基督以後，才認識了人原有的罪性。而這人的罪性如果沒有解決，終竟會朽壞了人出於最善良願望的解放和正義的運動。父親曾幾次表達了他對於日本、「無教會主義」傑出的基督徒學者矢內原忠雄的崇敬。父親說，為避免體制化教會必有的軟弱和敗壞，矢內原尋求沒有教會組織和職司體系的、個人得以直接藉由讀經、思想和祈禱與上帝交往的信仰。但在學問上，矢內原卻是著名的馬克思主義的經濟學家。作為馬克思主義的經濟學家，矢內原科學地揭發了日本在台灣的糖業帝國主義掠奪體制的秘密，給予台灣反帝抗日運動很大的啟發和激勵。但作為一個忠心的基督徒，在日本軍國主義最猖狂的四〇年代，矢內原以孤單的先知之姿，公開反對日本的侵略戰爭，公開祈禱上天使日本戰敗，以拯救日本於犯罪和瘋狂。矢內原終竟被日本法西斯投獄，至戰後始得釋放。

父親對於台灣的教會一般地忌惡社會主義，以為是信仰認識上的一個缺口。父親舉使徒時代的教會，信徒們將變賣自己田產之所得，「放在使徒的腳前」歸公，凡物公用，由使徒「照個人所需用的，分給各人」。父親說這是側重公平分配，「各得所需」的社會主義公社。父親以為，初代教會固然因不曾看重公有基礎上的生產，無法持久。但《使徒行傳》中的這一段記載，描述了「亞拿尼亞和他的妻子撒非拉」在獻出自己變賣產業所得時，起了私心，隱匿了若干，存為私有，從而招致上帝極其嚴厲的懲罰。父親以此為例，說明基督教不必忌惡社會主義，而應該更加警醒於人的罪性。人基本的罪性若不得解決，再好的設想、制度和運動都不免敗壞。

父親注重改革運動的道德性質，還表現在不止一次地說到所謂「墮落幹」（日音darakan）的問題。三〇年代的日本迅速地奔向了軍國主義。在法西斯蒂酷烈的政治壓力下，不少日本的左翼各派知識分子、文化人和黨的幹部，紛紛公開宣言背棄自己的思想，而「轉向」（思想、政治上的投降）之風，把當年被窮人和青年們奉為導師的革命家紛紛掃下神壇，灰飛煙滅。人民遂斥之為「墮落幹部」，又因日本語中的省略，謔而稱為「墮落幹」。父親說，青年時代的自己，就看到過自己心儀的左派文化人大剌剌地宣告轉向，而受到沉重的打擊。在父親看來，政治高壓下容有不得已之處。但有一些理直氣壯的「墮落幹」，較之一個向來的「反動派」恐怕是更其不堪了。

父親的這些話，在當時就讓我留下鮮明的印象。但是真正吟味了其中深意，是我在一九六八年入獄之後。蹲在囚室的角落細想，才逐漸明白父親對眼看著不能回頭地走向險路的兒子，是懷著怎樣的憂慮，強忍著失去孩子的恐懼和痛苦，百般叮嚀：追求世上的正義，不能忘記人原有的軟弱，不能失去靈魂的潔白；像矢內原忠雄那樣，變革實踐和真實的宗教信仰非但沒有矛盾，甚且互相豐富——切莫因傾向於變革而捨棄了信仰……。

事實上，父親甚至曾對他怎也放心不下的兒子苦心地勸告過。有一回，父親說，一個人應該有智慧判別自己真正的能力，知道自己能做什麼、不能做什麼；要選擇做他最擅長的工作來完成他的事功。也許父親深怕愚拙的孩子聽不明白，他甚至以魯迅為例，說魯迅以他的小說，在中國的改造中發揮了頂得上多少個軍團的力量。當自己和同伴全部被捕，幼稚的組織破滅，在巨大無比的「國家」機關的暴力前，感到脆弱和渺小時，父親的話，才以深刻的回音在反省的心中響起。

一九六八年秋，入獄後第一次獲准和家人會面時見到了父親。看見父親的白髮，感覺到給父親造成這麼大的憂慮，深為歉疚，不覺淚下。但父親神態安詳，沒有一句責難怪罪的話，卻要我牢記我在獄中生活的三重自我定位。

「首先，你是上帝的孩子。其次，你是中國的孩子。最後，你才是我的孩子。」他說。

第二年夏天，父親在一次接見中提到外面有一本雜誌刊載了我的事，並請求政府「從寬」處理。接見都在嚴格監聽下，父親語焉不詳，事後我也把這件事忘了。一九七五年我釋放回來，一次閒談中父親說起當時有某雜誌以寥寥數語要求「從寬」處理一位「本省年輕作家」（大意）云云。父親沒有說明何以他要在監聽下設法讓我知道，但我忽然明白，父親擔心的是我因而被迫「轉向」，成為一個令人不齒的「墮落幹」吧。父親對他囹圄中的孩子的祈禱是明白的：作為「上帝的孩子」和「中國的孩子」，父親希望我以潔白的良心，坐完囚繫的日子！

終其一生，父親都不曾是政治上世俗的反對派。但當一九六八年，他的兩個兒子——我和六弟遽爾同時被秘密逮捕下獄，在嚴峻的政治和社會的考驗中，父親表現為一個信仰根基穩固的基督徒、一個慈愛而又對於思想人文具備了絕不同凡響的認識力的父親，和一個滿有智慧和尊嚴的知識分子。

走過日帝統治下的崎嶇，父親既因過人的才華和才幹受到一些日人的器重，又常因為職場中的民族歧視和日人爭執，拂袖而去。父親常常說起他小時候我的祖父告訴過他，大清的國旗是「五色旗」，比日本的「紅膏藥」旗強多了。一八九五年日本侵略軍登陸台灣，父親的小叔和寒村中的青年趕到三峽，拿到清兵遺留、不知道如何使用的洋槍，「一上陣就被日本人打死了。這是你祖父說的」。父親說。消息傳到我的祖父家，祖父連夜趕到三峽戰場，在清晨的曦光中找到叔祖父的屍體，一個人揹回來安葬。「你叔祖父的墓還在中庄，他沒成過親，沒有後嗣。」父親說，「適當的時候，和各房親人商量，把你叔祖父的墓重修起來。」

我還記得，早在我的初中時代，父親就四處找資料修族譜。由於我們這一支系來台肇基後歷世寒微，無力修譜。父親走訪了同宗中較有門第之家，參酌族中口傳，竟大抵修成了一個骨架。但對於我系南來入閩後的某一代人無法確認，留下一個譜系上的缺口，多年來成為父親的掛慮。一九八〇年開始，父母親開始往來北美和台灣之間居住，受到兩地兒女盡心孝養。這期間父親亟思到內地原鄉續上族譜的缺口，卻總因深恐因犯禁到內地，連累到刑餘的兩個孩子，始終勒馬不前。一九八六年，他自以為身體衰退，再不入閩，譜系的破綻永難修補，便在么妹、妹婿陪同下從北美兼道訪問大陸，回到我系七世前所從來、而七世以來從未歸省的原鄉——福建省安溪縣。父親近鄉情怯，心情激動，竟引發心臟不適。陪同的人力勸不再進入近在咫尺的原鄉金獅石盤，請人到祖家捧來幸而未曾被文革毀棄的大族譜，一經比對，就把斷層完全續上了。為此，父親大喜過望。他的喜悅，也使內地陪同的人深受感動。

在中國的二、三〇年代一股非議基督教的風潮中，有一句不無過激的話：「中國每多了一個基督徒，就少了一個公民。」這句沉痛的話能不能說明今日台灣的基督教界，姑且置之不論，但絕不能適用於父親之所信。對於內地的「三自教會」，父親有同情的理解力，而對於台灣教會到內地擴建「地下教會」，父親抱著無法擱置的憂愁。正如一九八九年父親出版的唯一文集《在基督裡的一得》裡所表達的那樣，父親認為中國的基督教應該和中國的文化、人文傳統、民族心性、社會和倫理體系等具體條件相糅合，從而探索和建立有中國獨自性的神學和信仰的話語。父親絕不是一個社會福音派，但他深信人比儀禮為貴重（「安息日是為人所設，而不是相反」）。父親也信，熱愛正義，使人得以從精神和物質（制度）的枷鎖中得釋放，是「父交給子，要子成就」的使命。父親相信，上帝最大的祝願，是「唯願公平如大水滾滾，使公義如江水滔滔」。

像這樣，父親於不知不覺中，在我們兒女的心中守住了一個祖國。當祖國喪失的迷霧滔滔而來，我真切地發覺到，正是父親，重新給了我們兒女一個實在的祖國，讓我們的心穩如磐石，幸福而又滿足。

對於我來說，父親還有另一個榜樣，就是一份自在真實的謙抑。畢其一生，父親固然絕沒有因家世的寒薄而來的、任何形式的自卑，尤其沒有常見於刻苦自學成材的人難免的驕躁與刻薄。他從未因自己的知識見解比別人深刻而得理奪人。即使他的孩子在文學上粗有虛聲，父親從來不曾在我跟前揚揄他所喜愛的一些我的作品，更從不曾在外人對我的文學的褒聲中附和。他畢其一生從容而自在地隱藏著他過人的資質、識見和高潔的心靈。他為自己寫下了這墓誌銘：「這裡睡著一個無可隱而隱的老人」，謙沖地概括了他一生的風格，讓我們終於把它鐫刻在他的墓石上。

當然，父親絕不是沒有缺點的。容易發脾氣就是其一。脾氣發作的時候，往往會一時遮蓋過父親對兒女打自內心的慈愛。但即便是這樣，做他的兒女，總覺得一生也無法活得同父親的風範相稱。

一九九六年，父親九十一歲，他的身體開始在各方面呈現衰退。十一月三十日，父親終於在他所篤信的上主的懷中安息。

現在母親也在病中日形衰弱。養父和養母的墓木早拱。在六十方過的初老之時，才遇見風樹之悲，本也算是一種幸福吧。而無如遺世獨立的、至深的寂寥竟湧泉而來。回憶父親，才知道他對我一生的影響之深。從俗世的眼見看來，父親從不是達官顯貴、富商大賈。父親也不是世俗所稱的碩學鴻儒，教會中的大牧。但對我們兒女來說，父親的形象高大、挺拔，遠不是凡世名位功業可擬。父親沒有留給我們任何屋宇田園，卻留下了世間的財貨所不能交易的、豐盛而永不朽壞的精神的產業。

初刊二〇〇〇年一月二十－二十三日《中國時報・人間副刊》第三十七版
收入二〇〇四年九月洪範書店《陳映真散文集1・父親》

〔訪談〕專訪陳映真[1]

運筆如椽的夢想家

楊渡：您的眾多作品中，我第一篇讀到的是〈我的弟弟康雄〉，讀完很感動，覺得裡頭有種浪漫的理想主義色彩，和當時其他的文學作品風格迥異，能否談談您的文學生涯源頭從何而來？

陳映真：我的年紀較你們這一代為長，因此文學經驗也有所不同，一個民族的文學傳承，和國家的文學傳統有很大的關係，從這個傳統裡，新一代的作家得以學習我們民族敘述的方式及寫作的範式，包括創作方法、文學語言、技巧。

五〇年代當時，台灣的文學技巧較為荒廢，由於政治的因素，當時三〇年代的作品都無法一見，可說是沒有傳承的年代，但在一個偶然的機會裡，我發現了父親留下的魯迅作品《吶喊》，使我對三〇年代的作品懷抱著好奇。其後，我找到了舊書攤，開始尋找魯迅周圍的作家。魯迅的語言特色對我產生很大的影響，當中國新文學仍處在漢語白話實驗階段時，他就能呈現如此完美的白話文藝術及小說結構，這是相當具有特色的。魯迅的小說語言及敘述的方法，帶給我極大的影響，我早期的作品篇幅都很短，或許和這有關。再者，我強調民族文學的傳承，三〇年代的文學作品，有特別的思想支撐成特殊的氛圍。此外，或許也由於我就讀外文系之故，綜合上述這些因素，使我的文學表達稍顯得特殊。

絕望、荒蕪的基調

楊渡：您曾有作品描寫市鎮小知識分子的絕望、虛無與苦悶，這種思想的根源為何？

陳映真：這個問題我第一次正式的回答，以前遇有類似的問題，並未做仔細的回答。第一，在思想上，我自覺自己是個小知識分子，從社會科學上的定義來說，我自認是社會階層的中間者，因為知識分子、作家、文化人的基本社會屬性，都是小資產階級，為何這種身分會被特別提出，因為從左翼的觀點來看，小資產階級是最中間的階層，可上可下，情況好時，可上升為上層的階級服務，情況不佳時，可能牢騷特別多，轉而同情下層的人，一起鬧革命。此外，有些評論家認為我作品中瀰漫著苦悶與絕望，故事主角動不動就死亡，和我早期受現代主義的影響有關。基本上，對於評論者的論點，我保持尊重的態度，不能跳出來否定，但在此我想進一步清楚地說明。最重要的原因有兩點，第一，年輕的基本格調就是感傷、憂鬱、易感，像呂赫若如此年輕就能呈現冷惻、具現實主義色彩的作品是很少見的，頗令人訝異。第二，當我開始在牯嶺街的舊書店流覽，接觸到像《聯共黨史》、《政治經濟學教程》、《大眾哲學》、《馬列選集》第一冊等左派的社會科學書籍時，受到的影響很大，但在當時台灣，我獲得了那樣的知識反而不敢和別人分享，像吳耀忠那麼好的朋友，也是到了後來實在忍不住了才敢告訴他。當時環顧左右，台灣實在沒有三〇年代、四〇年代那種優秀作家、文化人、學生共同高舉紅色的旗幟奔走呼號的環境，而是一片沉寂、荒蕪與絕望。有了這些影響，因此，我的作品呈現較為不同的風格。

楊渡：您提到的那些書，在當時是禁止閱讀的，那些書籍是如何流出的，您找到了那麼多好書，有何感想？

陳映真：我是在六〇年代和舊書店接觸，當時在白色恐怖的清掃下還有那些書的存在，其來源有二，一是日據時代留下的日文書籍，由於檢查之嚴，常在重要之處以××或■■取代文字，但我們仍能從別的地方嗅到我們所要的知識。那些多是日據時代台灣二〇年代末期、三〇年代左翼傳統的知識分子買下閱讀的書，而一直流傳到戰後。第二，台灣光復後，四五年到四九年間，大陸的思想、文化、文學對台灣的影響甚大，尤其是透過雜誌產生更大的影響。

當時，我去舊書店的年代已算晚，尚能找到那麼多的經典之作，上頭還有不少前人的眉批，對我而言，每一書都是活的，而非只是一本破舊的書，說明了那個時代，台灣的知識分子嚮往追求改造生活的知識，而就在那裡，我和這段歷史、這些人相遇了。換言之，我在舊書店和三〇年代、四〇年代的文學、思想與意識形態碰面，並交互影響激盪。具體地說，社會科學使我更深刻地理解三〇年代、四〇年代文學的內容，而文學審美形象的世界又使我了解了較枯燥的社會科學真實的內容，也就是人的內容，包括人的解放、自由及充分發展。

孤獨的文學政治犯

楊渡：您的文學表現因思想之故，使您似乎成了個獨行的人，而思想上又因政治之故，導致走上了入獄之路。能否談談您的看法？

陳映真：在整個台灣歷史上來看，日據時代的三〇年代，左翼運動是存在的，但在中俄戰爭後又壓抑下來，其後四五年到四九年稍有復甦恢復，但到四九年開始肅清，將二〇年以後，所有有關改造、民族解放的傳統全面毀滅，因此，戰後台灣思想的特性是缺乏了左眼，左眼或許沒什麼重要，但人一旦失了左眼，平衡就有問題，台灣的知識分子長期受外國的影響，尤其是英美訓練出來的碩士、博士，高居各領域，對台灣文化、知識、思想、文學藝術影響很大，卻少有馬克思主義的傳統、學者、文化評論人、經濟學家、左派作家，長期缺了一邊在發展，因此您認為我是孤獨的，是因為此故。

楊渡：正因您讀了這些左翼的作品，試圖和一些朋友組織團體，進而採取一些行動，導致您的入獄。很少聽您提起這段歷史，能否談談。

陳映真：現在很多人把自己裝扮成英雄，說自己是政治受難者，事實上我並非謙虛，因為刻意提起是很幼稚的。一個人讀了書，思想上起了變化，沒法就此終止，一定有種對於實踐的飢餓感，左翼的教育就是強調實踐，一如童年時，學騎腳踏車，遇到下坡路段，或許還不太能掌控方向，但已無法停止，只能要求不衝進溝裡，哪怕撞到電線桿也無法逃避。我們那群小資產階級走向實踐之路，有的是聽收音機，有的是受我的影響而來，共同走向一個今日看來頗幼稚的組織形式，並擬定了組織的綱領，在當時，我們的組織團體從嚴肅的政治層面來看，算是相當幼稚的，但統治者非但當真，還把我們統統捉起嚴辦，促使我們不得不繼續走上這條路。

楊渡：我曾聽吳耀忠說過，當年入獄，台灣仍處於六〇年代素樸的社會，待七〇年代出獄時，驚覺社會改變之快，連路上都變得車水馬龍。當時您是否也感受到那種遽變？

陳映真：我是一九六八年入獄，七〇年押送到綠島途中，透過車上的小細縫看到當時板橋的街道，許多的新房子都蓋起來了，幾乎都不認得了，出獄後更不用說了，因為社會經濟發展在視覺上最明顯的變化就是建築，整個永和幾乎都變了，真令我有恍如隔世之感。

楊渡：但您出獄後重回創作仍充滿著旺盛的生命力，寫了《夜行貨車》等書，對於資本主義充滿著批判。

陳映真：原因有二，第一，坐了牢，反正已被貼了標籤，很多過去須隱諱才能表達的題材，而今都不再拐彎抹角。其次，我在獄中也得到了成長，最大的影響是我和耳語、傳說中五〇年代那些因肅清而入獄的人物碰了面，使我和台灣史缺失的這部分接上頭了，對我的影響是很大的，使我覺得自己的想法並沒有錯，且值得再堅持下去。此外，回來之後，我才發現自己似乎小有名氣，我更堅定要不斷地寫作，有朝一日，當再有人捉住我的時候，會多了一條對作家迫害的罪名。

其實，我出獄之時並不是那麼的愜意，實際上也經過了辛苦的鬥爭，舉個例子，當時因為《夏潮》寫稿編輯之故，三重埔某個工廠的幾個女工來找我，訴說勞資糾紛被壓迫的實情，當時覺得很感動，她們為何找到《夏潮》，我們一貫關心受壓迫的弱勢團體，如今站在面前來求助了，內心感到很激動，暗暗做了採訪，記錄在筆記本裡，但當時的環境無法完成。七九年十月三日，我第二次被捕，不久獲得保釋，當我回到書房時，在被搜得凌亂不堪的書房裡，看見了那份當年採訪的筆記，一時百感交集，心想如果這份採訪落入調查者手裡，我該如何解釋，於是，我立刻決定將此小說化，寫成了〈雲〉。其實讀過的人知道，書中除了女工之外，原本後面還有幾個老男工，他們非共產黨，只是在戰後資本主義發展過程中自然產生的工人領袖，他們素樸正直，和左翼毫無關係，但後來為了保護他們，這部分就捨去不寫。由於有政治上的危險，一方面促使我公開我的想法，二方面促使我更注重形象藝術的表現，特別是寫「鈴璫花」系列之時，因為題材太過敏感，危險性太大，而我又深深覺得應使那隱諱、被壓迫下的歷史重見天日，因此使我自我要求，特別提高了創作時的藝術性。

從弱小者的觀點看世界

楊渡：您寫小說是為了發言，為了使生命不被撲滅，而能留下紀錄，其實，您發言還有許多的範疇，像後來還辦了《人間》雜誌，是怎樣的因緣際會使您有了這樣的嘗試？

陳映真：您說得很對，無論是從事小說創作、雜誌編輯，甚至是評論工作，基本上都是有話要說，想藉此表達某些想法。儘管表達的形式不同，有時是批評文章、小說、雜文。八〇年代中期的《人間》雜誌也是這樣的想法，主要是由於台灣在現代化的過程中，很多弱小的人被當成工廠裡的報廢品給扔了，經濟的發展，使得人受到了傷害，環境、文化也都受到了無可彌補的傷害，主要的媒體，都是報導那些有頭有臉的人物，其幸福、快樂、富有、文明、開化的生活，形成虛構的世界，而生活在底層幾近被掩蓋而沒有面貌的人，都是在勞動現場，生產的第一線，他們或是在都市邊緣，或是窮鄉僻壤，但他們卻自有其生命力！當我們在都市中看到人荒廢的對面，偶爾在邊陲地帶也看到底層的人展現出驚人的強韌力量，因此，當初有了「站在弱小者的位置來看現代台灣」這樣的想法，這是第一個想法；其次，是想讓照片回復到人文的位置，由於資本主義的影響，照片拍攝內容除了沙龍之外，甚至廣告商品、食品、汽車、美女等，已移開了同等的高度來看人這樣的標準。當我在看到尤金·史密斯的作品，大吃一驚，原來，照片也能這樣拍。

因此，我和一群朋友試圖尋找、發展台灣的報導攝影，此外，由於獨特的政治關係，台灣的報導文學當時並不發達，報導文學主要是屬於批判、揭發、反思的文類，雖然現今也有不少的報導文學獎，但究竟報導文學是什麼，似乎到目前還很困惑，沒有弄清楚，很多得獎作品看來不錯，但充其量只是深度報導、特別報導，或擴大報導，但不能稱之為「報導文學」。因此，我們在戒嚴結束的前後，用了全新的視角展望台灣戰後急遽發展過程中，人的變化和遭遇，特別從弱小者、沒有面貌這些人的觀點來看世界，但沒想到《人間》雜誌的影響還不小，我不斷地聽到有不少人是看著《人間》雜誌長大的，還有人以此為論文研究的主題。當然這不是我一個人努力的結果，因此我特別懷念著當初一同工作的夥伴們。

思想有出路才能寫作

楊渡：台灣當時處於社會遽變的時代，但自美麗島事件之後，台灣就沒有社會運動，我常說，《人間》雜誌所扮演的角色，不只是個媒體，當時的工作同仁，像蔡明德、鍾喬經常跑到第一現場，看到弱小者，就跳下去協助他們做許多複雜瑣碎的工作。

陳映真：有種說法是，《人間》非常有愛心，讓我們看到了許多的事情，其實正好相反，是現場的那些人事、生活教育了我們，讓我們有新的眼光重新去認識，產生了互動的關係。生活原本就存在著，只是我們這些媒介、知識分子未能去理解，排除了它，後來很多工作者了解後就全力投身其中，藍博洲就是一個例子。那段日子，以及那些共同努力的朋友，的確令人難忘。

楊渡：我記得，您曾在《人間》上發表了一篇小說〈趙南棟〉，後來就停筆了，讀者都深感可惜，能否談談這部分？

陳映真：從〈趙南棟〉停筆到〈歸鄉〉，其間將近有十年的時光，因為《人間》結束後，我的工作重點就放在出版上，除此，我自己涉入了對於台灣社會政治經濟史的研究，之所以關心這個問題是由於台灣左翼的傳統斷絕了，對於自己的社會如何有科學的解釋，成了亟待解決的重要問題，例如三〇年代的中國，在北伐失敗後，曾有大規模、優秀的中國社會史論爭。台灣在三〇年代，將台灣社會定性為「殖民地半封建社會」(以現在的話語來說)，後來地下黨來了，就完全是實踐的問題，而非理論的問題。但白色恐怖以後，這個思維、社會科學的體系就全垮了，緊接而來是美國那套社會科學，如實證主義、現代化論，研究小的局部問題，如何認識台灣是個怎樣的社會？

我是屬於思想必須有出路才能寫作的人，我對社會主義本身，以及中國的革命，都產生了思想上的挑戰，但我們的社會科學卻遠遠不能提供這個答案，因此引起我長久以來的關心，台灣究竟是什麼樣性質的社會？因此，解嚴之後，我找了幾本早已知是重要的書來讀，如劉進慶教授《台灣戰後經濟分析》、涂照彥《日本帝國主義下的台灣》等，這兩本書可說是台灣知識分子非常驕傲的貢獻，是留美系統的知識分子所沒有交的卷，以歷史唯物主義科學的態度分析了日據時代台灣的經濟結構與階級結構，也分析了四五年到六五年間的台灣社會，是經典的作品。這些是《人間》之後我所偏重的事。

個人必須歸回階級

楊渡：隔了近十年重新寫作，您曾說自己的思想必須有出路才能創作，這是否意味著您已找到未來的寫作方向？

陳映真：首先，如果創作者不受那些外來的理論太過影響，如後現代、身體、情欲、同志等相關寫作，其實這些理論並非不好，而是引用時的創作必須能感動人。其次，不管是同志也好、婦女也好，首先就是個人，就必須歸回階級，只要回到主體去看社會，會發現能寫的材料相當多。其實，對我而言，並非重回創作的問題，我一直在表達我的思想，只是重新選擇用文學創作的方式來呈現。此外，由於覺得生年有限，忽然間已跨過了六十歲，在公共汽車上開始有人讓位給我，恭敬地稱我為老先生，都讓我驚心動魄，還有家人、朋友（如黃春明）的鼓勵，使我發現還有不少題材可寫，一路寫來還算順手，不一定寫得好，但最大喜悅是〈歸鄉〉寫得順手，不致有太大的挫折感或阻力。

楊渡：回顧您早期的作品到現在的創作，是否思考過，什麼是您文學中真正堅持的？

陳映真：現代文學的產生，從世界的角度或從中國的角度來看，主要是從人類社會進入資本主義開始的，因此浪漫主義是第一批隨著工業資產階級登上世界的舞台，帶著年輕的生命，詫奇的眼光看待世界，像青少年一樣，充滿了感傷，強調個人的覺醒、個人的重要價值，抗拒、批判著資本主義的都市，退隱到山林、湖泊。隨著資本主義進一步發展，產生了現實主義，及自然主義，寫集中在都市中那些窮苦的工人，以及那些為生命、為社會、為遺傳所撥弄的人，至此，人對於新的社會體制所強加於人的種種仍有批判。到了帝國主義的時代，產生了現代主義，就完全退縮到邊緣，認為人會在這樣的社會裡消失，因此，又開始強調個人，以獨特的語言、形式來抵抗日常化的語言，其中充滿了焦慮、悲觀、孤絕，到了後現代主義，人根本就消失了，成了消費的機器。

主張即是一種思想

楊渡：您早在「華盛頓大樓」小說系列裡，就已批判了大量的外商及巨大的資本主義，但就像我們現在所見的國際金融危機一樣，當經濟全面傾頹後，您在「華盛頓大樓」系列作品中所堅持的，似乎都不復存在，最後連人也慢慢地消逝。

陳映真：西方的文藝思潮一路下來，就是人不斷的消失、異化、物質化，人無法反抗這種趨勢，成了商品的一部分，所以，我個人認為，若說文學藝術有何意義的話，至少應是表達對此的憤怒；此外，作品應可進一步反異化、脫離異化，使人重新獲得在制度和自然中的自由。在創作的藝術方法上，我仍堅持以現實主義，好好的寫個故事、人物，這遠比現代許多作怪的創作方法來得有意義。放眼看世界，在全球化的過程中，資本不斷地擴大、兼併，全球範圍的階級分化、財富的不平均正在不斷擴大，在第三世界的國家裡，像菲律賓、東南亞一些更貧窮落後的國家，對此的抵抗就愈強，資本主義始終隱藏著嚴重的危機，無法長此永續的維持下去，只有待矛盾出現後，才會引發對人的呼喚。西方出現的後現代主義，是晚期資本主義的產品，而當現代主義在台灣大行其道的時候，遠遠只是資本主義的萌芽期，而當時的知識分子缺乏創見，只能移植國外的理論思想。

楊渡：一般人提到您，大致會區分為三，一是文學上的陳映真，二是思想上的陳映真，三是政治上的陳映真，在多數人的看法，您在文學上的表現最好，但在政治方面來說，似乎不值得您為此付出那麼多。對此爭論，您的看法如何？

陳映真：其實我並沒有那麼多頭銜，但一般來說，知識分子基本上都有上述的三種面向，舉例來說，魯迅是一個偉大、著名的作家，其思想的深刻性至今歷久不衰；至於有些理論主張文學本身有其藝術的純粹性，不應有任何的理論思想，其實是矛盾的，因主張本身即是一種思想。政治本和思想不可分，有思想就有政治上的選擇，像魯迅、高爾基、蕭伯納等人作品中的思想都有明顯的政治色彩。因此，倒不是我有什麼樣的頭銜或稱號，而是一個知識分子或文化人多少都和這些方面離不了關係。

總的來說，若真要我來選擇一頂帽子，我仍較喜歡文學家的角色。至於我的政治立場的問題，在此也無法完全地說清楚，我只提一事，首先，要證明台灣不是中國的一部分，並非我應說明，而是不贊成這種說法的人應說明的，事實上，台灣自古就是中國的，不論在民族上或文化上，都脫離不了這種根源性，民族產生分裂是很悲哀的一件事，可說是民族的殘缺、殘障。在台灣的歷史上，中國和台灣的分斷有兩次，一次是日本統治時期，一次是現在，在我的理解中，日本統治時期，很明顯地，在帝國殖民主義的干預下，產生民族的分裂，而現在，戰後的台灣也是在美國霸權影響下的新殖民主義時代，仍是屬於外來勢力的干預。從戰後民族分裂的大趨向來觀察，德國以用和平的方法來解決分裂的問題，越南以武力統一，而韓國也是朝著統一的方向去努力，可見分裂民族的重新統合是個趨勢，也只有待一個民族能清算殖民地留下的傷痕時，知識分子才能自在。

初刊二〇〇〇年一月二十三—二十七日《中國時報・人間副刊》第三十七版
另載二〇〇〇年三月《文藝理論與批評》（北京）第二期

1 本篇為《中國時報・人間副刊》「人生採訪——當代作家映像」系列專訪第十篇。採訪：楊渡；記錄、整理：王妙如。

桎梏新歲 1

抽象的時間，需要和具體的生活、具體的社會生產活動聯繫起來的時候，才產生意義。一個「自由」的人，以具體的生活、具體的社會生產活動，安排了以時間為分割的日程：上班、下班、工作的開始、進行和結束以及購物、約會和計畫……。從而，時間被人以時、以分分割開來。這又回過頭來對人的生活腳步形成了緊張、強力的壓迫，迫使人按照以時間為單位的日程，向前狂奔，不由自己。

這個道理，一直要到我在一九六八年夏天關進國民黨政治監獄，失去了自由之後，才能深切體悟。

對時間的感受

二〇〇〇年二月

人對時間的認識和感受，與社會生產方式有關。在封建的生產方式下，時間大抵以季節、時令，和以兩個小時為概算的子時、丑時、寅時等來分割；在資本主義時代，資本的循環，聯繫到剩餘價值的勞動時間的計算，形成強大的迫力，催促著人成為時間的奴僕。資本的奴役，表現為時間的奴役了。

但投獄卻使一個囚人和社會生活、社會生產活動和社會生產模式斷裂，時間成為空洞、沒有意義、失去內容的漫長難挨的苦役。政治投獄是國家暴力的具體表現，用以懲罰和報復它的政治異己。而這懲罰和報復，以處決和投獄為主要形式。國家以投獄的方式，使囚人與社會生活隔絕，剝奪囚人的時間，即生命的社會內容。社會生活與社會生產使時間有了具體內容，社會生活與生產以一定的空間為範圍。但投獄剝奪了囚人的時間的社會內容，同時也剝奪了囚人生活的空間。而死刑則是對人的這雙重剝奪的極致。

記得我在被捕後經過漫長的、非法的審訊，第一次關進了獨居的押房。不知不覺間，我開始在狹小的押房裡來回走動，走到這面牆壁就自動轉身再走向另外的牆壁，返復不止。我想起了一個長久的疑問：為什麼在欄閘裡的獅子、老虎、猩猩也總是這樣無休止地來回踱步。

獅、虎、猩猩的時間被動物園這個體制剝奪了牠們的覓食、繁殖、群居等「社會」內容，生命失去了動機和目標，產生了某種焦慮。來回單調地走動，一方面紓解焦慮，一方面藉行動的反覆在幻想中擴大和延長被剝奪的、自然與生活的空間。人是高度社會化的動物，囚人能在窄小的斗室中竟日沉默，單調地、機械地踱步沉思而不以為滑稽，毋寧是理所當然的。當時的我是這樣地領悟了動物園籠中的獅子、老虎、猩猩們的焦慮的走動，痛感到對牠們曾未有過的理解與同情，對於古今中外各民族的支配制度，幾乎不約而同地發明了囚獄這個體制施行支配暴力的「聰明」，一個人苦笑起來。

從忙碌的現代資本主義社會的生活軌道上拉下來，投入和社會分斷隔絕的獄中，時間頓時失去了生活的實質。往時以時、以分為計算單位的時間，頓時變得遲鈍、漫長、空白而過剩。每天過著起床、擦地板、放風、收風、早食、擦地板後過一個上午。中午吃飯前擦一次地板，吃中飯，飯後再擦一次地板，之後午睡。下午三點左右放風、收風，再擦地板然後晚飯，再擦地板，一直到睡覺時間，打開被鋪睡覺。日復一日，周而復始，月又一月，年過一年。

於是時間的單位產生了巨大變化。時間的感覺鈍化，速度大大地遲緩下來，以時、以分割切計算的過去的生活消失，囚人以更大的時間單位計量時間：過完年等元宵；過完元宵等過五月端午；過完端午期盼中秋；過完中秋等著過年。等待這些節令，絕不只是盼著由囚人選出組成的伙食團為每一個節慶細心準備的佳肴（加菜），也不全是盼著親人寄來節慶食物或來相見，而是為了確切地告訴自己，刑期正在以節慶為單位逐漸縮短。我記得有些人把每年中秋月餅上的圓標籤貼在寫字板上，數著已經貼上的，估算著剩下的刑中歲月尚有幾年。

然而，幾十個無期徒刑犯卻從來沒有可以計數的囚中盡期，只能漠然而孤單地送走獄中的年年月月。

年節瑣憶

在這些依節令計算時日的日子中，舊曆年仍然是比較鬧熱的。過年最明顯的喜氣，是加菜豐盛，而且一連從年夜加菜到年初三。前面說過，獄中伙食委員，是從政治囚人中直接「民主」選舉產生。但伙委班子，總是選上從五〇年代就入獄的老「同學」（政治犯的互稱），那是因為他們坐牢早，對伙食工作有長期經驗。此外，老政治犯人品高尚，絕不會發生與班長串通扣剋菜金的事。

大約從六〇年起，政治犯從開放式囚獄的綠島遷到台東泰源，改為封閉式囚禁。沒有開放式管理時代大量的勞動，犯人們的食量尤其是主食量減少，月月有主食結餘。伙委妥善選用這些結餘，分攤在年中重要節慶加菜。當然，加菜最豐盛的，就數過舊曆年了。

犯人照顧犯人，特別盡心、貼心。年夜飯有魚有肉，有肉包子，有蛋糕甜點。有一回，伙委別出心裁，給大家燒了好茶，一個押房一個押房倒在每個人的漱口杯裡，吃完了再添。獄中平日無酒無茶，幾年沒喝過的茶，特別香醇。不料當夜幾乎所有喝了茶的人都瞪著大眼，一夜睡不著。長期不喝茶後，茶的亢奮作用特別明顯。

酒在獄中當然是禁止的。但偶爾碰見心腸比較好的監獄官或班長，就閉著一隻眼睛讓你用水果私釀過年的酒。我從來不會也不好喝酒，但獄中無聊，跟同房的難友學著做水果酒。備好一個大塑膠罐，經由外役向福利社買兩斤柳丁，買上一斤砂糖，用開罐頭時私自藏起來的鐵皮罐頭蓋切柳丁，去皮。而後在洗淨乾燥的塑膠罐裡一層水果一層糖，最後蓋上蓋子密封，擺在班長從窺伺小窗口看不見的角落。這是過年個把月前的工作。這以後，三天兩頭熱心地觀察半透明的罐子，看著水果變成了果汁，不斷冒泡，有經驗的人說是在發酵了，到了除夕夜晚，房裡幾個「私釀」的人開獎似地打開封口，迫不及待地倒一小碗試嘗。有人說，「香呀，我這一罐成功了！」有人說，「甜果汁嘛。糖擺多了，發酵不了。」有人說，「你這一罐酸了、餿了。估計罐子沒弄乾淨。」但不論如何，押房裡一時飄散著水果酒的香氣。獄中的年夜飯於是有了年酒。

我說過我既不會喝酒也不好酒。但記得有一年的年夜，我打開私釀請全房的人喝，自己不免也喝了半碗，把一個臉喝得殷紅，心悸不已。突然間，押房的鐵門打開了。值班的班長皺著眉頭瞪著我通紅的臉看，全房鴉雀無聲。

「待會監獄官來巡，你給我藏起來。」他說，哐噹又關上了鐵門。

在全房竊竊的笑聲中，我忙著帶我自己的一份飯菜蹲到窺伺窗口看不見的死角吃完了年飯。而那夜，監獄官畢竟沒來。過年吧。

在一般情況下，「私釀」一經發現一定沒收，私釀人會遭到從訓斥、禁止接見或發信以至短期囚禁獨居房的懲罰。我避過一難，除了因為個別的班長相對心慈，最主要的恐怕還是因為中國過年獨特的文化傳統，即有限度的「寬赦」之傳統。長輩允許子孫輩在過舊年時公開賭博，就是一例。過舊年不成文、半公開允許賭博的成例，今日猶然。而在連眾神也袖手的台灣政治監獄，中華民族根深源遠的民俗文化，仍兀自鮮明地左右著獄中的生活、價值行為、思想和習慣。

政治牢是肉體與靈魂的煉獄

當然，坐國民黨的政治牢，絕不是數著節日等加菜，盼著新年喝水果「私釀」那麼寫意。從逮捕、疲勞審訊、偽裝的審理、審判，都是肉體和靈魂的煉獄。及至發監長期執行，就得無時無刻在國家的暴力機制下，掙扎著如何最低限度地固守自己的政治、思想和人格的尊嚴，活在時刻都在施加政治、思想壓力和挑戰的環境，接受慢性的思想、意志與靈魂的無休止的凌遲之刑。而年間民俗節日行事，以民族習俗傳統的不可思議的文化之力，介入殘暴悖理的獄中生活，讓我們這些受慢性凌遲的囚人有一個喘息的間隙。而獄中的囚人、奴隸們，竟而也偶爾能在除夕這民族節慶之夜，酡紅著臉龐，圖短暫的微醉……。

初刊二〇〇〇年二月《歷史月刊》第一四五期

1 本篇為「囚室之春——政治犯怎樣過年？」專輯文章。

後革命作家的徬徨

陳映真座談會[1]

陳映真：王德威近作〈最後的馬克思〉，可說是第一篇將我的文學作品和思想傾向聯繫起來討論的文章。雖然字裡行間帶有些許嘲諷語氣，但基本上沒有惡意，身為自由派知識分子，王德威在其文中並未隱藏他對左翼思想的批判態度。

資本主義盛行的世界裡，投資於虛浮金融市場和食物生產的比例是六十比一，這是非常不健康的畸形經濟。隨著各種投機工具的發達，資本主義下的人類生存環境遭受許多破壞和剝削，這時左翼思想便宣示了人民的義憤與反動。資本主義內在的矛盾一日無法解決，形形色色的社會主義運動也不會停息。

呂正惠：我們可以把陳映真定為「後革命作家」。後革命作家處境艱難，舉《紅與黑》作者斯丹達爾為例，他非常嚮往革命思想，但生命大部分階段活在復辟時代，他曾說，他的書要在八十年後才有人讀，果然，一直到十九世紀末期，他才被譽為法國最重要的小說家。一如法國大革命以啟蒙時代為醞釀期、俄國革命思想自十九世紀開始累積，群眾對社會的強烈不滿總要累積到一定程度才會爆發。活在革命之前苦痛社會裡的作家比較幸福，作品能和社會脈動相合，讀者回響大。後革命作家生不逢時，非常寂寞，和讀者難有共鳴。他的作品在期待改革的七〇年代有很多人要看，但在安於某種逸樂假象的當下，讀者有限。雖然他被社會、文壇排擠到邊緣，但仍願意努力思考、創作，這種無畏孤獨的勇氣值得敬服。

藍博洲：「陳映真」三字在台灣代表一種文化現象，自七〇年代以來，神秘的「陳映真」三字便像幽靈一樣飄浮在台灣的思想文化界。與此同時，我也透過蔣勳主編的《雄獅美術》第一次讀到他的作品；後來朋友又送我當時被查禁的《將軍族》和《第一件差事》；比較系統地讀了陳映真的小說。我個人認為，這些作品可以看出被認為是所謂「最後的馬克思」的陳映真的左翼思想的發展痕跡；而且他的小說總是反映了最尖銳的社會矛盾。因此也啟蒙了許多文學青年的社會批判意識。

八〇年代中葉以前，陳先生還是許多知識青年思想啟蒙的導師；在第三世界文學論的架構下，無論是批判跨國公司及消費社會或是揭露五〇年代白色恐怖的作品，都曾經深刻地影響許多文藝青年的創作方向。然而，到了八〇年代中葉以後，隨著統獨對立的深化，許多曾經受他影響的青年作家(如宋澤萊)，也都走到他的對立面去了。

究竟這是陳映真退步了呢？還是年輕人進步了呢？我看，很難有一個定論。總之，這也是「陳映真」現象的一種表現。

林黛嫚：我以小說創作者及讀者的雙重身分，來談談閱讀陳映真四篇小說的經驗。這四篇分別是民國六十七年的〈夜行貨車〉、〈上班族的一日〉、六十九年的〈雲〉以及七十一年的〈萬商帝君〉，是他刻意經營的「華盛頓大樓」系列，以赭黃大理石砌成的十二層大樓內發生的故事，形構資本主義商業社會的縮影，並藉此批判伴隨資本主義而生的各種問題，如帝國資本主義對民族主義的踐踏。資本主義下的人性腐蝕等。

這一系列作品探討台灣社會第二代的認同問題，是一種在政經結構交錯中，全新的認同，從中亦處處可見個人尊嚴與資本社會機器的抗爭與妥協。四篇小說裡都可見跨國公司中兩種典型的人物，一種抹殺自己個性，懦弱地向現實低頭；一種經過內心掙扎，毅然與外國老闆決裂。〈雲〉和〈萬商帝君〉都是較長的中篇，但閱讀起來並不覺得長，寫作手法流暢，組織嚴謹，讓讀者能夠一氣呵成地看完。〈雲〉是一個離開跨國公司自力更生的貿易商的日記，也呈現最基層的女工生活。〈萬商帝君〉對資本主義跨國公司如何以其經濟力改變第三世界商業模式，做了全面探討。

陳映真：呂正惠提到的後革命概念，是我創作生命中一大弔詭。近年來，我的作品在大陸出版，獲得很大的回響，但教我不知要快樂還是悲傷。改革之後的大陸生活環境明顯改善，他們卻跟我說，看得懂我的小說而且受到感動，社會主義體制下的讀者因循自己經驗來理解我作品裡的不合理社會，並且產生共鳴，這說明，改革後的社會主義社會裡還是存在這些矛盾。這種回應使我感到很徬徨。

對於中國以海峽為界一分為二的狀態，我一直耿耿於懷。一個分裂的民族是不健康的，但人們越來越缺少對民族分裂的焦慮，甚至覺得這樣的分裂理所當然，明明是中國人卻說自己不是，知識分子們面對這些怪現狀，竟只有鄉愿的沉默。我想，這個時候，作家應該要多著墨於民族分裂狀態下產生的兩個體制、兩套思想間的差異。如何看待民族離散帶來的種種問題，是今後台灣文藝界有待開發的題材。

呂正惠：陳映真最擅長發掘被其他作家忽略的題材。最近他率先開始正視兩岸兩制下產生的社會差異；七〇年代他創先書寫跨國公司職員在資本主義下面臨的困境；他用〈山路〉和〈鈴璫花〉書寫五〇年代的白色恐怖，當年恐怕無人敢寫。他對每個時代產生的問題敏銳度高，且他不只以當一個藝術家為滿足，這是他最大的優點，但也是他作為一個藝術家的缺點。〈歸鄉〉的前半段寫得極好，最後的結尾卻讓人摸不著頭腦，我建議他的故事其實可以說慢一點，多說故事，少論思想，才能寫出讀者容易接受的小說。

藍博洲：陳映真的文字風格除了受到日文影響外，還帶點魯迅的味道，在他遠行歸來後的作品，主要是批判資本主義的「華盛頓大樓」系列；以及發揚革命傳統「五〇年代白色恐怖」系列。〈歸鄉〉可以是這兩條路線的統一，在這裡，陳映真的小說開始出現經歷過社會主義與資本主義兩種制度的角度。也許兩岸交流後產生的問題會是他進行社會批判的切入點。

陳映真的作品事實上也對比他年輕的創作者發生一定的影響，〈山路〉影響了電影《悲情城市》的基調，〈趙南棟〉影響了朱天心的〈從前從前有一個浦島太郎〉，《好男好女》的兩代對比應該也是受〈趙南棟〉的影響，他的小說最大特點，就是充滿浪漫的革命精神。現實的社會並不一定存在小說所言的革命條件，但小說家在作品中描摹這些可能性，可以激發讀者對進步未來的渴望，如〈雲〉。

台灣社會是個恐共的病態社會，左傾的作家總是被視為洪水猛獸，但昆德拉、卡爾維諾等外國左翼作家的書，卻在台灣大受歡迎。也許這是因為台灣這類作家寫得還不夠好，感染力不足，且因左翼思想不斷被打壓，致使台灣一直沒辦法形成完整的左翼文學傳統。

林黛嫚：接下來我要說說閱讀陳映真小說的趣味。〈萬商帝君〉裡有個廣告場景的描述，是鐵板燒廣告，背景在農村，放恆春調小提琴音樂，在都市打拚的青年開轎車回三合院，穿對襟唐裝的爺爺奶奶出來迎接，有個小女孩說要吃鐵板燒⋯⋯。這樣的情景，在時下很多汽車、咖啡的廣告裡，都很常見，也許是設計廣告的人讀過陳映真小說吧！小說裡還寫到美商公司對大陸市場的預測，說很快大家就會人手一杯可樂、到處都是麥當勞，「清教徒的中國大陸，必將迅速消失，好像烈日下的冰塊」、「多國籍公司的萬能的管理者的巧思，將逐步將中共資本主義化。」可見早在民國七十一年，陳映真便清楚預見資本主義對中國大陸可能造成的影響。我們希望他不只要「歸鄉」，還要「歸隊」，為我們寫出更多好看的小說。

初刊二〇〇〇年三月八日《中國時報．人間副刊》第三十七版

1　本篇為座談會發言紀錄。時間：二〇〇〇年二月十六日下午二時；地點：台北市金石堂汀州店；主持：焦桐；出席：陳映真、呂正惠、藍博洲、林黛嫚；攝影：盧禕祺；記錄、整理：賴佳琦。

遙念台灣・序[1]

一

整理一九四七年到一九四九年間台灣一場關於「建設台灣新文學」的論議文獻時，我們看見了一個人影，先是模糊，而繼之那形象日益明晰。那終於從歷史的煙塵中走來的人；那從文獻材料的紛繁中顯影的驚異，正是范泉先生。

「建設台灣新文學」論議的第一篇文章，是歐陽明（台灣作家藍明谷）發表在一九三七年十一月廿七日《台灣新生報・橋》副刊上的文章〈台灣新文學的建設〉。文章裡引用了一個名為范泉的人所寫的題為〈論台灣文學〉的文章中的一段：

這正如范泉先生在其〈論台灣文學〉一文裡的明白指出的，他說：「台灣文學始終是中國文學的一個支流，而且台灣與中國文學不可分。前者是承於後者的一環，現在（按：指台灣光復、復歸中國）的台灣文學則已進入建設期的開端。台灣文學站在中國文學的一個部位裡，盡了它最大的努力，發揮了中國文學古有的傳統，從而更建立起新時代和新社會所需要的，屬於中國文學的台灣新文學！」

一九四八年三月廿九日，楊逵在「建設台灣新文學」論爭中在同《台灣新生報．橋》副刊上發表了第一篇文章〈如何建立台灣新文學〉，無獨有偶，楊逵也引用了先此為歐陽明所引用的、范泉的同一段話的後半段。這就顯示這位范泉先生的文章〈論台灣文學〉受到光復當時台灣文學界和文化界所注目。在閱讀這些資料時，我們合理估計：范泉應該是在台灣的一位評論家，他在什麼其他刊物上發表的〈論台灣文學〉受到包括楊逵在內的當時台灣文學界所廣泛閱讀與重視。

我們在這些文學歷史文獻上又看到了當時乍看與范泉無關的頭緒。一九四八年六月廿五日，也是在《橋》副刊上，楊逵發表了一篇重要講話：〈「台灣文學」問答〉。在講話中的一段，楊逵讀到了國民政府的惡政如何因二二八事變破壞了台灣人民熱烈心向祖國的激情，因而坐失了民族團結的大好機會。事變以後，當時有心的省內和省外知識分子和文化人，正力圖以私人的努力，撫平因二月事變造成的民族傷痕。楊逵認為要撫平這民族的傷痕，「必須深刻地了解台灣的歷史、台灣人的生活、習慣、感情，與台灣民眾站在一起」。他接著說，「去年（按：一九四七）十一月號的《文藝春秋》曾有邊疆文學特輯，其中一篇以台灣為背景的〈沉醉〉，是『台灣文學』的一篇好作品。」

楊逵認為，要撫平一九四七年二月事件造成的傷害，有心之士，應該認識台灣歷史，深入台灣社會與生活，在立場上與台灣人民群眾靠在一起。欲達此目的，「就是需要」以「『台灣文學』為名」的文學作品。易言之，當時台灣需要有表現台灣真實生活，表現被壓迫台灣人民思想感情的文學作品，使有心的人，深刻認識到台灣的歷史和心性，從而成為反抗國府歧視壓迫，以人民的力量努力爭取民族團結的思想基礎。而作為其實例，楊逵舉出了發表在《文藝春秋》上的一篇叫作〈沉醉〉的小說。

於是我們又做了一個合理的估計：在當時的台灣，應該有一本叫《文藝春秋》的刊物。我們也很想一讀為著名文學家楊逵所不憚於推介的小說作品〈沉醉〉。

歷史以她奇異的方法，逐步透露她的謎底。幾乎在同時間，一位可敬的日本民間學者橫地剛先生，幾年來獨力尋訪著在一九四六年至一九五〇年間活躍於台灣的，中國著名木刻家黃榮燦的足跡。橫地先生發現在台灣的黃榮燦曾經在《台灣新生報》的《橋》副刊上刊木刻作品，發表文章介紹中國的木刻運動。橫地也發現，黃榮燦也在出刊於上海的《文藝春秋》月刊上發表木刻作品。而《文藝春秋》的主編正是范泉先生。

原來《文藝春秋》不是刊行於台灣的雜誌，而范泉是從未履足於台灣的上海的編輯人、散文家和評論家。

我們在《文藝春秋》上，因著范泉先生的協助，找著了小說〈沉醉〉；更從而找到了以不同筆名刊於《文藝春秋》和其他大陸刊物的台灣光復當初重要作家藍明谷[2]包括〈沉醉〉在內的八、九篇小說，以及其他雜文、評論等，當然也從范泉那兒找到了早在一九四六年一月發表在大陸《新文學》創刊號上的，廣為當時省內知識分子矚目的文章〈論台灣文學〉。

二

今日看來，范泉應該是最早關心，並且在一個意義上最早研究台灣和台灣的文學藝術的大陸知識分子。他的〈論台灣文學〉發表於一九四六年一月，距日本戰敗，台灣光復的一九四五年八月才不過四個月。這說明范泉關注和研究有關台灣和台灣文學，已歷有年所，是早在抗日戰爭期間。果然，他在一篇為聲援和同情在「二二八」事變中受到鎮壓與威暴的台灣同胞而寫的〈記台灣的憤怒〉（一九四七年七月）中有這記載：

過去，由於我對台灣文學發生興趣，我曾經搜集了五十種以上的論述台灣以及台灣文藝的日文期刊和書報……

和雷石榆一樣，范泉能讀日本書，但在抗戰的中國，能收集到五十多種有關台灣和台灣文學的日文書，應該不是容易的事。因此，沒有一份對於祖國失喪的國土台灣和她的文化「發生」了強烈的「興趣」，就不會有搜集資料上可觀的成果。而正是以他收集的資料，在一九四七年，台灣光復不到兩年之後，范泉一口氣寫了〈論楊逵〉、〈台灣詩人楊雲萍〉（一九四七年，月分不詳）、〈記台灣的憤怒〉（一九四七年七月）、〈台灣高山族的傳說文學〉（一九四七年七月）以及同年十一月刊出的〈台灣戲劇小記〉。這幾篇重要的文獻絕不只是資料的堆砌，而表現了范泉對問題的識見和對於台灣、台灣人民和台灣文學、文化的深切感情，是當代大陸的「台灣研究」史上的重要的文獻。

而隔著一道海峽，民族睽隔五十年的彼岸的一篇范泉的文章〈論台灣文學〉，在台灣不唯引起了熱情的反響，並且很快地在台灣引起了一場長達十數個月（一九四七年十一月至一九四九年三月）的關於「如何建設台灣新文學」的重要的理論爭鳴。

光復後初幾年兩岸文化、文藝、思想的相互浸染的程度，是超乎今人的想像的。在台灣，台獨有這說法：在日據時代只能說日本語的台灣文化知識界，在光復後的漢語世界中失聲失語，成為慘痛的文盲。事實又是如何？一九四七年七月，范泉在〈記台灣的憤怒〉中寫道：

勝利後，我曾經在《新文學》半月刊發表了一篇〈論台灣文學〉。這篇文章傳到台灣同胞手裡，尤其是對於祖國抱著無限熱忱和希望的台灣的文藝工作者，他們都紛紛寫信給我，或是提供了許多寶貴的意見，或者是贈送書刊，希望和我做一個文學上的朋友，我因此結識了許多台灣的文藝工作者……

光復初年的「台灣的文藝工作者」在台灣讀得到以漢語白話出版的雜誌，而且，當然，讀得通范泉以漢語白話寫的文章，甚且還能以漢語白話「寫信」給范泉議論問題，結交為「文學上的朋友」。台灣知識分子光復後失語、失聲之說不是全面性的事實。

正因為光復初年的台灣流通著大陸的一些重要雜誌報刊，而且當時的台灣知識分子能讀這些漢語的白話的文章（當然，能讀卻未必能寫得流暢），因此大陸政治、文化、文藝的思潮對台灣知識界起到很大的影響。范泉的〈論台灣文學〉啟發和點燃了一九四七年至一九四九年關於建設台灣新文學的著名爭論，就是最明顯的例證。

三

范泉的〈論台灣文學〉，現在看來，對於一年後發生於台灣的「建設台灣新文學」的爭論，基本上在以下的幾個方面，起到了定音定調，譜寫了主旋律的作用：

（一）范泉提出「台灣文學是中國文學的一環」論。他說，從台灣（文學）著作的性質來看，「（日據時代）台灣文學依然是深受中國文學的影響，依然受中國文藝思潮統治著、支配著」。在日據時代後期，台灣作家被迫用日語寫作，但「改變的只是它的外表形式（即語言），它的內容性質，卻始終帶有中國的遺留的血液」。

范泉在一九四六年對台灣文學的強烈中國指向性論斷，對台灣文學界的思想產生深遠影響。在一九四七年展開的台灣文學大爭論中，歐陽明就說台灣文學「始終是中國文學的戰鬥的分支」；「台灣既為中國的一部分，則台灣文學絕不可以任何藉口分離」。接著，楊逵、楊風、林曙光、葉石濤等人，莫不強烈主張台灣文學是中國文學的一個組成環節，三復斯言，眾口一辭，足見當時台灣文學界對范泉的提法產生了廣泛而深刻的共鳴，在一九四五年台灣光復、復歸中國後，公開、堅定、明白地確立了台灣文學對於中國文學的歸屬性。

（二）范泉主張，日據時代的台灣新文學因為受到殖民政治支配的壓抑和掣肘，「不能自由地成長」。范泉認為隨著歷史上台灣政治處遇的變化，台灣文學先是受中國傳統古文學的風華所影響，繼之又受到祖國五四新文學的思潮所影響，再繼之又受到日本殖民者強制性日語政策的影響，「半個世紀以來的台灣文學，是完全陷於形式（語文）的蛻變過程中」，以致影響了台灣新文學的正常發展，以致「談不上」有「文學上的成就」。

對於日據時代台灣文學因為受制於殖民統治而無由自由、充分發展的自覺意識，也強烈地表現在一九四七年展開的台灣新文學論爭中楊逵、葉石濤、林曙光和田兵等人的論文之中。楊逵在評論錢歌川關於台灣新文學的發言時，對於錢歌川認為台灣新文學在日據苛政下「完全停擺」的意見是接受的。葉石濤說在日帝統治下，台灣文學走上「畸形、不成熟」的道路，因此，從全中國的觀點來看，當時的台灣文學是「中國文學最弱的一環」亟待「充實起來」。林曙光則說台灣新文學「在成就方面當然比不上大陸中國文學」，認為台灣日據下文學「不足討論」的見解「沒有多大的錯誤」。田兵說日據時代的台灣文學若「剛生的苗芽，終都受到了暴力的摧殘」，以致「台灣的新文學可以說沒有什麼重要的發展」。

當然，對於日據下台灣文學的成就如何評價的問題，在當時也是一個顯著的爭點。主張台灣新文學在思想上、理論上不亞於，甚至先進於大陸的新文學，不能過低評價台灣新文學的論者有孫達人、陳大禹等人。

但是也應該指出，從范泉開始的一些評論，對日政下台灣新文學相對消極的評價，絕無關乎省外知識分子對省內事物的歧視。這些消極評價，固然存在著評論者囿於當時對岸對台灣文學史料和作品的、不可避免的隔膜等問題，但客觀地說，在中國新文學有了理論上創作上重大進展的三〇年代，台灣抗日社會運動和階級運動正遭受日帝當局的全面鎮壓。三〇年代初，台灣的文藝和文化戰線固然做了困獸之鬥，但在理論發展和創作實踐上，在日帝法西斯直接威暴下，鬥爭的勢頭微弱。一九三七年後，中國新文學在反法西斯抗日統一戰線上，又有組織上，理論上和創作上的收穫，但同時期的台灣文壇則全面受到法西斯「皇民化」運動的壓制，台灣新文學的發展，進入了黑暗與停滯時期。

因此，由范泉首先展開對日據下台灣新文學的消極評價，一方面固然存在著認識上的極限性，同時又如實地提出了台灣新文學在殖民地下發展過程中的歷史極限性問題，並且恰恰在這歷史極限性的高度自覺上提出了在台灣光復後「重建」或「建設」台灣新文學的課題，從而引發了一九四七年開展起來的關乎「建設台灣新文學」廣泛論爭。

(三)范泉期許光復後台灣新文學有一個新的發展，而這新的發展有這樣的前景：「台灣文學」將「站在中國文學的一個部位裡，盡了它最大的努力，發揮了中國文學的古有的傳統，從而建立起新時代和新社會所需要的、屬於中國文學的台灣新文學！」對於范泉而言，日據下被壓抑的台灣新文學歷史只是台灣新文學的前史，是個「草創期」。光復以後，台灣文學將「把自己融合到母土文學的燦爛潮流裡」。而在光復時，「台灣文學已堂堂進入燦爛輝煌的建設期了」。

范泉的這一看法，在光復後的台灣文壇引起了廣泛的共鳴。歐陽明就說，「光復後」，台灣文學已經進入「建設期」，這建設的長遠目標，就是和中國新文學合一。他認為台灣新文學的建設問題，是中國新文學之建設的一部分。林曙光說，如何建設台灣新文學的問題，實際上就是「如何建立台灣新文學使其成為中國文學的一部分」。對於葉石濤而言，光復前的台灣文學「畸形」、「不成熟」。而光復後要建設台灣新文學，其目的是「使中國文學最弱一環」的台灣文學「充實起來」。蕭荻也和歐陽明一樣，把戰後台灣新文學的建設，看成整個中國文學建設的一個部分來理解。要之，台灣文學自日帝壓制解放後，迎來了一個全面重建時期，即所謂「建設期」。而這建設的願景，是使台灣文學充實、成長、與內地文學等量齊觀、並駕齊驅。一九四七年開展的討論中，大凡主張把台灣文學的「特殊性」與內地文學的「一般性」辯證地轉化、矛盾統一的思想，皆源於此，足見范泉關於台灣文學的思想的深入的影響力。

(四)范泉把台灣新文學終極發展和完成的遠景，描寫成「站在中國文學的一個部位裡……發揮了中國文學的古有的傳統，從而建立起新時代和新社會所需要的，屬於中國文學的台灣新文學」，但又同時極力強調台灣新文學「唯有」經由本島作家的努力，才能創造「真正的有生命的、足以代表台灣本身的，且有台灣性格的台灣文學」。他切切期待的台灣文學是一種具有「純粹的台灣氣派的」、「純粹的具有台灣作風和台灣個性的台灣文學」。既看到要把台灣新文學建設為具有中國屬性，有中國文學傳統氣質的文學，又強調台灣新文學唯有賴台灣本島作家的努力創作，才可能創造出具有「純粹」的台灣獨特風格的文學。這種強調了中國的一般性與台灣特殊性之間辯證統一的思想，在一九四七年開展於台灣的台灣新文學問題的爭論中，影響明顯而廣泛。

蕭荻就指出，「發展台灣新文學，立下基礎，必得由台灣作家為主去努力才行。」他主張台灣文學的創作，必須「來自生與斯、長於斯的人民」，「在台灣過一生，自艱苦日據以來的台灣作家來寫」。雷石榆說，「台灣新文學的道路，還是(應)由台灣的進步作家去開拓。」「我們外省作家既隔著語言，也不若」台灣作家「熟悉生於斯、易於斯的鄉土歷史的內容及現實生活的態度」。

四

范泉發表於一九四六年元月的〈論台灣文學〉提出了(一)台灣新文學是中國新文學構成中的一環；(二)台灣新文學發軔於日本殖民統治時代，備受壓抑，不能自由發展，所以光復後台灣新文學應該，而且可以發展；(三)光復後台灣文學進入了再建設的時代，而建設的遠景是和全中國的新文學匯合、齊頭並進；(四)同時，台灣新文學的建設，端賴本島文學家的努力。通過台灣作家的自主的努力，建設「純粹台灣氣派的」、「代表台灣本身的」、「具有台灣作風和台灣個性的」台灣新文學等四個重要的論點。范泉的這些論斷，透過他的〈論台灣文學〉，流傳到甫告光復的台灣，在台灣文藝思想界引發深廣的影響，並且在一九四七年二月慘變之後的十一月，在台灣引發了一場關於建設台灣新文學的爭論。這一場重要爭論以「建設」台灣文學為題，並且也主要地圍繞在上述四大議題而展開，都說明范泉的〈論台灣文學〉正是這一場論爭的總的思想源頭，在台灣當代文學思想史中有重要地位。

一九四七年中後，范泉一口氣發表了五篇關於台灣文學的文章。〈記楊逵〉是他聽到訛傳楊逵在二月事變中失蹤後，懷想從未見面但有書信往返的楊逵而寫的短文。在很短的文字中，范泉精確地把握了楊逵「不曾被任何人所御用」、「從沒有為(日本)軍閥侵略政策宣傳」，堅持鬥爭，「很驕傲地直立著」的高大形象。在〈台灣詩人楊雲萍〉中，范泉精要地分析了楊逵「豐厚的光采」和龍瑛宗的「靜謐的抑鬱」後，以楊雲萍為兼備楊逵的光采和龍瑛宗的抑鬱。范泉翻譯並引用了楊雲萍的詩〈月夜〉、〈泉〉、〈寒廚〉、〈妻〉、〈裡巷黃昏〉和〈新年誌感〉的片段，譯筆精美、婉約而見淡然的哀愁，今日讀之，猶為佳譯。在〈台灣戲劇小記〉、〈台灣高山族的傳說文學〉二文中，前者將中國內地戲劇移轉來台的時期推到了荷蘭據台時代，後者以人類學、人類社會學的紮實的資料，介紹台灣各少數民族的口傳文學，原刊還刊出很珍貴的六張台灣少數民族生活照片。

當然，特別值得一提的是，范泉發表在一九四七年七月、距二月事變後僅僅四個月的〈記台灣的憤怒〉，表達了他對於經受了二二八事變的台灣和台灣人民深切的同情，也表達了對於暴政的譴責。在文章的末尾，范泉沉痛地責問：「現在，台灣從異族的鐵蹄下重又歸返祖國的懷抱，對於這樣一塊有歷史意味和民族意識的土地，我們應當用怎樣的熱忱去處理呢？是不是我們要用統治殖民地的手法去統治台灣？是不是我們可以不顧台灣同胞的仇視和憎恨，而拱手再把台灣送到第二個異族統治者的手裡呢？」五十二年前的范泉的責問所傳來的歷史的回聲，至今日仍有深刻的現實意義。

當然，想到光復當初兩岸睽隔已半世紀，兩岸同胞對彼此具體歷史和文化的陌生、資料貧乏情況下，范泉有關台灣的文章合理地、不可避免地存在著一些資料上的極限。范泉無疑讀過不少日據下台灣文學的史料，估計也讀了不少作品（如楊逵、龍瑛宗、楊雲萍……），但受到資料的自然的限制，他終究無法遍讀台灣文學史各期各家的作品，因此，在正確論斷日據下台灣文學受到壓抑、難於自由健康成長的同時，具體地又過低評價了日據下台灣新文學實有的成就。在這個過低評價上，形成了日據下台灣新文學皆屬「草創」，「沒有進一步分期的必要」，從而過小估價了三〇年代日語寫的台灣文學的成績，至有「橋梁文學」（從草創期過渡到建設期的中間階段）之論。此外，一九三七年後日本實施強權同化政策，以強權禁斷漢語，不能理解為「內台（即日本內地與台灣）文化統一戰線」，也不好理解為白話文、漢語報刊「自動停刊」——實則被迫停刊。在列舉各時期台灣作家時，范泉的資料毋寧是驚人地詳實，不料卻獨獨缺了重要作家賴和。楊逵〈送報伕〉的日語原名似乎將〈新聞配達夫〉誤為〈郵便配達夫〉。另外，范泉也是敏於吸收和訂正新資料的人。一九四六年的〈論台灣文學〉中，把周金波列為日文作家中的「重要作家」。但第二年發表的〈台灣詩人楊雲萍〉中，對周金波就已經有了這樣的認識：「周金波寫下了屈辱求榮的〈志願兵〉一類的小說而仍然毫不感到自慚。」

當然，〈記台灣的憤怒〉中，明顯地充滿了不少訛傳，例如說光復後台灣同胞以私刑大規模殺害日本人為報復之說；二月事變後台人掌握了日本人遺留及從菲律賓走私進來的武器，準備再暴動云云，確實都沒有歷史事實的根據。但對今天的讀者，重點已不在被范泉引用的這些傳聞的真實性，而在於范泉引述這些傳言時所表達的，對於台灣和台灣人民的深切關懷與同情，以及對惡政的譴責。

早在抗日戰爭時期，范泉就勤勉地、深刻而有識見地，並且帶著對於台灣和台灣人民深厚的同胞之情，研究了台灣和她的文學。今天回頭，看范泉在五十多年前的美好而深具遠見的工作，看見他透過誠懇的工作風格，在甫告光復的台灣，「台灣同胞在對於統治者的政治和經濟的希望成為泡影」之時，如何鼓舞、安慰了台灣文藝界受傷的心靈，進一步以一九四七年到一九四九年「建設台灣新文學」的論爭，勝過了惡政的傷害，堅強呼喚了民族的團結與進步，不能不對范泉的名字充滿了敬意和感激。

五

范泉除了以傑出的編輯人著名於世，他的創作活動主要集中在散文的寫作。范泉的散文選輯刊於本書的第二部分。〈甲斐軍曹〉和〈吉田秀雄〉寫兩個在上海的日本偵憲，戰時蠻橫威暴，壓迫中國人，戰後則怯情恭順，前踞後恭。范泉卻寫來平靜，對敵人的憐憫遠遠多於憎恨和嘲笑。〈雨〉、〈風沙〉、〈拾荒〉和〈馬戲〉則寫在非理而苛酷的時代中，活在極端的粗糲之中的人的命運。范泉似乎對於祖國的邊疆和邊疆的人民及風土懷抱著特殊的情感。他寫台灣的少數民族，表現了他對台灣高山族的民族學的興味。〈三個蒙古人〉、〈蒙古草原〉、〈哈多行〉和〈綠的北國〉則熱情地歌頌了祖國北疆獨有的風土和蒙古民族純真、熱情和樸質的世界。尤其是〈綠的北國〉，通篇迴盪著對於不被「文明」所桎梧的自然、奔放、純真生命的激動的讚歌，令人心動。〈浩瀚的海〉、〈篝火〉都是對於自然之偉力的驚嘆和讚頌，而〈魚〉、〈貓〉和〈鬍鬚〉則是寓意豐富的小品。范泉的散文語言樸質清澈，卻熱情炙人。他把藝術的形象同積極奮鬥、勇敢向上的思想完好自然地揉合為一，有獨特的風格。

第三部分收有他半生從事文化工作的回憶。范泉自十八歲開始，一生編過著名綜合性雜誌，文學性雜誌，著名報紙的副刊，也編過日報，是一個卓有名望的編輯人。尤其在抗日戰爭，國共內戰的環境下，文化編輯工作者處境凶險，特別是以抗敵思想宣傳為使命的范泉尤其如此。〈我編《作品》半月刊〉、〈一股受盡磨難的艱苦經歷——我在永祥印書館工作的回憶〉和〈迎著敵人的刺刀——我編《文藝春秋叢刊》的回憶〉分別是二十一歲的范泉編著名文學性《作品》半月刊；二十八歲時在「孤島」上海的敵前編《文藝春秋叢刊》，在抗日最前線堅持了對日帝的文化鬥爭；三十歲前後在戰後的上海進入永祥印書館編書，在惡劣環境中勇敢地承擔了思想文化工作等等的諸般回憶。而〈我看朱生豪〉則寫一九三九年范泉二十三歲時和當時二十九歲的著名翻譯家朱生豪同時進在上海的《中美日報》，投身艱鉅的抗日文化宣傳工作期間的回憶。范泉對這位傑出的莎士比亞全集的譯者最逼近的觀察、理解和描寫，使我們對這位學養深厚、平易近人、才華橫溢，又勇敢堅持文化抗敵，而又不幸早逝的英才，有了最近距的認識，在人們的心中賦活了一位充滿人味、風格高尚的一代精英知識分子。

二○○○年二月

這本范泉散文選集以〈青海流浪記〉壓軸。一九五八年，四十二歲的范泉被反右的風暴硬生生地把他與相依為命的文盲母親拆散，吹到青海苛酷的惡地，受盡了難以置信的艱難。流放期間，范泉曾兩次跋涉千山萬水回上海探望母親，在一個悖理的時代，以全力堅持了不讓母子的至情向災難深重的人世屈服。一九七七年，范泉被全面平反前兩年，六十歲的范泉第三度趕了迢遠的長路回到上海，迎見睜著眼睛斷氣的母親……一九八六年，七十歲的范泉奉召回滬，為了彌補失去的一整個壯年歲月，范泉撲向編輯工作的崗位奮力編纂了一部兩千萬字的《中國近代文學大系》。

〈青海流放記〉文章寫得很短，語言出奇的寧靜，卻反而使那歷經百般艱難的情感史其崇高而深邃。經由受難而獲至靈魂的勝利、救贖與昇華，是古往今來偉大宗教和文學的重要主題。讀〈青海流放記〉，人們與作者同受苦難，同歷煉獄，也同獲靈魂的勝利，從瘋狂、憎恨、無知的俗世獲得解放與救贖。

六

一九九九年秋天，經由橫地剛、藍博洲的探索和尋覓，我們興奮地在歷史的荒地和瓦礫中找到了尚在人世的范泉先生，從他那兒找到了他當年花費大量心血編輯的全套《文藝春秋》；找到了四〇年代末為楊逵所不憚推許的歐坦生的作品〈沉醉〉——研究者曾健民發現、在一九四八年九月進一步把〈沉醉〉選刊在他所主編的《台灣文學叢刊》第二輯——更從而發現了這位在《文藝春秋》上前後發表了六篇小說的歐坦生，竟是踵繼簡國賢、朱點人、呂赫若在光復後不久潛入地下，投身於中國新民主主義革命、最終在白色恐怖的刑場犧牲的，台灣優秀作家藍明谷[3]。

然而，當歷史引領我們穿過層層帷幔見到了范泉，他已因重症臥病在床。在篤病中，范泉猶極力著人為橫地剛收集、影印種種材料。我們逐漸看見了這樣一個歷史場景，在那兒，我們看見楊逵、林曙光和其他台灣知識分子和范泉、駱駝英、雷石榆、歌雷、孫達人以及木刻藝術家黃榮燦所形成、跨越了兩岸的、奮力克服一九四七年三月大屠的恐怖、堅持民族團結與進步的四〇年代末全中國相通的文化、思想和文學的環境與場域，激勵不已。

七

一九九九年九月末，我和范泉取得了聯繫。十月間，他表達了在他繫念久久的台灣出版他的散文集的心願，我們欣然答應。他抱著重病親自初組書稿，以《遙念台灣》為書名，並命我作序。他在信中說，「出書時，可能我已去世，就寄幾本給我的妻子吳嶠……。」出版社急迫地展開編輯打字校對的工作，但在寫序的現在，吳嶠女士在電話的另一頭說，「已經病危了……怕是在這幾天……」，使我一刹時熱淚盈眶。

哦，范泉先生，當政治的迷霧消散，陽光照耀，台灣當代文學史將鮮明地記載您對甫告光復的台灣文壇伸出來的溫暖、鼓舞、理解和團結的手。您在五十多年前就已經付出的、對台灣、台灣人民和台灣文學的親人一般的深情厚意，在民族依然分斷對峙的現時代，將鼓勵我們在重建民族團結的道路上鼓勇邁進……。

初刊二〇〇〇年二月人間出版社《遙念台灣》（范泉著）

1 本文前四節以〈范泉和「建設台灣新文學論爭」〉為題發表於二〇〇〇年八月十六—二十日中國蘇州大學「台灣新文學思潮（一九四七—一九四九）研討會」，並刊於二〇〇〇年十二月《世界華文文學論壇》（南京）第四期「台灣新文學思潮（一九四七—一九四九）研討會特輯」及二〇〇一年二月《新文學史料》（北京）第一期。

2 〈沉醉〉作者歐坦生，一度被誤認為與藍明谷為同一人，後證實歐坦生為丁樹南原名。

3 「藍明谷」應為「丁樹南」，參見前註。

將軍族・序[1]

在外來勢力長時期慫恿下，台灣的民族分裂主義正假借這次的選舉，企圖攀上另一個台階，使原本保持寧靜中的不安的海峽，風雲詭譎，山雨欲來。

自一八九五年，日帝侵奪台灣長達五十年。而台灣的現代文學，正是在日本殖民地枷鎖下，作為台灣人民廣泛反帝救亡運動的重要環節而誕生、而發展。一九四五年到一九五〇年間，在日據末期遭到日本軍國主義壓制而萎縮的台灣新文學，在祖國全面的、民主革命的浪潮中甦醒，在台灣的省內外進步作家艱苦卓絕的團結與努力下，在文論和創作上收穫了初熟的、碩美的果實。一九五〇年朝鮮戰爭爆發，國際霸權主義對中國大陸進行反動封鎖，以武裝的大艦隊分斷海峽，並在島內全面、徹底地肅清日據以來愛國主義和進步主義的政治和文藝。於是一九五〇年以降的台灣文學，便是在新的殖民主義下民族分斷的總構造下顛躓地走來。

因此，收在這一本小說集《將軍族》中的小說表現了民族分裂歷史下各階段中，我青年時代

二〇〇〇年三月

變革熱情的挫敗；表現了因中國革命的風雨而流徙台灣的大陸內地人和台灣本地人之間的葛藤與戲劇表現；被外來思潮播弄的蒼白的知識分子；表現了外國跨國企業下人和民族的扭曲；表現了五〇年代為理想仆倒在法西斯刑場上的一代人；最近也寫了在民族分裂結構的悖理下，一個家族的悲劇。

在海峽形勢沉重的當前，在民族分裂的歷史尚有待於克服的現在，我這單薄的小說集子，畢竟得以先而飛渡海峽，在祖國大陸出版，心情激動，感觸尤深。

我曾說，對於作家，作品就像是據以向民族母親認祖歸宗的族譜和出生證明。

現在，我以因為喜悅而顫動的雙手，帶著那族譜和出生證明，帶著回家的浪子一身塵埃，呈給親愛的民族母親。

陳映真

二〇〇〇年三月十五日

台北中和

初刊二〇〇〇年七月解放軍文藝出版社(北京)《將軍族》

1　本篇為《將軍族》序文，該書收有〈我的弟弟康雄〉、〈家〉、〈鄉村的教師〉、〈那麼衰老的眼淚〉、〈將軍族〉、〈一綠色之候鳥〉、〈唐倩的喜劇〉、〈第一件差事〉、〈夜行貨車〉、〈上班族的一日〉、〈山路〉、〈趙南棟〉十二篇小說及〈陳映真寫作年表〉，為解放軍文藝出版社「百年百種優秀中國文學圖書」叢書之一。

讓歷史整備我們的隊伍[1]

一、台灣獨占資產階級政權的進一步發展

七〇年代到八〇年代中後，人們還可以把台灣資產階級分為：獨占性・大官商資產階級和零細的中小企業資產階級。前者指依附黨政特權進行資本積累，形成集團性資本，獨占台灣島內市場，假藉政黨恩庇進行價格、市場的獨占。

國營企業隨著台灣資本主義現代化，不能否認在法律所有權上屬於公有；其剩餘也相當一部分向公共部門輸送，帶著一定的國家資本主義性質，不能等同於一九四九年以前在內地的國民黨官僚資本。

黨資本有公私雙重性。在法律上它是民間社團所有，不具有國家公有性，但內部在法律上是國民黨集體所有。國民黨強權、長期統治，使黨資本得以享盡特權以積累，在所有制方面，

又有法律上集體性，與過去官僚（私人）資本又有一定差別。

六〇年代崛起於加工出口工業化政策的民間中小企業資本，一無特權庇護，二不能問津島內市場，三只能在美日台三角貿易中循環其資本而積累。

七〇年代至八〇年代中後，前三種資本（獨占性．大官商資產階級、國營企業、黨資本）與最後一種資本有較大的矛盾與區別。前三種資本為統治性資本，後一種是台灣資產階級構圖中的被壓抑的一方。七〇年代黨外民主化運動的動力主要來自最後一種中小資產階級。這個階級的政治代表，一般而言，是民進黨。前三者則為國民黨。

今年三一八選出新政權，台灣的階級結構不變，但政黨的階級內容有所移動。

三一八之前，在八〇年代中後，台灣戰後資本主義在國民黨「波拿帕國家」瓦解，還政於台灣資產階級之後，台灣大獨占階級蜂湧而來，全面掌握國民黨中央和立法院等政治機關。資本的集團化、肥大化、獨占化迅速發展。他們又要獨占島內市場，又因資本的邏輯垂涎大陸的市場與勞動，使他們在三一八前夕傾巢背棄李氏政權，強手介入民進黨，以陳氏為賭注，達到既能在島內獨占市場，又能破除「戒急用忍」，使其資本暢然到大陸循環與再生產。

三一八以後，中小資產階級的，財力單薄的民進黨，一夕之間為大獨占資本所搶占。陳水扁在接見許文龍的記者會劈頭宣告：「政府為企業而存在」，比台灣任何台獨派蛋頭學者都明確地說明了新政權必然的本質。

三一八之後，民進黨和陳水扁政權分別化身為台灣大獨占資產階級利益服務的黨和政權。民進黨將如《仙履奇緣》中的小家碧玉得到大資產階級「王子」的鍾愛而飛上枝頭，大獨占階級將對飢餓、諂笑的民進黨輸送大量的金錢，民進黨及其政府必沐猴而冠，依金主的形象全面改造它自己。

在八〇年代中後，獨占化的台灣大獨占體，勢必比過去更全面、更深入介入新政權，掌握政權機器為其資本之積累與集聚服務，從而使台灣戰後資本主義奔向「國家」獨占資本主義階級。

因此，三一八後的新政權，為台灣大獨占資本的政權進一步向台灣「國家」獨占資本主義（stamocap[2]）政權發展準備條件。台獨派長期以來以「外來政權」看國民黨統治集團，理論上幼稚，為社會科學所否定。

二、「超黨派」的官商獨占資本體的形成

如前所論，八〇年代後半之前，在政治與資本的關係上，勉強可以分為庸附國民黨黨政權力的亦官亦商的大獨占資本與規模小的中小企業資本的相對性矛盾（它們在剝削台灣工農而積累

的這一點上有同一性)。八〇年代中後，李氏政權進一步資產階級化，國民黨黨產進一步以交易持股，化整為零，與民間特權資本形成特權互利關係。九〇年代，民進黨人以立委身分投資大眾傳播、創投而肥大；新政權成立，民進黨組織與個人依憑特權發展資本主義企業，與獨占資本野合，乃大勢所趨。大獨占資本已經超越「黨籍」，完全依資本本身的邏輯結合，以新政權為它們統治工作的共同辦公室，成為台灣的最高統治階級。民進黨不但不能解決官商資本體的擴張，不能阻止黑金結構，反而變本加厲！

三、新政權延續前朝的新殖民地性質

一九五〇年以來，台灣一直是美帝反對中國革命、干涉中國內政、封鎖中國革命的工具。一九五〇年到一九七二年，台灣軍事依附美國，是美國國防的一部分，是美國亞太冷戰戰略的基地。在政治上，美國抹殺新中國，支持蔣氏獨裁，默許反共屠殺(白色恐怖)，一手炮製虛構的中華民國，此外，美國深入介入台灣農業、工業、財政、經濟，五十年來經由留學體制，大量培養親美的「協力精英」，在台灣進行思想、文化、知識，意識形態的支配。一九七九年後《台灣關係法》使台灣成為美國的附庸。

李氏政權延續了這個新殖民地體制。三一八後的政權，也只能蕭規曹隨。謂「台灣主權獨立」，是欺世之言。新政權必一如既往，遵行美帝反共、反華、反統、親美、與大陸「和平分離」的台灣政策。

四、新政權並沒有改變台灣社會形態（Social Formation）的性質

台灣社會史告訴我們，一九四五到一九五〇年的台灣是中國半殖民地半封建社會的一部分。一九五〇到一九六二年，土改完成，半封建性消失，資本主義工業化有所發展，成為新殖民地（美國基地化、附庸化）半資本主義社會。一直到一九六三年台灣完成依附性工業化，一九六三到一九八〇年代中，台灣是新殖民地資本主義社會。一九八〇年代中至今，是新殖民地獨占資本主義社會向新殖民地「國家」獨占資本主義社會的過渡與展開。陳氏政權，是李氏政權開始的台灣大獨占資產階級政權的性質之擴大與強化。台灣大獨占資本已全面統治著台灣。資本的「超黨派」是真，「全民」、「清流」的「共治」，則是一派謊言，至為明顯。

五、台灣變革運動的課題

如果台灣社會是新殖民地，台灣就不是什麼「主權自來獨立」的社會，就存在著反對美（日）新殖民主義，即民族解放的課題。

這課題包括：

——反對美帝對台灣政治、外交、軍事、經濟……的支配。

——反對《台灣關係法》，反對TMD、反對日美安保新指針，反對日本「周邊有事」立法，反對美帝在日本、韓國、沖繩的武裝駐在，並與上述各地反帝鬥爭團結。

——反對根深蒂固的美國意識形態、校園論述、大眾文化、知識和思想體系對文化、文學、知識的支配，批判美國化教師、教育體制、教材。

——反對作為美帝干預中國革命、炮製「親美、反共、反華、拒統」的台灣政策代理人——一切派別、形式的「台灣獨立」。

如果台灣是獨占（或「國家」獨占）資本主義社會，就存在著對新的官僚大獨占資本的批判和揚棄的課題。而在歷史的現階段，課題的第一階段，主要是：

——對於特權·官商大獨占資本在台灣敲骨吸髓的統治之揚棄、批判與鬥爭，發展以工人（農民）、中小資產階級為同盟與指導的、使資本得以相對公平、發展，反對買辦主義、反對官商特權政治獨占，反對黑金結構的民眾的民主主義（people's democracy）變革運動，進行民眾的民主主義的改革與變革，為進一步向社會主義過渡積蓄條件。

——廣泛形成工人、城市民、中小資產階級、獨立民族資本擴泛的反獨占的團結。

——強化階級運動的基礎上，發展獨立自主的、真正進步的、不幻想寄生或依托反動派「資源」的、廣泛的中小資產階級市民進步運動。

六、實事求是・整備隊列

實事求是要求台灣左翼認真進行對台灣社會史和當前台灣社會性質的科學的認識。無頭蒼蠅式的亂闖、「唯實踐論」、寄生利用任何資源論，都應該有認真的檢討與反省。

究明力量對比、敵我限界、方針政策，據此實踐，並在實踐中使認識更客觀正確、依據具體的方針政策，規畫各戰線的隊列、目標和戰術。

初刊二〇〇〇年三月《左翼》第五號，署名鄒議

1 本篇為「總統選舉論集」文章。

2 stamocap為「state monopoly capitalism」之縮寫。

二〇〇〇年五〇年代白色恐怖犧牲英烈春季慰靈祭大會・祭文[1]

在公元兩千年三月十一日的良辰，台灣地區政治受難人互助會和戒嚴時期政治事件處理協會的同志們、會員們和五十年代白色恐怖犧牲者的家屬們，聚集在您們一代民族英魂的靈前，點燃我們瓣瓣心香，表達我們深切的哀思和悼念。

五十年前，您們在國共內戰和世界冷戰的雙重結構下，橫遭殺害。為了打倒帝國主義和國內的反動勢力，從二十世紀二十年代開始，包括台灣同胞在內的中國人民前仆後繼昂然蹶起。無數中華優秀的兒女在救亡復興的運動中，犧牲了性命。一九四九年，當中國的民主革命在內地取得了全面勝利，在快速形成的東西冷戰局勢下，您們開始面對最黑暗、悲慘的命運。從朝鮮半島，到東南亞洲，到中南美洲，以美國為首的西方列強，結合各地反動勢力，在各地國家發動組織性暴力，對民族主義者、工農運動家、進步工農和知識分子施加廣泛的秘密、非法逮捕、拷問、審判和行刑，在戰後世界史上留下了大規模人權蹂躪事件的慘絕歷史。

而您們，就是在韓戰爆發後，在美國支持和默許下，一批又一批遭到秘密、非法逮捕、拷問、審判和處決，把您們那一生只許綻放一次的青春，獻給了民族的解放和新生的事業。然而，在法西斯統治下，您們一代人的歷史事跡長年遭到全面、徹底的歪曲和湮滅。您們的親朋遺族，遭到殘暴恣意的歧視和壓迫。

但是謊言和暴力塗抹不掉血淚寫成的歷史。一九九二年，兩百多座您們的英塚在荒煙漫草中出現。一九九三年，台灣地區政治受難人互助會的同志們開始每年分春秋兩季公開奉行悼念公祭。一九九八年，立法院終於通過了《戒嚴時期不當叛亂暨匪諜審判案件補償條例》，對五〇年代白色恐怖案件進行補償。至此，雖然存在著主流政治的歪曲，您們的歷史存在，終竟成為無法抹殺的事實。

然而補償申請的審查和補償金的發放牛步遲遲，有意為難。而五〇年代白色恐怖既為特殊歷史環境下政府發動的大規模人權蹂躪事件，本於思想、信仰、言論自由為人權基礎之義，就不應有「排除條款」、「匪諜」、「叛亂」等人權歧視性概念。凡此，都是我們今後要努力克服的目標。近年來，海峽的和平、兩岸的統一越來越牽動國人和國際的關注。港澳回歸以後，祖國最終完全的統一，已經排上我們民族的日程表上。五十年前您們為之奮鬥、犧牲的願景，已經臨到了實現的時刻。英靈有知。必為快慰。嗚呼！哀哉，尚饗！

初刊二〇〇〇年三月十一日「五〇年代白色恐怖犧牲英烈春季慰靈祭大會」活動手冊

1 本篇誦讀於二〇〇〇年三月十一日「五〇年代白色恐怖犧牲英烈春季慰靈祭大會」。

資產階級的辦公室和代理人[1]

一、兩個資產階級陣營論之今昔

一直到八〇年代中後，人們還能把台灣的資產階級大致分為兩類，即五〇年代農地改革後由地主豪紳變身的「四大公司」資本為核心，在嗣後五十年不斷肥大、增殖、集聚的，受到美國和國府從政策上、政治和金融上給予百般支持、恩庇和挹注而形成的財團、集團資本，和六〇年代加工出口貿易政策下，配合世界資本主義新分工，與美日形成三角貿易而積累的中小企業資產階級。一般而論，前者依附於國民黨得利，後者以民進黨為其政治上的代表。

隨戰後資本主義之發展，台灣的「國營」企業資本在法律上有公有性質，其剩餘投入在生產外，大量挹注於「國家」公共部門，有國家資本主義性質，理論上與一九四九年前國民黨官僚資本有別。「國有」資本依「國家」政權之性質轉移其階級屬性。李登輝時期台灣的「國家」政權「本土化」，表現為台灣大資產階級的統治機關，其「國有」企業的性質也一變而帶有台灣本地大資產階級性格，並在「開放國營事業」、「民營化」口實下，讓獨占資本大舉掌握原國家資本而益為肥大。三·一八[2]以後，台灣的國營資本將與政權的台灣獨占資本色彩之強化相應，表現出台灣的獨占資產階級的屬性。

而黨營事業亦然。就國民黨武裝流亡集團所集體所有的黨營事業，因台灣大資產階級篡黨而使黨及其企業性質轉變為本地大資產階級的。在台灣大資產階級私有管理下，以開放、交叉持股、吸納民資進一步資產階級化，從而與台灣獨占資產階級相揉合。向來台獨派主張「國營」企業、黨營企業為外來「中國人」獨占權力之經濟基礎之說，完全證明為謬誤之論。

而無論如何，若謂在八〇年代中後李氏政權登台之前，台灣大集團性、財閥性資本、「國營」資本與黨資本代表國民黨，而中小企業資本、一般不受權力、金融所特別恩庇之中小型資本的政治代表為民進黨，應無重大錯誤。

二、改變的不過是辦公室和代理人

三·一八選後，一般都說是「變天」，都說是新政權、新勢力取代了舊政權、舊勢力，實則不然。理由：

（一）從一九五〇年到一九八七年，台灣「國家」政權的性質，是個人高度獨裁、個人領袖對國家擁有高度相對自主性的「波拿帕國家」（Bonapartist State）。一九八七年後，統治階級，即台灣大資產階級而非個別的人和黨對國家擁有相對自主性。至此，「國家」政權只不過是統治的大資產階級的「辦公室」。三．一八以後國民黨和李登輝下台，民進黨和陳水扁上台，絕不是一場革命，也不是新舊時代不同的敵對的階級政權間的更迭，而是舊時代原來大資產階級間的連續與延長。這只要看見過去擁護李登輝國民黨並依恃國民黨權力而積累的大財團、財閥，如今一擁而上，成為為新政權出謀獻策的國師與顧問，足見一般。

（二）民進黨陳水扁的勝選，只有三〇％的選票，當然不能看成台灣中小企業資本、市民、中產階級對大財團獨占資產階級的勝利。社會和經濟實力與大獨占階級相差懸殊的、在選舉中偶然倖勝的民進黨，對大獨占階級的籠絡、滲透、利誘自然無法抵抗。如果敗選的國民黨政府是台灣大獨占階級所不要的舊辦事處和想要終止契約的舊經銷代理人，則勝選的民進黨便是台灣大獨占階級要擴建加蓋、重新裝潢進駐的新辦公室和新選的代理人和經紀人。台灣政權的階級性格兀自不變，一仍是台灣大獨占資本的政權。對於台灣工人而言，天遠遠還沒變，天也遠遠還沒破曉，台灣政權依舊牢牢握在大官商獨占資本的手中。

（三）八〇年代中後，民進黨在中央取得若干立委議席，在若干地方取得地方政權。在台灣政經生態中，這些職位成為金融、證券、土建、交通等資本爭相籠絡、結合、賄買的對象，其中一部分將遊說、酬庸所得投資而資本化，並依恃民代、地方政權的特權而擴大積累。至九〇年代，民進黨籍資本向大眾傳播、創投公司等較大產業擴張，三・一八以後，在政權恩庇下，民進黨大官商資本和官商資本家之膨脹勢必如虎添翼，而在新政權下，既有大獨占資產階級與民進黨籍私人資本的勾結亦勢所必至。財務窘迫，在取得政權後亟待擴張黨務、黨組織的民進黨，也勢必成為大財閥有目的的賄買、捐買的對象。民進黨的階級性格向大獨占資本的轉化，理所當然了。而不惟如是，大官商獨占資產階級更深入掌握了民進黨政權後，這些大資產階級會更方便、更不隱諱地利用手上的政權機器，利用政策與權力積累與集聚，使台灣進入「國家獨占資本主義階段」。

因此，正式就職前，陳水扁曾宣稱繼續反對核四建廠，向工人允諾縮短工時，支持獨立工會等等，由於這和助他取得政權，將來又有賴於其金錢挹助的大獨占資本的利益絕對矛盾，這些承諾之落空、跳票，恐非無據的臆測。

三、沒有改變的新殖民地社會形態

一九五〇年韓戰爆發，美國的對台政策轉變為使台灣成為美國圍堵中共的戰略基地，從而炮製一個「代表中國」的中華民國。從此，美國深深支配著台灣的政治、軍事、財政、外交，使台灣在現實上成為美國的新殖民地，台灣在政治外交上與美國亦步亦趨，在「國防」上成為美國國防的一部分，使台灣一旦離開美國的支持就全無「國防」可言。在文化、意識形態和學術上，台灣一直受美國文化意識形態的統治。一九七九年後，美國國內法使台灣成為美國的保護地區，美國儼然台灣的宗主國。蔣介石時代與大陸的反共對峙，李登輝時代的反共拒統＝以兩國論進行一中一台、兩個中國，以及其他「住民自決」、「中華民國主權早已獨立」、「公投決定台灣前途」等形形色色的台灣獨立，兩個中國和一中一台的主張與運動，莫不是美帝國主義強欲塑造台灣為親美、反共、與中國分離，維持台海「和平分離」的新殖民主義政策的組成部分。而陳水扁和民進黨，正是美國此一干涉中國的反動政策下的產物。

四、反帝反獨和民眾的民主主義的反獨占同盟

三・一八還沒有改變台灣社會之官商獨占資本主義的性質。在這樣的社會，大官商獨占資產階級、政商黑道資產階級統治著台灣。反對獨占資本主義，就要組成工人、農民、進步的市民、小資產階級……形成廣泛的反獨占同盟，發展以工、農、進步的市民和小資產階級為核心的、民眾的民主主義（People's Democracy）的變革運動，反對特權獨占，反對官商／政商資本、反對黑道與政官間的政治與經濟的結合，發展獨立自主的工會，爭取充分的勞動三權，發展獨立自主的、進步的小資產階級市民運動，先爭取反對獨占的、人民民主主義的變革運動的勝利，為將來向著某種社會主義變革轉移準備條件。

台灣社會的美帝下新殖民地性質，首先要求我們反對美帝國主義形形色色的台灣分離運動，發展反帝的、一個中國的反獨促統的共同戰線。台灣社會的美帝下新殖民地性質，要求我們反對美帝國主義的文化殖民主義政策，也要求我們反對美帝國主義在廣泛東南亞和南亞的帝國主義軍事、政治、外交和經濟干涉，並與全亞洲反對美日帝國主義的鬥爭團結一致，為克服帝國主義，克服帝國主義干涉下的民族分裂，增進亞洲與世界的和平、進步與發展而共同奮鬥。

初刊二〇〇〇年三月－四月《勞動前線》第三十一期

1 本篇所刊載之《勞動前線》第三十一期為「2000年五一勞動節特刊」。

2 指二〇〇〇年三月十八日陳水扁代表民進黨勝選，為台灣首次政黨輪替。

夜霧

丁老從廁所出來，才聽見客廳裡的電話響著。耳朵背啦。不知道它響了多久呢。丁士魁對著自己嘀咕著，走向被落地窗的光線打得通亮的小客廳，腳底下又深怕老化的膝關節讓他跌跤，不敢快步。

「喂。」丁士魁拿起話筒說。他聽見竟而是女聲在電話的對頭說：

「喂。」

「喂。」深深地坐在沙發上，丁士魁說，有些微喘氣了。

「丁老。是我呢……」

「……」

「丁秘書，是我呢，月桃。」

「噢！」丁士魁訝然地說。

邱月桃於是恭敬地問他，「如果您有空……想來拜望您。」但沒等丁士魁回答，邱月桃就說：

「清皓哥，他留下了一些……寫的東西。」

「什麼東西？」

「寫的東西。橫豎我也不懂。但就是覺得應該交給丁秘書，比較妥當。」

丁士魁約定她在下午兩點鐘左右來，掛掉了電話。

落地窗外是暮夏近午的時光。他手植的細竹，把薄薄的綠色的影子打在窗簾上，隨微風靜靜地搖曳。

丁士魁的老妻在十年多前過世了。一個兒一個女，分別住在美國東部和中部，一個就業，一個讀書。這於今日的台北市已經罕見的、他獨自居住的日式木質房舍，被一個每周來清掃一次的越南女傭打理得窗明几淨，在暮夏近午的小院子裡老樟樹的樹影下，顯得尤其寧靜和寂寞。

丁士魁把瘦削卻頎長的身體嵌進那暗紅色的、半舊了的沙發，緊緊地抿著沒裝上義齒的嘴，沉默著想起了李清皓的喪禮。

三個月前，他到市殯儀館裡一間小禮堂，參加李清皓的告別式。李清皓住在加拿大的妻子和兒子回來料理後事。小禮堂裡的座位即使坐滿了，也不過十來二十個人，而況也沒坐滿人。

丁士魁沒看見局裡有人來，不覺默默地張望的時候，李清皓的妻子小董認出了他，就緩緩地走了過來。

「丁秘書。」小董說，而她原本漠然的眼睛，遂逐漸紅了起來。

他拘謹地、輕輕地拍了拍小董的肩膀，在禮堂裡縈繞著的、薄薄的線香的霧中，沉默地陪著小董，坐在前排。

李清皓的放大了的彩色肖像，被鑲在插滿了白色的大百合與康乃馨的鏡框裡，掛在靈堂的中央。理著平頭，在暗暗的眉宇下，一對溫和的、不大的眼睛，彷彿在全心全意地盯著丁士魁看。這應當是三十多年前李清皓初到山莊受訓時證件上用的標準照片去放大的了，丁士魁想。當時，李清皓看來年輕、精神，臉上不胖，卻顯得飽滿。但半年多前見了面的李清皓，蒼老、萎靡、消瘦，乍見幾乎認不出人來。

「局裡，有人要來嗎？」他低聲問坐在一旁的小董。

小董輕輕地搖了頭，低頭去把手上的手帕無謂地疊成小方塊。丁士魁忽然想到，聽說了李清皓是自己尋了短路死的，估計遺族因而不願意把喪事辦得張張揚揚吧。

「他早不在局裡了……」小董細聲說。

「嗯。」

李清皓自台北C大畢業，因為長了鴨子一般平板的腳底板，不要他當兵服役就考到局裡來了。以C大生的程度，筆試自然出眾。招那一期學員的時候，丁士魁剛升調九職等秘書，年輕的李清皓歸他口試。口試前，丁士魁看過卷宗裡的自傳、簡歷：岡山眷村一個老少校的兒子。C大法律系畢業。

「沒想過到國外深造嗎？」丁士魁記得，當時他把看卷宗的眼睛抬起來，這樣問。

「家裡，沒有條件啊……」

李清皓說著，以他那溫和的眼睛直視著丁士魁，卻對他那「沒有條件」供他留學的家庭毫無怨懟之意。丁士魁看見他那烏黑、剛硬不馴的頭髮，打著薄薄的髮蠟，在他的左額左右兩邊梳開來。在略嫌小了的領子上，蹩腳地打著一條舊的領帶。穿著雪白的、短袖襯衫的李清皓，看來就誠實、憨厚，竟而給丁士魁留下了印象。

「說一說，為什麼想考進我們局……」

李清皓沉默了片刻，溫和地、彷彿理所當然似地說：

「報效國家……做一點有意義的事。」

世上有一種天生正直的人，坐在靈堂裡的丁士魁這樣想著，天生的正直，但絕不是拿自己的正直處處去判斷別人，不肯饒人的那種正直。李清皓這人就是。丁士魁默默地凝視靈堂裡的遺像。想起了那年夏天，李清皓考過了關，來山莊報到受訓時，把鋼刷似的他的不馴的頭髮理成了平頭，站在他跟前微露門牙而笑的、對新的生涯充滿了熱情的年輕的臉龐。自己在這種機關過了大半輩子，應該早就看出李清皓不適合幹這行，他想著，竟而有一層悔恨，不覺歎息了。

1

因為老人常見的攝護腺腫大問題，丁士魁感到似有似無的尿意逐漸困擾著他了。他於是又起身上洗手間。被越南女傭打理得乾乾淨淨的洗手間的磁磚地板，反映著窗臺上養著的一盆黃金葛的綠色的影子。當他終於按下沖水的把子，在潺潺的沖水聲中恍惚又聽見了電話的鈴聲。他連忙走出洗手間，卻發現屋子裡依舊在暮夏的中午裡寂靜無聲。每每遇到這情形，丁士魁老是無法弄清楚：究竟是電話響了、他沒來得及接就停了，抑或電話根本就不曾響過，只是他幻聽罷了。

他重又坐在沙發上。伸手可及的電話機旁邊也養著一小盆精神得很的黃金葛。都十多年了，他想，李清皓第一次帶月桃來看他，月桃就帶來一盆生發昂然的黃金葛送給他。愛好園藝的丁士魁，幾年下來，把那一盆黃金葛分成了四、五盆，養在院子裡老樟樹的樹蔭下。客廳的這一小盆和洗手間裡的那一盆，也全是月桃的那一盆分出來的，至今率多長得昂揚鬧熱。

山莊結訓以後，李清皓派到桃園的一個站裡工作，但由於個性老實、謹慎，工作積分偏低些，但他幹得還很熱心。二十七歲那年，也不知怎麼的就和小董結了婚，還特地央請他這個丁秘書去證婚。然而由於某種做長官的人不便於聞問而無法知道的理由，李清皓和小董雖然分別對他敬若父執，但他們兩人就是怎麼也合不來，有時甚至勢若水火，弄得兩人都痛苦不堪。

那一年，美國斷然在外交上捨棄了台灣，政局大為震動，局裡忙著抓思想、言論不穩人士。第二年冬天又爆發了K市事件，局裡一下子「請」進了一大批人。李清皓參加了偵訊工作，前前後後忙了一年多，人竟瘦了一圈。神色變得疲倦而沮喪。丁士魁看出沒日沒夜的工作對李清皓的心靈造成強大的震動。

「小董她好嗎？」

有一回，只剩下兩個人的時候，想著隨便找個話題，逐漸疏導工作造成的壓力，丁士魁漠然地這樣問。

李清皓沉默地苦笑。「還可以吧。」他說。

「也許，生個孩子，兩人行許[2]就會好一些。」

丁士魁像一個擔憂的父親，這樣說著，卻不覺感到話語的奇突可笑。

「丁秘書，我想出去讀幾年書。」

李清皓忽然說，神情肅穆。

和美國斷了交，繼之又是震動全島的K市事件，對於局裡年輕的調查員，暗自形成了一種震撼。丁士魁望著陰雨的窗外，想著這個無論如何也不適於端這個飯碗的年輕人，沉吟了半晌，吩咐李清皓寫離職深造的報告。

「你上個報告，我簽轉。」

丁士魁說，便兀自默然起身，撐起黑色的雨傘，走進迷濛的雨中，留下茫然如失的李清皓，枯坐在空無一人的大辦公室裡。

第二年秋天，小董和李清皓來看他。小董的懷中抱著滿月不久的男嬰。

「丁秘書，我們下個月動身，到蒙特里奧。」李清皓說。

丁士魁欠著身專注地看著在母親的襁褓中沉睡的嬰兒。

「好看的小子呢。」他說著，把身子坐直了。「好好讀書。」他板著臉對李清皓說，「我在局裡說過了，讓你在那兒兼點工作，多少有點津貼。」

「謝謝丁秘書。」李清皓說，「我們，想請您為孩子取個名字。」

「嗯。」

丁士魁漫應著，竟笑了起來。

「不著急。等丁秘書想到好名字，電話告訴我們。」小董說。

然而，甚至於生了一個孩子，又甚至於兩人在人地生疏的異國相守，都沒有挽救他們那終於破滅的婚姻。四年之後，李清皓拿到法學碩士，小董在蒙特里奧城區一個香港人開設的會計事務所找到待遇豐渥的工作。他們終於協議分居。孩子歸於小董。李清皓索性立刻收拾了三件行李，隻身回到台灣。

由於李清皓暗暗地不想靠局裡的關係找工作，頂著一個洋碩士，卻仍舊到處碰壁，找不到吃飯的活。約莫過了半年，李清皓終於坐在丁士魁家那光線充足的小客廳。

「局裡的研究部門要一個人。」丁士魁說。

「是。」李清皓無力地說，捧著杯子喝半涼了的茶。沉默了一會，丁士魁說：

「我知道你不想回……」

「那時，小董鬧著要分，部分原因，她不喜歡我的工作。」

「你也別提小董。」丁士魁皺著眉說著，歎了一口氣。「主要是你自己不願意。」

「……」

「別的不說了，現實上，你需要一份工作。」丁士魁說，「在海外拿了人家四年的津貼，總要盡一點義務。何況要你搞分析研究，不是辦人……」

李清皓於是懷著無奈，回到局裡，默默地上下班。

第二年的夏天，李清皓大學裡的一個同學找他幫忙。同學在崙背鄉下一個親戚的女兒嫁錯了人，十幾年來弄得走投無路。說是那女婿是個流氓。平時一不順心就拳打腳踢、成天花天酒地，也就罷了。他去和地方上體面人合夥蓋房子賣、開輪胎店，錢周轉不動了，他就用他女人開戶的支票到處去搪塞，票子退了，連鄰縣的商人都來逼債。這個叫作邱月桃的苦命的女子，不能不為丈夫濫開的支票逃亡躲債……邱月桃躲起來包粽子、做肉丸子賣，開小裁縫鋪，把沒日沒夜掙來的錢分成一筆筆還債。但那不良的丈夫總是揮霍胡為，一次次丟給她沉重的債務，還時不時找上門來要錢花費。

李清皓給崙背的站上掛了電話。不到一個月，那流氓判了刑，邱月桃贏了離婚訴訟。至於債務，地方建商和地方的情治單位利益共生，關說之下，七折八扣，很大地輕減了邱月桃的債負。又將及一年，在寶慶街靠圓環的一棟陳舊樓房的三樓租房子，開一爿小裁縫鋪的邱月桃，怎麼地就和李清皓在一起了。帶著一盆綠意盎然的黃金葛，低眉拉著李清皓的手，雙雙出現在丁士魁家的玄關，就是那個時候了。

門鈴響的時候，丁士魁一邊抬起手腕看手錶，一邊出去開門。準兩點。即使老樟樹成蔭，院子裡一仍是暮夏的悒熱。丁士魁開了木頭做的舊門，不料看見一身黑色、洗盡鉛華的邱月桃。丁士魁把她扯進了客廳，隨手打開冷氣機。

「丁秘書怕冷氣吹，就不用開了。」她說，一邊用手絹輕輕地揩著額頭、鼻尖和脖子上的汗珠。「開低冷，送小風，我就不怕了。」丁士魁說。

她坐在他的斜對面，背著落地窗的光。邱月桃不算是一個好看的女人。她的鼻子微塌卻結實，眉毛生得淡，以故把眉畫得尤其的深。她的單眼皮看來有一點土氣，但看久了，卻不是沒有一層淡淡的嫵媚。

「清皓的喪事，沒有張揚地辦。」他說，「但也算簡單、嚴肅了。」

「嗯。」她說，低下了頭，「我去看過了。」

「啊。」

「我躲在隔壁別人家的靈堂看。」她說，「我看見您在張望……我站直了，想著您若看見我才好。」

「你去了。」丁士魁喟然地說。

他想起喪事前兩天，邱月桃打電話來。

「我想去殯儀館。清皓哥他會要我去的。」她說著，安靜地哭了。

丁士魁委婉地說，「那恐怕，恐怕不方便吧。」他說，「小董帶著她兒子回來了……」

「他們母子回來，又怎樣了。」月桃幽幽地說。

她說她不是要跟小董爭名分。「沒有名分，我不也死心塌地跟了他十多年。」她說，「這幾年清皓哥病了。可憐哪。還不全是我陪著他，先後在幾家醫院進進出出。」

丁士魁默然了。

「丁秘書，對不起，我只是覺得，清皓哥他，在禮堂看不見我，一定會害怕。」

丁士魁聽著電話的另一端的月桃呼呼地擤著鼻涕。他覺得不讓月桃去殯儀館，不論如何，是理虧了。但他只能呢喃地說：

「清皓什麼都知道的。他知道你對他好。」他說，「清皓知道的。」

邱月桃沒說話。丁士魁聽到了從電話筒裡傳來的隱約的市聲。

「月桃。」他說。

「丁秘書，其實，我不會去的。」她平靜地說，「就是不去，不好去，才打電話。」

「……」

「我只想讓您知道，我多麼想去。」她於是哽咽了。

「我知道。」丁士魁沮喪地說。

「再見。」

她掛掉了電話。丁士魁像一個犯錯的人忽而被憐憫地寬赦了那樣，懊惱又有些羞愧。

盛夏的明晃晃的日光，把院子裡的兩盆桂花和落地窗的窗櫺的影子打在客廳的牆上，但客廳裡卻是滿室人工的涼爽。

「我還是去了。對不起，我按捺不住。我央了那清皓哥的同學，我崙背家的親戚，帶了我去殯儀館。」她說，「我偷偷地站在那兒，心裡不停地叫喚著，清皓哥，我在這兒送你哩，你不怕，不害怕……」

丁士魁為她斟茶。他們都沉默了，似乎都在專心傾聽著冷氣機輕微的、嗡嗡的聲音。

「這兩年來，清皓哥變得特別容易害怕。」她說。她說她出去買菜，李清皓就可以在家裡淌著冷汗怕她遭什麼不測的災禍，直怕到她進了門。颳風下雨他也怕。「他也怕為什麼他會沒來由地怕這、怕那……他怕壞了。」她說。

「怕出門，怕人多的地方。」她說，「您看，他不在局裡多少年了，還怕人家把他找回局裡去，書也不能教。」

那些年，林家血案的祖孫公開發喪，黨外公然為之嘯聚，接著，上峰竟公開宣布蔣家此後再「不能也不會競選總統」，又接著是突然宣告成立了反對黨，旋又爆發桃園機場闖關事件……這些都像一波又一波強大的風浪，搖撼著人們的生活和思想，局裡也不例外。就是這時候，李清皓默不作聲地找到了一個專科學校教書的工作，來找丁士魁幫他辭掉局裡的工作。

「清皓哥每次提起您，就像提到他親生的爸。」她說。

「真對他好的，其實，就是你。」丁士魁說，「他都知道，知道你的好。」

邱月桃在她的大皮包裡找面紙，低著頭擦淚。

「我沒碰到清皓哥，就一生也不會知道女人被一個人疼著，是怎麼回事。」她說。

邱月桃說她也知道自己命苦。「可是碰上清皓哥，才知道自己從小到大，竟而從來沒有被人疼過。」她說，「是他，對我好……」

這時丁士魁又得去洗手了。他一邊解手一邊想著，新的調查員，只消到幾個地方上的站裡繞幾個圈，大抵酒色財氣全習慣了，但就是李清皓楞頭楞腦，叫人掛心。現在他走了。丁士魁覺得李清皓就像一個要結案歸檔的卷宗，反正從此就要封藏起來了。他從洗手間出來，到小廚房冰箱裡倒了兩杯橙汁，卻看到客廳的茶几上多擺著一綑大紙包，一時不知把給月桃的橙汁擱在哪兒的時候，她連忙伸手來接了杯子。

「清皓哥留下的東西。」她推了推大紙包說。

「哦。」

「像是日記什麼的。」她說，「我讀過了。裡頭記著不少私事。但他就像是您的兒子，也就不必遮攔了。」

邱月桃說這兩年多以來，李清皓的病時好時壞。好些的時候，他就寫。

「看見他趴在那兒寫字，我就知道他的精神好些了。他寫了，就鎖在抽屜裡。」她說，「他走了以後，我開了鎖。我書讀得不多，讀了也不全明白。」

她說她原本打算讀過就燒了。「想了幾天，總覺得燒不得，又總覺得不能留下來萬一讓別人讀了。」她以尋求答案的眼光凝視著丁士魁，「後來突然想到交給您最合適。您讀過了，聽您要留要燒。」

「清皓是可以寫點東西。」他沉吟著說，想起來在山莊受訓時，李清皓寫的勵志廣播稿，寫得最生動、鮮活。

「清皓哥一直都當您是他父親。」她站起來告辭了，「交給您，我就放心了。」

她終於淺淺地笑了，露出了結實卻長得有些錯落的門牙。

丁士魁花了幾天的時間，讀完了那一大紙包的李清皓的日記。但丁士魁以為其實那又不能稱為日記，而是一些慌亂的回憶、糾結、和內心思想感情的葛藤的劄記，一些在工作上適應不良引起的憂煩與矛盾的紀錄，既未署明日期，又並不全是逐月逐日的記事。到了發病以後，記載更不免其凌亂，語言也恍惚雜亂了。

然而，月桃竟而是個伶俐的女子，丁士魁想。李清皓這些東西，固然是扯不上多大的安全顧慮，但也確實很不宜於流落出去。丁士魁又復花了幾天的時光，把這些資料細加整理，大量汰去不很相干的東西，思忖著要附上一個報告，呈到上面去。把汰除的燒了，把選出來的呈上去專卷研究存檔，這件事就結了。

1

還是無來由的心悸和胸悶。

前天半夜裡，好不容易睡了，忽然覺得身上有千斤大石壓著，直欲窒息。我睜開眼睛，四肢乏力，怎麼地也叫不出聲音。心裡想，人就要這樣死去的嗎？我聽見在窒息中即將停止而奮力掙扎的心跳，砰砰地彷彿打著我的耳膜，震耳欲聾。我感覺到從來不曾知道過的大恐懼與大黑暗。

將近一年多了，老是睡不好覺。我以為，失眠最是要害了。耳鳴，爬樓梯只爬兩層就喘氣，乏力……這些一定都是長期的失眠所造成的。每天上床，就開始著急，害怕又整夜睡不著，使我全身僵直，膝蓋以下發冷，大半夜都暖不起來。

漫漫長夜，失眠了就不能免於翻身。這個月裡，月桃趕好幾套衣服，日夜忙碌，還需分半個心在一旁為我的健康發愁。晚上她登床來的時候總在凌晨翻點時分，我總是佯為熟睡。

每夜，月桃總是把她的臉靠近伴睡的我的臉，觀察我的睡眠。有時候，我甚至感到她的鼻息吹拂在我的臉頰上。「清皓哥，」她耳語似地呼喚，而後獨自對自己說，「睡了就好。」她然後很快地在我的身旁進入了夢鄉。整個黑暗的臥室，就只剩下鬧鐘的機械的切切之聲，以及月桃令人羨慕的、酣睡的鼻息。

為了不至於弄醒她，我越是全身僵直，不敢動彈。然而，失眠就不能免於翻身。迫不得已的、小心翼翼的翻身有時果然沒弄醒她，但有時也把她驚醒。「清皓哥，你又沒睡嗎？」她帶著濃重的睡意，夢囈似地說。這時我總是裝睡，以緩慢、深沉的鼻息安撫她。而她總是又一下子在我的枕邊沉睡了。

這樣的時候，我總是最悲傷和痛苦了。我背向著她側臥著，感覺到無際的孤單、害怕，有時竟也獨自流淚。

我疑心我已重病。胸悶已經過了一年了。

但上個月花了大半天去掛心臟科，做了幾項檢查，一個禮拜後去看結果，那年紀輕輕就在鼻子底下留一撇鬍髭的、肉白的醫生說，「你什麼病也沒有。至少心臟是好的。」

我極為憎惡他那時驕慢自信的樣子。

2

學校的周老師熱心指導我靜坐，已經三個禮拜了。他說靜坐保證能治因失眠引起的煩悶和心神渙散、四肢乏力。上星期，月桃恍然大悟似地說，精神萎靡、身體無力、失眠耳鳴，其實就是民間所說的腎虧。她於是一口氣抓了七、八帖中藥，不論裁縫檯上有多忙，一定親自一天煎兩次藥讓我喝下。

靜坐總是不行。滿腦子都是不連貫的事，紛紛繁繁，胡思亂想，怎麼也靜不下心來，卻反而感到自己終究怎麼也靜不下心來而悲痛和憂慮。那又濃又苦的中藥汁，看來也沒有什麼功效。

然而，我沒有對周老師和月桃說的是，近來除了窒悶、心悸，有時還感到某種無來由的焦慮和不安。我估計我已經得了絕症，病入膏肓。我看報紙的衛生版，就知道我胸悶、胸痛、心律不整和顏面潮紅，準是心肌梗塞和別的什麼病加到一起。想到下一個月考就要輪到我出共同科的考題，我就惴惴不安，不知道怎麼辦才好。

昨日半夜，我偷偷起來靜坐，糊塗中，也不知道竟坐著睡了，還是終於通了經絡，醒過來，繼續閉目而坐，怎麼就覺得清明朗爽。我坐著想，悄悄地問自己，我為什麼害怕，憂愁著些什麼……問我自己，鼓勵我自己慢慢想，這十年中，最早，什麼事讓我怕，讓我擔憂……

想著想著，想到了那些年。

在那些年，先是因K市事件判了刑、在監執行的一些人，政府把他們分批釋放、假釋了。當年我們在偵訊室裡費多大的工夫，之所以把一干人的口供，勉強按照上頭的需要，將人犯敲敲打打，湊成一個大政治陰謀事件，明裡暗裡，總有一個大前提：這些人一送到牢裡，起碼也要十年二十年，永無翻身之日。現在上頭怎麼就把這些當年他們要我們不擇手段送進去的人全放了，猛虎出了柙了。「壞人」、「國民黨特務」的帽子讓我戴一輩子，上頭的人卻去充「開明」、「民主」的好人。

這是個什麼局，我逐漸害怕了。

接著不久是桃園機場闖關事件。那時候，局裡給了我一張桃竹苗地帶「陰謀份子」的名單，要我去現場錄音、跟監。那天嘯聚的民眾少說也近一萬人。警憲用水柱沖，便衣用棍子打。但不料對手竟有了一個新武器，輕便型錄影機。他們拿錄影機搞反搜證，拍偵警打人，和我方錄影搜證的人員對著拍。特情人員的大戒，首先是不能讓自己的形貌曝露。後來聽說有幾個同志倉惶躲避對方的鏡頭，被群眾判定是「國民黨特務」，有落荒而逃的，有挨了打的。

我盤算，在人群中，我定然也被他們拍下來了吧。事後想起，將來有人認出來，我該怎麼辦？為此，我悒悒很久，甚感憂慮。

就只兩個月前，陰謀份子一哄而上，發動突襲，宣布組成政黨了。這之前，局裡就很緊張。許多「內線布建」，甚至「偵破布建」的人，不斷地從他們的核心送來大批緊急的情報，敵人組黨，箭在弦上，我們都明如燭照。雖局裡不眠不休，不斷向上反映，卻遲遲不見果決打擊的意志和命令。這個幾十年來不計代價、一定要加以撲滅的、很有被「共匪利用」之虞的不祥組黨運動，竟然也就眼巴巴讓它組成功了，闖過了關，平安無事。那最高、最高的上頭，依我來看，顯然手軟了。局裡的人議論紛紛，不能理解。有一個老調查，趁著酒瘋，據說就問副局座說，「我們這些黨國鷹犬，日後還要不要幹？」

就是那些時，我頭一次感到晨起時無緣故的、極端的沮喪。月桃為此憂愁不已，還到處求神問卜。

及至到了第二年一月，小蔣總統逝世了。我於是明白，一個時代已經結束了。等到專科學校的教職敲定了，就打定主意請丁秘書幫我辦理辭職。

想著想著，我終於想到了，就是在那些年裡，我第一次日復一日感到靈魂深處無邊無涯的害怕和解不開的憂慮。那些年的起因於外在具體事件的恐懼和憂悒、又逐漸汰盡了具體的內容，長年以來，竟而成為沒有具體內容和面貌的、無來由的驚悚和焦慮了，人生變成一片沉重的黑暗。

然而，回想起來，離開了局裡，去S專當講師的頭幾年，是多麼的幸福。雖然學校的薪水遠遠沒有在局裡拿的多，我和月桃常常約在一個德國館子吃飯。月桃愛它的各色德國香腸，我則愛它的德國啤酒。我們一起去看電影，開車到石碇鄉買文山茶葉。

那時候，啊，陽光燦爛，鳥語花香。如今卻一日日沉落於陰冷的憂悒，有時鋪天蓋地的黑暗的絕望，若大海汪洋，直要人窒息滅頂。往日難再的幸福，多麼叫人羨慕和嚮往。

啊，月桃，我一定要振作起來，重新找到那燦然的陽光才好。

3

今天月桃陪著我到士林的R醫院看腦科。幾年來頭部悶痛，近來則轉為突發性劇痛。發痛的時候，竟而可以痛到嘔吐，眼內壓力升高以至於覺得眼球要爆了出去。一個多月來，我曾到N大學醫院看病，檢查腦波，做了腦部的核磁共振造影，但醫生卻只會苦惱地說沒病。明明發作時頭痛欲裂，怎麼就能睜著眼說沒有病。我很疑心長了腦癌，醫生不肯說破罷了。但醫生說即便是初生期的一丁點腦瘤，絕對逃不過核磁共振造像的法眼。我張大眼睛看著看片箱上兩大張一格一格把我的腦部割成一層層切片照出來的相片，但覺得自己竟能看見自己腦部的幾十個切片圖而驚歎不已之外，也看不出什麼道理來。醫院開給我的藥，他們也明說，主要是止痛藥、維他命，再就是鎮靜劑。我患的明白是必死的腦癌，叫我吃這些平常藥，就不知醫生是何居心。月桃苦苦勸我吃藥。我苦口向她解釋我不吃的原因，她只會急得哭。「你不會是腦癌的。光只說人經年失眠，就會整得一個人頭痛。」她說。她說我真是腦癌，她也不要活了。這我們才合意改到著名的R醫院去看，透過她一個顧客的關係，掛上了號。

這個醫生據說是腦科醫學的專家。他挺親切，問診十分詳細。他也開了單子叫我去檢驗部排日程做四種檢查，一個禮拜後做結論。

我感到鼓舞。但是細細地想，若結論又說沒病，我必又不信，必又去找別的醫院。這兩年我跑了多少家醫院，看了多少種病……但是若說我果然是腦癌，往後我身心交瘁的日子要怎麼過？

我於是隱隱約約地想到了死了。而想到了死，慢慢地竟想起一些內疚的事，不能釋懷。要是死了，月桃一定傷心欲絕吧。這就越發想到了我唯一的一次對不住她的一件事。

和月桃在一起了不到一年，台北縣的一個「文化據點」偶然間從一個大學社團裡的一張小紙條，扯出了一個「愛國先鋒黨」的案。為首的竟是一個退伍的單少校，為副的則是我母校C大學的研究生。那單少校高瘦個子，皮膚皙白。這樣一個文弱的「軍官」，居然把非法組織擴大到大學生、中學生、社會青年和軍中青年裡去。偵破時，陸陸續續請進局裡來的青年就有二十來個人。他們主張，政府裡除了蔣總統一人，其餘黨政官僚都是貪汙無能、禍國殃民之輩。他們在大、中學校、軍中、社會上組成「愛國先鋒隊」，要推翻政府，「清君側」裡的共產黨和台獨。他們甚至兩次在海邊「檢閱」「先鋒隊」。內線拍下來的十九張照片，早就送到局裡，讓看過照片的長官搖頭苦笑。

單少校看過抗戰時期翻譯的希特勒的《我的奮鬥》。他在偵訊室裡聲淚俱下，說再不除貪鋤奸，消滅共產黨和台獨，政府覆亡只是旦夕間事。局裡的一位專委，很快地設計了一套偵訊方針。我們幾個小調查員上去搞車輪偵訊，眾口一辭，都說我局工作和主張和單少校完全一樣，苦心孤詣，專打擊蔣總統身邊的奸佞，對於單少校的愛國憂國，對於涉案青年們對領袖、國家的悃悃孤忠，十分感動。而單少校果然數度泣下，像是見了親人似地，一五一十，把該說、該供的，連同不必說、不必供的，洋洋灑灑寫了三大卷供證。

但誰也沒料到這麼一個幼稚、荒唐的案子，卻很獲上頭的重視，送軍法不久，判了單少校死刑，其餘四個無期、六個十二年，其他十年、八年、感訓不等。這樣的結果，連局裡長官也沒料想過。

處座這就立了大功。判決定讞後，處座請來了兩位縣地方上土木建築商人出來會帳，另外邀請了縣裡團管區、黨部、警局各長官和我黨立委大宴狂歡以慶功。酒女不夠，還特地到鄰縣動員……酒色喧嘩。

我的酒量小，很快就醉了。處座興致高到極點，一定要酒女各拉一個人去開房間。

就那一回，我和一個滿嘴菸味的女人進了房間。原來有多少年以為只不過逢場戲，沒放在心裡，只覺得全處官長部屬集體瘋狂，自進局工作以來，很長了見識。不料近日來，想著和月桃的日子將盡，極覺得那一回我竟背叛、欺騙了月桃，愈想愈是惴惴難安於心，又羞惱，又悲傷，對自己感到說什麼也不肯原諒自己的不齒，弄得失眠和頭痛加劇。

4

上禮拜四去R醫院看檢查結論。醫生說腦部查不到具體的疾患，倒查出高血壓來。醫生說收縮壓和舒張壓皆明顯偏高，自然有頭暈的症狀。他判斷我的病由心因引起，甚至建議我不妨到精神科掛號。

我對這些自作聰明的醫生感到厭煩。我心裡冷笑。頭痛、高血壓、腸胃悶痛……都是生理症狀、器質性症狀，卻可以硬說成心理症狀、心因性疾患。

我忽而想到局裡研究部門曾有一項調查，說律師、醫師、會計師之中，台獨思想比較普遍。我逐漸不能不憂慮他們終竟看穿了我的工作歷史了，有意延誤對我的治療，以便把他們的敵人置於死地。近來看政府這樣縱放他們，有一天，他們一定要找我們報復的。往後，等他們更為壯大，他們一定會天涯海角，追殺不赦，像猶太人在戰後追殺德國納粹。

但近日，我忍著頭痛和心思渙散，左思右想：他們果而是猶太人，而我們竟是納粹的嗎？

在山莊上課的時候，教官教育我們，抓台灣人，要考慮政治社會效應。「他們本地人，我們隨便抓了一個人，起碼就得罪了他們的父母妻子兒女、再起碼堂表親、同學朋友……都會對政府不滿。」教官說，「外省人咧，全是孤家寡人，少數朋友全是軍公教，不怕不服管，外省人搞陰謀，尤不可赦。抓一個就消滅了一個。」

但是記得在偵訊室，偶爾會聽到對人犯這樣子暴跳如雷：「你們台灣人還不知足！冤枉你怎樣？冤枉你這不知足的台灣人，你能怎樣？哈……」

這就和教官講的原則不一樣了。但是，對外省人犯，有時候也凶巴巴地捶桌子：「像你這種歷史不清楚的外省匪嫌，殺一個就少一個，收屍做忌的人都沒有。你想活命，就跟我合作。」有時候也能和顏悅色，也裝著苦口婆心，對一個老兵說，「像我們外省人，在台灣，死了一個就少了一個了。因此，我們保護你都來不及，怎麼會坑害你……你就說你一時不滿現實，一時糊塗……我們交了差，一定設法把你放了，就憑你態度好，知所悔悟。」

但究其結果則毫無差別。千方百計叫你編一個案情之後，台灣人、外省人，全送進黑牢，短則七年，長則十年十二年。管你是冤假錯案。而憑良心說，外省人往往還真判得比台灣人重。

則究竟誰是猶太人，誰是納粹？

他們憑什麼天涯海角追殺我？

憑什麼？

頭痛欲死。他們憑什麼？

5

昨夜，月桃和我拉東扯西地說話，後來我終於聽出來，她委婉曲折地要我去精神科掛號。我說你不要和那些自視很高、其實沒有什麼大本事的醫生一般見識。「不就是穿那一身白衣服，脖子上掛個聽診器罷了。」我說。月桃緊抿著嘴，估計是生我的悶氣了。「你為我好，對我好，我都知道。只是看病的事，由我主張，」我說，「這一年多來，我拖著你到處找醫生，我看病還嫌少嗎？還嫌不勤快嗎？」

但未料月桃竟開始戚戚哀哀地流淚了。她說，她眼看著我憔悴了，瘦了，有時看著我臉上發白，喘著氣呼吸，恨不得這些病都生在她身上。我說此生有她，是我福氣。說她對我真是好。我說，這生病期間沒有她，料想我早死了。月桃聽了，竟開始揚聲哭了起來，幾近於號啕了。漸漸地，我才聽清楚她說，她從做女孩的時候起就命苦，「苦過了黃蓮」，她說。嫁給了那個「路旁屍」以後，真如下了地獄，一回是刀山，一回是油鍋，又一回是虎頭鍘。「是你，這個觀世音菩薩，把我……救了呀，這樣疼人家……」她嚶嚶地哭著，「從來……就沒有人疼過我，你還說我對你，好……」

月桃撲在我的懷裡，哭得全身發顫。而我又何嘗想死。想死就不會去看醫生、做檢查，那麼勤快。但不想死，他們究竟還是要找上門來報仇討債的。但我這心思和憂愁，是斷不會說給月桃知道的。而我其實真是害怕……

但偶爾我就想，如果我能像月桃那樣相信神明就好了。自我生病，她不知道為求神問卜跑了多少路，花了多少錢，聞凶則憂煩，聞吉則歡喜。但他們遲早終於要尋上門來報復，是一個定局了。我想著這樁事，已非一日。要是我有神明可信，就可以把這些捂在心裡的全倒給神明去。

就比如說快一個月前的一個夜裡，我從一個夢裡醒來。我夢見我不知因何為一個老太太搬東西。我以兩手環抱著一只極其沉重的箱子，為她搬上一部藍色的小貨車，搬得兩臂酸痛。但後來我也很快地忘卻這並不特別離奇的夢。然而這三天來，我的一雙胳臂忽而開始覺得酸痛，時而痛得灼熱炙人。月桃說這大約是人說的「五十肩」，去看過治跌打損傷的師傅，他說不是，說五十肩的症狀有個特點，手抬不過肩胛，我沒有這現象。

一直到昨天半夜，在失眠的恍惚中又復想起了那搬箱子的夢，突然記起了在夢中我曾不無埋怨地問那老太太：「什麼東西會這麼沉？」

「還不就是一些書嗎？」在夢中看不清其形貌的老太太說。

我於是驚駭地想起了一件往事，心悸如鼓了。

那時候，我和小董才認識不久，突然一個命令把我調到S市的一個「文化據點」。我的前任將布建在S市幾個高等院校的學生移交給了我，其中T學院物理系的林育卿表現最積極。那時候，美國好萊塢式的電視連續劇《無敵神探》（CIA Stories）很受年輕人的歡迎。穿著豎起領子的風衣，英俊瀟灑，神出鬼沒，既擅智謀，又專搏技，連連打擊來自邪惡蘇聯的間諜，捍衛了美國的民主……林育卿就很迷這部連續劇。

娶了小董後幾年，外交上的風雨餘波未平，我局奉命在全島範圍的文教界悄悄清洗一些思想、言論和政治不穩人士。我和各校的布建學生吃飯，傳達任務，反應和表現最熱心的，也是這出身於東部鄉下的林育卿。也說[3]他注意到一位共同科歷史教授的、隱約的「親匪言論」。我當然鼓勵他凡這位歷史老師的課和他課外、校內講演要全程參與，並且進一步接近這位老師。

不到一個月，具體情報相繼送來。這位昆明籍的阮老師說共產黨早在十多年前試爆了原子彈，鴉片戰爭之後，中國這才有了自己的國防；說共產黨其實也搞一些建設，鋪了不少新鐵路，「這其實是在按照國父孫先生《建國大綱》的藍圖辦事……」

不久，阮老師果然被抓走了。對於我和林育卿，這是頭一次經驗，感到莫名的興奮，但也有一層害怕。

林育卿受命繼續監視阮老師的宿舍，查看有什麼生人出入連絡。打回來的報告，都說什麼人也沒來，連隔壁宿舍老師的家眷也避之唯恐不及，無人聞問。原來阮老師七年前喪偶，就和年老無依的本省岳母一起生活。現在阮老師叫人帶走了，老太太終日以淚洗面。林育卿原來躲在遠遠的地方觀察，後來我同意他去認識老太太，幫忙她打理生活。

「阮老師家，竟而很窮苦呢。」林育卿低著頭說。他說老太太年紀大了，收掇被搜查得一團亂的阮老師的書房，老太太都淚流滿面，沒有力氣收拾。洗衣機壞了，老太太一個人用手洗衣服，「搓兩下衣服，揩一回淚水，幾件衣服就洗上一個上午。」林育卿沮喪地說，「煮一鍋稀飯，也沒怎麼吃。」林育卿還說，老太太不會講國語，一邊悶聲哭，一邊問這麼孝順的女婿怎麼會是歹人。

有一天，林育卿來，不料突然說，「李大哥，我們是不是抓錯人了。」他獨語一般地說。他說他過去查報阮老師，「也許說得不夠準確。」我想起了他用極為工整的字寫成的報告：某月某日，在課堂說了什麼。「例如，阮老師說共產黨爆原子彈成功，但人民生活苦。他也說共產黨說，寧要核子，不要褲子。」林育卿說，「李大哥，比如這一條，後面那兩句話，我就沒寫上。」他說他現在很苦惱，弄不清當時是忘了寫上，還是故意不寫。而這樣說著，林育卿竟而有些哽咽了，使我大吃一驚，不知所措了。

我連忙勸慰他，說政府一定毋枉毋縱，依法秉公辦理，絕對不會冤枉無辜的人。五個多月之後，判決下來了，阮老師「為匪宣傳」，判了七年徒刑，林育卿幾乎崩潰了。有一天他來，對我怒目而視，又淚流滿面，不言不語地坐了一會，黯然離去。這以後，他開始給校長、給內政部、教育部寫信，追悔他查報不實，力辯阮老師的無辜，力言政府必能查實，還以清白，而且他願隨時候傳作證。當然，這些寫得工工整整的每一封信，皆如石沉大海，渺無回音。到了最後，他開始給當時的蔣經國院長寫信了，據說始則一月一信，繼而一個禮拜一封，再繼而每日一信，我被局裡叫回去究問，遭到一番訓斥，還虧了丁秘書緩頰方才過去。而林育卿早已精神恍惚，形容枯槁，終至於由警察陪伴著從東台灣迢迢而來的老農民夫婦，辦了休學，把林育卿領回家去。

這件事使我受到局裡的申誡，說我處理不得當，萬一鬧了出去，就不能收拾。

一日，上頭通知要把我調離這個文化據點，同時給了我在據點上最後的一件差事。由於阮老師判決定讞，學校必須把阮老師的宿舍要回去。老校長究竟不忍對老太太煎逼過甚，寬限了近半年了，但終於必須讓老太太不日搬走。上頭要我就近監看，搬家時有沒有出現不明來路的人……

我站在學院宿舍一棵垂著飄飄的鬚根的老榕樹下，看著白髮的老太太把綑得不結實的家當搬上藍色的小發財車。司機看了一會，捲起袖子為她搬了床架、桌子和兩籃滿滿的廚具。我看著老太太在烈日下艱難地搬動，不覺走出了榕樹的樹蔭，還沒等回過神來，就發現自己正加入搬家的行列了。我搬的是一箱箱沉重的紙箱，只搬了幾趟，我就開始氣喘，臂膀酸痛。

「什麼東西這麼沉？」我憋著氣說，笑著。

「還不就是一些書嗎？」老太太細聲說：「我哪知道哪些書他要，哪些他不要……」

「嗯。」

「我只好全部搬走了。」老太太茫然地說，「要不然，將來他回來了，找不到書……」

我忽然覺得無所措手足，不覺訕訕然走開了。「……將來他回來了……」老婦人的自語，在我的耳際迴盪不去。

記得就是當日的第三天開始，我的臂膀開始酸痛，至第三日為最。我買了「擦勞滅」軟膏擦了幾天，也逐漸就好了。

如今，這無來由的雙臂灼痛，使我忽而想起了這密實地塵封多年的往事來，想起了那無依的老婦人，尤其無法不去不斷地想起那寫得一手工整的好字的林育卿，痛苦不已。

而如若是他們來尋仇，我只有默然受死了。

6

月桃說我近來喜歡關門拴戶，問我究竟害怕什麼。她哪裡知道他們已經在踩著貓步，寸寸進逼而來了。他們終於要來取我性命的。林宅祖孫雙屍案發生後，現在我回想起來，那個新竹鄉下的陳專員就冷笑。那不分明在說：「逆我者死」嗎？

其實應該說我老早就料到了。解嚴以後，開放有線電視台以來，他們就巧妙地偶或通過Call-in節目，把訊息傳給我。

前天晚上，我又看見那趙委員在節目中說話。他總是說，「台灣、中國，一邊一國」。他說這是歷史現實，也是現狀。而倘若國民黨和共產黨要聯合起來，併吞了台灣……趙委員講話時，嘴角總是帶著一抹白沫，讓人很想為他揩去才安心，因而往往使聽的人分了神，不能完整地聽到他的發言。

從螢光幕上，他偶爾裝著若無其事地用他的眼角餘光掃著我。他自然是知道我在收看他的發言的。然而，我卻禁不住苦苦思量，那一年，他在偵訊室裡挺了兩天，又哄又勸，就是怎麼也不開口。換了那位新竹鄉下出身的陳專員上陣。他先是和顏悅色，不料突然勃然大怒，對著這趙某左右開弓，「你說是不說！」陳專員怒聲說，「×你娘！你當我們吃飽了飯沒有事，陪你在這兒慢慢耗？你，給我站起來！」

趙某的臉漲得血紅，目中露著恐懼和悲忿。他喘著氣，緩緩地站了起來。「你們怎麼可以打人呢？」他用顫抖的聲音哀怨地說。「啊呀！」陳專員色若極其詫異地說，「你居然不知道我們會打人哩。」他一個箭步撲向趙某，拳打腳踢，大聲嘶吼，「×你的媽，我就打，打死你這個國家民族的敗類！」

長官帶頭的暴力，竟然使我們坐在一旁的幾個小調查員也感染了某種對於暴行的嗜欲，不知不覺間，也參加了拳打腳踢。

我當然也出了手，踹了腿。但是，趙委員，我可以發誓，這是我平生第一次，唯一的一次打了人，事後想起，也不是沒有悔恨。但就是那一頓打，把你趙某也變了一個人。你變得十分沮喪、軟弱、無助。陳專員於是就沒有再出現了，換來一個白面斯文、戴金絲眼鏡的、在山莊高我五期的史學長，聲音溫柔、和風細雨。你變得那麼謙恭、合作，把我們希望你供、希望你攀連的人、希望你來補圓的案情破綻全供了、全圓好了。最後史學長說，「這三個月來，我們長官對你良好的態度都很誇獎、很感動。」他說趙先生熱愛政府、關心台灣的用心，「我們都知道。正因為知道，才請你來把話說個清楚，將來我們還要合作、繼續請益之處多著，」史學長誠懇地說，「大家都為了愛國、愛鄉嘛……」

後來，聽學長說趙某他「終於為我們所運用了」，大約因此在大審中果然判了感訓——雖然不到兩年後又因「悛悔有據」，提早釋放。對我來說，重點是，他如今在電視上瞄著我說些政治上的狠話，如果都是他的真話，就分明是衝著我說了：天涯海角，終究要算那筆帳。如果是假話，果真被「我們所運用」，那也是偽裝。他們的黨也組成了，戒嚴令解除了，他們怕什麼？還能被「我們所運用」嗎？不可能。他們在偽裝，無非等有朝一日，伺機對我下手。

其實，當年在山莊上課的教官就曾說過，為了保衛國家，像我們這種「無名英雄」，在不同的機關、單位，層層疊疊，全島一共少說也有十幾、二十萬人。就像我一樣，他們都還健在。只不過和我大大不一樣的是，我疑心這一、二十萬人也已經各自秘密地成為他們的人了。我其實也想變成他們的人，只是不知道跟誰接頭去，以便把那次對趙某動了粗的事解釋明白。就是昨日，我也還在電視上看到了滿頭染過的黑髮，穿著筆挺的西裝的N教授，在一個座談會上，說台灣今日的民主化，是幾代人對抗獨裁政權、前仆後繼，不惜破身亡家的結果。我記得他。二十多年前，局裡把在全省各地布建的人全部聚在一起，包了兩輛高級遊覽巴士，帶到恆春國家公園度假，局裡指派我去當旅程的招待。這些人裡面有記者、教授、獅子會的會長、中小學教師、播音員、村里長……當時我就不明白，把他們一鍋子公開煮到一起，都互相認得了，怎麼就不講一點秘密原則。N教授——當時還只是個講師——還帶了他新婚的妻子參加了旅行，一路上恩恩愛愛。

但是問題卻是一樣的。如果現在N教授在電視上講的是他的真心，他就已經背離了我們。而那些話，其實就只有一個意思：時代要變了，你們當年要了去的，一分一毫也不能少，看我們找到你，全要回來。如果他們講的是門面上的假話，其實也是偽裝的，目的還是伺機襲擊。

十幾、二十萬人，在茫茫人海中四處漂浮。他們平常都像趙委員、N教授，都裝著一副若無其事的臉孔。其中估計倒向他們的也倒過去了；隱遁起來的也隱遁好了，卻只剩下我一個人，沒有人來接頭……十幾、二十萬人，他們在一旁冷眼窺伺著你，有人冷笑，有人等著食我之肉而寢我之皮，有人把什麼都推得乾乾淨淨，一切事不干己……十幾、二十萬人啊……有人也還在錄音、跟監、搜證……

7

月桃總是說，近來我變得疑神疑鬼了。她不知道，我關門拴戶，也是為了她安全。她哪裡知道，他們只不過因為我曾對趙委員不禮貌，就堅心要除去我，說不定也連帶地要除去她。

失眠的情況，曾經有一度稍癒，但不久又難眠如故。過去頭痛，是突發時才覺劇痛，現在則似乎已經慢性化了，終日悶痛、耳鳴不已。我委婉地勸告月桃盡量不要出門，月桃是聽的，然而她如何能知道我的苦心。

我忽然想起我在C大讀書的日子了。那時，日子過得多麼年輕、單純，三年級的時候，我還在一個社團刊物上刊了兩篇散文，在人前裝著一副無所謂的態度，回到寄宿舍裡，卻一個人來來回回地把登在刊物上的自己的文章讀它幾遍也不厭煩。

而後來，我怎麼就去考到局裡了呢？

否則，我是不會落到今天這步田地的。

8

看報才知道蔣經國總統逝世都十周年了！時光飛逝，竟有這麼快。但是報上的消息刊得不大，只有一個巴掌大的篇幅。然而怎麼就那麼湊巧，前天晚上發了一場大病，竟也因十年前的一次遭遇引起。

「這巧合的十年，有什麼意思呢？」我困惑地問月桃。而月桃只是凝視著我流淚。她用雙手撫摸著我的臉。「清皓哥，你病了。真病得不輕。」

她說當她把做好的衣服分送到幾個顧客家，回來就看見我昏倒在床邊的地板上。「回程裡，我不該在一家鞋店裡看鞋子，看了半天，也沒捨得買。」她自怨地說。她說她三不該為了省錢，雖然惦著我一個人在家，還是去搭了公車，「都讓我誤了回家的時間。」她看著我的臉，問我怎麼回事。這次我就沒像過去那麼有把握了。怎麼回事？我只是忽然想到一件往事，就全身發顫，一身都是淋漓的冷汗。然後，就眼前一片黑暗，不省人事。「你是呀，是一身冷汗。」月桃說，「都擦溼了兩條乾毛巾……」她嚶嚶地又哭了起來。「清皓哥，你病了。我們去看病……看精神科。」她說。

現在我又睜著眼在夜半裡瞪著天花板。月桃在睡夢中輕輕地拉著我的手。我開始細細地想著前日發病的前前後後。

那天，月桃出去送衣服之後，心中感覺到那可怕的、沒來由的淒楚，直要叫人掉淚。我隨手以遙控器打開電視，竟是新聞紀錄片《十年煙雲》。民國七十七年元月，蔣經國總統去世，接著是繼任總統視事。二月，在野黨組織了「二二八和平促進會」。這在那時一年前，準抓人了，我看著螢光幕自語地說。三月，他們繼之發動「國會全面改選大遊行」。

電視螢光幕的鏡頭是從大廈高樓俯拍下來的。我看仔細了，才知道是D街和E路的交叉口。螢光幕的右上方，排列著重重拒馬、保警的囚車和兩輛雄偉的噴水車。我想起來那時我正是在萬頭鑽動的人潮中。雖然提出了辭呈，因為尚未批示，我仍然銜命便衣去現場搜證。電視機傳來鼎沸的人聲。我回想起來，當時我人在地面上，不知道後頭早有政府鎮暴的陣勢，但覺前後左右，全是他們亢奮地吶喊的人群，我感到了膽怯。這時，從路上開進來一小隊群眾，拉著上寫「台灣、中國，一邊一國！」的白布條。隊伍跟前，有一個穿灰色夾克的男子，用繩索拴著一條小白豬，小白豬在人聲中驚惶失措地竄，而小白豬身上被人用利器刻著「中國豬」幾個歪歪斜斜、滲著血絲的字。人群中傳來笑聲。小白豬「嗚嗚」地叫。我聽見了抑壓而亢奮的聲音：

「台灣獨立萬歲！」

那時候，我第一次感覺到外省人的自己，已經在台灣成為被憎恨、拒絕、孤立而無從自保的人。我想起了一家「地下電臺」裡有一個人說，他是外省人第二代。他去他老爸在東北的老家，人家請他在炕上吃酸菜火鍋，「又髒又臭，叫人噁心」。他於是說，他對大陸完全沒有感情。「我裡裡外外是個台灣人了！」他說。有一個台灣人用台語說，他反對「一個『幾拿』政策」。問了別人，才知道人家把中國都叫成「支那」了。我感到一陣突如其來的、空虛的、深淵似的恐懼。眼前螢光幕上的吶喊，沸沸揚揚，使我頓時彷彿又置身在十年前的街頭。而他們竟而從高處拍下了全景。他們必然可以用電腦定格調近放大，把當時潛伏其中的我找出來的。我感到一種遠遠比擔心自己被指認出來還更大的憂慮、不安全和從骨髓裡傳向全身的恐懼，冷汗直流。

我想我是必死無疑了。我掙扎著要走進臥室躺下，但巍巍顫顫的四肢，究竟讓我摔在床邊。

「月桃救我。」我絕望地呼喊，而後人事不省。

報復尋仇的厲鬼就要上門。我又想到那鼎沸的吶喊和萬人行列中，到底誰是猶太人，誰又是納粹的問題，卻總不得其解。

然而，我終於讓步了。我深思之後，終於答應月桃讓她帶我去R醫院看精神科……她哪裡知道，這是因為我已經絕望至於無極的緣故。

9

我其實是早就料到的。那個把下巴刮得像早收的青色的高麗菜似的醫生，東問西問，後來果然開始問我有沒有某種「被壓抑不宣的內疚」，又問我有什麼長期讓我不安和憂慮之事。

我當然斬釘截鐵地說沒有。「沒有。我能有什麼內疚，笑話，什麼叫罪意識？」我笑著問他。他狡黠地聳了聳穿白衣的肩膀，「隨便談談罷了。」他說。

「隨便談談」，其實就是偵訊方法中的一種，一旦「談」出了破綻，那就緊咬不放，沒完沒了，這是我受過的專業訓練，他們豈能欺我？我在心中冷笑了。我自投了羅網，他們竟扮成了醫生，來套你的口供了。我竟無所逃於天地之間嗎？

醫生說這一次先不開藥給我。他做對了。我怎麼會去吃他開的藥呢？但護士帶我去量取我的身高、體重這些基本資料時，我看見醫生對月桃簡短地咬著耳朵說話。

我想，如果月桃都是……我就認了。我大不了受死就是了。

隔日晚上，月桃勸我吃下一顆黃色的藥片。「菜市場那家新藥房買的，德國新藥，專門營養精神系統。」她說。我料想無礙，胡亂吃了，不料竟蒙頭大睡，至翌日早上六時方醒。

10

月桃終於說那讓我沉睡的黃色藥片其實是醫生開處方單，她去買了來。「醫生怕你不吃他的藥。」她說，「你睡了這兩天，我就知道我們找對了醫生。」月桃喜形於色了。然而，我怎麼就沒想到親如月桃，也會背著我和他們同謀呢？我悲哀得絕望了。

事實上，我睡得絕不安穩。我被連連的惡夢折騰通夜，苦苦掙扎，卻全身無力，睜不開眼睛。「醫生開藥，絕對地是為你好。」月桃為我打氣似地說，「現在你能一天睡上大半夜，我就有了指望。」她要我對她「行行好事」，按照醫囑，看病吃藥。

吃了幾天藥，照實說，對病情基本上並沒有改善。我自己的病，我自己最知道了。我依舊感到徬徨不安，焦慮無依，心情無比悲慼。只是那黃色的、一種叫作Iproniazid製劑的藥錠，似乎使世間萬事變得遲滯緩慢，而其實是讓人沉落到更深、更其徹底的絕望罷了。

而醫師和月桃卻欣欣然以為我的病況有所改善。上個星期的一天，月桃說，「醫生說，你不能這麼終日關在家裡。偶然也得出去，晒晒太陽，活動活動。」她幫我刮鬍子，為我穿西裝時笑說我一口氣瘦了幾圈。她然後說她要把幾套做好的衣服送去給幾個客戶，約定我中午十二點在一家台北市最大的百貨公司大門口見面。「我帶你去吃館子，逛逛街。」她說。

我來到據說是日本人開的那一家大百貨公司。百貨公司的兩扇大門不斷地吞吐著萬頭鑽動的客人。五月的陽光已略覺炙人，明亮地照耀著這首善之區的高樓和大廈。街上熙攘往來著車潮和人潮。時間才過十一點半。但是我卻開始感到輕微的煩躁了。我隨著人潮，在百貨公司的門口空地上繞著圈子走。百貨公司的大門兩旁，豎著波麗隆雕成的、漆成金色的大蟠龍，應該是慶祝龍年新年留下至今的美術工程。兩個誰家的小孩搬著金龍的尾巴，聒噪地嬉鬧。正覺無趣，我忽而聽見身邊有人說：

「李先生，你瘦多了。」

我一抬頭，看見一個頭髮灰白的高個子老人。我確定我必然不認得他。我環顧左右，懷疑他本就不是對我說話。

「我在這兒看著你很久了。」老人局促地笑了起來，低聲說，「準是你沒錯的，李先生。」

「你怕是認錯人了。」我說。

「我是福建南靖師範那個案子的張明。」老人說，「記不得人，也一定記得這個案子。」

我感到肚子開始抽痛，心在劇烈地跳動。也是剛剛考進了局裡，外交上颳大颱風的那些年，台中一個專科學校的老校長出來辦「自新」，交代了他在福建南靖師範讀書時代參加過一個讀書會。上頭順藤摸瓜，要把撤來台灣的、和他同期和前後期的南靖師範生從台灣各個角落全請到局裡，經過一番「敲敲打打」，讓口供互相咬死，這就終於破獲了「南靖師範潛匪案」。當時在一個高級職校當教務主任的張明，就是在這個案子裡被攀供出來，最後到案的人。他膽子小、掛慮重。抓進局裡後，他很快地按照原就快要完成的劇本作供。他日日記掛病重的妻子，擔心丟了學校的飯碗，一邊哭，一邊寫供狀。到了最後，看過供狀的長官特地到偵訊室裡來看張明，讚賞他「深明大義，坦誠合作」。張明從此滿懷著被政府從輕發落的信心，被移送軍法處。

但張明被判了十年。

「你一定是病了。」張明關心地說，「你臉色不好呢。」

張明扳住我的肩膀，像個老朋友那樣走在人挨著人的大街上。我覺得我的肩膀僵直了。我開始頭皮上和臉上冒冷汗。

「這些年，身體不太好。」我囁囁地說，「你好嗎？」

我立刻被自己的「你好嗎」所透露的愚蠢，悔恨不已。

張明沒說話。我忽然感覺到他的扳著我的右肩的手在微微發顫。

「第二年，我那老太婆就死了。」他茫然地說。

現在我像一個被押往法庭上的重罪犯。哦，他們終於直接找上我了。

「女兒沒有嫁出去，現在背著我這個無用、累贅的老人過苦日子。」

「……」

「小兒子早離家出走了。他爸被說成是匪諜，他受不了。」他喁喁地說，「天地良心，我哪裡是什麼匪？這你們最清楚不過了。」

我猛地一個轉身，甩掉他的手。張明卻很快地追上了我。他拉住了我的衣角，「你別走。我想問個明白，當時你們何苦睜著眼睛編派，硬派我們是奸匪……」他說，語聲開始激昂了。

我開始氣喘，我感到至大無邊的恐慌，心臟酸痛。我撥開他抓住我的衣袖的手，快步走進那家擠滿人群的大百貨公司。「喂，你別走。」他在我的後面喊叫，「你們害的，家破人亡呀！」

我慌亂地在化妝品櫃檯間撥開人群急走。把整個臉塗滿了脂粉的櫃檯小姐對著我笑。「先生，母親節護膚系列禮盒，買了送給夫人……」她說。我迅速地看了看周圍，沒有一個人注意到我，情侶自顧一邊走一邊說悄悄話；士女們聚精會神地圍著看一個化妝師為一個顧客在她臉上塗塗抹抹。「你們何苦，我們家破人亡呀……」張明在人群中叫喊，幾個把頭髮染成黃金色和藍色的女孩循聲回頭去看，然後掩著嘴吃吃地笑。

我快速攀上到二樓去的電動扶梯。我壓抑著面臨大禍的恐懼，隨著電扶梯向上升起。我看見了張明在地面上東張西望，焦急地找人。「你別走，我只想問個清楚。」他揮舞著長臂說著，抬頭望見了我，快步走向電扶梯。「攔住那個人。」他喊著說，「我要問問他。家破人亡喲……」

我看見他站在電扶梯上慢慢上升時我已經到了二樓。山莊裡上過跟蹤和反跟蹤的課。我一個轉身，躲在一個胖太太身旁，踏上下降到一樓的、滿是客人的電扶梯。我看見張明仰著頭向上張望。我躲在胖太太身旁，把臉別開。「攔住那個人呀！」張明大聲說。他突然看見我了。「攔住他，他是國民黨特務！」然而他卻不能不繼續隨梯上升，很快地和我拉開了距離。

我想我一定會被在這百貨公司裡的人眾揪住，亂拳打死。「那個人一定是個瘋子。」那滿面脂粉的胖太太笑著對我說。我心境慘惻地笑了。但我注意到滿場鼎沸的人群中皆都若無其事，拎著滿載的購物袋，笑容滿面。沒有一個人在意張明的悽厲的叫罵，有人看著張明竊竊私語，有人對他咧著嘴笑。「攔住他！國民黨的特務！」張明有些聲嘶了，「我幾十年忠貞黨員，讓他陷害忠良……家破人亡喲……」

我的心在猛烈地悸動，胸口窒悶。我逐漸明白了。這百貨公司和這城市裡滿坑滿谷的人，都佯裝不知，偽裝若無其事，事不干己，其實就是要對我下手的前兆。我看見三個百貨公司的警衛在電扶梯口守候著叫嚷著的張明。我看見在我身旁向上升去的電扶梯上的擁擠的人們，全都耐心而漠然地等待著電動扶梯把他們慢慢送上他們要去的樓層。

「攔住那個國民黨特務！喪盡天良的，」張明呼喊著，「害得人家破人亡！」

我彷彿覺得張明在聲嘶力竭地向整個城市叫喊。而整個城市卻報之以深淵似的沉默、冰冷的漠然、難堪的竊笑，報之以如常的嫁娶宴樂，報之以嗜慾和麻木……

而這正是他們的險惡。多少在過去到處矗立的銅像，早被悄悄地一個個拉下來了。現在電影院開場早已不唱「三民主義，吾黨所宗」了。K市事件的、當年千方百計硬送進黑牢去的陰謀分子，如今大抵都成了委員、代表和知名學者。十幾、二十萬曾以「同志」稱呼過我的人，如今倒向他們的都倒向了他們，隱遁起來的全各自隱遁了；變身成為教授名流的，全都忙著在螢光幕上吹牛皮，但就是沒有人，至於今竟沒有一個人來找我接頭，指給我一條生路。我曾經一直相信丁秘書終於會來接頭的。過去有多少難關，莫不是他老人家幫襯才過去的。半年前，我覺得無路可走了，特意去看過他老人家。但他只是不住地說，「怎麼你就瘦了幾圈，有病嗎？」除此以外，他老人家就銅牆鐵壁，守口如瓶了。我們要倒過去嗎？要隱遁嗎……我不住地在心裡問他老人家，他老人家卻自沉默不語。

電扶梯終於把我送到一樓地面。

十幾、二十萬人哪！你們是這城市裡到處漂流籠罩著的夜霧。我做了什麼，竟讓你們把我一個人扔進了豺狼的洞窟，卻又鐵了心腸不肯來聯繫。哦，你們這籠罩著這大城市的夜霧，無所不在、陰狠、寒冷的白色的夜霧……

「我要攔住那人……」我聽見張明在我的身後嘯喊著說，「你們為什麼抓著我不放？攔住那個人哪！」

我衝撞著走出百貨公司的大門，無目的的疾走。不久，我聽見一陣高跟鞋急迫的步伐。月桃從後面一把抓住了我的胳臂。

「等你半天，你這個人……你是到哪裡了？」月桃喘著氣說，「把人急的呀……」

我淚如雨下了。

丁士魁細心挑出了這十篇劄記，給邱月桃打了電話。

據邱月桃說，自從打百貨公司叫計程車把李清皓帶回家，李清皓就開始懨懨不語，整天面向壁板，弓著身體躺臥在床上，每餐都要她百般央求，才開口吃幾口飯。R醫院的精神科派車子來，冷不防在他胳臂上打了一針，趁著他半昏睡之際，送到醫院住院。

住院治療確乎時或使他好轉。只是他變得表情、行動滯緩了。他變得嗜睡，整天可以是一個睡姿在床上睡睡醒醒。有時候情況更好一些，醫生就允許他回家小住。在家中，李清皓總是沉默地坐在客廳，沉默地吃飯，但他的臉上已經明白地失去了往日某種無告的苦痛和焦躁，但覺得他人在家中，心神卻不知馳走何方。從而，在安靜地坐著的李清皓的陪伴下，邱月桃專心地在裁縫檯上剪剪裁裁，時而熨燙，時而車縫，又時而望一望沉思裡的李清皓，竟也感到某種酸楚的幸福了。

但病情時好時壞。轉壞時，李清皓就被送回醫院，迨緩好時再回。但總的趨勢卻在往惡化徐徐發展。

直到約莫四個月不到之前，邱月桃最後一次把李清皓送回醫院病房。他變得更加緘默無語，神情僵木，表情茫漠中透露著某種深不可探其底的淒惻。醫生和護士問他什麼話，他一概只低頭不語。他幾乎失去了攝食的任何意慾，只有護士——尤其是來探望的月桃餵食時，他才偶然勉強地、緩慢地把餵進嘴裡的食物吞嚥下去。

這樣渾渾糊糊地，李清皓在精神科病房過了三個月。而忽有下著大雨的一日，李清皓把睡褲倒著綁在浴室的蓮蓬上，把頭伸進了褲襠，而後猛然跪坐下來，自縊而死。[4]

和邱月桃通了電話以後的次日，丁士魁透過醫院人二部門一個相識的學生，到醫院約見了主治醫生。

「他表現為慮病、焦慮和憂悒。」醫師說。他說通常這些精神症狀源於潛入下意識的、病人的嚴重內疚和犯罪意識。醫師翻著李清皓的病歷說，在治療上，除了藥物治療，最好能配合心理治療才好。「我們試過了，希望他逐漸把他的內疚透露出來。」醫生歎息了。「但他守口如瓶，什麼也不說。」醫生說。

「他什麼都沒說嗎？」丁士魁說。

「有些病人就是這樣。」醫生說，「要他們說，需要很長時間。」

「他什麼也沒說了。」丁士魁說，舒了一口氣。

「守口如瓶。」醫生說。

丁士魁從醫院換幾道公車才回到他那種著一棵老樟樹的院子裡的家，隨手打開了冷氣。現在他終於可以把李清皓作為一個卷宗，關起來歸檔。「他什麼也不曾說，好傢伙。」他默然地說。

然而這以後，丁士魁忽然因為無來由的高血壓，足足養了五個月的病。病癒之後，他想開始寫一份報告附在李清皓留下的文件上，然後送到局裡研究，而後存檔封存。

丁士魁想寫的是，時代劇變，調查工作的三大支柱——領袖、國家、主義——已經全面遭到變動的世局極其強烈的挑戰。他想起了民國三十九年後隨著幾年強烈的肅共鬥爭，他把成千上萬的共產黨在風風火火的肅共行動中經過百般拷訊，送上了刑場、送進了監牢，終竟保住了國民黨的江山，當時靠的正是對領袖、國家和主義的不搖的信仰。今天的挑戰，對調查工作的衝擊，李清皓內心嚴重的糾葛，就是生動的說明。

但冬天過去，接著是一連幾個月，新總統的選情不斷翻攪，直至塵埃落定，整個局裡的工作情緒，上上下下，一片錯愕與混亂。丁士魁開始認真盤算退休，到美國東部投靠兒子，李清皓案的報告也於是又擱置了下來。

一日，丁士魁從廁所淨手出來，踉踉蹌蹌地抓起了也不知響了多久的電話。

「打攪您睡午覺了。」電話裡說。

那是一個丁士魁最早期的學生，現在在政府中央的局級安全機關工作的許處長的電話。

「早就沒有午覺的習慣了。」

他笑著說。他想起了終年理著平頭，長得踏實，出身於嘉義鄉下的這個學生，廉潔幹練，深受賞識。

「丁老師……」

「不敢當。」

「新政府了。」他說，「他們指定了我找幾個老同志商議商議……」

「哦。」

「國家安全，片刻都中斷不得喲。」許處長說，「我已經薦舉了您，提到中央上來，咱們一道把工作承擔起來。」

「可是，時代變化這麼大……」沉默片刻，丁士魁說。他的心臟不由得欣快地跳動起來。

「丁老師，時代怎麼變，反共安全，任誰上台，都得靠我們。」

「那也是。」他壓抑著喜意，狀似平淡地說。

當丁士魁掛了電話，這才發覺大雨竟不知道從什麼時候開始刷啦啦地打在落地窗外小院子裡的老樟樹上了。

二〇〇〇年三月廿八日，四月一日定稿[6]

初刊二〇〇〇年十一月二十五日—十二月五日《聯合報・副刊》第三十七版
初收二〇〇〇年十二月人間出版社《人間思想與創作叢刊3・復現的星圖》（曾健民編）
收入二〇〇一年十月洪範書店《陳映真小說集6・忠孝公園》

1 初刊版此下無空一行。
2 「行許」，初刊版為「也許」。
3 洪範版和初刊版均為「也說」，疑為誤植，應為「他說」。
4 初刊版此下無空一行。
5 初刊版此下無空一行。
6 初刊版無標記著作日期。

文學的世界已經變了？

談新世代的文學[1]

這次「書寫文學新勢力」系列演講活動，由長期持續對台灣當代文學付予關注的《聯合報．副刊》和文建會合作舉辦，目的在鼓勵年輕一代對於文學的創作和鑑賞。這立意是很讓人感動的。由於這兩三年，我連續擔任《聯合報》及《聯合文學》的文學獎評審，有機會接觸到經過幾度挑選，可以說比較具有代表性的年輕一代的文學作品，我感觸很深，覺得文學的世界已經變了。於是開始思考，是什麼條件、什麼樣的原因造成這樣的變化？現在，我試圖從幾個方面來審視我們新世代的文學。

新世代文學青年的社會背景

我所定義的「新世代」有一個寬鬆的標準，指的大約是一九七五年到一九八〇年出生，也就

二〇〇〇年四月

是現在二十五到三十歲前後上下的這一個世代。然後我們據此來看看他們誕生、成長所依託的台灣的社會和生活。

簡單回顧台灣戰後經濟的發展。一九六三年，台灣的工業產值才真正超越了農業產值，這是工業化的一個重要指標。一九六三年以後，台灣的經濟高額、高速成長，成為一個直線陡坡的圖形。這種情況到一九七四年達到了高峰。同一年因為世界性的石油危機，台灣戰後資本主義發展遭逢第一次的挫折，向上的直線有了頓挫，變成鋸齒狀發展，可是方向還是向上的。到一九八〇年代，台灣的資本主義企業體走向巨大化、獨占化、集團化，進入相當發達的獨占資本主義時代。台灣終於成為一個高度成長、飽食、富裕的社會。而這個社會便進入「大眾消費」（mass consumption）的時代。

所謂「大眾消費」，有一個先決條件：大量生產。在高度發展的大規模現代機械化工業生產方式下，人生產出超乎人類自然需要的商品。資本家亟需把這些堆積如山的商品賣出去，如此，隱藏在商品裡的利潤才能以貨幣的形式實現，成為資本家所有。但今日大量生產體制生產的商品已經遠超過人們自然的需要，要怎麼賣出去以實現其利潤呢？於是有了所謂的行銷。他必須以行銷的方式來鼓勵、操縱、製造出遠遠超過人類自然的欲望，去消費超過現實需要的商品。

人類在進入文明後很長一段時間，把欲望視為危險的事。向來各民族的宗教、道德戒律都告訴我們：欲望是危險的野馬，應該用轡繩把它勒住，絕對不允許放縱。這樣的文明到了大眾消費社會裡完全瓦解，消費的動力是無節制的欲望。於是人類的欲望，從道德、宗教的戒律裡解放出來。不知不覺，官能滿足的正當化，成為我們這個時代的特色。久之，就產生一種對於滿足、舒適、青春、美貌、富有、享樂的宗教性的崇拜。追求各種各樣的滿足，成為我們日常生活重要的目標和內容和無法斷絕的需求。商品擁有的數量與品質成為衡量一個人的價值的標準，但人類有很長一段時間不是用這樣的標準來衡量人的。

大眾消費社會還有一個特徵，就是他人的消失。在消費生活裡，人只和他所欲求的商品有密切的連動關係，其他的人逐漸不存在了。在消費社會中，人生活在一個永恆的循環裡，即對於商品的欲求逐漸強烈到變成一種對商品的飢餓感，必須想方設法獲得它，求取欲望的滿足。當欲求滿足之後，人會有一個倦怠期，但倦怠的時間很短，立刻又被新的對於商品的欲望所撩撥，然後又發展成對另外一個商品的飢餓、滿足、倦怠……。如此，人生在無限循環的商品追逐中，不知不覺過掉了半輩子！於是生命沒有了商品消費之外的目標、理想和意義，人生變成一個甜美而漫長、空虛、無聊的刑期。

人類的精神變得空虛、無聊、煩悶、沒有目標，於是只能從縱容欲望、追逐新的消費來打發這種無聊、無意義、無理想的生命狀態。這樣的新人種，社會學家稱之為「消費人」(homo consumens）。這種人種一生的目的就是追逐消費。「消費人」的養成不是從工作賺錢才開始，而是從很小的時候就開始了。他們從小就受商品廣告的影響，學會了錢跟商品的關係，學會對於商品的需求與飢餓。所謂的文學「新世代」就在這樣的社會裡成長。

新世代文學青年的家庭

新世代文學青年的成長歷程也跟過去很不一樣。向來的大家庭已經解體了，分散成許多的核心家庭。而因為消費商品費用很大，大部分的家庭都是雙薪家庭，小孩出生以後交給保姆或托兒所帶，父母都在工作。這個小孩成長的過程中，跟親族的關係，甚至跟父母親的關係都跟過去不同。他們了解父母外出工作照顧不了兒女的歉疚感，懂得以此威脅，威脅什麼呢？向父母訛詐兒童的商品……。

很多人都過著腳不著地的童年，住的是公寓、走的是水泥路；懂事以後，就被各種持久性與非持久性的消費財所包圍，從小就生活在商品所堆砌的世界裡。

比較富裕的家庭，許多孩子都有自己的房間。一下課把房門一關，就是自己的天地。房間裡電話、音響、電腦，甚至電視一應俱全。他很小的時候就可以跟其他人分隔開來，杜絕與社會、與他人的交往，自己成長、自己去找資訊，尋找各種各樣生活的需要。也因此這一代過早地理解貨幣與商品的關係。他們在年齡很小的時候就成為各廠商各種行銷計畫所進攻的目標，成為消費社會裡一代又一代消費人的預備軍，很小的時候就開始攀比消費力，很早就有流行商品的意識。

還有一點是青少年消費力提高，前不久有一個統計，台灣青少年的消費力在亞洲是非常突出的。因此青少年的服飾、餐廳、pub盛行。以pub為青少年生活生態的中心，變成一個很顯眼的現象。我最近看到關於大陸新一代文學的討論，讓我非常震驚的是，他們也有這個現象，他們的青年也寫以「酒吧」為生態中心的文藝作品。他們趕得真快！所以這個現象是有意義的，不是偶然的情況。類似pub這樣的環境成為年輕人生活重要的生態，又比如對機車、call機之類的商品的飢餓與追求，充盈於年輕人的生活。

於是年輕一代對於官能、欲望特別早熟，在身心還沒有充分發展的時候，就因為這些消費主義、消費文明促使他們過早地發育，過早地感受到官能的飢餓。十幾年前辦《人間》雜誌時，我們就發現當時大學生裡，婚前同居的情況頗為顯著。我不是從道德上來看，而是發現，當一個男孩跟女孩共同生活時，他們就從同儕的社會退了出來，互相廝守，沉浸在愛欲中，對功課、研究、思索和同儕社會活動的影響就更不必說。

一個人應該有更立體的向度，可是這樣的過早的消費生活、消費環境所培養的年輕一代，不免變成了向度單薄，甚至是單向度的人！

新世代文學青年的教育

談新世代文學青年的教育，人們立刻就會想到升學主義。從小，升學就是一個非常重要的任務。面臨升學考試時，父母有求必應，如果考得不好，災難也很大，一定要上名校。因為教育也成為一種商品，對父母來說，逼兒女考上名校，就好像為他自己選擇一個名牌商品一樣。在這種教育商品化的驅策下，就產生整整一代人教育上的重大缺陷。

這樣的教育制度，特別是電腦閱卷制度，形成知識的零碎化。學生可能擁有很豐富、零零碎碎互不關聯的常識，互不關聯的標準答案，可是這些答案卻無法成為一種知識體系，或成為可以指導他的人生的一種完整認識或思想。

在這樣的制度下，人的創意都受到很深刻的傷害。

另外，在升學主義的填鴨教育下，我們從小沒有培養出自己調查研究、找資料、思索資料之間的聯繫的習慣。於是學生不會自己尋求、解決問題，或者提出新的看法。可以說，我們的教育系統是一種浪費的體制。尤其對於中等資質以下的學生來說，升學制度更是無盡的苦刑，而苦刑的結果是使他們愈來愈愚笨。大學教育原本應該是新階段的學習的開始，可是我們的大學往往成為過去教育之苦的一個解放場所，考上了大學，意味著荒嬉的開始。

再看文學教育。我們的文學教育有許多破綻。第一是語文教育的師資問題。在長期失敗的語文教育體制下，語文老師本身也是失敗的語文教育再生產過程中的產物。所以不少老師對文學、漢語各方面並不是那麼有興趣，更不必說研究，怎麼能把漢語的審美、歷史、思想充分地教給學生？

最近十年來本土化的風氣，產生對中國語文、文化的排拒、厭惡、冷漠，這對漢語的教育有很大的影響。當然，推廣台灣話教育也沒有什麼不好。台灣話即閩南話，這是中古漢語，要教台灣話，絕不簡單，你得對中古的漢語有深刻的素養。沒有對中古漢語的學養，寫出來的「台灣話」，只能自暴其粗礪不文，對漢語教育，破壞尤巨。

一般來說，我們的語文教師文學的素養，也不是很充足。有的教師偏重在古典文學，他對於台灣現當代文學、世界文學的涉獵就比較少。而最近幾年來，台灣的現當代文學成一世之顯學，認為全世界只剩下台灣文學，台灣文學最優秀！坦白說，台灣文學從一九二〇年代到現在也不過八十年，如果只會關起門來當光桿皇帝，只對台灣二、三十個作家品頭論足，大陸現當代文學、世界現當代文學都可以不算，這樣的教學心態，我想是對台灣文學很深的一種斲傷，是把自己矮小化、局限化了！

文學教育、文學研究裡的這種唯鄉土論、唯台灣論，對於台灣新生一代的文學、語文教育也是一種嚴重的損傷。

還有一個革命性的問題，關於電視、錄影帶和電腦。這些發明使人類表達的媒介產生了劃時代的變化。我們開始從以語言、文字的媒介表述的時代，變成以圖像表述的時代。然而文學中有一些內心獨白的部分，是影像無法表現的，這內在、抽象的描寫反而往往是文學裡非常重要可貴的部分。過去透過語言的思維取得形象的思維；而現在是直接從圖像去思維，這兩者中間差別很大。在語言的思維裡，每一個字，特別是中文，都有它的哲學、歷史、文化的內容，這是在圖像文明中長大的一代所無法掌握的。

新世代的文學現象

介紹了新世代文藝青年所成長的社會、家庭、教育背景之後，對於我們今日所看到的新世代文學現象就比較容易理解。

第一個現象是語言的貧乏，因為新世代文學青年基本上不太讀作品，這是我在讀一篇篇文學獎的入圍作品時很鮮明的感覺。在我們的時代，當我剛開始寫作時，在我心中，促使我提筆寫作，有一些典型、模仿的對象。比如三〇年代的小說，魯迅、一些日本文學、翻成中文的蘇俄小說……等等就跑到我的腦子裡來，我開始有意無意地模仿。怎麼樣寫一個人？怎麼樣發展情節？這些並沒有任何文學課的老師教我，唯一的老師，是我讀過的小說。可是現在的年輕人不是沒有讀過、就是很少讀過，他們多半是從影像來接近故事。所以新一代的文學，畫面都特別清楚，類似分鏡分場的電影劇本，可是發展下去，就不知道怎麼回事，語文敘述的辭彙相當貧乏。

至於結構，因為沒有從具體的閱讀來理解小說藝術，所以作品往往沒有結構可言，而且這是我讀新一代小說感覺到最大的特色。把作品中間抽掉三段，你不覺得這個故事有什麼損傷，或者再多寫兩、三千字往後面一湊，也是一樣。不但沒有結構上的邏輯，小說的布局、從小矛盾發展到大的矛盾，到矛盾的解決、統一，這些在新世代的小說裡也是看不到的。

小說中還有個重要元素是人物。我們很難在這一代人的小說中看到一個立體的人物形象從這些新世代作品裡出現。看到的人物普遍有個特點，就是作者的自我。在消費世界裡，人與商品的關係是最密切的，人與人之間的關係則淡薄，或者稀少了。新的生活方式使他們不能理解他人，與他人溝通、相與。於是新世代不太能夠去模擬別人、觀察別人。他們只能寫自己，自己的身體、欲望、感官、渴望，而對於別的人、別的階層、別的集團、別的住宅區的人完全陌生，也不會想去寫。生活內容狹小化，沒有觀察他人的體驗，作品中充滿了自我中心的恁恣。

在對話方面，因為生活的貧乏、與人接觸的貧乏，作品的對話就非常貧困，寫不出真正能表現一個人的性格、性別、宗教信仰、階級、貧富、省籍的對話，大部分的「對話」彷彿都是自己跟自己說話。

當然作品表現出來的思想之空泛就不必論了，虛無主義，生命失去了目標，看不到對生命意義的探索，充滿了幸福中毒症。有一個作者我還記得，他花了很長的篇幅在小說裡寫與情節無大關係的某一種機車，什麼牌子、什麼性能，說了半天。我只知道他對於那個車很著迷。

另外一點我必須提及，即外來理論的影響，而這一點恐怕媒體、學校教育都要負一點責任。譬如寫情欲、身體、器官、同性戀……，我不是說這些主題不能寫，問題是一窩蜂，到了我們評審看了都會害怕的地步！又或者半生不熟的後現代啊，後殖民啊，反對「大論述」、「拼貼」技法，言必稱同性戀，言必稱身體自主，一知半解，我想是受到課堂、媒體的影響，甚至受到評審的影響！每次評審，似此作品，氾濫成災，形成嚴重公害。或謂這是新潮流、新傾向。但就文藝而言，光是文論，不能取代作品，除非有一天出現了動人、深刻、受到公認的傑作，眼前的效顰，不會有什麼價值。

文學的消亡？

這些現象，究竟傳達的是一種「新世代的文學」？還是文學的消亡？文學到底是在向上、向更廣闊的領域發展？還是正逐漸地萎殆？這問題最近常常困擾著我。

當然，這樣的文學現象，是新世代特殊的社會、家庭、教育的產物。這是很自然的一個結果，可是合不合理？這是不是好的現象？有一位朋友對我說：現在年輕人就是過這種生活，他們的思想感情就是如此，否則你要他們寫什麼？表面看，這說法似乎也有道理。但有原因的事，不見得是合理的、正確的。馬克思對資本主義的實體做了科學的分析，從而也科學地揭發了資本主義內在的矛盾，最終發展出批判、揚棄資本主義的結論。

這就延伸到文學的哲學問題：文學是什麼？文學為什麼？文學為誰？我認為文學藝術至少有三個功能。第一是讓我們認識生活的本質。而這種認識與社會科學的認識不一樣。文學中所表現的生活，如托爾斯泰所表現的彼德堡，貴族、農奴的生活，以及莎士比亞所表現伊莉莎白時代的英國那又野蠻又浪漫的時代，這些都不是社會科學所能盡其言的。然而我們新世代的文學特點，只寫生活的表皮，寫不出生活深層的本質。他們的作品也許不經意地表現出在現代消費社會裡生活的無聊苦悶，可是，這是現象不是本質，作品沒有辦法告訴我們生活的本質是什麼。

文學第二個功能，當我們認識了人、生活的本質以後，就能夠批評生活。人應該怎麼活？人這樣活著可以嗎？我們的生活這樣下去對嗎？愛情是這樣的嗎？……提出類似這樣的問題。

文學的第三個功能，審美的作用，作家把一個人的感情用那麼美好的審美形象表現出來。坦白說，這些功能在我們年輕一代的文學裡幾乎都看不到。

此外，創造性不夠。因為新世代的生活比較粗淺，閱讀的作品又少，他們的思維、感情都比較狹隘，而且自我中心。於是在這批年輕人的作品中，很少有創造出令人印象深刻的人物。沒有人物、沒有讓人難忘的情節、沒有令人讚賞的結構，而是一大堆對於生活的複製，不斷地說明一代人對於商品的欲望、飢餓與滿足。讀起來很心痛，可是實在受不了。

文學最初的單元是語文，可是我們這個新的世代，恰恰就表現出語文的荒廢與語文的死亡，則文學的前途可想而知。我們培養了一整個世代對漢語完全沒有審美能力、沒有足夠的漢語知識和素養的一代人；我們培養了一整世代漢語的野蠻人！大家用來用去就那麼幾句話，錯別字連篇。圖像的思維更代替了語言文字的思維，圖像的表述也取代了語言文字的表述。

文學思潮對於生活的批評

關於前面所說，文學很重要的一個質素是對生活的批評，我想用文學思想史的角度來闡述。

人類進入資本主義時代以後，社會上有「資產階級」登台。這些新興資產階級透過商船、航路的發現、貿易，發現了一個全新的世界，這是過去封建時代的人所沒有辦法想像的世界。因此，這些新興資產階級對於新的發現充滿了熱情、驚奇、幻想。人從過去的封建身分制度得到解放，開始覺醒，個人的感情、感傷、愛欲都得到解放，這就產生浪漫主義的思潮。於是有英國湖邊詩人，歌頌大自然，歌唱個人的愛戀、個人對於生活、人、大自然的感情……這些都是浪漫主義文學的特色。但是浪漫主義並沒有全面承認、歌頌新生的資本主義文明。浪漫派詩人退縮到大自然、湖邊，表達對於工業化城市生活和痛苦的厭惡、批評或者是逃避。

資本主義從自由競爭階段發展到獨占資本主義階段，新興的工業城市愈來愈擁擠，裡面的貧民窟、社會問題愈來愈嚴重，再加上科學精神、科學技術的發展，這時產生了一個新的創作方法，即寫實主義。他們對於現實，以科學的方式去觀察、逼視新的社會為人類帶來的命運，特別是對於被社會壓制的底層人物的同情與關懷。如托爾斯泰對於農奴的關心，及西歐現實主義大師對於社會底層、人的處境的描述。甚至有一些現實主義作家走上革命。

現實主義的極端化就是自然主義。自然主義相信生活、生命受到科學規律(遺傳、社會學)的宰制，人無法改變命運，已經比較沒有革命的熱情了，但是變得非常的宿命，認為人是逃不過因果律的，在強大社會力量的操持下，人只有走向悲劇一途。自然主義作家只能像一個做實驗的人，仔細觀察、描寫生活的切片，卻沒有意願要改變這個現狀，人生是絕望的。而這絕望感，也是對資本制生活的批判。

而無論如何，他們對於所處的資本制社會體制、社會形態都不是完全的接納或歌頌，他們的作品都帶有批判與控訴的意味。

到了二次大戰前後，國家獨占資本主義時代開始，就有了現代主義。現代主義也是從高度發展的資本主義現代工業的一種退縮。現代主義特別主張人的個性，千方百計要突出自己的獨特性與創意，這個突出的本身就是抵抗高度工業化社會所帶來對人的平均化與異化。當然，現代主義也表現了退縮，像浪漫主義一樣，對群眾、社會有很深的厭惡，退到內面的世界，也耽溺在欲望和麻醉藥品所造成的世界，描寫性欲和感官的倒錯等等。

到了六〇年代以後，所謂晚期資本主義時代，資本主義的發展規模超越了國境，也超越了各個民族國家所能控制的範圍，於是帶來高度、廣泛、世界性的商品化。在這全球性商品化的過程中，後現代主義是唯一的文藝思想，表現為對世界資本主義體制的順從、隨流。譬如後現代主義不相信創意，因為在高度商品生產的社會裡，每一個商品都一樣，創意已經不重要。藝術文學裡，人物已經消失不見，也沒有情節。我剛剛談的年輕一代小說的特質，多多少少也受到這種外來理論的影響，認為現在是後現代的時代，卻不考慮我們現在經濟發展的階段是不是跟後現代主義所從生的經濟發展的階段完全一致。

從現代文藝思想史看來，文藝是反抗資本制生產下人的異化、物化、商品化的精神紀錄，而不是欣然接受資本主義工業化的「甜美」果實。文學是對於生活、現實的認識及對生活的批評，缺乏認識就沒有批評，缺少批評就沒有文學。

隨著資本主義高度發展相應的文學藝術看起來，文學是不是有明天？這是我心裡面的一個問題。我彷彿感覺到文學、藝術正隨著人類經濟的發展而不斷掙扎，不斷地走向死亡。

文學的生機

而新世代的文學似乎在預告，或者說預言文學甚至藝術的終結。這麼說，又似乎太悲觀了。到底它的生機在哪裡呢？

遠在一百多年以前，馬克思就說過，隨著資本主義生產方式不斷的發展，人的精神面貌、文化和精神成就會愈來愈墮落和庸俗。物質、金錢的關係取代了過去長年以來，一切神聖、不可交易的關係。資本主義的發展，是精神與文明、文化，包括文學藝術的商品化、物化、異化和消亡。

而人類的文藝思潮史也告訴我們，資本主義登場以後，每一個資本主義發展階段的文學藝術，都是對那個階段資本主義社會的一種批評、反思。

我想，新世代的文學有兩條道路：一是順從這個潮流；或者，選擇自覺地去認識生活，從而去批評生活？我感到心疼的是，我看到年輕的一代，對生活、對審美、對文學藝術、對理想，過早地喪失熱情。要捨棄熱情和理想起碼要到三十五歲、四十歲以後啊！我們過早喪失了這一盞燈火，在我們手上已經看不到這種火花，而沒有這種火花，就不可能有文學！

那麼該怎麼辦呢？我有幾個建議供年輕世代參考。

第一，我鼓勵大家從事對生活調查研究。這是我過去辦《人間》雜誌得到的經驗。當時那些文藝青年，在深入採訪、體驗之後，他們的文章愈寫愈好。這是因為深入到生活的現場對他的衝擊，使他不斷地想要更好、更生動、更準確地表達他在現場的感受和激動。我想寫文章不是技巧的問題，而是內心有沒有一種強烈的思想和情感需要寫出來？這是最重要的。因此我鼓勵大家向外走，到生活的現場去看、去聞被汙染的水的味道、跟田裡的老阿伯聊聊天，去理解問題，如此才能衝破消費社會商品圍牆裡虛構的幸福生活。越此圍牆，你就看到了人、看到生活、看到社會、看到歷史。這將成為思維或是創作很重要的泉源。

第二，也許你對具體的創作沒有特別的經驗或興趣，可是有一件事情許多人都可以做：報導。以你在現場的感受，把看到的一切用文字、攝影記錄下來。我個人覺得高度發展的資本主義時代裡，像美國、日本其實也已經沒有變成話題的文學作品了，可是幾乎每個知識分子、關心時代的人，書架上都會有一套他們那個社會裡著名的報導作家的書。那是高度發達資本社會中唯一的、有力量、真正給人衝擊、思考的作品。

此外，要全心全意地學習我們自己民族語言的寶庫。那是一個非常了不起的寶庫，絕對不像一些人所說的是「外國文學」、沒什麼好讀。有人在外國獲得一個獎，就可以大言不慚地全面否定中國文學，那是一種很大的輕慢！我們民族有非常了不起的文學、語言、文字和藝術的遺產，你們一定要去親近這個遺產，並從中獲取營養。一個民族文學的傳承必然是從自己民族的文學裡孕育出來的。當然，對世界名著也應該遍讀。

現在有一種理論，看見蘇聯、東歐社會主義垮台以後，有一個勝利的歡聲，認為資本主義已經取得了歷史性最後的勝利，社會主義垮了，歷史停止了，意識形態的時代已經結束！我想這樣的說法未免過於樂觀。但我想說的是，我們至少在年輕的時候要有一種態度，對主流的支配性的意識形態、主流的政治、主流的文學觀抱持一種懷疑、對抗、批判的態度，不能隨波而去。必須認真思考眼前的生命合不合理？到底我們的現況是什麼？思考人的命運、人的價值、人的尊嚴、生活的原則以及人所應該抱有的終極關懷。至少在年輕的時候不要太早放棄這些，如果放棄這些，不但沒有文學，所有的文明都只剩下官能、欲望和物質，那是一個荒蕪的人間廢墟啊！

初刊二〇〇〇年四月十一—十二日《聯合報・副刊》第三十七版

1　本篇為「書寫文學新勢力：全國大專院校巡迴演講紀錄1」演講全文。記錄、整理：宇文正。

護衛良心權的鬥爭

從韓國《光州特別法》與台灣《補償條例》說起[1]

一九七九年十月，南韓獨裁者朴正熙在宮廷鬥爭中遭到暗殺，一時韓國的民主化運動有巨步、蓬勃的發展。十二月十二日，軍人全斗煥發動政變，對全韓民主運動進行鐵腕鎮壓。一九八〇年五月十八日，全斗煥・盧泰愚軍事法西斯體制對負隅抵抗的光州市民主化國民運動，調動了正規武裝部隊，以現代化美式武器進行屠城式的殺戮，造成屠殺、拷問、投獄等重大人權侵害事件，官方稱為「光州暴動」，在短短數星期的鎮壓中，造成數百名市民、學生的慘死。

一九四六年，中國國共內戰全面爆發，引發包括台灣在內的、全國性反對內戰、主張和平建國、全國性民主化改革、地方的高度民主自治和振興經濟的國民運動和學生運動，一九四七年二月事件即此一全國性國民／學生運動之一環。一九四七年中後，內戰形勢逆轉。中國民主革命的波浪向台灣浸透，中共在台地下組織在台吸收省內外工農、知識分子、市民而成長，在四七年至四九年間的台灣文化、思想、知識界和高校校園中擴大。一九四九年四月，陳誠當局動手肅清台大和師院學生的民主運動，清洗以楊逵為首的台北進步文化界，史稱「四六事件」。十二月，國民政府全面撤台。同年底，以地下黨基隆中學支部的破壞為起點，在台國府展開了延續至一九五二年的、全面、徹底的反共清洗。有四、五千人遭到槍決，一萬名左右判處不等刑期的徒刑，殘暴恐怖，風聲鶴唳，秘密、非法逮捕、審訊、拷打、槍殺和投獄，成為數年間日常生活的家常。國民黨稱此制度性政權暴力事件為「叛亂」或「匪諜」事件。

迨一九九〇年代，南韓與台灣不約而同時對這些過去國家暴力所造成懸案和歷史，展開清理和「補償」的作業。一九九五年十二月二十一日，韓國訂立《關於五一八民主化運動等特別法》（簡稱《光州特別法》）台灣在一九九五年訂立了有關處理二二八事變的《二二八事件處理及補償條例》。一九九八年六月，頒佈《戒嚴時期不當叛亂暨匪諜審判案件補償條例》（以下簡稱《叛亂案補償條例》）。

《光州特別法》和《叛亂案補償條例》，都是對於戰後東西冷戰體制下，在美國帝國主義武裝干涉下韓國南北分裂、海峽東西對峙的結構中，南韓和台灣分別形成扈從美國的、以反共國家安全為藉口的獨裁政權，在美國支持下，發動了國家政權主導的、組織性恐怖暴力和大規模人權蹂躪事件所做的清理和「補償」的法律。然而，由於南韓和台灣的戰後民主運動有歷史上的、政治上的不同，呈現出不同的性質和意義。

《光州特別法》最大的特點，在於它明確規定了一九七九年十二月全斗煥軍事政變和一九八〇年五月光州事件鎮壓行動，都是「破毀憲法」的、「內亂」性的「軍事叛亂」罪行，而予以非法化、犯罪化定位。以此為根據，國家得以組織特別調查行動，調查並起訴元凶全斗煥和盧泰愚，最終判處徒刑，而《光州特別法》也得以依據（一）究明事件真相；（二）懲處元凶；（三）國家賠償；（四）平反，和（五）對歷史事件的紀念事業（如犧牲者墓園、事變紀念館、立悼亡紀念碑，學術研討會，等等）而立法。

反觀台灣的《叛亂案件補償條例》，從條例的名稱來看，五〇年代白色恐怖的犧牲者，在法律上仍然是非法性的、汙名性的「叛亂犯」和「匪諜」。條例清理的對象，是當年「叛亂案件」及「匪諜案件」受到「不當」的「審判」——即「冤、錯、假案」為限，但「經認定為叛亂犯或匪諜確有實據者」，「不得申請補償」，而被排除在整個補償條例之外。因此，《條例》當中，沒有要求歷史真相的嚴肅究明、沒有懲治當年國家暴力執行者；沒有犧牲者平反（《條例》中雖有「名譽受損者，得申請恢復之」的規定，但沒有再審而重新宣判無罪的細則，從而與韓國的《光州特別法》大異其趣）和歷史案件紀念事業的規定。前不久在綠島立「垂淚碑」，只是個別政治犯的設想，完全沒有照顧到五〇年代白色恐怖歷史的詮釋應有的共識，在未曾解決五〇年代清共屠殺的歷史曲直的條件下，與權力苟合，使五〇年代政權暴行合法化了。且立碑活動成為地方性（台東縣綠島鄉）並不是全台灣的行事，台北市政府馬場町紀念公園的設想也局限於地方性行事，因而無從發揮療傷止痛、國民／民族團結與和解的意義。

台灣的《補償條例》，是無黨籍、在野黨和若干國民黨立委所推動，而不若韓國《光州特別法》之為強大市民運動的果實。因此，《補償條例》受到意識形態、政治考量的強大限制，妥協主義和機會主義色彩濃厚。前述「排除條款」的提出，不是政府當局和執政黨立委，而是在野黨立委，自動提出，以交換立法通過。在《補償條例》中，政府仍居於代表權力正義的、「警察」的地位，而申請補償者仍居於非法的「叛亂」者和匪諜的、即「強盜」地位。而「補償」之異於「賠償」，基本上前者不承認國家政權在歷史暴力事件中的不正當性、不道德性和非法性，後者則完全、明確承認國家政權的暴力之不義、不當和非法。《補償條例》在立法行動之初，政府開宗明義不採取修正《國安法》第九條第二款——即主張共產主義者之非法性——說明了《補償條例》強烈的反共主義和意識形態的局限。

也正因為這樣，受命處理補償事宜之「財團法人戒嚴時期不當叛亂暨匪諜審判案件補償基金會」，只能片面依據「政府機關提出」的「證據」「逐一審認」。而「政府機關提出」的「證據」，無非是五〇年代政治肅清過程中非法拷訊、攀誣的結果，完全沒有公正性，對申請補償者十分不利，以至「基金會」的「審認」牛步遲遲，六、七千件申請案，兩年來只能審認三百餘件。而申請人大多進入古稀之年，《補償條例》的不仁，昭然若揭。

此外，這種由權力的一方施捨——而不是經由強大的國民運動，以全體國民對於歷史懸案之不義的憤怒、以及究明歷史懸案真相的強烈的意志，迫使權力讓步，以國民的立法運動，伸張了正義——使申請補償者仍然居於政治上、良心上未被解放的、囚禁的地位。他們受到高額補償金的綁架，甚至為求取「補償」，被迫做出反共轉向性表白，爭取列入「冤錯假」案，晚景失節，無法伸張犧牲者良心和政治上的正當性與合法性，無法要求對過去歷史事件重建當代的價值；無法要求究明歷史真相並起訴和懲罰歷史暴力事件的元凶，無法要求全面的物質和精神上的謝罪、賠償。《光州特別法》在人權法律的世界史的意義，相形之下，遠遠不是台灣的《補償法》所可望其項背。而這又反映了台灣戰後民主化市民運動在政治上、思想上和文化上的嚴重破綻，為今後台灣人權鬥爭的運動，留下反思和再實踐的空間。

但也必須附言，在韓國，以《國家保安法》為首的反共法體系，雖歷經金泳三、金大中體制，仍然有效存在，苛密如故。對共產主義者的法律和政治壓迫絕未鬆動。對堅持良心自由的「非轉向」共產主義者政治犯，施加額外的人權壓抑。對韓國共產黨人政治案件的歷史究明、平反與賠償之路，除非近日內南北高層會談有順利發展，否則韓國共產黨人政治犯的艱苦的獄中歲月，不知何時破曉了。

二〇〇〇年五月

良心的權利，在帝國主義時代，在階級社會中，向來十分脆弱，向來受到帝國主義及其獨裁性扈從政權苛烈的壓抑，多少必欲勇敢地改造世界的鬥士，粉身碎骨，破身亡家。社會變革運動，就是實踐良心權利的運動。守護良心的權利的鬥爭，正呼喚著我們做縝密的反思，凝結與前進。

初刊二〇〇〇年五月《左翼》第七號，署名鄒議

1　本篇為「光州抗爭二十週年」專輯文章。

以意識形態代替科學知識的災難

批評陳芳明先生的〈台灣新文學史的建構與分期〉

一、離奇的社會性質論

去秋，陳芳明先生（以下禮稱略）發表了〈台灣新文學史的建構與分期〉（《聯合文學》月刊，一九九九年八月號），宣告他要以「後殖民史觀」去「建構台灣新文學史」，並進行台灣新文學史的分期。他主張「要建構一部台灣新文學史，就不能只是停留在文學作品的美學分析，而應該注意到作家、作品在每個歷史階段與其所處時代社會之間的互動關係」。他並且說，他在「建構」這部新的台灣新文學史時，要以「對於台灣社會究竟是屬於何種的性質」的問題之究明為「一個重要的議題」。陳芳明於是把結論說在前面。他認為台灣社會的總的性質是「殖民地社會」，「則在這個社會中所產生的文字，自然就是殖民地文學」。

這就牽涉到關於既有的、馬克思主義・歷史唯物主義的社會性質理論和殖民地社會理論了。小論的目的，只限於審視和批評陳芳明據以為台灣新文學「分期」之基礎的「台灣社會性質」論，至於陳芳明依其台灣社會性質說所造成的關於台灣新文學史論的全面錯謬，則等待以後的機會加以批評。

社會性質論，又作「社會形態論」或「社會構成體」(social formation)論，指的是一定歷史發展階段中一個社會的生產方式[1]和與其相應的生產關係的總和，即一定社會發展階段的生產力發展之獨特的性質、形態，和與之相適應的生產關係之獨特的形態與性質的總和。馬克思據此以說明人類社會依其生產方式和生產關係的演化，一般地、平均地把資本主義以前的諸階段社會，分為原始社會、奴隸社會和封建社會，並推論資本主義後的新社會形態，即社會主義社會的到來。雖然從資本主義社會向社會主義過渡的理論，目前在現實上受到挑戰，但馬克思關於資本主義社會本身及前此各階段社會的分析之科學性，仍有強大的威信。

馬克思的這一概括的五階段社會發展理論，當然主要地以西方先進、獨立的資本主義社會的發展史為言。到了十九世紀中後，西方資本主義向帝國主義階段發展，以資本輸出，掠取他民族/國家的工業原料，並強占其市場以傾銷其工業產品，來擴大其資本的積累與再生產，這就形成了帝國主義。而為了在帝國主義各國競逐原料和市場的鬥爭，帝國主義往往又以暴力強占亞、非、拉廣泛的前資本主義社會，施加直接的、強權的政治統治與經濟榨取，使這些前資本主義的社會淪為殖民地或半殖民地。

於是，在十九世紀中後以迄於今日的帝國主義時代，淪為殖民地的各前資本主義的、後進的社會，在社會發展階段中，便多出了一個外鑠的社會性質，即「殖民地」或「半殖民地」性質，說明這些社會在世界史的帝國主義時代所處的地位。這些社會的殖民地化和半殖民地化，又對於這些帝國主義支配下前資本主義各社會經濟的發展，起到複雜、深刻、負面的影響。

以中國社會史為例。秦漢以後，中國社會從貴族封建社會（農奴附屬於土地，土地以貴冑家族世襲而不能自由買賣，以農奴的力役與實物地租為榨取形式等等）轉化為私人地主封建體制（私人主佃封建關係，土地可以買賣，佃農對地主、土地的半農奴依附，地主經由封建地租和力役對佃農進行剝削，等等），並經歷了兩千多年停滯反覆的、獨立的地主封建制。直到一八四〇年，以鴉片戰爭戰敗為起點，包括台灣在內的中國封建社會在列強侵凌下，從獨立自主的傳統地主制封建社會淪為半殖民地和半封建社會。半殖民地，是因為清帝國畢竟勉強維持著殘破的主權政府在形式上的「獨立」，但全中國則早已分別被列強分割成各國的勢力範圍、租界地和殖民地（如香港和台灣），國防瓦解，海關為外國所把持，國已不國。半封建，是因為帝國主義強開中國的門戶，以強權通商，使資本主義生產、商品和金融資本破門而入，相對擴大了資本主義商品經濟在中國經濟中的領域，在一定程度上帶來資本主義生產方式和生產關係，也一定程度上刺激了中國資本主義的發展，傳統自給自足的封建的生產方式和生產關係遭到一定程度的破壞而促其瓦解。

然而，帝國主義的殖民地統治的目標，絕不在徹底揚棄殖民地的前資本主義社會（例如本地封建社會），從而催促其資本主義現代化。帝國主義的目的，是使殖民地的前資本主義社會成為其附庸，限制殖民地經濟自然、獨立發展，把殖民地改造成為帝國主義獨占資本掠奪原料、獨占市場的基地，並且以其強大的金融資本控制殖民地銀行、廠礦、交通工具和相關貿易及商業，打擊和壓抑當地民族資本的正常發展，一方面又與殖民地半封建勢力如地主、買辦、官僚和軍閥相勾結，通過鞏固和利用本地半封建或封建的政治和經濟結構，對廣泛的殖民地人民進行敲骨吸髓的剝奪與壓迫。總之，帝國主義一方面相對性地帶來資本主義諸關係，促成殖民地傳統封建經濟在一定程度上瓦解，另一方面，帝國主義又藉鞏固和利用殖民地傳統封建勢力如地主資產階級、買辦資產階級和官僚資產階級及其物質基盤，以遂行帝國主義獨占資本的積累與再生產。如此，一方面是傳統封建體制的動搖與瓦解，一方面是本地資本主義發展受到構造性的阻礙與壓迫，成為停滯在從封建社會向現代資本主義社會移行之半途的、「半封建」的畸形社會。

因此，在馬克思社會形態發展理論中，就絕沒有一個單獨稱之為「殖民地社會」的社會階段。原因無他：「殖民社會」不是一個單獨、固定的社會性質和社會發展必由的階段。殖民經濟是世界進入帝國主義時代的先進資本主義以金融資本的形式向前資本主義社會輸出，掠奪其原料、獨占其市場所形成的經濟，使殖民地各種前資本主義社會的生產方式與生產關係發生了重大變化，以故「殖民社會」的概念，離開了這些變化後的具體的社會性質或形態的描寫，就空洞而無意義了。此所以殖民地下各種前資本主義社會的性質（形態）都是以「殖民地・封建社會」（例如商業資本主義的荷蘭東印度公司在荷據台灣招募中國東南沿海貧困農民進行東印度公司下的封建榨取的體制）、「半殖民地・半封建社會」（如鴉片戰爭後的大陸社會和鴉片戰爭後直到日本統治前的台灣），以及「殖民地・半封建社會」（如殖民地化以後的朝鮮和台灣）為表述。

則陳芳明的「殖民社會」論，在社會形態論上是毫無根據的。陳芳明說，甲午戰敗，「台灣社會發生了很大變化」，而「島上的原住民社會與漢人移民社會，在一夜之間，被迫迎接一個全新的殖民社會」。「原住民社會」與「漢人社會」，是種族概念，而「殖民社會」則是政治經濟學性質的、是社會科學的概念。於此，尤見陳芳明對「社會性質」理論的混亂了。

二、日本殖民地下的資本主義問題

基於他自己關著門炮製的「台灣社會是屬於殖民地社會」的「史觀」，陳芳明「建構」了一個把台灣社會史——從而是台灣新文學史——分劃成「殖民時期」(一八九五〔新文學則始於一九二一〕—一九四五);「再殖民時期」(一九四五—一九八七)和「後殖民時期」(一九八七年迄今)這麼一個三階段論。前提既錯,在這錯誤前提上「建構」起來的全「史觀」的謬之千里,是自然不過的了。

僅僅說日據台灣社會是「殖民社會」之不通,已見前述。在這新寫的新文學史中,陳芳明不憚於一再描述日本殖民地下台灣資本主義經濟的發展與擴大,謂「日本資本主義在台灣奠基與擴張」,使「日本資本主義」為台灣帶來「現代化」;又說「日本統治者所引介進來的資本主義與現代化」,為「台灣社會造成最大的衝擊」。而據說「沒有殖民體制的建立,就沒有現代化生活的改造」。在別的地方,陳芳明也不憚於宣傳「日本資本主義在台灣社會的深化與擴張」。總之,陳芳明認定了日據台灣社會是一個資本主義相當「擴大」與「深化」的殖民社會。這就得考察殖民地台灣的資本主義的具體情況了。

日帝據台之後,立刻展開了為日本獨占資本在台灣順利發展所必要的「基礎工程」,如眾所周知的土地林野的調查、土地所有制度的改革、貨幣度量衡的統一化、排除鴉片戰爭以後來台的西方資本勢力,等等。這些基礎工程,不是資本主義經濟的本身,卻為日本帝國主義資本在台灣擴張和超額榨取,創造了條件,但同時也形成了母國日本與殖民地台灣之間的不平等分工,使台灣在經濟上固定為對日本供應原料與農產品食糧的基地,台灣經濟喪失其主體性,而庸從為日本帝國主義經濟積累的工具，並被迫形成日本的米─糖單一性種植（monoculture）的基地。台灣本地傳統的、資本主義萌芽的糖廍作坊和台灣人現代資本主義製糖資本被迫解體。一九三〇年以後的軍事工業化，在軍政統制下，台灣人工商業資本與土地資本進一步萎縮。在日帝統治下，以製糖工業為中心的日本籍資本主義有所發展，但本地台灣人資本則遭受強權的制度性抑壓，豪族資本也只能依附在日本獨占資本中，無權獨立組織公司以發展。

此外，一直到日本治台四十四年的一九三九年，台灣的農業產值皆高於工業產值，說明尚未資本主義工業化。一九三九年到四五年，工業產值超過了農業產值，但考慮到工業產值中製糖工業（及其他農業加工業）占其中之大半以上，復加上戰爭工業化的誇大性，實不能加以過大評價。

而在另一方面，日本帝國主義保護和鞏固了台灣的半封建地主·佃農體制，並在這半封建的土地關係上，建立了以糖與蓬萊米為中心的殖民地剝削經濟體制。日本將台灣殖民地化，並沒有使台灣土地關係轉變為資本主義的大農場經濟，而是以強權保留和強化了小面積佃耕和現物地租等半封建剝削體制。

因此，陳芳明的日據台灣社會為「殖民社會」之論，顯然不曾理解到帝國主義下台灣前資本主義社會的深刻、複雜的變化，即殖民地半封建化的變化，從而過高地評價了殖民地台灣的資本主義化即「現代化」程度，而對於殖民地台灣社會半封建性的側面，則完全沒有估計到。對於殖民地或半殖民地社會中資本主義成分的估計，向來富於爭論，但從現在看，高估半殖民地中國和台灣的資本主義因素（如托派和矢內原忠雄），早已受到中國革命的實踐和台共對台灣社會分析所揚棄。今天，大部分台獨派和自由派學界一般地把日本對台殖民統治視為資本主義化、「現代化」而加以美化與合理化已成通論。但這又與托派中國社會論和矢內原台灣社會論有本質的不同。

看不見殖民地台灣的半封建性，就無法解釋許多殖民地台灣歷史中的重要問題。從文學上說，除非認識到殖民地台灣的雙重矛盾，即帝國主義異族支配下的民族壓迫的矛盾，和與帝國主義相苟合、以半封建地主佃農體制為核心的半封建剝削與壓迫的矛盾，就不能說明何以日據下台灣新文學的思想和題材，鮮明地集中於「反帝．反封建」的思想和題材。描寫日本警察橫行鄉里，魚肉台灣人民的〈一桿秤仔〉、〈不如意的過年〉、〈惹事〉；描寫日本獨占資本在台灣的掠奪，農民工人被驅落貧困深淵的〈豐作〉、〈一個勞動者之死〉、〈一群失業的人〉、〈送報伕〉和〈牛車〉；描寫與日本當局勾結、刻毒同胞的封建地主豪紳的〈善訟的人的故事〉，寫殖民主義和封建主義多重壓迫下呻吟之女性的〈薄命〉、〈誰害了她？〉、〈青春〉和〈老婊頭〉等。離開了日據下台灣社會「殖民地．半封建」社會的性質（形態），就不能有科學性的說明。日據下台灣新文學作品，從來不曾把殖民地台灣社會寫成幸福、進步、「現代化」、高度「擴大」的「資本主義」社會！

三、「殖民地革命」論的杜撰

另外，由於陳芳明完全不懂科學的政治經濟學理論，不懂得以歷史唯物主義為核心的社會性質（形態）理論，所以在他另外的文章中論及台共一九二八年和一九三一年綱領時，簡直荒腔走板，不知所云了。這當然也從另一個側面暴露了他對台灣社會形態史的錯誤認識。

茲舉一例。基於同一個錯誤，即陳芳明以日據台灣社會為沒有經濟內容的「殖民社會」的錯誤，陳芳明說，因日據台灣是一個「殖民社會」，所以台共在其政治綱領中關於台灣革命的主張，是「殖民地革命」的性質。而陳芳明又說當時中國大陸的社會性質是半殖民地．半封建社會，因此其革命的性質是「社會革命」！繼之，陳芳明以他今日台獨派的思想和意識形態，編造出了台共黨史中台灣的／謝雪紅的／日共領導的「正確」路線，與中國的／翁澤生「上大派」的／中共領導的「錯誤」路線的鬥爭這樣一個荒唐的劇本。而這兩條路線之矛盾，據陳芳明說，在社會性質論與革命性質論上，就表現在翁澤生等「親中共」的「上大派」要將他們的「社會革命」路線強加於謝雪紅的、日共的、台灣派的「殖民地革命」路線上！在他的〈台灣共產黨的一九二八年綱領和一九三一年綱領〉（陳芳明《殖民地台灣：左翼政治運動史論》，麥田出版社，一九九八）和其他文章中，陳芳明以此忿忿不平，不憚於三復斯言，使他在社會科學上的嚴重無知與錯誤認識更加突出了。

早從一九二八年開始，我國社會科學理論界就展開了一場沸沸揚揚的關於中國社會性質和社會史的爭論。這爭論的源始，是基於對一九二七年北伐革命挫敗的反省，而自重新摸索中國社會性質著手，檢討中國社會形態與中國革命的性質、敵我關係、階級構造和革命的方針政策。第三國際指導下各國共產黨的綱領，都依據馬克思主義的社會形態（性質）理論，對自己當面社會進行了分析，並根據這分析來決定革命的性質、目標與方針。中共如此，日共如此，當時隸屬於日共的「台共」（「日共台灣民族支部」）和鮮共（日共朝鮮民族支部）等莫不如此。中國社會史論爭，其實先是集中在當時中國社會性質的爭論，繼而又發展為中國歷史上各階段社會性質即社會史的爭論，再發展為有關中國農村社會性質，兼及「亞細亞生產方式」理論的爭議。

即便在左派內部，不論在國內或共產國際內部，對於中國社會性質，從而對中國革命性質的主張，也有針鋒相對的不同。有一派認為，中國是半殖民地半封建的社會。半殖民地的矛盾，要求進行反帝的、民族（主義的）革命；半封建的矛盾，要求進行（由工農階級領導的）資產階級性質的民主（主義的）革命；另有一派則力主中國早已在帝國主義下資本主義化，中國社會基本上是一個資本主義社會，因此中國無產階級應該靜待自己力量之壯大，準備進行一場無產階級性質的、推翻資本主義、建設社會主義的「社會（主義的）革命」。而具體的歷史實踐證明了前一個路線（斯大林和毛澤東）的正確與勝利，和後一個路線（托洛茨基和陳獨秀）的錯誤與否定。在馬克思主義有關社會理論中，只有先進資本主義國家的、由現代工資勞動階級主導的、推翻資本主義、最終建設社會主義的「社會（主義性質的）革命」，和帝國主義下廣泛第三世界前資本主義社會形形色色的殖民地（或半殖民地）·封建（或半封建）社會之由工農階級的同盟所領導、團結同被壓迫的小資產階級、民族資產階級和其他反帝愛國力量，共同反對帝國主義及其扈從——大地主階級、官僚資產階級和買辦階級——以發展資本主義並最終向社會主義過渡的「資產階級性的民主（主義的）革命」，即毛澤東的「新民主主義革命」，而根本沒有什麼「殖民社會」的「殖民地革命」這種怪說。猶記在六〇年代，台灣的報紙報導第三世界反美獨立運動時，常常把外電中的「民族·民主革命」（national-democratic revolution）誤譯成「國民民主革命」，就是不懂得針對（半）殖民地·（半）封建社會的民族主義（反帝）的、民主主義（反封建）的變革理論所鬧出來的笑話。陳芳明的錯誤類此。

因此，陳芳明一點也讀不懂台共綱領，是理所當然的。再舉一例。台共一九二八年的綱領中，有一段批評當時台共同志汲汲於要在台灣一味進行推翻資本主義的「社會（主義）革命」這樣一個錯誤認識。綱領認為，這個錯誤的根源，在於當時的同志們不曾注意到「（一）台灣是日本帝國主義的殖民地；（二）台灣本身還存在很多封建制遺物」，即不理解台灣社會的「殖民地·

半封建」性，而陳芳明竟而據此大發奇論。他說道：

> 由於資本主義在台灣未充分發展，封建制度的殘餘仍然深深根植於社會內部，台灣革命自然也具備了克服封建殘餘的任務，其性質也是屬於社會革命。

陳芳明接著說，日共綱領上認為日帝的性質是封建地主與資本家混合的政權，則「台灣的獨立運動就不僅僅是單純的民族解放運動而已，並且在社會內容裡也是民主主義的革命」。

對於陳芳明而言，台共到底是主張台灣革命是「社會革命」還是「民主主義的革命」，從上引文字，足見其認識、知識之錯亂。社會革命，是一個資本主義充分發達的社會，為了克服資本主義社會深刻無可緩解之矛盾，由新興現代工資勞動階級領導，進行推翻資本主義體制，實現後資本主義階段的新社會即社會主義社會的革命，即「社會革命」，也就是社會主義革命。

在封建或半封建社會，封建制度或「封建制度的殘餘仍然深深根植於社會內部時」，當新生的資本主義經濟在封建或半封建社會中既萌芽成長，又備受壓抑；當封建或半封建的生產力和生產關係產生了無從調和的矛盾，則新生資產階級或工農階級的同盟聯合其他支持革命的各階級起來領導推翻（克服）封建或半封建體制，建立後封建（或後半封建）階段的資本主義性質的社會，即資產階級性質的「民主革命」，亦即「民主主義的革命」。

因此，在帝國主義時代，一個前資本主義社會，即（半）殖民地·（半）封建社會的革命的性質，根本不是什麼「社會革命」，更不是什麼「殖民地革命」，而是反對殖民地統治的民族解放的革命，亦即「民族革命」和反對封建（半封建）統治的、為發展而不是壓抑資本主義的、資產階級性質的「民主主義革命」之統一，合稱「民族·民主革命」。

但第三國際關於殖民地解放運動中的「民族·民主革命」理論，主張由各殖民地的工人與農民階級而不是其資產階級擔負起這「資產階級性的民主革命」的領導任務，理由是在殖民地下，獨立的、民族資產階級的力量小，人數少，變革的決心弱、立場不穩，而買辦資產階級和官僚資產階級又因為本身兼為地主，與帝國主義關係密切，往往同時帶有封建地主階級的性格，扈從於帝國主義而積累，有買辦性。所以這個在社會發展階段上應是資產階級性的民主主義的革命，必須依靠在殖民地社會受壓迫最深重、變革決心最堅定的殖民地工農無產階級而不是別的階級的領導。這也就是毛澤東所說的「新民主主義革命」，大有別於西方資本主義發展史中由強有力的資產階級市民所推動的、為摧毀封建主義，建立資產階級專政的資本主義社會的、傳統的、「舊的民主主義革命」。二八年台共綱領所說日帝下「台灣猶殘存著頗多封建遺物」，意謂殖民地台灣的資本主義有相對性發展，但同時一仍殘留著封建體制的殘餘，所以台灣社會是一個

（殖民地下的）半封建社會，以故台灣革命一面要進行打倒帝國主義的民族解放的革命，卻不能以此為已足，「不能獨斷為單純的民族解放運動，其社會性內容應為民主主義的革命，此即所謂的台灣資產階級性（民主）革命……」。

陳芳明讀不懂這個道理，所以一面說台灣革命為了「克服封建殘餘」，「其性質」竟然「也是社會革命」，一面又引他不懂的綱領文字，說是民主主義的革命，並且一有機會就說中共將其從未主張過的「社會革命」論強加於台共也從來不曾主張過的「殖民地革命」論，讓中共與台共在陳芳明的腦袋裡鬥得不亦樂乎。因為中共對當時中國大陸社會的分析是中國乃半殖民地．半封建社會，「資本主義不是太多而是太少」，所以中國革命的性質是由工農的同盟所領導的、資產階級性的民主革命，從來就沒有說過、幹過什麼「社會革命」。台共也因同樣的分析（殖民地和半殖民地的矛盾是量的差異而不是質的不同）而主張「台灣資產階級性」的「民主主義革命」。在這樣一種革命中，「認定根本上台灣資產階級不唯無法領導台灣民族革命，亦不是革命的主要軍隊」。「台灣工人階級」要「與資產階級爭奪」革命的「領導權」，「工人階級」要「爭取」革命的「指導地位」，以完成「台灣資產階級性」的「民主主義的革命」。這其實幾乎就是台灣版的「新民主主義革命論」，也透露著都是當時第三國際殖民地民族解放鬥爭綱領在各國、各地區的版本。總之，日據下台灣革命的性質根本不是什麼「殖民地革命」，更不是什麼「社會革命」。從而，台灣新文學的性質也不是什麼「殖民地文學」，而是反帝反封建的，民族主義和民主主義的文學。大陸的革命當然也絕不是什麼「社會革命」，這是中國社會性質理論的基礎常識。兩岸社會性質的近似性，規定了兩岸革命的性質都是反帝（民族主義）．反封建（民主主義）的，同時也規定兩岸救亡運動之一環的文學鬥爭的口號和內容，勢必也是反帝．反封建的。陳芳明不明白這個理論，把一八九五－一九四五年的台灣社會規定為沒有社會經濟內容的「殖民地社會」，從而規定日據下台灣新文學為「殖民地文學」（colonial literature，日本作「外地文學」，原指類似西川滿、濱田隼雄、庄司總一之流，以殖民者立場對「新附之地」台灣的異國情懷的描寫的文學，足見其使用「殖民地文學」一詞之大不妥）而沒有具體的社會政治內容，不能捕捉到殖民地「反帝．反封建」文學的特質之根源所自。

只有從日據台灣社會殖民地．半封建性質，才能說明日據下台灣反帝民族．民主鬥爭的「反帝．反封建」性質，也才能說明作為殖民地台灣的民族．民主鬥爭之一環節的台灣文學的「反帝．反封建」思想與題材；才能理解分別為半殖民地和殖民地的中國與台灣的新文學，都以反帝．反封建為戰鬥的旗幟，而前者並施重大影響於後者；才能理解在第三國際、世界無產階級文化／文學運動影響下台灣左翼文論和組織的發展；才能理解台灣新文學主要地以（批判的）現實主義為創作方法，最後也才能理解在嚴酷的「皇民化」時期台灣新文學的挫折、抵抗和屈從。

四、萌芽期台灣新文學的政治經濟學

陳芳明在日據台灣社會性質的問題上所犯嚴重錯誤，自然影響了他對日據台灣二十年間新文學「分期」的「理論」。

陳芳明把日據下台灣新文學的發展分成三個時期，即一九二一－一九三〇的「啟蒙實驗期」；一九三一－一九三七年間的「聯合陣線期」，和一九三七－一九四五年間的「皇民文學期」。

「啟蒙實驗期」的特點，據陳芳明說，是國際思潮的衝擊；反帝抗日的思想文化運動要求「使用文學形式來喚起民眾」不把「文學視為自主的存在」，而把文學「當作政治的輔助工具」，因此在這「初期階段，較為敬業的作家還未出現」，所以「在技巧與結構方面，都顯得極其粗糙」，「大多數的作品只是停留在實驗階段」。「從現在回顧起來，顯然史料價值遠勝藝術價值」，「無法勝任美學的考驗」。

世界文學史告訴我們，小說的興起，和資本主義的發展↓資產階級的登場↓現代都市的形成↓印刷工業、報刊雜誌產業的發展↓政治的、思想的、文學的公共領域的形成這麼一個總過程有密切的關係。十八世紀英國「擬古典主義」(pseudo-classicism)時期，正是在新興資產階級蝟居的新興城市、城市中興旺的咖啡館、報刊雜誌形成的文學的公共領域中，誕生了散文文體和西歐第一代現實主義小說家狄福（D. Defoe, 1660-1731）、史威夫特（J. Swift, 1667-1745）、艾迪生（J. Addison, 1672-1719）和費爾丁（H. Fielding, 1707-1754），取擬古典時代主流的仿古典悲劇而代興，發展出資產階級自己的新文類。

與西方小說發展史相較，我國的現代小說的形成與發展，有本質不同、但過程雷同的歷史。不同於西方小說誕生於西歐封建社會向現代資本主義過渡，並以商業資本主義向外擴張的時代，我國現代小說則起於鴉片戰爭之後，列強百般侵凌、民族資本主義在艱困中有所發展的時代。鴉片戰爭之後，帝國主義強迫開港，強迫貿易，使中國北方沿岸（以天津為中心）和南方沿岸（以上海為中心）發展了買辦資本主義和一定的民族資本主義。中國的現代資產階級有相對發展，他們集中在類如天津、上海的工商城市。中國資產階級掌握了西方傳教士帶來的新印刷設備和「報紙」、「雜誌」的媒介形式，在國難深重的中國半殖民地條件下，新興報章雜誌成了當時中國資產階級改良救亡派（如康、梁）甚至革命派形成政治、文化公共領域的基盤。而康、梁資產階級改良主義一派，又從一開始就把改良運動與小說的推廣緊密聯繫起來，把小說當成推動改革，宣傳革命和國民性改造的工具。當時也，光是專刊小說的刊物，從一八九七年的《演義白話報》到一九一〇年代著名的《小說月報》，總數在二、三十種以上，培育了介於舊說部與新白話小說間、批判半殖民地半封建社會的「譴責小說」，產生了李伯元（《官場現形記》）、劉鶚

（《老殘遊記》）和吳趼人（《二十年目睹之怪現象》），收穫了由林琴南、嚴復迻譯的大量外國小說，為一九一八年魯迅寫〈狂人日記〉而宣告我國現代小說的誕生，準備了足夠的條件。

但日據下台灣地方的情況就很不一樣。鴉片戰爭後台灣也被迫開港，強迫貿易，洋行取代了傳統行郊，外國銀行資本全面控制了台灣的經濟商品作物的生產與貿易過程，買辦資產階級興起，但一般地人數少，力量弱，沒有集居新興工商城市的厚實的資產階級。及淪為日本直接統治的殖民地，台灣地方資產階級受到半殖民地中國所不能比擬、來自日帝的壓迫。一九〇〇年日本三井財閥的「台灣製糖廠」設立。一九〇二年，日本以法律強權掖助日本現代化糖業的獨占經營，給種蔗地主和蔗農帶來強大壓迫。一九〇五—一九一八年間，主要是日資的現代製糖廠陡增，台灣本地資本主義萌芽的糖廍作坊迅速解體。一九一一年，日帝明令剝奪台灣資產階級獨自開設現代資本主義企業的權利，從而使台灣本地資本對日本獨占資本從屬化。台灣地方的現代資產階級無法健全發育，再加上日本帝國主義的警察強權統治，台灣人要遲至一九二七年才能在島內發行《台灣民報》一種。其後雖陸續刊行幾種雜誌，但大多屢刊屢禁。弱小而備受壓迫的台灣資產階級在一九三〇年以前，要形成政治、文化、文學的公共領域，從而發展小說藝術，自然是艱苦備嚐的。

在這樣的社會經濟背景下，十九世紀末的中國內地和二十世紀二〇年代殖民地台灣的現代小說，出於半殖民地以至殖民地的強大壓迫，反帝、救亡自然成為兩岸小說最強烈的主題，正如十八世紀的西方小說表現其重商主義資本向外拓展、新興城市蝟集來自農村的各色人等的歷史時代中，對外擴張，異國新天地傳奇、女工、流浪漢成為當時小說主題一樣，表現了(半)殖民地與帝國主義不同社會、不同政治經濟構造下不同的思想感情、意識形態和主題意識。這都和是否把「文學視為自主的存在」，是否特別要把文學「當作政治的輔助工具」，我們台灣作家是不是「敬業」，是毫不相干的。

而從台灣在殖民地困難條件下，沒有時間和餘裕像十九世紀末的大陸那樣，從文言小說、翻譯小說、譴責小說……逐漸演化成熟，然則竟而能在賴和一代人，能突然直接用白話漢語，以比較成熟的技巧表現，取得現代小說的可喜成就者，沒有別的原因，而是出於殖民地台灣作家知識分子因對於祖國中國的嚮慕，直接繼承內地的文白語文鬥爭的成果，以中國白話文為表述工具，以中國白話文現代小說作品為寫作與表現的範式(paradigm)，當然有密切關係。因此，對這一時期作品在美學上的評價，應該考慮到台灣白話文學省去了中國現代小說幾十年在語言、表現形式上的摸索，一步到位所取得的成績，不能過低評價。何況，一九一八年魯迅從〈狂人日記〉展開的一系列傑出的新小說的偉大成就，也必須看到那是奇蹟般的獨一的高音。和魯迅同時代的新小說，相形之下，「在技巧與結構方面」，也不免於「顯得極其粗糙」。陳芳明對萌芽期台灣新文學的酷評，表現了他對台灣新文學的社會經濟脈絡之無知。

五、台灣普羅文學運動與共產國際文運

在談到「統一戰線」時期的特點，陳芳明指出幾點：「出現了文學組織」，「發行」了「文學雜誌」，作家們「開始」「以團體的力量專注文學作品的經營」，結成「聯合陣線」。這時「文學運動不僅脫離政治運動陰影，而且有取代政治鬥爭運動之勢」；另外就是台灣「左翼文學」的「崛起」。這是一段混亂的分析。

一九三〇年前後，世界資本主義體制遭逢最強烈的經濟蕭條之襲擊，從根本震動了世界資本主義經濟。為了挽救日本的資本主義，日本國家強力介入，實施對通貨的國家干預，日本資本主義從獨占資本主義階段，進入了國家獨占資本主義階段，同時發動侵華戰爭，以戰爭統制經濟體制，進一步擴大和強化了日本國家獨占資本對殖民地台灣的掠奪，使台灣本地人資本進一步萎縮，廣泛台灣工農階級進一步貧困化。

世界經濟全面蕭條，突出地暴露了世界資本主義體系深刻的矛盾。以共產國際為首的世界無產階級運動，樂觀地估計了形勢，一時之際，世界資本主義已進入面臨最後崩解的「第三期」

之論，甚囂塵世。而文化與文學意識形態的革命，又一向是社會主義革命運動的重要關注，因此到了革命樂觀主義高漲的三〇年代，無產階級文化運動和文學運動，成為各國各地區共產主義運動的重要形式。三〇年代的台灣新文學運動，在台共建黨於一九二八年的歷史背景下，自亦受到世界無產階級文化／文學運動的深刻影響。

此外，從二〇年代末到三〇年代初，在日本和台灣的無產階級運動遭到重挫。一九三一年，台共連同革命化的文協、農組甚至民眾黨遭到全面破壞。這時，從各個戰線上流落出來的黨人和同情者，湧向了左翼文化／文學戰線，利用薄弱的合法性，延續革命的實踐。一九三二年，詩人王白淵在東京成立了一個無產階級文化運動組織，旨在「藉文藝的形式，啟蒙大眾之革命性」。同年，他在「日本無產階級文化聯盟」領導下結成「東京台灣文化同好會」而不久瓦解的兩個月後，又結成「台灣藝術研究會」，推展無產階級的文化藝術運動。

一九三〇年，台灣共產黨人王萬得等創辦《伍人報》，與(「納普」(NAP，「全日本無產者文化聯盟」)旗下的日本《戰旗》、《法律戰線》、《農民戰線》保持密切的工作聯繫，並推動關於「台灣話文」、「台灣鄉土文學」的重要論爭，為當時無產階級文化／文學運動中的語言和文藝策略，進行了深入的論議。

一九三〇年，賴和、謝雪紅等人創辦《台灣戰線》，旨在「以普羅文藝謀求廣泛勞苦民眾的利益」，解放勞苦大眾，從「少數資產家、貴族階級」手中，把文藝奪回到無產者的手上，「宣傳馬克思主義和普羅文藝」。

《伍人報》和《台灣戰線》受到日帝當局百般壓迫而停刊。一九三一年，在台灣進步日本人夥同台灣進步的（無政府主義傾向的）台灣文化人結成「台灣文藝作家協會」，除了宣傳無產階級文學，也成為台共瓦解後台灣的民族與階級運動的據點。一九三四年，「台灣文藝聯盟」成立，宣言「提倡大眾文學」。

因此，必須在三〇年代日本資本主義在戰爭政策下向國家獨占資本主義轉化，世界經濟危機深化，世界無產階級運動進一步挺進發展，台灣本地資本進一步萎縮，大眾貧困化加劇等的歷史背景下，才能正確理解與世界無產階級文化／文學運動相結合的台灣無產階級的文化／文藝刊物與結社的鬥爭、和無產階級性質（或隱或現）的文藝、文化結社的深層政治經濟學的意義。無來由地說這時期突然「出現了文學組織」、「發行文學雜誌」，無來由地「開始」「以團體的力量專注文學作品的經營」、「結成聯合戰線」，是絲毫沒有科學性的說明力的。至若竟謂此一時期的台灣新「文學運動不僅脫離政治運動的陰影」，尤其荒腔走板了。無產階級文學為無產階級政治、為無產階級革命服務，是公開的命題。而且既說是此時的文學「有取代政治鬥爭運動之勢」，則文學又如何「脫出政治運動的陰影」？

六、過高評價皇民文學

陳芳明把從一九三七年以迄一九四五年間長達八年的階段，界定為「皇民運動時期」。對於在日帝強權威逼下，殖民地台灣作家被迫為日帝戰爭政策畫圖解的條件下寫的作品，應該怎樣評價的問題，尤其在台獨派文論家總是把皇民文學普遍化，從而直接、間接予以合理化甚至美化（謂台灣皇民文學有「現代化」和「愛台灣」的性質）的現時代，顯得十分突出。

應該對戰時日據台灣的文學作品，依個別的作家和作品；依其一時也要依其一生的創作歷程，做個別的分析。在法西斯高壓下不憚於利用任何可利用的機會、主題和活動，孜孜不倦地從事堅強不屈的鬥爭的楊逵，和在憂悒、後退、苦悶中苦苦掙扎的形式中透露深層的抵抗與徬徨的龍瑛宗，以及基本上以描寫台灣傳統家族風俗與葛藤，漠視皇民教條的壓力，寫作生產力旺盛的呂赫若，以及雖然也被迫參加大東亞文學會議，基本上沒有寫過嚴重危害民族利益的作品，而且事後表現了某種悔恨，而且從其一生的表現中尚不能貿然評價其附敵和出賣民族的張文環、楊雲萍，甚至在皇民主義下表現出民族認同的猶疑苦悶，事後表示了某種修正的王昶雄，都和至死不變其皇民反華思想的周金波，以慘絕的呼喊否定自己的民族，必欲把自己改造成高潔偉大的大和民族的陳火泉，有根本性的差別。把周金波、陳火泉和楊逵、呂赫若、龍瑛宗、張文環、楊雲萍和王昶雄一鍋煮，相提並論，是台獨派關於皇民文學普遍主義的故技，對個別作家和日據末期台灣文學，是難堪的侮辱。

在思想、精神上完全皇民化，寫過嚴重汙譭自己民族，為敵人的侵略戰爭塗脂抹粉的作品的作家，嚴格說，只有周金波和陳火泉兩個人。但從其作品數量之單薄稀少，作品思想之醜惡反動、作品在審美上的粗劣而論，台灣皇民文學到底能否成立，已大有疑問，依陳芳明的「史識」和「史觀」，竟將日據最後八年，在台灣新文學劃期中，堂堂割給了「皇民文學」，令人匪夷所思。

七、光復初期的台灣社會是半殖民地化，不是「再殖民地」化

接下來，陳芳明把台灣光復的一九四五年，到蔣氏家族結束了統治，台灣人李登輝接任視事的一九八七年的前後四十二年間的台灣社會性質，竟而規定為「再殖民」階段。

陳芳明的台獨派邏輯是明白的：日據五十年是台灣「殖民地社會」階段。一九四五年以後，「中國人外來政權」國民黨集團對台灣的「殖民統治」，使台灣「再」次淪為「殖民地社會」。這苦難的、「中國帝國主義」下的台灣，至台灣人李登輝繼蔣家擔任台灣總統為分界線，在沒有任何台

灣人的民族解放鬥爭的條件下，使台灣從中國帝國主義下解放，結束了「再殖民」社會階段！

陳芳明是怎樣說明戰後以迄一九八七年的台灣「再殖民社會」呢？他首先說，戰後國民黨以其帶到台灣的「強勢中原文化」，貶抑日據下台灣殖民地經驗為「奴化教育」；其二，一九五〇年後國民黨在台灣「強化既有的以中原取向為中心的民族思想教育」；其三，國民黨以武裝的警備總部為「思想檢查的後盾」，為「配合反共國策」，國民黨政府周密地建立了戒嚴體制。最後，陳芳明下了這結論：「這種近乎軍事控制的權力支配，較諸日本殖民體制毫不遜色」，因此「從歷史發展的觀點來看，將這個階段概稱為『再殖民時期』，可謂恰如其分。」

從(一)到(二)是文化、意識形態的概念，(三)至結論則是政治的概念。這怎麼能是一九四五到一九八七年間台灣社會性質，即台灣的社會生產力和生產關係之總和的描寫？前文說過，「殖民地社會」不是一個社會形態，不能是一切社會發展必由的階段。那麼，所謂「『再』殖民社會」論亦然。而且，按台獨派把四百年台灣史一律看成迭次「外來政權」對台灣的殖民，則依陳芳明的高論，荷據台灣是「殖民社會」；明鄭台灣才是「再殖民社會」。清朝台灣是「再・再殖民社會」；日據台灣是「再・再・再殖民社會」，一九四五—一九八七的台灣，就是「再・再・再・再殖民社會」矣。世之謬說，曷甚乎此！

而且，人們無法理解，國府統治台灣時以「強勢中原文化」「貶抑」日據下台灣經驗為「奴化教育」，和台灣社會性質為「再殖民社會」有什麼關係？說國民黨把「以中原取向為中心的民族主義」強加於人是「再殖民主義」，當然是建立在「四百年」來台灣已發展出外乎中華民族的一個新民族——而這種宣傳，別說在當時，既至於今日，在社會科學上也大有爭論的餘地。至於說反共政策下軍事法西斯體制，在戰後美國影響圈內的「第三世界法西斯國家」、「國安壓迫性政權」（The Third World Fascist State, National Security-Repressive Regimes）中極為常見，但總不能說朴正熙、全斗煥的韓國是「（再）殖民社會」，六〇年代迄八〇年代非洲和中南美親美反共軍事政權對自己的同胞進行了（再）殖民統治吧。

陳芳明的「殖民社會」論，在他的〈初期新文學觀念的形成〉中，對日據台灣「殖民體制的建立」，有一套錯誤與破綻百出的分析。陳芳明舉了「六三法」的壓迫；「內地延長」論的欺罔；為日本資本服務的現代基礎教育和土地林野的調查與收奪……來說明殖民地台灣社會的性質。事實上，台灣殖民地半封建社會的性質表現在：（一）殖民地現代基礎工程之推動，達成了殖民地化必要的構造改革，為日本資本的滲透準備道路；（二）殖民地米糖單一種植經濟的形成；（三）日帝資本主義和台灣傳統半封建地主．佃農經濟的苟合，以及（四）法西斯軍國主義下的「軍事工業化」。然而，儘管錯誤和破綻百出，在〈初期新文學觀念的形成〉中，陳芳明還閉門獨自炮製了幾點他對「殖民社會」之性質的界定。然而當他論證戰後以至一九八七年台灣「再」次

「殖民」化時，卻以另外的、與他的日據台灣殖民社會論完全無關的、更加莫名其妙的邏輯來充數。足見陳芳明的社會科學知識之荒廢！

一九四五年後國民黨統治集團對台灣的統治，到底是不是「外來政權」對台灣的「殖民統治」？這就得以「殖民主義」在社會科學上的界說來看。

殖民主義是資本主義持續不斷的擴大再生產、對市場和工業原料持續不斷的飢餓，發展到金融資本主義，急需向外擴張，輸出資本的結果。一個被殖民地化的社會，往往被迫依照殖民宗主國獨占資本的擴張、循環與積累的目的、利益與需要，遭到強行改造，在對宗主國經濟的庸屬性分工構造中，殖民地自身原來的傳統經濟瓦解，重編到宗主國帝國主義經濟圈，成為其再生產運動的一環。殖民地只能從事原料與糧食生產，按宗主國的需要，進行農業的單一性種植。宗主國資本在殖民地奴隸性農業莊園、礦山、高勞力密集輕工業中進行超額利潤的剝削……。

而一九四五年到一九四九年撤退來台的國民黨國家，還停留在千瘡百孔、貧困落後的「半殖民地·半封建」階段，主權並未完全獨立，資本主義薄弱，半封建經濟仍占主要地位，一九四六年後又在內戰中岌岌可危——這樣的社會當然離開對外帝國主義擴張期的國家獨占資本主義階段十分遙遠，又如何能向台灣進行「帝國主義」性質的「殖民統治」？國民政府將日產收歸國有，是當時國民黨在全國施行國家資本主義政策的一部分，台灣傳統的半封建主佃經濟沒有破壞，反而與國府半封建體制結合，沒有「單一種植」，台灣也沒有成為幼稚落後的資本主義內地原料供應地和傾銷市場……此外，國民政府從日帝手中收回台灣，是依據抗戰期間對日宣戰，廢除《馬關條約》，和二戰結束前夕《開羅宣言》和《波茨坦宣言》收回，派遣了代表舊中國地主階級、買辦資產階級和官僚資產階級的國府的陳儀集團接收台灣，從而把台灣納入了半殖民地．半封建的中國。不應忘記的是，自日治以來，台灣的小農制地主佃農體制的半封建經濟，在一九四五－一九五二年的台灣，受到國民黨當局的支持與保護。台灣不是什麼被中國殖民的社會，而在政治、經濟上都是一個被編入舊中國半殖民地半封建社會的一個收復的行省，和中國內地其他各省一樣，受到舊中國統治集團即帝國主義、地主階級、買辦資產階級和官僚資產階級的統治。陳芳明和一些台獨派學者說台灣的光復，是中國「外來政權」對台灣的再次殖民地化之說，根本禁不住社會科學的質問。

陳芳明關於戰後台灣社會的主觀唯心主義的述論，不值一笑。然而一九四五年以後中國的台灣地方社會的形態，是一個極為重要的理論課題。從台灣戰後資本主義發展史來看，依不同階段的社會生產力和生產關係，應該進一步做科學的分期。以比較科學的社會性質的分期為主要依據，分析和說明各階段作為社會上層建築之一組成部分的文學，才能有較高的科學性。

我們以為，台灣光復的一九四五年到韓戰爆發，美國封斷海峽、民族分斷的一九五〇年間，是台灣地方社會的「半殖民地・半封建社會」階段。

日本戰敗撤出台灣，殖民體制一夕瓦解，台灣復歸於當時半殖民地・半封建的中國。台灣作為中國的地方社會，自然也帶上帝國主義下中國半殖民地的地位；在一九五二年農地改革完成之前，台灣一仍存在著強固的、半封建的小農地主・佃農體制，和當時代表舊中國統治階級的陳儀到陳誠集團互相溫存，對農民進行半封建的榨取。於是台灣社會性質自日據「殖民地・半封建社會」一變而為中國半殖民地・半封建社會的一個構成部分。

戰爭結束前夕，台灣的資產階級（包括地主資產階級）在戰時統制經濟下，進一步遭到國家獨占資本主義化的日本資本的擠壓而萎縮，台灣資產階級全面無力化。及至光復，一方面是戰爭帶來的殘破，一方面是陳儀當局接收了日據下專賣獨占企業廠礦，形成國家資本主義的獨占體，台灣資產階級想在光復後靠日產興業發達的希望落空。一九四六年，國共全面內戰爆發，四七年中後，形勢逐漸逆轉，台灣經濟不能不受到一個舊政權全面傾覆的總的社會、政治與經濟危機的衝擊而混亂化，通脹嚴重，財政瀕於崩潰。一九四九年，國府全面敗北的徵兆益明，撤退來台的國民黨武裝集團開始展開對台灣的高壓政治。

正是在全中國半殖民地半封建社會全面倒塌的過程中，台灣在一九四七年元月爆發了大規模反美學生運動，反對美軍凌辱北大女生沈崇，喊出了「美國滾出中國去」、「中華兒女不可侮」的口號。二二八事變，是當時全中國各地人民反內戰、反獨裁、要求和平建國，主張地方高度自治的民主鬥爭的一環。一九四六年以後，中共地下黨在台快速發展，經過二月事變的洗練和全國民主革命形勢的鼓舞，大量台灣工人、農民、知識分子奔向了當時全國性(新)民主(主義)革命的火線。

因此，從台灣作為中國半殖民地半封建社會的一個部分所面對的矛盾，才能理解與說明台灣作家朱點人、呂赫若、簡國賢和藍明谷都參加了中共在台地下黨，為中國民主革命最終在五〇年代初的白色刑場上仆倒的歷史，成為當代台灣文學的重要而突出的傳統；也才能說明一九四七—一九四九年間《台灣新生報．橋》副刊上關於建設台灣新文學的熱烈爭論，力言台灣(文學)是中國(文學)的一部分，主張寫人民與生活的現實主義，介紹中國三〇年代左翼文學理論和革命現實主義的創作方法；充滿熱情地暗示台灣新文學的建設應以新中國的誕生為遠景；也才能說明省外作家歐坦生(筆名丁樹南)寫出強烈抨擊來台個別省外接收人員薄倖台灣少女，省外不良國府官僚欺壓台灣農民的傑出小說〈沉醉〉與〈鵝仔〉；也才能說明楊逵在《橋》副刊上的文藝爭論中，以及在四九年發表的《和平宣言》中，迭次疾言反對台灣獨立論和台灣託管論；更才能理解楊逵和《橋》論爭中的雷石榆、歌雷、孫達人連同台大和師大進步學生在一九四九年

「四·六」大逮捕事件中被投入白色的黑獄的歷史意義。

八、「美援經濟」下的資本主義改造

如前所論，一九四五年以後的台灣社會性質，四五年到五〇年是一個突出的階段，而五〇年以後的社會，性質一變。

五〇年韓戰爆發，東西冷戰對峙形勢達於高潮。美國以第七艦隊武裝封斷祖國的海峽，在世界冷戰與國共內戰雙重結構下，台灣與祖國大陸分斷，逐漸發展出和中國民族經濟體系相斷絕的、獨自的國民經濟，其社會發展道路和相應的社會經濟性質，遂與革命後的大陸社會殊途。

先說社會經濟的變化。

從韓戰爆發到台灣完成資本主義工業化的一九六六年，是一個階段。

韓戰爆發後，台灣立刻成為美國在東亞冷戰戰略上的重要據點。從一九五〇年開始，以經濟援助和軍事援助的形式，美國向台灣挹注了巨額資金，至一九六五年美援停止，平均每年的經援高達一億美元。這些援助穩定和改善了台灣紛亂的財政，擴大和改善了電力、教育、交通和農村建設等基礎工程，分擔巨大的軍費，減輕，從而改善了財政，鞏固了國營企業。美援在這一階段中，在台灣資本形成中占有鮮明、重要的比重，形成一九五〇年到一九六五年突出的、依附性的美援經濟體制。

美援經濟深入地參與台灣的財政管理和經濟發展計畫，使台灣經濟發展目標扈從於美國經濟、政治和軍事目標、邏輯與利益，喪失主體性，以致一九六五年美援的停止，不是標示台灣經濟的自主化，而是對美經濟依附結構的完成，迎接嗣後美國的直接投資和貸款形式的資本輸入。

美援經濟一面以巨資扶翼和鞏固作為國府權力基礎的公營企業，一面又對國府施加壓力，發展民間的私人資本主義企業。為了根絕共產主義在地主佃農體制下貧困化的農民中發展，配合一九五〇—五二年國府對台灣地下化「在農村的共產主義運動」的殘酷鎮壓，美國推動在台灣的農地改革，一方面使幾百年來台灣封建的、半封建的地主佃農體制崩解，使地主和佃農作為歷史悠久的階級消亡，更創造了由廣泛小資產階級性質的零細自耕農所構成的新農村，台灣社會經濟中半封建的性質消失了。另一方面，台灣也在進口替代工業化策略下，成功地將土地資本導引向工業資本，造就了戰後第一代豪族系私人資本。這些資本，一面受美國援助的扶持而有買辦資本的性質，又受國府的庇掖而有官僚資本的性質。

一九六〇年代，世界資本主義分工重編，美國為首的跨國資本和美國制定的外資投資條例，經美援經濟鋪好的大道，長驅直入，使台灣編入向美輸出廉價輕工產品，自日輸入設備、技術、半成品這樣一個「三角貿易」結構下發展加工出口工業化，在國民黨反共獨裁下壓抑工農利益，把資本積累最大化而取得由外資主導的高額快速的、依附性的經濟成長。加工出口工業的發展，創造了大量的中小資產階級、市民和工人階級。從五〇年開始，台灣經濟實質上的資本主義化以空前的面貌快速展開。資本主義的生產方式和生產關係有顯著的發展。但這發展是假借外鑠的美援經濟而不是本地長期的積累；假借美國和國府權力所主導的政策，而不是本地資產階級的發動，帶有深刻的依附性和畸形性。而工業產值正式超過農業產值，則一直要等到一九六六年。

因此，在社會經濟性質上，這一階段的特徵是：一個傳統封建體制消亡，資本主義生產方式顯著發展，一方面經濟上有依附性和畸形性，在一九六六年前農業產值高於工業產值而未臻全面工業化的「半資本主義」階段。

再從包括政治在內的生產關係來看。

國民政府在我國的大革命中，於四九年底亡命台灣。完全喪失了權力的社會基礎的國府流亡集團，風雨飄搖，岌岌可危。但韓戰爆發，美國對華政策一變，給予國府龐大的軍事、經濟和政治外交上強有力的支持。美國以強大的戰後國際影響力，外交上抹殺新中國，強以「中華民國」代表全中國，使國民黨流亡集團先取得國際外交的合法性，並根據這國際外交合法性，建立了對台統治的合法性。因此，來台以後的「中華民國」，一開始，就是美國在東亞冷戰戰略下一個人工的、虛構的國家。

九、國民黨「擬似波拿帕」政權和新殖民地·半資本主義社會

而在美國強大支持下，國民黨在台灣建立了「擬似波拿帕國家」(pséudo-Bonapartist state)，在台灣施行高度個人專政的壓迫性政權。馬克思以法國路易·波拿帕個人獨裁王朝為例，說明「波拿帕國家」有這些特質：(一)社會上資產階級和無產階級兩皆弱小，或勢均力敵，致缺少強而有力的資本階級出而主導國政。(二)此時就會產生個人專政而不是階級專政的國家形式，以高度個人獨裁的國家機關、維持秩序、以利資本的積累和再生產機制。(三)及至資本主義在獨裁秩序下進一步發展，資產階級成熟，高度個人專政的波拿帕國家就會還政於階級專政，還政於資產階級。(四)因此，波拿帕國家是特殊歷史條件下、特殊的、過渡性的國家。一九五〇年以後，以蔣介石一人的一元化獨裁統治，超越了一切階級、階層、集團和黨派，讓一切勢力在個人威權下伏服戰慄。一九五〇年至五二年台灣全面、徹底、殘暴的反共白色肅清，以暴力確立了蔣介石的波拿帕統治，推行極端反共的獨裁高壓政治。五〇年代以後，冷戰體制下美國

支持的第三世界反共法西斯獨裁政權，多數具有這種反共的、軍事性的、扈從於美國的波拿帕國家性格。由於不同的歷史，比起法國波拿帕王朝，多出了對霸權美國的扈從性，沒有完整的主權，故稱「擬似波拿帕主義」(pséudo-Bonapartism)。美國新殖民主義下的反共波拿帕政權，這才是五〇年後國民黨反動統治的本質，而不是什麼「再殖民」政權！

在經濟關係上，台灣在「美援經濟」體制下的對美附庸性格，已見前述。在政治、外交上，台灣也是美國反共政治和外交上的附庸和工具。在軍事上，台美協防條約使台灣成為美國國防在東亞的前線，成為美國遠東反共戰略的前哨基地，受到和基地相關的治外法權的制約。一九七九年美台斷交，台灣在美台關係中喪失了作為一個「主權國家」的身分，又在美國國內法《台灣關係法》中成為美國的屬地。

這一對美國多方面從屬化的情況，在思想、文化、意識形態上也不例外。美援體制推動了台美間人員培訓、交換，在高教領域上，進行美國化改造，美國教科書至今充斥台灣高教領域。獎學金、留學制度，訓練和培養了一代又一代美國化精英資產階級知識分子，遍布台灣政、商、軍、情、文、教領域的領導地位。美國在台文化機關如「美國新聞處」(今日的「美國文化中心」)對台灣文化、思想，甚至文學、藝術都起到深遠影響。至於美國大眾文化的滲透，尤其不在話下。台灣在文化、思想、意識形態上對美從屬化，已經無以復加。

二次戰前，世界上有七五％的人口生活在各式各樣的殖民制度下。戰後，殖民地紛紛要求獨立。帝國主義（如法、英）曾分別企圖在越南半島、馬來半島、香港等地繼續殖民統治，但法國在奠邊府一役敗走，馬來亞獲得獨立，香港仍在英帝統治下。為了繼續維續帝國主義的利益，帝國主義者改變了策略，給予前殖民地以形式上、政治上的獨立主權，同時利用過去宗主國和殖民地的關係，與殖民地精英資產階級合作，鞏固前殖民地在經濟、政治、軍事、文化意識形態上對舊宗主國的扈從結構，稱為「新殖民主義」。

日本帝國主義在二戰中潰敗，無力以新殖民關係重臨台灣。然而在冷戰體制下，美國取代日本在台灣取得了經濟、政治、外交、軍事和思想文化上的全面支配。於是因為冷戰和民族對峙而與中國分離的、中國地方社會台灣，在特殊的歷史條件下，成為美國的新殖民地。因此一九五〇年後的台灣社會，不是什麼被國府集團「再殖民」的社會，而是美帝國主義下的新殖民社會。國府不過是美國對台新殖民支配的工具而已。

而一九五〇年後，台灣的新殖民地性，至今未變。一九一二年到一九四九年，中華民國是一個半殖民地，即半獨立的（也是半封建的）國家。其中，自一八九五至一九四五年，中國地方社會的台灣，在全中國半殖民地化過程中淪為殖民地。一九四五到四九年，台灣編入半殖民地·半封建的舊中國社會。一九五〇年到今日的「中華民國」，其實從來也不曾「主權獨立」過，美國的新殖民地支配是它最突出的社會性質之一。

因此，總括而言，一九五〇年到一九六六年，台灣的社會性質，在特殊的歷史條件下，是「新殖民地．半資本主義社會」。

十、一九五〇到一九六六的台灣文學

作為這一新殖民．半資本主義社會階段的上層建築的台灣文學，至少表現出四個突出的方面：

(一)和蔣介石反共波拿帕政權的樹立相應，由政權的組織和推動，發展出為蔣介石「反共抗俄」冷戰與內戰國策服務的反共文學，受到國民黨及其工具「中國作家寫作協會」等的統轄而發展。

(二)相應於蔣介石反共波拿帕統治的鞏固過程，一九四七—四九年萌發於台灣的，表現在同時期《台灣新生報．橋》副刊上的台灣新文學論爭中的、中國三〇年代左翼文論在台灣的發展，在白色恐怖中中途全面挫斷，致一九五〇年後左翼文論和左翼文學的實踐在台灣遭到致命打擊而中絕，一直要等到一九七〇年代現代詩論戰和鄉土文學論爭中才復甦。

(三)在反共文學發展的同時，作為美國在世界冷戰中強力的意識形態武器的「現代主義」文論和創作，相應於台灣的對美新殖民地化過程，相應於美國在思想意識形態對台灣的支配，透過「美國新聞處」，在台灣取得了全面性發展。現代主義文藝，原是西方在獨占資本主義時代的創作方式。但由於美國新殖民主義性質的文化支配，在「半資本主義」的台灣和其他美帝國主義影響下的第三世界中蔓延，對各當地的反帝的、批判的現實主義文學，起到對峙抗衡作用。於是，美式現代主義在台灣取得了自五〇年代迄一九七〇年代（現代詩論爭迄鄉土文學論爭）近二十年的統治。現代主義文藝刊物和結社蓬勃叢出，也在這一時期。

（四）台灣的左翼的、批判的現實主義遭到反共鎮壓（楊逵、歌雷、雷石榆投獄，簡國賢、朱點人、呂赫若、藍明谷刑死）後，一種素樸的、沒有強烈政治傾向和階級意識的現實主義小說，在以鍾理和為代表的台灣本地作家中成長，後來匯合在六〇年代中後吳濁流主宰的《台灣文藝》雜誌旗下。五〇年代末七〇年代初，戰後第二代作家如黃春明、白先勇和陳映真和其他一代作家登台，描寫了五〇年代到六〇年代下半台灣資本主義化過程中農村和城鎮的變貌，農民的分解，和國民黨沒落權貴的消萎。

陳芳明把一九四五年以後的台灣社會經濟性質規定為「再殖民」社會之不通、之貽笑大方，不必再論。但他把「反共文學」當成四九年到六〇年近十年間台灣文學的主要文類，也是可笑的。被他劃入六〇年到七〇年的「現代主義」時期也絕不準確。在一個意義上，反共文學與現代主義文學是雙生兒。五〇年代初，紀弦寫反共的「戰鬥文學」〈在飛揚的時代〉後不久，就以《現代詩》詩刊宣傳現代主義。七〇年展開的現代詩論戰和七八年鄉土文學論戰中，現代主義和官方結盟，以扣政治帽子、寫密告信的方式惡毒打擊鄉土文學，就是證明。而被陳芳明劃為七〇年代主要創作方式的「鄉土文學」，其中重要作家如黃春明等和他們的重要作品都在六〇年代中即已臻於成熟，寫出其重要作品的大半，絕不待七〇年代才出現。七〇年到七四年的現代詩論爭和七八年的鄉土文學論爭，主要是文藝理論和思潮的左右鬥爭，是和四七年迄四九年左翼文論的、迢隔了三十年的對話，下文將有深入的分析。陳芳明歷史唯心主義的「社會性質」論，和他錯亂的文學分期論，絲毫沒有科學性。邏輯上不通，知識上錯誤，其實是必然的結果。

十一、新殖民地．依附性資本主義階段的形成

從完成資本主義工業化的一九六六年到初步形成戰後台灣經濟的獨占資本主義化的一九八〇年代中期，可以劃出另一個階段。

在這一時期，從社會經濟上說，有四個特點：

（一）在反共獨裁體制和國際冷戰與國共內戰的雙重構造下，藉著把「國家安全」無限上綱，

在政治上排除民眾的民主參與，在經濟上收奪勞動三權，壓抑工會，形成對外資和內資可以恁恣剝削的「投資環境」(investment climate)，使資本對剩餘價值的剝奪最大化，形成外資推動的、加工出口工業化的「獨裁下的經濟發展」。跨國企業蜂湧而來，經濟快速成長，至一九七四年石油危機而略挫。

(二)台灣戰後資本主義在依附化、半邊陲化構造中發展的過程，在社會結構上產生了許多現代的大資產階級和大量中小資產階級。當然，資本主義生產的發展，也使更大量的工資無產階級登上了社會舞台。另一方面，社會矛盾也在戒嚴體制下不斷積蓄。外資的侵入、勞資的階級性矛盾，勞動三權的摧殘、生態環境的崩壞，新興資產階級參政議政的要求和戒嚴政治的矛盾，和農村的解體等社會矛盾，都以台灣社會史上空前的規模擴大。

(三)到了八〇年代，一方面是資本以其對利潤無窮的嗜欲，追求個別企業的增大和數個企業的集團化合併，而形成財團，形成資本的獨占化。另一方面，因工資自然上漲，國際競爭力受限，環境成本高漲等原因，形成投資猶豫和工業升級壓力的增大。閒置的資本流向投機市場而形成八〇年代後期的泡沫經濟。

(四)台灣戰後資本主義原初公營/私營資本的雙重結構，至此而形成其矛盾統一的「政商資本」，發展為政商資產階級及其肥大化。商人攀結官、政界而特權積累，官政將商人的賄贈投資而資本化。國民黨波拿帕國家形式和相對發達的資本主義生產關係的矛盾，因七〇年代中後嚴重化的「外交危機」而加劇。

再從政治、思想和意識形態等上層建築考察：

（一）蔣介石反共波拿帕政權的合法性，受到至少兩個方面來的嚴峻挑戰：（1）進入七〇年代，「第一次冷戰」緩和，聯合國因第三世界會員國陡增產生了一定的構造變化，美國隻手蔽天支持的「中華民國」的虛構，發生破綻。七〇年後，包括美、日在內的重要國家紛紛與台斷交，與大陸建交，台灣「主權」的外交合法性受到沉重挑戰，連帶其對台灣統治合法性亦遭嚴重波及。（2）隨著戰後資本主義的展開，台灣本地大資產階級在蔣政權蔭庇下成長，另廣泛中小資產階級和市民階級也蓬勃發展，自然形成接管政權、要求由個人專政還原於階級專政，還政於本地資產階級，終結台灣的波拿帕主義，把台灣的政權機關改造為資產階級的政權機關的壓力日增。

（二）一九七九年美國與台斷交而與大陸建交，使這雙重壓力加厲，國府不能不加強其強權鎮壓，終至爆發一九七九年十二月的美麗島事件，國民黨與台灣資產階級市民運動決裂。美國一方面把台灣人權問題與《台灣關係法》及對台軍售的實施結合起來，公開介入台灣資產階級對腐朽國府的挑戰。八〇年代初，「黨外運動」在選舉中取得了重大勝利。海外台獨運動在美國「人權」大傘下潛入島內。台灣戰後民主主義在反共、親美的傳統下，在反獨裁鬥爭中延長為反中國、反民族運動。到了八〇年代中後，台獨思潮在島內蔓延，逐漸在政權翼贊下成為主流的、官方的意識形態。

（三）一九六六年大陸發動文革的風火。一九六〇年底到七〇年代初，以美國為中心，西方學界、校園、文化界發動了新的、進步的思想文化運動，要求反對美國在越南的侵略戰爭，重新評價中國、越南、古巴的革命，反對種族歧視，要求高校教育在制度上、課程上、思想意識形態上的自由化。中美建交的過程，使新中國的形象在美國大眾傳播中成為新的焦點。在這個背景下，一九七〇年在北美爆發的保衛釣魚台運動，迅速左右分裂。左翼向國家認同與民族統一運動飛躍，並且在北美的港台留學生中掀起了重新認識中國現當代史、認識中國革命、重新認識中國三〇年代以降的文學，並且重新評價台灣現當代文學的熱潮。這個與五〇年代以來冷戰與內戰重疊的主流意識形態針鋒相對的新思潮，穿過嚴密的思想檢查，流入了島內，最終影響了七〇年代兩次文學論戰。

十二、一九六六年到一九八五年間台灣文學的特質

依據一九六六年到八〇年代中期的上述政治經濟學的特質，吾人可以規定此一社會發展階段的性質為「新殖民．依附性資本主義」階段。而與之相應的台灣當代文學，在這些方面說明了這一階段的文學思潮與創作實踐的特質：

（一）一方面受到資本主義進一步發展在階級關係、社會、文化和生態環境的矛盾擴大化的影響，一方面又受到保釣左派對中國和台灣現代史再認識，以及對三〇年代中國左翼文學及台灣現當代文學重新評價運動的影響，在一九七〇年初，開展了批判現代主義詩的「現代詩論戰」，從而引發了一九七八年的「鄉土文學論戰」。兩次論戰，概括地說，提出了文學是什麼，文學寫誰和寫什麼，文學為誰，以及探索現實社會的經濟性質，從而以文藝表現其矛盾，克服其矛盾，具體提出了台灣經濟是「殖民經濟」之論，文學為人民大眾，文學應該有（中華）民族風格，也就是提出了民眾文學和民族文學的口號，基本上以現實主義創作方法去抵抗現代主義的創作方法。經五〇年代白色恐怖以鮮血鎮壓下去的、在台灣的左翼文學理論，至此在三十多年後的鄉土文學論爭中引發了噤抑卻堅定的回聲。現代詩論爭和鄉土文學論爭，是中國三〇年代左翼文學理論與實踐同國民黨右派反動文論的鬥爭史在七〇年代台灣的回應，而不是什麼陳芳

明所說官方／中國的文論與民間／台灣文論的鬥爭。鄉土文學論爭也不是什麼「中國體制的動搖」而使作家「轉而關心社會現實」，而是中國左翼文藝思潮的復活，從而從左翼文藝觀點認識和批評「社會現實」。而且鄉土派在力言台灣及其文學是中國及其文學的一部分上，七〇年代的爭論，實質上是四七年到四九年爭論的延長與呼應。

（二）進入八〇年代，主張把台灣文學從中國文學分離出來，以「台灣意識」為檢驗台灣文學的標準的台獨派文論，作為八〇年代在台灣逐漸發展起來的台灣分離運動的一個組成部分，有巨步的發展，逐漸成為台灣文藝論述的霸權。但在創作實踐上，台獨文學似乎一直沒有具體的成就。

（三）隨著外國資本深入的滲透，隨著資本主義進一步發展而使社會矛盾顯在化，在文學上，深刻表現了外來勢力在企業中，在日常生活中，在賣淫觀光工業中、在勞動運動中深刻的民族矛盾。從六〇年代末一直到八〇年代初，黃春明、王禎和和陳映真等人，遠遠在今日學舌而來的「後殖民」論尚未為學界所意識之前，已經憑著文藝作家的高度敏銳，對於依附化、新殖民地化台灣生活中洋奴買辦、崇洋媚外等方面，以審美的手段，提出了嚴峻的批評，形象地回應了歷史與生活所提出的問題，表現了生活，也批判了生活。

總之，陳芳明把一九四五—一九八七這一段漫長、複雜的社會形態，簡單地收拾為「後殖民」社會，表現了資產階級歷史唯心主義的貧困與破產。

十三、「後殖民」社會階段論的荒謬

和絕大多數台獨理論家一樣，陳芳明把國民黨台灣人李登輝繼蔣經國出任總統，取得政權，看成台灣人從「中國人」對台「殖民統治」解放。中國對台灣「再殖民」因李登輝繼任而獲致解放，從而展開了「後殖民」這樣一個歷史和社會轉變！陳芳明這種離奇的歷史唯心論，突出了在三個問題上理論、社會科學知識上的嚴重無知與錯誤：

第一個問題是「後殖民」能不能是一個社會發展過程中必由的社會形態。

答案當然是否定的。「後殖民」有兩個概念，一個是社會、經濟概念，例如把二次戰後新獨立的、社會性質不盡相同的「獨立後社會」(post-independent society)，概稱為「後殖民地社會」(post-colonial society)。另一個概念是文化概念，是今日現實上人們一知半解，經常掛在嘴上、筆上的後殖民論(post-colonialism)，但兩者概念上是風馬牛毫不相涉。

先說社會經濟概念。二次大戰結束後獨立的社會，帶有形形色色的前資本主義性質，如中國和台灣的半封建性；馬來亞獨立後很長時間內保存著地方封建貴族制；在非洲，許多獨立後的社會仍然保有原始部族共同體的痕跡。這些國家，在冷戰對峙的世界秩序下，以介於資本主義和社會主義之間的方針路線發展自己的經濟，要之，都採取光譜不同的、依據各民族具體情況而建立的某種社會主義的發展路線。在政治外交上，這些國家結成了獨立於西方和社會主義兩陣營的「不結盟主義」，堅持走自己的路。

這些後殖民地社會中，也有一些社會因殖民主義統治結束，殖民地時代的階級關係瓦解，一方面在社會、經濟、政治上與舊宗主國維繫著千絲萬縷的依附性關係，有利舊宗主國資本之長驅直入，和本地資本結盟，而使資本主義生產方式有相對性的發展。這種邊陲性資本主義發展道路，也受到第三世界激進發展社會學家所質疑。「依賴理論」的提出，就是這質疑與批判的典型。而二戰後獨立的若干社會，在東西冷戰中徹底扈從美國冷戰戰略利益，實行反共·依附美國的資本主義發展道路者，也是這個意義上的「後殖民社會」的另一種形式。

用這一意義上的「後殖民社會」看，陳芳明的一九八七年後台灣社會性質是以台灣從中國殖民體制的蔣氏統治下解放為言的「後殖民」社會之論，實在不值一駁。如果從對美扈從來看，台灣社會的「後殖民」化，也該從一九五〇年而不是一九八七年始。問題的關鍵在於陳芳明根本缺少關於「後殖民地社會」的科學性的知識。

第二個問題是陳芳明所稱台灣「再殖民」社會及其解放而晉於「後殖民」社會的過程，在政治經濟上是斷裂、揚棄還是連續、統一的問題。非殖民化當然是殖民體制的揚棄與否定。但八〇年代中期到今日的台灣經濟，現實上並不是與過去的斷裂、批判與否定，而是與過去的連續和發展。這是事實俱在的歷史。

一九八五年前後，台灣資本主義因資本積累與集聚的規律而財團化、獨占化。一九八八年李登輝繼任總統，標誌著蔣氏波拿帕國家政權的終結，把政權歸還給它歷經三十多年苦心呵護培育的台灣本地資產階級。台灣大資產階級在李氏政權下，向國民黨中央、立法院、地方議會等政權核心蜂擁而至，取得了空前的、過大的代表權（over-representation），把台灣政權赤裸裸地、由上而下地、改造成台灣資產階級的政權。八〇年代下半到九〇年代，台灣資本主義在新的世界分工下，扮演了電子、資訊產業的、較高附加值的、資本和技術較密集的、高級加出口工業化的角色，在更高的技術、半成品和市場上，一仍依附工業上的強權。前李登輝社會與後李登輝社會，在經濟性質上、階級構造上不但看不到所謂「後殖民」對於「殖民」的否定與揚棄，反而是舊時代、舊經濟和舊階級關係的連續與發展，陳芳明的「後殖民」社會論站不住腳。

第三個問題，要問李登輝政權是蔣氏政權的否定、揚棄，還是肯定與連續。

十七、八世紀歐洲新興資產階級以資產階級市民革命，或流血，或不流血，瓦解封建貴族體制，清算了封建身分制度，使農奴得以「自由」地成為資本主義的契約性工資勞動。三〇年代西班牙弗朗哥的反革命，在政治、社會、宗教各方面血腥顛覆了人民的民主體制。中國革命也在階級上、土地制度上、經濟社會體制上根本變革了舊中國的秩序。

但八〇年代在韓國與台灣這兩個反共獨裁體制下取得了資本主義發展的社會，對過去朴正熙、全斗煥和盧泰愚以及蔣介石長期暴戾獨裁的歷史都沒有經過革命、政變、民眾蜂起的批判；在社會經濟體制和階級關係皆原封不動地、由舊政權主導地、由上而下地「民主化」了。歷史的曲折未加清算，社會經濟上，在獨裁體制下依附嗜血的反共獨裁、恣意榨取工農階級而肥大的大資產階級，依然位居要津，榮華富貴，在實際上統治著「民主化」、解嚴後的韓國和台灣社會。在政治上，反共、親美（日）、拒統、死抱著美國的《台灣關係法》，擁護美國在東亞駐軍、擁護ＴＭＤ及美日安保新指針……的思想意識形態，自蔣而李而陳的三代政權，莫不代代相繼，一以貫之。總之，在階級結構上，在戰後資本主義的獨占化過程上，以及在政治、意識形態上，台灣在一九五〇年以降的歷屆政權都充分表現了作為美國戰後新殖民主義支配下的「工具」政權，反對共產主義、反對新中國、拒絕民族統一的本質絲毫不變，甚且「變本加厲」。陳芳明視一九八八年李氏政權為蔣氏國民黨政權的揚棄，現實上達到了掩飾後蔣時代台灣政權在階級上和政治上的反動本質的目的。

十四、一九八五年以後的台灣文學

在這樣一個新殖民地・依附性的獨占資本主義階段（一九八五—）台灣文學的三個方面引起我們的注意：

第一，台灣在思想、文化意識形態上對美國的新殖民主義的扈從化，至八五年後達到了空前的高峰。美國學園轉販過來的「結構主義」、「解構主義」、「女性主義」、「同性戀論述」、「後現代主義」和「後殖民主義」，透過留學回台教師、媒體炒作，在一知半解下成為某種「霸權性論述」。知識分子、文藝評論家，一旦離開了洋人提出的問題，就不會提自己的問題；一旦不用洋人的詞語，就不會用自己的語言談問題，鸚鵡學舌，而猶沾沾自喜。原本反對文化殖民主義的後殖民論，到了台灣，竟恰恰成為美國對台學界文化殖民的工具。而只有在這個意義上，台灣文學才表現出深刻的「後殖民」性質——但與陳芳明所稱，已南轅北轍了。這樣的嘲諷，在陳芳明以「多元蓬勃」歌頌台灣的鸚鵡後現代主義，又與後殖民論混淆不清的說辭中，表現得淋漓盡致。然而在創作上，儘管鸚鵡後現代主義沸沸揚揚，但鸚鵡後現代作品卻一直沒有令人注目的作品。

其次，在八〇年代末至今，有些年輕一代既不理會台獨文論，也與傳統的批判現實主義無緣，偶爾也看見後現代論的影響的跡痕，但才華洋溢，出品了重要作品的一代作家，十分值得期待與注目。

第三方面，台灣分離運動雖然在兩千年三月十八日達到了高潮，但台獨派在文化、文學上的論述早有趨於疲滯沉寂之勢。這固然是當年的台獨理論家們先後紛紛轉入政界，穿起筆挺的西裝，出入廟堂之上，但其本身在知識、文化上的局限性，怕也是一個主要原因。陳芳明重構台灣文學史的雄圖，雄則雄矣，但他的知識和人文社會科學的局限性使他無法匹其鴻圖，就是一個例子。

八五年以後的台灣文學應該還有可以提起的不少問題點，無如距離太近，難做全面、客觀的觀察，就略而不論。但今年黃春明以明快的現實主義創作的新小說集《放生》，竟創造了數萬冊的銷行紀錄。這應該是標誌著鸚鵡文學的破產，當然也標誌著黃春明的現實主義文學的勝利吧。

十五、結論

台灣社會性質的推演，不是一個白來獨立的社會之社會形態的推移，而是中國社會之一地方社會在特殊歷史條件下的社會形態的變化。這是台灣社會史的一個顛撲不破的事實。

日據以降台灣社會形態的推移，由於一九五〇年白色屠殺之後歷史唯物主義的社會科學的不在，至今尚未有全面的、科學性的討論。拙論初步主張台灣日據社會（一八九五－一九四五）是「殖民地・半封建」社會；一九四五年到五〇年是中國「半殖民地・半封建」社會的組成部分；一九五〇年至一九六六年，是「新殖民地・半資本主義」社會；一九六六年到一九八五年左右，是「新殖民地・依附性資本主義」社會。而一九八五到目前，是「新殖民地・依附性獨占資本主義」的社會。

這一初步的整理，必然有待於更深入的討論甚至爭論才能取得結論——正如一切社會性質的討論莫不經歷長期、縱深的討論。但無論如何，陳芳明的「殖民社會」→「再殖民社會」→「後殖民社會」論之荒誕不經，已不必多論。

陳芳明投出了一個不忍卒睹的壞球。但如果因此而能展開一場關於台灣社會性質、台灣社會史、台灣資本主義發展史的、有科學性、有品質的球賽——有品質的爭論，則陳芳明的此一台灣新文學分期論——雖然以負面的形象——將被台灣社會形態的討論史所長久記憶。

事實上，陳芳明並不只投了這一次壞球。在台灣共產黨史、台共綱領、台灣左翼運動史和台灣左翼文學問題上，出於陳芳明在知識上的嚴重破綻與局限性，屢犯大錯。對於這些錯誤做科學性的批判、糾彈與討論，對於發展台灣進步的社會科學與歷史學，必有所助益。

台灣當面社會形態問題，以及與此相聯繫的台灣社會史問題，是我們當前的、久懸未決的，十分重要的理論課題。在這一課題上的深入研究與展開，不但有益於對台灣社會實情的客觀理解，也有益於清理已經基本教義化的許多論說——例如台灣民族論、台灣社會獨特論、台灣意識論、台灣主權獨立論，更有益於科學地探索新時期的反帝·民眾的民主主義變革運動，包括文學的變革運動的綱領。

而對於在一片狂喜中接掌了統治權的新政權，我們要做出什麼樣的科學性的分析，對新的統治階級和政權機器要怎樣做出歷史唯物主義的、清醒的認識，無疑更是當前重大課題之一。

陳芳明把他的「史識」與「史觀」，不無得意地標榜為「後殖民」史觀。查文化思想概念上的後殖民論，一言以蔽之，是對於舊殖民地歷史，以及舊殖民歷史在「殖民後」社會中的文化的遺毒，以及戰後新的文化殖民主義對前殖民地社會和文化的為害，加以反省、糾彈、批判的思想。陳芳明的「後殖民」「史觀」、美化日本殖民統治，謂帶來高度資本主義；通篇無一字涉及美帝國主義的新殖民統治；以冷戰詞語說中國帝國主義對台灣的統治；把美國學園對台灣思想文化的支配說成自由化和多元化……把這樣的洋奴「史觀」說成「後殖民史觀」，其實是對真正的後殖民主義的侮慢了，並且尖銳地表現出台獨論的後殖民意義。

陳芳明在開宗明義中說：「任何一種歷史解釋，都不免帶有史家的政治色彩。史家如何看待一個社會，從而如何評價一個社會中所產生的文學，都與其意識形態有著密切的關係。」

旨哉斯言！馬克思主義經濟學和資產階級的新自由主義的經濟學，確是各有各的「政治色彩」和「意識形態」。而我們關於台灣各階段社會性質以及相應的文學的性質，也與陳芳明在「政治色彩」與「意識形態」上南轅北轍、針鋒相對。然而，理論問題畢竟主要地要通過知識的對錯、邏輯的真偽，以及具體實踐的嚴格檢驗。「政治色彩」和「意識形態」畢竟不能取代科學知識，否則就是一場知識上的災難了。

試問：陳芳明賴以「建構」、「台灣新文學史」的地基——台灣社會性質論，既是一片鬆軟的沙渚，則他所要「建構」的「台灣新文學史」大廈，又如何能免於根本傾覆、土崩瓦解的災難呢？

初刊二〇〇〇年七月《聯合文學》第一八九期
收入二〇〇二年九月人間出版社《台灣新文學史論叢刊3．反對言偽而辯——陳芳明台灣文學論、後現代論、後殖民論的批判》（許南村編）

1　「生產方式」，陳映真於另文〈關於台灣「社會性質」的進一步討論〉附言中修訂為「生產力」，並為此處的誤植致歉。請參見全集卷十九。

陳映真全集（卷十八）

THE COMPLETE WRITINGS OF CHEN YINGZHEN (VOLUME 18)

作者　陳映真
全集策畫　亞際書院・亞太／文化研究室
策畫主持人　陳光興、林麗雲
執行主編　宋玉雯
執行編輯　陳冉涌
小說校訂　張立本
版型設計　黃瑪琍
排版／印刷　中原造像股份有限公司

出版者　人間出版社
發行人　呂正惠
社長　陳麗娜
總編輯　林一明
地址　108台北市萬華區長泰街五十九巷七號
電話　886-2-2337-0566
傳真　886-2-2337-7447
郵政劃撥　11746473・人間出版社
電郵　renjianpublic@gmail.com

初版一刷　二〇一七年十一月
定價　一萬二千元（全套不分售）
ISBN　978-986-95141-3-2

國家圖書館出版品預行編目（CIP）資料

陳映真全集／陳映真作. -- 初版. -- 臺北市：
人間，2017.11
23冊；14.8 ×21 公分
ISBN 978-986-95141-3-2（全套：精裝）
848.6　　106017100